신의 침묵

Les Silences de Dieu
by Gilbert SINOUE

Les Silences de Dieu

질베르 시누에 지음 | 이원복 옮김

신의 침묵

펴 낸 날 | 2008년 2월 28일 초판 1쇄

지 은 이 | 질베르 시누에
옮 긴 이 | 이원복
펴 낸 이 | 이태권
펴 낸 곳 | 소담출판사
서울시 성북구 성북동 178-2 (우)136-020
전화 | 745-8566~7 팩스 | 747-3238
e-mail | sodam@dreamsodam.co.kr
등록번호 | 제2-42호(1979년 11월 14일)
홈페이지 | www.dreamsodam.co.kr

ISBN 978-89-7381-931-7 03860

도달할 수 없어서 시도하지
않는 것이 아니라 시도하지 않기 때문에
도달할 수 없는 것이다.

- 매클린 교수 -

1

클라리사 그레이 부인은 일층과 연결된 계단을 황급히 내려왔다. 그녀는 계단 밑에 도착하자마자 스위치를 찾기 위해 잠시 벽을 더듬었다. 작은 형광 스위치를 찾는 데 이처럼 오랜 시간이 걸린 적이 없었다. 무척 긴 시간이 흐른 듯했다.

마침내 거실이 환해졌다.

"거기 누구세요?"

그레이 부인은 짐짓 씩씩한 목소리로 물었다. 하지만 불안한 기색을 완전히 감출 수는 없었다.

아무 소리도 나지 않았다.

"거기 누구세요?"

이번에는 처음보다 기운이 빠지고 떨리는 목소리였다.

그레이 부인은 몇 걸음 뗐다.

바로 그때 뭔가가 보였다.

현관문 바로 앞에 남자가 쓰러져 있지 않은가. 숨소리가 들렸다.

그레이 부인은 오한을 억누르면서 그 남자에게 다가갔다. 이미 차가운 공기가 가득한 거실은 몹시 추웠다. 잠자리에 들기 전에 분명 모든 창문을 닫았다. 그런데 2, 3미터 앞에 빈사상태에 빠진 남자가 쓰러져 있다니! 그는 틀림없이 죽어가고 있었다. 부인은 알아듣기 힘들 만큼 빠르게 말했다.

"당신, 여기서 뭐…… 뭐 하시는 거예요?"

하지만 즉시 자신의 질문이 얼마나 엉뚱한지 깨달았다.

남자의 목젖 바로 아랫부분에 상처가 있었다. 피가 간헐적으로 꿀럭꿀럭 솟구쳤고 양탄자에는 이미 진한 자줏빛 웅덩이가 만들어져 있었다.

그레이 부인은 간신히 두려움과 역겨움을 누르고 무릎을 꿇은 채 남자를 살펴보았다. 상처는 깊었다.

남자는 부인의 존재를 느낀 듯 입술을 움직였다. 말을 하려고 안간힘을 다했지만 끝내 한마디도 내뱉지 못했다.

아, 이런! 무릎을 꿇고 보고만 있다니 얼마나 바보 같은 짓인가!

부인은 황급히 전화기를 향해 달려갔다.

*

클라리사 그레이 부인은 구술을 멈추고 바다가 보이는 창가로 다가갔다. 멀리 자그마한 린디스판 섬의 녹청색 실루엣이 뚜렷이 보였다. 신성한 섬. 클라리사는 20년 가까이 이곳 스코틀랜드의 램래시 마을에 살았다. 저 섬을 바라보면 언제나 마음이 안정되었다. 저 섬은 질서, 평온, 그리고 모든 것이 제자리에 있을 때 느낄 수 있는 안정감을 주었다.

그레이 부인은 앉아서 노트북을 두드리던 캐슬린에게 말했다.

"오늘은 이만하자. 이야기의 흐름이 끊겼어."

그러고는 슬쩍 자신의 손목시계를 들여다보았다.

"벌써 6시야. 늦겠어."

"걱정하지 마세요, 그레이 선생님. 브로딕 항구까지는 겨우 8킬로미터인걸요. 7시 페리호를 놓치면 다음 배를 타면 되거든요. 제 자전거에는 날개가 달려 있으니까 걱정하지 마세요."

캐슬린은 작성한 글을 저장하고 노트북을 껐다.

"그레이 선생님, 한 가지 여쭤봐도 될까요?"

"나도 알아. 이번 장면이 좀 이해가 안 되지?"

"전혀 그렇지 않아요. 오히려 정반대예요."

"그럼 뭐지?"

그레이 부인의 목소리에서 약간의 불안감이 묻어났다.

"믿기지가 않아요. 선생님은 가장 많은 독자를 확보한 추리소설 작가잖아요. 더구나 선생님의 희곡은 전 세계에서 공연되고 있고요. 또 이미 50편이 넘는 작품을 출간하셨고요. 얼마나 팔렸나요? 1억 부? 2억 부?"

"그래서?"

"그런 엄청난 성공에도 불구하고 선생님은 늘 불안에 떠시는 것 같아요. 이유가 뭐예요?"

"타고난 정서불안 때문이야. 아무것도 아닌 일에도 목이 메어. 수플레(달걀 흰자에 우유를 섞어 구운 요리—옮긴이) 접시가 떨어지기만 해도 깜짝깜짝 놀라고 당황하거든."

그레이 부인은 운명론자 같은 표정을 짓더니 두 팔을 내밀며 어깨를 으쓱했다.

"사람은 쉽게 변하지 않는 법이야. 더구나 나는 일흔세 살이나 먹었어. 캐슬린, 네가 창작이란 게 뭔지 알았다면 그런 지적은 하지 않았을 거야. **'인간은 불안 속에서 태어나고 불확실 속에서 성장하며 의심 속에서 완성된다.'** 상투적인 문구를 인용해서 미안해. 하느님께서도 이런 영혼의 상태를 겪었을 거야. 일곱 번째 날에 휴식을 취해야겠다고 느끼셨으니 말이야."

"하느님께는 한 가지 변명거리가 있었어요. 그건 최초의 시도였으니까요. 하지만 선생님은 명성도 높고 경험도 풍부하신데……."

"경험이라고? 너는 스물한 살밖에 되지 않았지만 똑같은 일이라도 결코 똑같은 결과를 낳지 않는다는 사실은 잘 알 거야. 글쓰기도 마찬가지야."

그레이 부인은 거실 벽에 붙어 있는 마호가니 찬장까지 종종걸음으로 달려갔다. 유리잔, 셰리주 한 병, 순수한 엿기름을 발효시켜 만든 글렌모어 스카치위스키 한 병이 있었다. 부인은 두 술병 사이에서 잠시 망설이다가 결국 셰리주를 골랐다.

"한잔 줄까?"

캐슬린은 고개를 저었다.

그레이 부인은 잔에 술을 가득 부으면서 말했다.

"단어의 변화는 무척 신비스럽지. 스페인어로 '헤레스'라 발음되는 헤레스산 셰리주를 왜 영어로는 '셰리주'라고 부르고 불어로는 '그제레스'로 부르는지 도통 알 수가 없어. 이상하지 않니?"

그레이 부인은 꽃무늬 안락의자에 앉은 캐슬린과 마주보고 앉았다. 그리고 한숨을 쉬었다.

"단어, 단어의 신비……."

두 사람이 이루는 대비는 무척 인상적이었다. 청춘과 퇴색, 새벽녘의 생기발랄한 생명과 황혼으로 감싸인 시든 모습.

별안간 영감이 떠올랐는지 캐슬린이 물었다.

"그레이 선생님, 한번도 말씀해주시지 않았어요. 이 '망명 생활'은 무엇 때문인가요?"

"무슨 말이지?"

"선생님은 이곳 애런 섬(스코틀랜드 서남부 클라이드 만에 있는 작은 섬. 석총, 입석, 환상석 따위의 거석 유적이 유명함—옮긴이)에 살고 계시잖아요. 왜 이처럼 외딴 섬에 사세요?"

소설가의 회청색 눈동자에 어두운 그림자가 스쳐갔다.

"얘기하자면 길고 별로 재미도 없어."

"제가 조심성이 없죠?"

"그 나이 때는 누구나 그렇지. 어쨌든 '중복수정(Superfetation)'이라는 한 단어로 대답할 수 있어."

"뭐라고 하셨어요?"

"지금은 이 세상에 없지만 뛰어난 생물학자이자 말끝마다 진귀한 용어를 즐겨 사용하던, 지겨운 동반자였던 남편이 쓰던 단어지. 쉽게 설명하면 암컷이 새끼를 낳기 며칠 전에 또 다시 교미하는 걸 의미해. 한마디로 첫 번째 새끼가 이미 어미 뱃속에 들어 있는 상태에서 두 번째 새끼를 수태하는 거지."

캐슬린은 이해할 수 없다는 듯 눈을 동그랗게 뜨고 물었다.

"그게 선생님이 이 섬에 계신 것과 무슨 관계라도 있나요?"

"중복수정은 '유용한 것에 쓸데없이 덧붙이는 것'을 뜻하기도 하지. 요컨대 없어도 되는 거야. 내 경우는 '과잉'의 문제였지. 50대에 다가가면서 인생의 모순과 부조리를 깨달았어. 인정받는 저명한 작가로서 온갖 하소연을 들어주고, 저녁식사에 초대받으며, 내 책에 대한 부질없는 말을 듣느라 녹초가 되었어. 그렇게 내 삶에서 가장 맑은 정수를 잃어버렸지. 말하자면 '남의 시간을 빼앗는 짜증나는 사람들'에게 둘러싸여 있었어. 그들은 일주일치 급료를 단 5분 만에 먹어치우는 사람들이지. 난 양자택일의 기로에 섰어. 내 여생을 삼켜버릴 이 긴박한 생활을 계속하든지, 아니면 중복수정 같은 이 생활에 종지부를 찍든지……."

그레이 부인은 셰리주를 한 모금 마신 후 결론을 지었다.

"그래서 이 외딴 스코틀랜드 섬에 오게 된 거야."

"알 것 같아요. 선생님은 말하자면 세상으로부터 도망치셨네요?"

"그렇지 않아. 과감히 도전한 거지. 세상이 내 인생을 삼키게 내버려두지 않은 거야. 같은 게 아니지."

잠시 침묵이 흘렀다. 캐슬린이 자리에서 일어났다.

"언제 다시 시작할까요? 내일 같은 시간에요?"

"모레나 그 뒤에 오렴. 아직 모르겠어. 머리(Murray)에 대해 좀더 생각해 봐야겠어. 독자들이 그를 초반부터 용의자로 지목할까 봐 걱정이야."

"알겠어요. 여름방학이니까 언제든 괜찮아요."

"일주일간 바르셀로나에 다녀올 생각은 없니?"

"가고 싶어요. 제가 얼마나 건축, 특히 아르누보(19세기 말부터 20세기 초까지 유럽과 미국에 등장한 심미적이고 장식적인 경향의 미술 운동—옮긴이) 건축에 관심이 많은지 잘 아시잖아요. 가우디(1852~1926. 스페인 바로셀로나 출신의 건축가—옮긴이)의 작품을 자세히 보고 싶어요. 조지는 저를 꼭 데려가고 싶대요. 하지만 저는 48시간 이상은 그와 함께 있고 싶지 않아요."

"조지? 남자친구 말이야? 무슨 문제라도 있니?"

"심각한 건 아니에요. 이해의 문제죠. 생각해보세요. 저는 스코틀랜드인이고 그는 잉글랜드인이죠. 저는 가톨릭이고 그는 프로테스탄트예요. 그러다 보니……."

"알 것 같구나. 하지만 너는 사랑에 빠졌어. 사랑에 빠진 여인은 관대해지기 마련이지……. 상대가 잉글랜드인이라도 마찬가지야."

캐슬린은 장난기 어린 미소를 지었다.

"제가 정말로 사랑에 빠진 걸까요? 아닐까요? 이것이 문제로다! 이것 말고는 아무 문제도 없어요. 조지는 학업, 특히 수학에 푹 빠져 살아요. 가장 위대한 사랑일지라도 로그만큼 그를 흥분시키지 못할 거예요. 선생님은 여행 계획은 없으세요?"

그레이 부인이 살짝 웃었다.

"내 섬을 떠난다고? 스코틀랜드를 떠나 땀을 뻘뻘 흘리는 인파에 에워싸여 일제 카메라 소리에 귀가 멍멍해지라고? 오, 싫어! 나는 이곳이 너무 좋아서 다른 곳에 가고 싶지 않아. 혹시 하이랜드(스코틀랜드 중앙에 있는 산지와 고원 지대—옮긴이)에 가서 산책하는 거라면 몰라도."

"선생님이 사랑하시는 하이랜드 말이죠? 결국 선생님은 하이랜드에 가지 않고는 견딜 수 없으시죠?"

"내 어머니가 하이랜드 토박이잖아."

캐슬린은 노트북을 가방에 집어넣었다.

"갈게요. 오늘밤에 오늘 받아쓴 것을 정리해서 출력할 거예요. 원고를 우편으로 보내드릴까요? 아니면 다음에 올 때 가져올까요?"

"가능하면 빨리 다시 읽고 싶어. 내가 어떤 사람인지 잘 알잖아."

"네. 늦어도 모레면 받아보실 수 있을 거예요."

*

안락의자에서 일어난 클라리사 그레이 부인은 한쪽 벽면을 차지하고 있는 서재로 갔다. 그녀는 잠시 머뭇거리다가 책을 향해 손을 뻗었다. 그 순간 격렬한 통증이 느껴졌다. 몹쓸 놈의 병! 클라리사는 만성적인 퇴행성관절염을 앓고 있었다. 2년 전 의사는 이 잔인한 병명을 말해주기 전에 이렇게 물었다.

"부인은 컴퓨터 신봉자는 아니시겠죠?"

"아닌데요. 나는 손으로 글을 쓰죠. 그런데 그건 왜 묻죠?"

의사는 잠시 망설이더니 이렇게 대답했다.

"안타까운 일이지만 부인께서는 컴퓨터를 배워야 할 것 같군요. 머잖아 연필조차 쥘 수 없을지도 모릅니다. 그건 견디기 힘든 일이죠. 왜 컴퓨터를 배워야 하냐고요? 설령 손가락이 변형되더라도 한두 개 정도는 사용할 수 있을 겁니다. 그러면 컴퓨터 자판을 두드릴 수 있어요. 연필로 글을 쓰는 것에 비하면 훨씬 힘이 덜 듭니다. 그렇지 않으면 부인의 소설을 누군가에게 받아쓰게 하면 됩니다. 물론 그게 훨씬 더 간단하기는 합니다만. 부인의 저명한 동료인 피터 체니 같은 분도 그렇게 하니까요."

클라리사는 대꾸하지 않았다. 소설을 받아쓰게 한다고? 글을 쓸 때는 누군가의 그림자조차 견디지 못하는 자신이! 글을 쓴다는 건 어떤 증인과도 함께 나눠서는 안 될, 진저리 나는 음란행위라고 여기는 자신이! 이 의사는 미쳤군.

"다른 해결책이 있지 않을까요? 의학이 그처럼 무능하다고는 말하지 마세요."

"아쉽지만 항염제, 코르티손(신경통에 듣는 호르몬의 일종—옮긴이), 진통제 같은 것밖에 없습니다."

클라리사가 항의하려 하자 의사는 이렇게 덧붙였다.

"수술로 부인의 고통을 덜어줄 수 있을 겁니다. 하지만 제 의무는 부인을 보호하는 겁니다. 그러니 성공은 보장할 수 없다는 말씀을 드려야겠군요."

그러자 클라리사는 망설이지 않고 대꾸했다.

"수술을 해봅시다!"

하지만 수술은 완전히 실패해서 병세를 더욱 악화시키기만 했다. 그녀는 창작활동을 방해하는 불청객에 맞서 필사적으로 싸웠다. 유일한 친구인 윌리엄 매클린 교수의 충고에 따라 그녀는 휴대용 녹음기를 구입했다. 하지만 곧 영혼 없는 기계에 대고 구술하는 것이 몹시 비인간적인 행위처럼 느껴졌다. 빈 집에서 허공에 대고 말하는 것은 미친 사람이나 하는 짓이 아닌가.

매클린이 다시 한번 그녀를 도와주었다. 자신의 학생인 캐슬린 퍼거슨을 소개해주었던 것이다.

"두고 보면 알겠지만 캐슬린은 매력적인 학생이에요. 게다가 아주 똑똑해요. 캐슬린의 도움을 받으면 편하게 글을 쓸 수 있을 거예요."

처음에는 힘들었다. 하지만 이제는 이 새로운 글쓰기 방식에 익숙해져서 다시 자유롭게 손을 쓸 수 있다 해도 예전으로 돌아가기는 힘들 것이다. 캐슬린과 그레이 부인 사이에 형성된 은밀한 유대감 덕분에 부인은 조금씩 활력을 되찾았다.

다시 힘겹게 책으로 손을 뻗은 클라리사는 간신히 손가락으로 책을 움켜쥐고 안락의자에 앉을 수 있었다.

위스턴 애시베리……. 『램버하우스 살인사건』.

클라리사는 아주 오랫동안 추리소설을 읽지 않았다. 그녀는 신세대 작가들이 상상력, 특히 통찰력이 부족하다고 생각했다. 첫 페이지부터 살인자가 누구인지 뻔히 드러났다. 유치하군. 그녀가 애시베리의 책을 산 것은 순전히 일주일 전에 「스토너웨이 가제트」지에 실린 비평 때문이었다. 그 기사는 위스턴 애시베리를 감히 클라리사 그레이 부인과 비교했던 것이다.

클라리사는 안경을 쓰고 안락의자에 편히 앉아 위스턴 애시베리의 소설을 읽기 시작했다. 한 시간 내내 읽었지만 기대했던 멋진 대목은 나타나지 않았다. 이 따위 소설을 감히 내 작품에 비교하다니! 신비감도 없는 이 수수께끼, 보잘것없는 이 인물들을 클라리사 그레이의 주인공들과 비교하다니! 이 난쟁이 형사를 감히 위대한 아치 로뎀바르와 비교하다니! 감히 그 따위 비교를 하다니 틀림없이 「스토너웨이 가제트」의 비평가는 이 위스턴 애시베리라는 작자만큼이나 재능이 없을 것이다.

노부인은 환멸을 느낀 듯이 입술을 삐죽거렸다.

벽시계가 8시를 알렸다. 저녁식사를 준비할 시간이었다. 그녀는 일어나 다시 셰리주를 잔에 가득 부어 들이킨 다음 부엌으로 향했다…….

*

침대에 앉아 목덜미에 두 개의 큼직하고 부드러운 쿠션을 댄 클라리사는 큰소리로 존 키츠의 소네트를 다시 읽었다. 순수한 마음의 아름다움. 아, 두 번째 정열의 대상인 시를 쓸 수 있다면 얼마나 좋을까! 하지만 독자들이 따라올까? 가명을 쓴다면? 한때 '메리 웨스트마코트'라는 가명을 사용해볼까 생각했다. 유혹적인 생각이었다. 수많은 작가들이 이미 이런 전략을 구사했지 않은가. 하지만 클라리사는 너무 쉬운 방식이라고 생각했다. 적의 뒤통수를 쳐서 출세한다고? 후후후! 결국 그녀는 필명을 사용할 계획을 버렸다.

클라리사는 다른 세상에서는 시인이 될 것이다.

그녀는 머리맡 탁자 위에 시집을 놓고 불을 껐다. 그리고 털이불을 턱까지 잡아당겼다.

내일은 또 다른 하루야…….

클라리사는 눈을 감고 스칼릿 오하라(『바람과 함께 사라지다』의 주인공—옮긴이)의 이미지를 떠올렸다…….

갑자기 삐걱거리는 문소리가 정적을 깨뜨렸다. 그녀는 소스라치게 놀랐다.

자명종은 1시 45분을 가리키고 있었다.

강도일까? 이 집에 강도라니? 그럴 리가! 틀림없이 꿈을 꾸었겠지?

클라리사는 마치 침입자를 놀라게 할까 봐 두려운 듯 조금도 움직이지 않고 기다렸다.

다시 문소리가 울렸다. 이번에는 더욱 세게.

이제 의심할 수 없었다. 분명 누군가가 집 안에 들어온 것이다.

질겁한 클라리사는 허겁지겁 실내가운을 걸치고 조심스럽게 침대에서 빠져나왔다. 그리고 잠시 크게 숨을 들이마신 후 나이가 믿기지 않을 정도로 황급히 일층과 연결된 계단을 타고 아래층으로 내려갔다.

계단 밑에 도착하자마자 그녀는 스위치를 찾기 위해 잠시 벽을 더듬었다. 손이 떨렸기 때문일까? 작은 형광 스위치를 찾는 데 이처럼 오랜 시간이 걸린 적이 없었다. 무척 긴 시간이 흐른 듯했다.

마침내 거실이 환해졌다.

"거기 누구세요?"

그레이 부인은 짐짓 씩씩한 목소리로 물었다. 하지만 불안한 기색을 완전히 감출 수는 없었다.

정적. 끈질긴 파도소리와 희미한 바람소리 말고는 아무 소리도 나지 않았다.

"누구세요?"

이번에는 목소리가 조금 풀이 죽어 있었다.

클라리사는 조심스럽게 몇 걸음 떼었다.

바로 그때 뭔가가 보였다.

현관문 바로 앞에 남자가 쓰러져 있지 않은가. 숨소리가 들렸다.

클라리사는 오한을 억누르면서 그 남자에게 다가갔다. 이미 차가운 공기가 가득한 거실은 몹시 추웠다. 침대로 올라가기 전에 분명 모든 창문을 닫았는데.

클라리사는 알아듣기 힘들 만큼 빠르게 말했다.

"당신, 여기서 뭐 하는 거예요?"

하지만 즉시 이 질문이 얼마나 터무니없는지 깨달았다.

남자의 목젖 바로 아랫부분에 상처가 있었다. 피가 간헐적으로 솟구쳤고 양탄자에는 이미 진한 자줏빛 웅덩이가 만들어져 있었다.

클라리사는 시야가 흐릿한 가운데 남자의 대머리, 창백한 얼굴, 작은 공 모양의 눈, 몇 센티미터의 흉터가 난 좁은 이마를 보았다.

클라리사는 두려움과 역겨움을 억누르면서 무릎을 꿇고 앉았다. 남자는 부인의 존재를 느낀 듯 입술을 움직였다. 그는 말을 하려고 안간힘을 다했지만 끝내 한마디도 내뱉지 못했다.

그런데 무릎을 꿇고 보고만 있다니 얼마나 바보 같은 짓인가! 자, 빨리 구급차를 불러야지! 부인이 일어나려는 순간, 남자가 그녀의 손목을 잡았다. 그녀가 소스라치게 놀란 것은 남자의 손이 그녀의 손목을 잡아서라기보다는 믿을 수 없을 만큼 엄청난 손아귀의 힘 때문이었다. 죽음의 문턱에 있는 사람이 그처럼 강력한 힘을 가지고 있다니 결코 상상할 수 없는 일이었다.

죽어가는 남자의 입술이 다시 움직였다. 그의 얼굴은 기도하는 듯했다. 아니, 애원을 하고 있었다.

당황한 클라리사가 횡설수설했다.

"난…… 진정하세요. 전화를 해야겠어요. 구급차……."

클라리사는 벗어나려고 애썼다. 남자는 다시 그녀의 손목을 잡았다. 물에 빠진 사람 같았다. 물에 빠져 파도 머리에라도 매달리려고 몸부림치는 사람 같았다.

클라리사가 다시 말했다.

"이 손을 놓으세요, 제발……."

남자는 대답 대신 다른 손을 움직여 호주머니에서 자그마한 사각형 판지(板紙)를 꺼내더니 애원하는 눈빛을 보내며 그녀에게 건넸다. 클라리사는 아무 생각 없이 판지를 낚아챘다.

그제야 남자는 손목을 놓아주었다. 그녀는 전화기를 향해 황급히 달려갔다.

2

"우리 집 거실에 시체가 있어요! 빨리 오세요! 제발요!"

전화기 반대편에서 목소리를 낮추고 대화하는 소리가 들렸다. 한참 기다렸다. 이윽고 대답이 들렸다.

"알겠습니다, 그레이 부인. 진정하십시오. 곧바로 가겠습니다."

클라리사는 수화기를 쾅 하고 내려놓았다. 몹시 화가 났다. 바보 같은 스튜어트 형사는 왜 믿지 못하겠다는 투지?

클라리사는 감히 시체를 바라볼 생각은 하지도 못하고 전화기 옆에서 파상풍 환자처럼 몸을 바들바들 떨고 있었다. 방금 일어난 사건은 그녀의 이해력을 뛰어넘는 것이었다. 한밤중에 느닷없이 생면부지의 남자가 집 안에 들이닥쳐 죽어버린 것은 그렇다고 치자. 하지만 이 장면은 정확히 그녀가 엊저녁에 묘사한 게 아닌가! 그녀는 어제 캐슬린에게 이 장면을 아주 상세히 구술했다. 그녀가 미쳐버린 걸까? 그녀는 이번처럼 민감하게 전조를 느낀 적이 없었다. 마치 누군가가 전조를 믿지 않은 것이 잘못이라고 호통 치는 것 같았다.

실신하지 않으려면 강장제를 마셔야 했다. 클라리사는 술잔에 글렌모어 위스키를 4분의 1 정도 따르고 단숨에 들이켰다. 이탄의 증기, 살아 있는 숲의 향기 같은, 하이랜드의 친숙한 냄새에 도취되고 싶었다. 실제로 글렌모어 위스키는 그녀를 사로잡고 있던 공포심을 다소 진정시켜주었다. 어느 정도 원기를 되찾자 그녀는 부엌으로 가서 의자에 앉았다. 그리고 두 손을 넓적다리에 얹고 경찰이 오기만을 기다렸다.

초인종이 올빼미 울음소리처럼 울렸다.

현관문…….

클라리사는 얼어붙고 말았다.

아니, 이럴 수가!

시체가 없었다. 시체가 사라져버리다니!

몇 분 전까지만 해도 끈적끈적한 피로 흥건히 젖어 있던 양탄자에는 피의 흔적조차 없었다.

초인종이 더욱 길게 울어댔다. 그녀의 귀에 초인종소리 따위는 들리지 않았다. 더 이상 아무 소리도 들리지 않았고, 깨끗해진 양탄자 이외에는 아무것도 보이지 않았다. 귀신에게 홀렸나?

세 번째 초인종이 울리자 비로소 정신을 차린 클라리사는 문을 열었다.

토머스 스튜어트 형사는 뭔가 이해할 수 없다는 듯 투덜거리면서 위셔트 순경을 데리고 들어왔다.

"그레이 부인, 시체는 어디에 있습니까?"

클라리사가 침묵을 지키자 스튜어트 형사가 다시 물었다.

하지만 여전히 아무 반응도 없었다.

"그레이 부인! 괜찮습니까? 다치지는 않았습니까?"

클라리사는 고개를 끄덕이기만 했다.

스튜어트 형사는 190센티미터의 높이에서 부인을 내려다보며 다시 물었다.

"희생자는 어디에 있습니까?"

클라리사는 얼얼한 표정으로 양탄자를 가리켰다.

"저기요."

형사는 눈살을 찌푸렸다.

"그레이 부인, 제 질문을 못 알아들으신 모양이군요. 희생자는 어디에 있습니까?"

클라리사는 대답 대신에 제자리에서 빙 돌더니 거실 소파에 털썩 주저앉았다. 마치 실을 늦춘 꼭두각시 인형 같았다.

위셔트 형사가 걱정스레 물었다.

"그레이 부인, 정말로 괜찮습니까? 의사를 부를까요?"

그레이 부인은 무기력한 손짓으로 거절했다.

토머스 스튜어트 형사가 부하에게 지시했다.

"방을 모조리 수색하게. 구석진 곳도 빠짐없이."

그러고는 다시 그레이 부인에게 물었다.

"무슨 일이 있었는지 설명해주시겠어요? 분명히 살인이라고 하지 않았습니까?"

클라리사는 고개를 끄덕였다.

"좋습니다. 살인이라고 한 것은 시체가 있었다는 말이죠? 그럼 시체는 부인의 방에 있습니까? 아니면 지하실에요?"

스튜어트 형사는 "부인의 침대 속에요?"라는 말을 덧붙일 뻔했다. 그나마 절박한 상황이라 목구멍까지 치민 그 말을 참아낼 수 있었다.

클라리사는 고개를 저었다.

"그럼 부엌에요?"

"전화로 전부 말했잖아요. 시체는 저기에 있었어요! 두 눈으로 똑똑히 보았어요. 거의 대머리에 공처럼 동그란 눈을 가진 40대 남자였어요. 이마에 기다란 흉터가 있었고요. 또 목이 찔려 피가 흘러나왔어요. 분명히 저기에 있었다고요!"

스튜어트 형사는 주머니를 뒤지더니 수첩을 꺼내 메모했다.

"40대 남자, 흉터, 대머리……."

스튜어트 형사는 현관 쪽으로 갔다. 그는 무릎을 꿇고 손바닥으로 양탄자를 쓰다듬더니 손을 들고 여러 각도에서 들여다본 후 제자리로 돌아왔다.

"죄송합니다, 그레이 부인. 핏자국은 전혀 보이지 않습니다."
스튜어트 형사는 형식상 다시 물었다.
"정말로 시체가 저기에 있었습니까?"
형사의 날카로운 시선은 낮은 탁자 위를 굴러다니는 빈 술잔에 멈추었다.
스튜어트 형사는 술잔을 들고 냄새를 맡았다.
그레이 부인은 술을 마셨다. 그것도 스카치위스키였다.
위셔트 순경이 다시 거실에 나타났다.
"아무것도 없습니다. 전부 확인했습니다."
스튜어트 형사는 그만두라는 듯이 손짓을 했다.
스튜어트 형사는 클라리사에게 몸을 숙이고는 어린애를 꾸짖듯이 소곤거렸다.
"부인은 별로 현명하지 못하군요, 아시겠어요?"
형사는 글렌모어 술잔을 가리켰다.
"저녁은 드셨어요? 빈속에 술을 마셔서는 안 된다는 것쯤은 아실 텐데."
"내가 취했다고 생각하세요? 만일 그렇게 생각한다면, 스튜어트 형사, 당신은 실수한 거예요. 게다가 그 말투는 믿을 수 없을 만큼 무례하구려!"
"무례하다니 당치도 않습니다, 그레이 부인. 아무튼 이 사건이 무척 이상하다는 점은 인정하셔야죠. 부인께서는 우리에게 전화해서 공포에 질린 목소리로 거실에 죽어가는 남자가 있다고 했습니다. 그런데 아무것도 없잖습니까?"
"다시 말하지만 분명히 시체를 보았어요!"
"좋습니다. 그 말이 사실이라고 칩시다. 그럼 자세히 설명해주시겠어요?"
"설명이라고요? 내가 아는 게 있다면 왜 설명을 하지 않겠어요. 나도 어찌된 영문인지 모르겠어요. 마치 악몽을 꾼 것 같아요. 황당무계한 이야기로 들릴 거예요."

"부인께서 그렇게 말씀하시니 제가 할 말이 없군요."

스튜어트 형사는 짐짓 의젓하게 질문을 던졌다.

"요즘 뭘 하십니까? 새로운 소설을 쓰시나요?"

클라리사는 고개를 끄덕였다.

"살인사건이겠죠?"

"맞아요. 다른 얘기는 쓸 줄 몰라요."

스튜어트 형사는 애시베리의 소설을 슬쩍 쳐다보았다.

"스튜어트 형사님, 나는 상상력의 희생자가 아니에요! 창작에 완전히 미친 사람도 아니고요! 황당무계한 환영에 사로잡혀 소설을 구성한 적은 없어요. 또 내가 쓴 시나리오대로 장난을 치지도 않고요."

클라리사는 또박또박 이렇게 덧붙였다.

"분명히 죽어가던 남자가 있었어요! 그의 목에 상처가 있었고요! 그리고 나는 취하지 않았어요."

"그 남자는 걸어서 왔겠네요? 집 앞에는 아무 차도 없었으니까요."

"그런 것 같아요."

스튜어트 형사는 부하에게 소리를 질렀다.

"위셔트! 꺼림칙하지 않게 집 주위를 돌아보게. 그리고 차에서 기다려. 오래 걸리지 않을 거야."

스튜어트 형사는 안락의자를 가리키면서 앉아도 되느냐고 물었다. 럭비 선수 같은 몸집에 사각의 턱을 가진 스튜어트는 금방이라도 덤벼들 것 같은 황소를 연상시켰다. 형사와 소설가의 모습이 판이하게 대조를 이루고 있는 탓에 스튜어트의 모습은 더욱 위엄 있어 보였다. 클라리사의 키는 165센티미터를 넘지 않았다. 연약하고 날씬한, 너무나 날씬한 몸매. 짧고 온통 하얀 머리카락. 주름살이 깊게 잡힌 얼굴. 그러나 그 회청색 눈동자와 마주하는 순간 연약한 모습은 순식간에 사라진다. 그 강렬하고 단호한 눈빛을 본 사람이라면 그녀의 체력을 과소평가하지 않았다.

"그레이 부인, 우리는 10년 전부터 알고 지낸 사이죠. 램래시로 발령받았을 때 부인을 만나게 될 줄은 꿈도 꾸지 못했습니다. 제가 부인을 존경한다고 몇 번이나 말해야겠습니까? 부인도 잘 알고 계시잖습니까? 부인은 예전이나 지금이나 제가 가장 좋아하는 작가입니다. 부인의 소설 중에서 단 한 권도 읽지 않은 것이 없습니다……."

"형사님, 제발 그만합시다! 본론으로 들어가요. 내 비위를 맞추지 마시고요. 당신이 스무 살이나 적다고 해서 나를 노인네로 공경해야 하는 건 아니잖아요? 핵심만 말하세요. 그러면 시간을 절약할 수 있어요."

스튜어트 형사는 당황하지 않고 말을 이었다.

"저는 부인의 비위를 맞출 생각도, 부인을 괴롭힐 생각도 없습니다. 다만 부인을 걱정하는 것뿐입니다. 부인은 이런 외딴곳에 계속 살면 안 됩니다. 부인은 이 집에 웅크리고 앉아 보초처럼 세상을 관찰하고 있습니다. 이곳은 쾌적한 곳이 아닙니다. 부인의 건강이 걸린 문제라고요."

"정신적인 건강이겠죠? 알아들었으니 그만하세요."

클라리사는 형사를 노려보았다.

"당신의 잘못된 생각을 바로잡아줄 수 있을지는 모르겠지만 이 점만은 꼭 말하고 싶어요. 나는 스스로 선택한 삶을 살고 있어요. 나는 이곳 생활에 만족해요. 귀찮은 사람들과 관계를 끊은, 바로 그날부터 평온을 되찾았거든요. 나는 더 이상 세상에 관심이 없기 때문에 보초처럼 세상을 관찰하지 않아요. 아니, 내가 세상에 관심을 가진 적이나 있었나요? (그녀는 다시 바꿔 말했다.) 아니지, 열렬히 관심을 가졌었죠. 하지만 이미 오래전의 일이에요. 아시겠어요?"

"네, 잘 알았습니다. 이제 보고서를 작성하는 일만 남았군요. 부인의 진술서가 필요합니다. 시간이 날 때 경찰서에 들러주시면 고맙겠습니다."

"형사님은 이미 쓸데없는 엄청난 서류 더미에 파묻혀 살잖아요. 진술서를 제출한들 무슨 소용이 있겠어요? 없던 일로 하세요."

"죄송합니다. 규정대로 해야 합니다. (형사는 자리에서 일어섰다.) 부인을 믿겠습니다. 그레이 부인, 제발 건강에 유의하십시오."

문이 닫혔다. 형사들이 떠나자 클라리사는 다시 거실에 혼자 남았다. 벌써 새벽 3시였다.

도대체 무슨 일이 일어난 거지? 나이가 들면서 정신력이 약해진 걸까? 결국 살인과 살인자들을 상상하는 데 평생을 바친 것이 문제였을까?

클라리사는 그 남자에게 잡혔던 손목을 검사했다. 환영을 보고 신체적 감각을 느낀 것일까? 분명히 손목을 짓누르는 압력을 느꼈었다. 그것도 엄청난 힘으로. 보스웰 박사에게 진찰을 받아볼까? 누가 알겠는가. 박사는 이 사건에 대해 과학적으로 설명해줄 수 있을지도 모른다. 그녀는 소파에서 일어나 침실로 올라갔다.

부드러운 털이불을 보자 마음이 조금은 진정되었다. 불을 껐다. 자야지. 자야 했다. 내일은 사건의 진상을 더욱 명확히 알 수 있겠지.

클라리사는 두 눈을 감고 명랑한 이미지에 정신을 집중하려 애썼다……. 컬로든 벌판(스코틀랜드 인버네스 주에 있는 황야지대—옮긴이)에서 질주하는 말들, 하이랜드의 반짝이는 호수들, 선녹색의 광대한 벌판, 바람에 흔들리는 이탄지. 하지만 헛된 노력이었다. 그 남자 생각밖에 떠오르지 않았다. 커다랗게 벌어진 상처에서 끊임없이 쏟아지던 피. 그리고 그 표정! 얼굴에 서려 있던 절망감! 그리고 공포감!

클라리사는 벌떡 몸을 일으켰다. 작은 사각형 판지!

그녀는 차분하게 남자의 손짓을 떠올려보았다. 남자의 손에서 벗어나려고 몸부림칠 때 죽어가던 남자가 그녀에게 작은 판지를 건네

주었었다. 그것을 어디에 두었더라?

클라리사는 실내가운을 찾아서 주머니를 뒤졌다. 평소에 기도를 하지 않는 그녀는 자신도 모르게 큰 소리로 기도했다.

그녀의 작은 손은 실내가운을 샅샅이 뒤졌다. 그녀의 몸은 처음에는 열이 나더니 이젠 분노에 휩싸였다. 주머니에는 아무것도 없었다.

아니, 이럴 수가! 그녀는 분명히 판지를 손에 쥐었었다. 손가락은 빳빳한 판지의 감촉을 여전히 기억하고 있었다. 판지는 분명 거실이나 부엌 어딘가에 있을 것이다.

다시 계단을 내려간 클라리사는 안경을 쓰고 현관문부터 시작해서 바닥을 샅샅이 조사했다. 무려 다섯 번이나. 남자의 손에서 벗어난 직후 경찰서에 전화를 했었다. 아, 그랬지!

클라리사는 전화기가 놓여 있는, 까치발 달린 작은 탁자로 갔다. 어찌나 샅샅이 양탄자 바닥을 조사했던지 눈이 다 아팠다. 탁자 위에도 판지는 없었다.

그녀는 가만히 서서 기억의 실을 되감았다.

전화를 끊은 후 무엇을 했더라?

아, 강장제! 그녀에게는 강장제가 필요했었다. 그녀는 술병이 놓여 있는 작은 원탁을 향해 달려갔다.

판지는 두 술병 사이에 떨어져 있었다! 아픈 손이 떨어뜨린 모양이었다. 그녀는 기뻐서 환호성을 지를 뻔했다. 그녀는 미치지 않았다. 꿈을 꾸지도 않았다. 그녀는 뜨거운 물건을 집듯이 아주 조심스럽게 판지를 들어올렸다.

수하물표였다.

클라리사는 안경을 고쳐 쓰고 작은 글씨로 진하게 인쇄된 브로딕 항구라는 글자와 47이라는 숫자를 읽었다.

3

클라리사가 사우스코리길스를 지날 무렵 해가 뜨기 시작했다. 법정 제한속도를 살짝 넘길 정도로 속력을 냈다. 시속 48킬로미터.

바다에는 아직도 새벽안개가 표류하고 있었다.

클라리사는 램래시를 지나면서 교회 앞뜰의 잔디밭에 물을 뿌리는 목사와 마주쳤다. 목사는 손을 흔들며 인사했다. 그는 이른 아침에 외출하는 그레이 부인을 보고 고개를 갸우뚱거렸다.

스트래스힐랜을 지날 때 자동차가 덜컹거리기 시작했다. 자동차가 몇 차례 요동을 치면서 철판이 삐걱거렸다. 엔진은 격렬한 소리를 낼 뿐 시동이 잘 걸리지 않았다. 클라리사는 이 낡은 트라이엄프로 15년 동안이나 스코틀랜드를 돌아다녔다. 조만간 트라이엄프라는 이름에 걸맞은 다른 차로 바꿔야 할 것이다.

부두가 보였다. 칼레도니언 맥프레인 해운회사의 깃발을 꽂은 페리호가 항구로 들어오고 있었다.

클라리사는 주차를 한 후 수하물 보관소를 찾아 나섰다. 대체 무엇일까? 흉기? 평범한 옷으로 가득한 여행용 가방? 또 다른 토막시체?

클라리사는 극도의 흥분을 가라앉힌 후 짐짓 태연한 목소리로 직원을 부르고 수하물표를 건넸다.

몇 분이 지났다. 그 시간이 무척이나 길게 느껴졌다. 그녀는 수많은 자동차를 토해내기 시작한 여객선의 커다랗게 벌어진 아가리를 무심코 바라보았다. 해마다 되풀이되는 광경이었다. 7월 초가 되면 관광객 무리가 애런을 휩쓸 듯이 몰려왔다. 등산가들은 가파른 고트펠 산의 정상에 도전할 것이다. 골프채를 든 사람들은 섬에 펼쳐져 있는 여섯 개의 골프장을 실컷 휘젓고 다닐 것이다. 클라리사는 구불구불한 장애물이 간간이 흩어져 있는 골프장에서 지름이 108밀리미터밖에 되지 않는 홀컵 속으로 공을 날리면서 도대체 어떤 기쁨을 느끼는지 이해할 수 없었다.

골프광인 매클린 교수는 그녀에게 파, 버디, 이글, 그리고 알바트로스—공을 단번에 홀컵에 넣는—등 골프 용어를 가르쳐주려고 애썼다. 하지만 그레이 부인이 조금도 관심을 나타내지 않자 체념하지 않을 수 없었다. 그때부터 그는 골프 얘기는 아예 꺼내지 않았다.

"여기 있습니다."

클라리사의 눈이 휘둥그레졌다. 여행용 가방처럼 수하물 보관소에 어울릴 뭔가를 수령하게 될 줄 알았는데, 직원이 내민 것은 고작 스웨이드 가죽으로 된 자그마한 청동색 상자가 아닌가! 가죽띠로 묶은 네모난 상자는 손바닥보다 조금 컸다.

"왜 그러세요? 선생님의 것이 아닙니까?"

"아니에요, 맞아요."

"확실합니까?"

"네, 틀림없어요."

클라리사는 알아듣기 힘들 만큼 빠르게 대답했다. 그녀가 자동차로 가는 동안 직원은 진지한 표정으로 그녀를 지켜보았다.

클라리사는 걸으면서 장님처럼 손으로 상자를 더듬어보았다. 마치 변형된 손가락이 상자의 내용물을 알아맞힐 수 있기를 기대하는 듯이. 문득 스튜어트 형사에게 수하물표 얘기를 하지 않은 것이 떠올랐다. 어쩔 수 없지. 아니, 잘된 일인지 모르지. 이제부터는 그녀의 문제였다. 그 남자가 집에 와서 죽은 것은 우연이 아니었다. 그 남자는 무슨 이유로 그녀에게 수하물표를 맡겼을까? 스튜어트 형사는 그녀를 미쳤다고 생각할까? 그녀는 정말로 얼큰히 취했던 걸까? 이제 그녀는 형사가 자신을 비난한 것이 실수였다는 사실을 어느 정도 증명할 수 있게 되었다. 속이 후련했다.

클라리사는 운전석에 앉자마자 가죽띠를 풀고 상자를 열었다.

수첩이었다.

표지 역시 가죽으로 기하학적인 무늬로 뒤덮여 있었다. 간지에는 어떤 글자도 씌어 있지 않았다.

간지는 종이였다. 하지만 정말로 종이일까? 보통 종이와는 달리 울퉁불퉁하고 두꺼웠으며 흰색보다는 금갈색을 더 많이 띠었다.

수첩을 넘기자 인쇄된 종이 한 장이 떨어졌다.

아드로잔-브로딕. 출발 30분 전에 최종 체크인을 하십시오. 에든버러와 글래스고에서 승하선합니다. 표는 승선 전에 구입해야 합니다…….

애런 섬과 아드로잔 항을 오가는 페리호의 안내문이었다. 마지막 출항 시간인 19시에 줄이 쳐져 있었다. 자동차가 없을 경우 탑승 요금은 4파운드 55펜스였다.

클라리사는 수첩을 한 페이지 넘겼다. 한 가지 생각이 퍼뜩 떠올랐다. 난 짓궂은 장난의 희생자가 아닐까? 누군가 은밀히 자신을 지켜보면서 농락하고 있는 것 같았다. 그 야비한 놈은 어느 구석엔가 웅크리고 앉아서 클라리사 그레이 부인의 순진함을 비웃고 있을 것이다…….

수첩에는 분명히 글씨가 적혀 있었다. 하지만 이해할 수 없는 언어였다. 마치 속기문자 같았다.

클라리사는 옆자리에 수첩을 놓고 심호흡을 했다. 그리고 소설을 구상할 때처럼 치밀하게 추론하기 시작했다.

짓궂은 장난일 가능성은 즉시 사라졌다. 머리가 돌지 않은 이상 단지 유희를 위해 살인을 하지는 않을 테니까. 하지만 분명히 살인사건은 일어났다. 이 수첩은 그녀가 환각에 빠지지 않았다는 사실을 증명하는, 부인할 수 없는 증거였다. 그렇다면? 그녀의 입가에 미소가 떠올랐다. 이것은 명탐정 아치 로덴바르에게 걸맞은 사건이었다. 이 천재적인 명탐정이라면 이 따위 음모는 순식간에 해결할 것이다. 하지만 아치는 소설의 주인공일 뿐이었다.

클라리사는 엊저녁에 했던 것처럼 시간을 거슬러 올라갔다. 창백한 얼굴, 대머리, 이마의 흉터, 그리고 절망과 공포로 팽창된 눈동자. 공포. 왜 그 남자는 그처럼 공포에 사로잡힌 표정을 지었을까? 그는 다른 뭔가를 보았던 걸까? 그게 대체 무엇일까?

이런저런 의문 가운데 한 가지만은 확실했다. 그 정체불명의 남자는 추적자의 손길에서 벗어날 수 있었다면 그녀에게 수하물표를 맡기지 않았을 것이다.

클라리사는 자동차의 시동을 걸었다. 문득 잊고 있던 생각이 떠올랐다. 매클린! 윌리엄 매클린. 세상에 이 수첩의 내용을 해독할 수 있는 사람이 있다면 바로 윌리엄뿐이었다. 글래스고 대학교의 언어학 교수이자 역사가인 윌리엄 매클린은 '컴퓨터 어원학' 을 전공했다. 컴퓨터를 활용하여 각종 언어를 자동으로 처리하는 학문이었다. 20년 전, 매클린 교수는 온갖 언어를 코드화해서 이미 기록된 텍스트를 해석하는 신기한 '언어 감정 소프트웨어' 를 개발했다. 이 시스템의 주요 목적은 여러 언어로 이루어진 텍스트를 자체적으로 분석해서 번역하는 것이었다. 매클린 교수는 이 시스템이 인터넷상에서 얼마나 유용하게 활용될지 조금도 예상하지 못했다.

인터넷(Internet). 클라리사를 오싹하게 하는 단어. 그녀는 언제나 이 단어를 'Interner(수감하다)' 라는 프랑스어 단어와 연결해서 생각했다. 매클린은 골프에 대해서 만큼이나 강한 열정을 가지고 클라리사에게 이 새로운 통신수단을 알려주려고 애썼다. 하지만 성공하지 못했다. 그는 바이트, 이메일 주소, 패킷(소포) 등에 대해 설명했다.

클라리사는 어리둥절한 표정을 지으며 딱 잘라 말했다.

"소포라니요? '소포'로 대화를 나눈다고요? 도대체 무슨 말인지……. 윌리엄, 아무튼 당신의 냉철하고 과학적인 분석 감각은 알아줘야 한다니까요. 감각도 없는 화면에다 글을 써서 '소포'로 보낸다고요? 됐어요. 나는 차분하게 서재에 앉아서 자판을 두드리는 것보다는 펜대를 만지작거리면서 펜이 써내려 가는 글자를 바라보는 게 더 좋아요. 매클린, 당신은 정말로 사랑에 빠진 적이 없었죠?"

생뚱맞은 질문에 매클린은 클라리사의 몰상식을 비난하듯이 노려보았다.

"사랑에 빠져봤느냐고요? 뭘 알고 싶어요? 물론 사랑해봤죠. 단 한 번뿐이지만. 항상 같은 여인이지. 내 아내 재니트! 벌써 40년 가까이 되었어요!"

클라리사가 말을 이었다.

"내 기억으로는 당시에 재니트는 포트엘렌에 살고 있었어요. 당신은 그녀와 편지를 주고받았겠죠?"

"물론이죠. 그때 나는 에든버러에서 군복무를 하고 있었어요."

"윌리엄, 당신은 기억력이 나쁘죠? 재니트의 편지에서 어떤 향기가 났는지 기억하나요? 그녀의 향기를 맡기 위해 편지지에 코를 갖다 대고 입을 맞추며 느꼈던 감동 말이에요."

매클린은 잘못을 저지른 아이처럼 알아듣기 힘들 정도로 빠르게 대답했다.

"그럼요, 그럼요. 기억하고말고요."

클라리사는 이때다 싶었는지 눈을 흘기며 말했다.

"그런데도 컴퓨터를 받아들일 수 있어요?"

매클린은 빙그레 웃으면서 화제를 돌렸다.

"당신은 너무 늙었어요. 당신은 시대에 적응할 줄을 몰라요."

클라리사는 피식 웃었다. 늙었다고? 당시 그녀는 예순두 살이었다. 만일 매클린이 다섯 살만 적었더라도 그를 이상한 사람이라고 여겼을 것이다.

*

그레이 부인은 정체불명자의 사후 선물인 페리호의 안내문을 집어 들었다. 아드로잔행 다음 배는 7시 30분에 있었다. 당장 표를 사야 승선할 수 있었다. 항해 시간은 약 45분이었고, 아드로잔에서 글래스고까지 가는 데 45분 정도를 예상해야 했다. 마침 잘됐다. 그녀는 매클린과 거의 동시에 학교에 도착할 것이다. 그와 길이 어긋날 일은 없었다. 그는 방학에도 학교에서 지내고 있었기 때문이다.

*

클라리사는 뱃전에 팔꿈치를 댄 채 바람의 애무에 몸을 맡겼다. 그녀는 골프도, 인터넷도 좋아하지 않았다. 하지만 바다는 몹시 좋아했다. 분노한 바다, 평온을 되찾은 바다, 자유로운 바다를 좋아했다.

클라리사 그레이 역시 자유로운 몸이었다. 관절염으로 고생을 하는 것 말고는 자유로웠다. '자유'라는 이 소중한 자산을 얻을 수 있게 되어 여간 자랑스럽지 않았다. 유년시절 그녀는 굴레에 갇혀 살아야 했다. 아버지 아치볼드 경은 뛰어난 사업가이자 하원의원이었으며 완고한 보수주의자이자 군주제 옹호론자였다. 아버지는 오직 아내와 어머니의 역할을 잘 수행할 수 있도록 딸을 교육시켰다. 또한 귀족 가문과의 정략결혼은 불가피했다. 특히 의무감, 평범한 생활, 예의범절을 강조했다. 그러니 자신의 딸이 은밀히 화가의 꿈을 키운다는 사실도, 웰링턴 가문과의 결혼으로 꼼짝달싹 못할 굴레를 쓰고 싶어 하지 않는다는 사실도 알아챌 도리가 없었다. 다행히 그의 아내 메리는 남편과 딸 사이에서 균형을 유지하려고 애썼다. 하지만 톡톡한 대가를 치러야 했다. 폭언, 위협, 폭행. 화가 난 아치볼드 경의 입에서 쏟아져 나오는 부당하고 비열한 말에 모녀는 깜짝 놀라기 일쑤였다. 저항하지 못하는 사람에게 휘두르는 완력은 역겨운 것이었다. 항상 이기는 쪽은 힘센 남자였다. 하지만 겉으로만 그랬다. 가엾은 아치볼드 경은 스코틀랜드 여자의 마음을 얻는다면 굴복시킬 필요 따위는 없다는 사실을 조금도 깨닫지 못했다.

"죄송합니다. 시간 좀 알 수 있을까요?"

클라리사는 고개를 돌렸다. 한 젊은이가 해를 등지고 서 있었다. 그녀는 눈이 부셨기 때문에 손으로 차양을 만들고 그를 자세히 뜯어보았다. 독특한 옷차림과 기막히게 섬세한 얼굴을 보고 화들짝 놀랐다. 격자무늬의 모직 천으로 만든 숄, 소모직물로 만든 킬트(스코틀랜드 산악민이 입는 스커트 모양의 남자 옷—옮긴이), 찰스 왕자풍의 조끼, 바다표범 가죽에 은실로 수를 놓은 전대, 가슴장식, 레이스가 달린 소맷부리, 체크무늬 구두. 대낮에 야회복을 입고 다니다니! 만찬에서 돌아오는 길일까?

"시간 말인가요?"

클라리사는 슬쩍 자신의 시계를 쳐다보았다.

"8시 25분이에요."

"물론 아침이겠죠?"

클라리사는 눈살을 찌푸렸다. 젊은이가 장난을 치고 있다고 생각한 것이다.

젊은이는 자신의 질문이 엉뚱했다는 사실을 깨달았는지 엉거주춤 뒤로 물러나면서 연거푸 사과했다.

'왜 멋진 남자들 중에는 바보가 많을까?'

클라리사는 평생 단 한번 지성을 겸비한 멋진 남자를 만났다. 벌써 오래전의 일이었다. 전쟁 직후…….

클라리사는 갑판 위에 나란히 놓인 벤치에 앉아 두 눈을 감았다. 그리고 페리호가 아드로잔 부두에 도착해서야 눈을 떴다.

거무칙칙한 회색 지붕과 쓰러져가는 낡은 요새의 잿빛 형체가 눈에 들어왔다. 마음을 편하게 하는, 교회의 종탑. 클라리사는 애런 섬에 눈독을 들이기 전 이곳에서 아홉 달을 살았다. 런던에서 대부분의 생애를 보내다가 갑자기 고독하게 사는 것은 좋지 않다고 판단했던 것이다. 아드로잔은 글래스고에서 약 64킬로미터밖에 떨어져 있지 않았다. 따라서 어느 정도 사회 활동과 지적 활동을 즐길 수 있다고 여겼다. 하지만 오산이었다. 탄저병에 걸렸을 경우 진흙을 발라 시간을 질질 끄는 것보다는 즉각 환부를 잘라내는 편이 낫다. 당시에 그녀가 클라이드 강 하구에 위치한 이 도시를 선택한 이유 가운데 하나는 전적으로 로맨틱한 것이었다. 그녀는 어느 잡지에서 허드슨베이사(1670년에 영국에서 법인으로 설립된 무역회사—옮긴이)의 배들이 1920년대에 캐나다를 지나 북극으로 가기 위해 이곳에서 출항 준비를 했다는 기사를 읽었던 것이다. 이들은 대항해 후 선창에 모피, 바다표범 가죽, 기름, 북극곰 등을 가득 싣고 모항으로 돌아오곤 했다. 어떤 신비스런 이유로 얼어붙고 적의에 찬 북극을 향해 출항하는 선원들의 모습이 자신에게 꿈을 심어주었는지 알 수 없었다. 북극곰을 만날지도 모른다는 기대감 때문이었을까?

그때 선원이 걱정스레 물었다.

"부인, 안 내리세요?"

클라리사는 몽상에서 깨어났다.

"아, 네. 내려야죠."

태양이 하구쪽에서 눈부시게 빛나고 있었다. 클라리사는 부두에 모인 군중을 간신히 헤치고 나온 후 큰 소리로 택시를 잡아타고는 아드로잔 역까지 데려다달라고 했다. 택시기사는 인상을 찌푸렸다. 항구에서 역까지는 겨우 3, 4킬로미터밖에 떨어져 있지 않았던 것이다.

택시기사가 투덜거렸다.

"몇 푼 벌지도 못하는 거립니다."

클라리사는 대꾸하지 않았다. 그녀는 이미 오래전부터 시내를 걸어다니는 것을 자제하고 있었다. 이 원칙을 깨뜨리는 것은 어림없는 일이었다. 하이랜드의 가파른 오솔길을 기어오르는 일은 즐겼지만 대기오염이 심한 시내에서 돌아다니는 일은 피했다.

택시는 사우스비치 가에 그녀를 내려주었다. 그녀는 주행요금만 계산했다. 택시기사가 너무 투덜거려서 팁을 주고 싶지 않았다.

클라리사는 시간을 확인한 후 매표소로 달려가서는 2등석 왕복표를 구입하고 승강장으로 갔다.

한 시간 후 글래스고 역에서 내린 클라리사는 곧장 택시를 탔다.

택시는 클라이드 강을 따라 달리다가 우회전한 후 켈빈그로브 공원을 향해 올라갔다. 대학교는 이 공원과 붙어 있었다.

택시는 웅장한 건물 앞에 멈췄다. 머리를 들자 500년도 더 지난 낡은 탑이 보였다. 탑 꼭대기에는 하늘에 닿을 듯이 돌화살이 얹혀 있었다. 대학교라기보다는 대성당처럼 보였다. 클라리사는 친구 매클린을 만나러 올 때마다 그런 느낌이 들었다. 이 높다란 벽은 성스러운 기운을 발산했다. 이 벽은 아득한 옛날 이곳에 세워졌던 고대 수도원을 기억하고 있을 것이다.

택시기사에게는 잔돈이 없었다.

클라리사는 가방을 뒤져서 간신히 요금을 치렀다. 덕분에 팁은 주지 않아도 되었다. 이번에는 양심의 가책을 느끼지 않았다.

4

여직원이 반복해서 물었다.

"매클린 교수님을 뵙고 싶다고요?"

클라리사는 여직원에게 정복왕 윌리엄 1세(1028~1087. 노르망디 공작 기욤 2세, 잉글랜드의 왕—옮긴이)가 방금 카페테리아에 상륙했더라도 그처럼 어리둥절한 표정은 짓지 않을 거라고 말했다. 리사 다우슨 부인은 사소한 일에도 당황하는 난처한 버릇이 있었다.

클라리사는 차분하게 대꾸했다.

"네, 매클린 교수님 말이에요. 약속은 하지 않았어요."

다우슨 부인은 돋보기를 들어 올리면서 말했다.

"그레이 부인, 유감이네요. 출발 전에 전화를 주셨어야죠. 교수님은 안 계십니다. 떠났어요."

"떠났다고요? 여행을 갔단 말인가요?"

"아니에요. 손자 모르카를 맞이하러 역에 갔어요."

"알겠어요. 돌아오시겠죠?"

"아마, 그러시겠죠."

클라리사는 아무 말 없이 여직원의 책상 위에 가방을 놓고 가장 가까운 안락의자에 앉았다.

"그레이 부인, 뭐 하시는 거예요?"

"보시다시피 교수님을 기다리려고요."

"교수님은 곧장 댁으로 가셨을지도 몰라요. 손자는 틀림없이 피곤

할 테니까요. 모르카는 런던에서 오는 길이거든요. 긴 여행이죠."

"460킬로미터가 넘는 거리죠. 하지만 스무 살짜리 청년을 쓰러뜨릴 만큼 긴 거리는 아니에요. 그 나이에 나는 자지 않고도 사흘은 거뜬히 버텼어요!"

"열아홉."

"뭐라고요?"

"모르카는 열아홉 살이라고요. 그는 2주 전에 열아홉 살이 되었어요. 매클린 교수님이 모르카의 생일선물을 부쳐달라고 부탁했기 때문에 잘 알지요."

"아, 그래요? 그럼 더 잘됐네요. 피로에 쓰러질 나이가 아니니까요."

할 말을 잃은 다우슨 부인은 사무실 한쪽 구석에 세워진 거대한 추시계의 똑딱 소리에 맞춰 다시 일에 몰두했다.

똑딱똑딱…….

지난밤에 벌어진 사건이 계속 떠올랐다. 정체불명의 남자는 새벽 1시 45분쯤 집에 침입했다. 그런데 페리호의 안내문 중 '19시' 칸에 선이 그어진 것으로 보아 그 남자는 20시 무렵에 브로딕 항에서 하선했을 것이다. 그렇다면 다섯 시간 동안 그는 무엇을 했을까? 그 시간을 어떻게 사용했을까? 그에게는 자동차가 없었다. 위셔트 순경이 집 주위를 확인했고, 안내문에도 '승객 요금 : 4파운드 55펜스'라고만 되어 있는 것으로 보아 자동차를 페리호에 싣고 오지는 않았을 것이다. 램래시 항에서 브로딕 항까지 8킬로미터를 걸어왔다 해도 네 시간 정도 공백이 있었다. 만일 택시를 탔다면 공백은 더욱 늘어났다. 그 남자는 브로딕에서 배회했을까? 아니면 램래시에서? 그녀의 집 주위에서? 무엇 때문에?

"그레이 부인?"

"네?"

"차 한잔 드릴까요?"

클라리사는 사양했다.

똑딱똑딱…….

10분쯤 지나자 몸이 근질근질하기 시작했다. 당시는 프티푸앵(크로스스티치 자수와 유사한 캔버스 자수—옮긴이)을 놓으면서 '시간을 죽이는' 시대였다. 클라리사는 소설 두 권만 있으면 몇 시간 아니, 온종일이라도 견딜 수 있었다. 그녀는 헝가리 자수와 고블랭 자수도 알고 있었다. 유명한 바이외 태피스트리(바이외는 프랑스 바스노르망디 지방 칼바도스 도에 있는 도시 이름. 바이외박물관의 특별전시실에는 노르만인의 잉글랜드 정복을 보여주는 유명한 바이외 태피스트리가 전시되어 있다—옮긴이)를 복제하고 자랑스러워한 적도 있다. 하지만 그것은 손이 아프기 훨씬 전의 일이었다.

"혹시 잡지 없나요?"

"잡지요? 아쉽게도 없네요. 대학교 월간지라도 드릴까요?"

노파들도 신의 보호를 받는 법이다. 다행히 그녀는 월간지 따위는 읽지 않아도 되었다. 바로 그때 사무실 문이 열렸던 것이다. 윌리엄 매클린이었다.

"클라리사?"

"윌리엄!"

매클린 교수는 클라리사에게 다가와 볼에 키스를 했다.

"당신을 만나다니 이렇게 반갑고 기쁠 수가. 엊저녁에 당신 생각을 했거든요. 당신을 초대해서 해기스(크고 둥근 소시지로 양의 간, 심장, 폐를 잘게 썰어 쇠고기나 양고기 지방과 오트밀을 섞어서 양파와 고추로 양념한 뒤 양의 위 속에 채워 넣고 끓인 스코틀랜드의 전통음식—옮긴이)를 먹자고 재니트와 이야기를 나눴어요."

매클린은 입구에서 머뭇거리는 청년을 불렀다.

"모르카, 이리 와. 그레이 부인, 알지? 클라리사 그레이. 모른다고

하면 안 돼. 상처 입으실 거야."

"물론 그레이 선생님이 어떤 분인지 알고 있어요. 선생님, 인사 드리옵니다."

클라리사는 깜짝 놀랐다.

"인사 드리옵니다?"

클라리사는 호기심을 가지고 모르카를 뜯어보았다. 곱슬거리는 금발 머리, 짙은 푸른 눈, 창백하고 약간 병약한 모습, 하지만 매력이 없지 않은 얼굴.

클라리사가 놀렸다.

"아직도 이렇게 인사하는 젊은이가 있네요? 잘했어요, 젊은이. 그대는 벌써 내 마음에 한 자리를 차지했어요."

클라리사는 부러운 눈으로 매클린을 바라보았다.

"이 청년은 교육을 잘 받았네요. 윌리엄, 좋으시겠어요. 연구실 좀 보여주시겠어요?"

매클린은 눈을 흘기며 대꾸했다.

"너무 다그치지 마세요."

매클린이 여직원에게 물었다.

"혹시 전화 온 것 있나요?"

"네, 사모님께서 전화로 메시지를 남겼어요."

여직원이 메모를 읽었다.

"맥스윈즈에서 주문한 빵을 찾은 다음 생선가게에 들러 알이 찬 연어 1파운드를 사오세요."

매클린은 클라리사를 향해 돌아섰다.

"내가 부부의 정의에 대해 말했던가요? 독신이었다면 결코 몰랐을 문제들을 해결하기 위해 결합하기로 결심한 두 존재. 곰곰이 생각해 봤는데, 당신이 재혼하지 않은 건 현명한 결정 같아요."

"당신은 재니트에게 너무 엄격해요."

"어쩔 수 없어요……. 그래도 40년 동안 함께 살아서 많이 누그러진 거예요."

매클린이 연구실 문을 열었다.

"들어오세요. 모르카, 들어와도 돼."

교수가 먼저 들어갔다. 클라리사에게 그것은 유혹의 눈짓과 마찬가지였다.

"너저분해서 미안해요. 아무 데나 앉으세요."

정말로 지저분했다.

벽에는 단어와 기호로 뒤덮인 칠판이 걸려 있었다. 책이 바닥과 의자 위에 어지럽게 흩어져 있었다. 책상 위에도 각종 서류, 자료, 종이컵과 함께 책이 수북이 쌓여 있었다. 또 담배꽁초가 가득 담긴 재떨이 옆에 반쯤 마신 맥주병, 하이랜드 케이크가 들어 있을 것 같은 의심스러운 꾸러미가 있었다. 다른 책상 위에는 레이저 프린터, 모니터, 속이 훤히 보이는 컴퓨터 본체, 뒤엉켜 있는 케이블이 놓여 있었다. 해진 침대 겸용 소파만이 혼란에서 벗어나 있었다.

클라리사가 놀려댔다.

"근사해요! 여기가 그 유명한 대학교의, 그 저명한 언어학자의 연구실이란 걸 몰랐다면 판지셰르(아프가니스탄 전쟁의 최대 격전지—옮긴이) 시장에라도 와 있는 줄 알았을 거예요."

"봐줘요, 클라리사! 제발, 손자 앞에서는 모르는 척해줘요."

매클린은 소파 위에 레인코트를 던졌다.

"그레이 부인과 나는 오랜 친구 사이야. 아니, 오랜 공모자라고 할까? 나는 그레이 부인을 매우 좋아하지. 하지만 사람을 곧잘 질리게도 하는 분이지. 그러니 조심해라."

모르카는 가방을 놓고 알았다는 표정을 지으며 고개를 끄덕였다.

매클린이 설명했다.

"딸이 2주 동안 모르카를 부탁했어요. 무슨 바람이 불었는지 느닷없이 바베이도스(카리브 해 섬들 가운데 동쪽 끝에 있는 서인도제도의 독립 국가—옮긴이)에서 2주 동안 휴가를 보내겠다더군요. 마이클과의 이혼으로 충격에서 완전히 벗어나지 못했나 봐요. 덕분에 사랑하는 손자와 함께 지낼 수 있어 정말 기뻐요. 모르카는 케임브리지 대학교에 합격했어요! 놀랍지 않아요?"

클라리사는 시큰둥한 표정을 지었다.

"놀라운 일이네요. 모르카도 기뻐야 할 텐데."

클라리사는 모르카를 향해 고개를 돌렸다.

"모르카, 정말 만족하니?"

"그럼요."

클라리사는 한숨을 쉬었다.

"그런 식으로 말하면 안 되는데."

"그레이 선생님도 케임브리지 대학교에서 공부하셨죠?"

"잠깐 있었어. 법학을 공부하려고 했지. 그 명문대에서 향학열을 불태우려는데 어머니가 와서 끌고 나갔지."

매클린은 힘주어 말했다.

"우리에겐 다행스런 일이죠. 그리고 당신 독자들을 위해서도."

매클린이 모르카에게 물었다.

"그레이 부인의 최근 소설을 읽었니?"

"아직요. 하지만 다른 소설은 다 읽었어요. 가장 마음에 드는 건 『아치, 떠나다』예요."

클라리사는 놀라며 물었다.

"그래? 무슨 이유로?"

"선생님의 주인공이 돌아오지 않을까 봐 걱정했어요. 선생님은 아치를 없애고 싶었겠지요?"

"그랬지. 하지만 독자들의 성화에 못 이겨 마음을 바꾸었지. 하지만 언젠가는……."

클라리사는 보이지 않는 과녁을 향해 총을 쏘는 시늉을 했다.

"그레이 선생님, 그러면 정말 유감스러울 거예요. 본질적으로 작가는 독자들을 위해 글을 쓰지 않나요? 독자들이 선생님의 주인공에게 애착을 느끼고 있는데 굳이 주인공을 사라지게 할 필요는 없잖아요?"

"아니야. 작가는 자신을 위해서도 글을 쓰지. 아무튼 이건 별개의 문제야."

"그럼 왜 양보하셨어요?"

클라리사는 숨이 막힐 뻔했다.

"매클린, 거 봐요. 내가 몇 분 전에 모르카가 매력적인 청년이라고 말했죠?"

그러고는 모르카에게 이렇게 덧붙였다.

"무례하긴 하지만 대답해주마. 내가 양보한 것은 내가 불완전하고 용기가 없기 때문이야. 이제 됐니?"

"죄송해요. 저는 단지……."

"호호호, 장난 좀 친 거야. 사실 나는 솔직한 질문을 좋아하거든. 솔직한 질문은 우리 자신을 돌아보게 하지. 그러니 그런 자세를 바꾸지 마라."

매클린이 말을 끊었다.

"이제 왜 나를 찾아왔는지 말해주겠어요? 그냥 왔을 리는 없지. 그렇지 않나요?"

"당신 도움이 필요해요."

"그래요?"

매클린은 손자에게 넌지시 말했다.

"모르카, 이 학교, 잘 알지? 한 바퀴 돌아보렴. 유서 깊은 박물관과 미술관 중에서 한 곳을 골라서 말이야."

"방해가 되지 않는다면 여기 있고 싶어요."

매클린이 눈짓으로 허락을 청하자 클라리사는 고개를 끄덕였다.

모르카는 컴퓨터 본체를 가리키며 물었다.

"고장 났어요?"

"악몽이야. 메모리칩 두 개를 추가하려고 했는데 그때부터 컴퓨터가 제대로 돌아가지 않아. 어찌나 오류가 많이 생기는지 미칠 지경이야. 인터넷은 접속조차 할 수 없고."

"제가 한번 봐도 될까요?"

"물론이지. 책장 어딘가에 원본 CD가 있을 거야. 하지만 데이터가 날아가지 않게 조심하렴. 2년 동안 연구한 내용이 들어 있으니까."

모르카는 안심하라는 듯이 손짓을 하고는 컴퓨터에 다가갔다.

클라리사가 지적했다.

"모르카가 당신이랑 닮은 것 아세요? 푸른 눈과 매부리코까지도."

"매클린 가문의 코지!"

"당신에게는 안 된 일이지만 비교는 이 정도로 끝내죠. 당신 손자에게는 제대로 손질하지 않은 희끗희끗한 염소수염은 없어요. 모르카는 의젓해 보이는 걸요."

매클린은 신랄한 말에도 아랑곳하지 않았다.

"용건을 말해볼까요?"

클라리사는 이미 가방에서 수첩을 꺼냈다.

"이것 좀 봐줘요."

교수는 책상 뒤로 가서 의자에 앉았다. 그리고 수첩을 이리저리 살펴보더니 첫 페이지, 두 번째 페이지를 넘기다가 세 번째 페이지에서 멈추었다.

"모르겠어요. 이 수첩, 어디서 났어요?"

클라리사는 책상 가장자리에 팔꿈치를 올려놓고 말했다.

"설명하죠. 하지만 그전에 내 말을 끊지 않겠다고 약속하세요. 이건 장난도 아니고 소설가의 머릿속에서 싹트고 있는 엉뚱한 생각도 아니에요. 알았죠?"

교수는 서랍을 열더니 파이프를 꺼내서 담배통을 긁기 시작했다.

"갑자기 오싹해지는군. 이처럼 심각한 모습은 본 적이 없어요."

"윌리엄, 심각한 문제예요."

"말해봐요. 궁금해요. 무슨 일이죠?"

"살인사건이에요. 그런데 도무지 납득할 수 없는 살인사건이에요. 그 정도로 사건이 기이해요……."

*

매클린은 약속대로 이야기를 끊지 않고 끝까지 들었다. 이야기가 끝나자 그는 확대경을 꺼내더니 수첩을 더욱 세심하게 살펴보았다.

클라리사가 걱정스레 물었다.

"내 말을 믿어요?"

"그럼요. 당신 말이니까. 다른 누군가가 그렇게 이야기했다면, 당신도 인정하겠지만, 이런 터무니없는 얘기는 조금도 믿지 않았을 거예요."

매클린은 잠시 말을 중단했다. 담배를 한 모금 빨더니 파인애플 향기가 나는 푸르스름한 연기를 내뿜었다.

"당신 말이니까 믿어요. 또 이 수첩의 커버와 내용에 몇 가지 의문이 생기기도 하고요."

"커버?"

"가죽은 칼로 새긴 기하학적 모티브로 장식되어 있어요. 나는 이 분야의 전문가는 아니지만 몇 가지 지식이 있거든요. 그런데 이 무늬는 금물로 그린 후 가는 철사로 홈을 새긴 거예요. 그런데 이 기법은 아주 오래전에 사용된 거지요."

"아주 오래전?"

"서기 1세기나 2세기죠. 이처럼 자신 있게 말할 수 있는 것은 요즘 대학교에서 전시회를 열기 때문이에요. 방금 내가 모르카에게 권한 헌터리안 박물관 말예요. 이번 전시회의 주제는 이집트 콥트 예술이에요. 나는 바로 어제, 같은 기법으로 제본한 작품들을 보았어요."

클라리사는 놀랐는지 잔기침을 했다.

"거의 2000년 전의 작품을?"

"그뿐만이 아니에요."

매클린은 수첩을 펼치더니 손가락으로 쓰다듬었다.

"종이 역시 아주 기이해요. 매끄럽지도 않고, 오늘날의 종이와는 달리 하얗지도 않아요. 아마포나 삼베로 만든 게 아니라면 내 손가락에 장을 지지겠어요."

"무슨 뜻이죠?"

"약 150년 전부터 본격적으로 천 대신에 종이를 사용하기 시작했어요. 이 수첩의 제작자가 유달리 기교를 부리는 사람이 아니라면 대체 무슨 이유로 150년도 더 지난 낡은 방식을 사용했는지 모르겠어요."

매클린은 집게손가락으로 글씨를 살짝 쓰다듬었다.

"이상하다……. 잉크도 아주 특이해요. 오늘날의 잉크가 아니에요. 기름 검댕으로 만든 잉크 같은데……."

"기름 검댕?"

"오늘날 우리가 사용하는 잉크는 아주 정교한 화학물질로 만든 거죠. 예전에는 상상도 못할 만큼 좋아졌어요. 초기 잉크는 그을음과 물을 주성분으로 하고 천연고무를 첨가해서 만들었지만, 먼 옛날에는 오직 그을음만으로 만들었어요. 그래서 '기름 검댕 잉크'라고 하죠."

"그럼 내용은요? 내용에 대해서는 설명하지 않았잖아요."

"알았어요. 사실 내용이 가장 이해하기 쉬운 부분이에요. 한 가지 확실한 것은 이 글을 쓴 사람이 암호 전문가는 아니라는 거죠."

"그래도 코드화한 글이란 말이네요."

"바로 그거예요! 그것도 아주 진부한 방법으로……."

매클린은 조용히 미소를 지었다.

"메리 스튜어트(1542~1587. 제임스 5세와 프랑스 왕녀 마리 드 기즈 사이에서 출생. 태어난 지 일주일 만에 부친의 죽음으로 스코틀랜드 왕위에 오름—옮긴이)."

클라리사는 소스라치게 놀랐다.

"스코틀랜드의 여왕 말인가요? 마리 드 기즈의 딸?"

"맞아요. 그래서 내용이 이 수첩에서 가장 이해하기 쉬운 부분이라고 말했던 거예요."

클라리사는 팔짱을 끼고 귀를 기울였다.

"때는 1586년 초였어요. 메리 스튜어트는 고종사촌인 엘리자베스 1세의 명령으로 18년간 차틀리홀 성에 갇혀 있었죠. 외부와의 접촉은 완전히 금지되었어요. 하지만 충실한 부하들 덕분에 정기적으로 서신을 왕래할 수 있었죠."

"어떻게요?"

"열렬한 가톨릭 신자였던 길버트 기퍼드라는 사람이 편지를 맥주 제조업자에게 전달하면, 그 사람이 편지를 가죽주머니에 넣고 대형 맥주통의 마개에 감추었어요. 그리고 맥주통을 성에 운반하면, 메리의 하인이 마개를 회수해서 메리 여왕에게 전달하는 식이었죠."

매클린은 잠시 쉬었다가 이야기를 계속했다.

"당시 앤서니 배빙턴이란 사람이 스코틀랜드 여왕을 구출하고 엘리자베스 1세를 암살한 다음 폭동을 일으켜 외세를 끌어들일 계획을 꾸몄어요. 배빙턴은 살해계획을 담은 편지를 작성했죠. 용의주도한 그는 메리 여왕의 간수가 편지를 가로챌 경우에 대비하여 편지를 암호로 작성했죠. 배빙턴은 단순히 알파벳을 대체하는 숫자 암호문이 아니라 각각의 알파벳을 나타내는 상징들을 사용해서 암호문을 만들었어요. 여왕에게 편지를 전달하는 임무는 항상 기퍼드가 맡았어요."

클라리사는 긴장했는지 무의식적으로 머리를 쓸어 넘겼다.

"역사 시간에 배운 바로는, 기퍼드라는 사람은 엘리자베스 여왕의 국무장관인 월싱엄 밑에 있던 이중간첩이었어요."

"맞아요. 이 배신자는 메리 여왕에게 전해야 할 편지를 월싱엄에게 넘겨주었어요. 월싱엄은 즉각 유럽에서 가장 뛰어난 암호분석가에게 편지를 맡겼죠. 토머스 펠리프스라는 천재였죠. 펠리프스는 엘리자베스 여왕의 암살음모가 담긴 배빙턴의 편지를 해독한 후 즉각 월싱엄에게 알렸어요. 월싱엄은 메리 여왕이 그 음모를 승인하는 답장을 할 때까지 기다렸어요. 그는 오래전부터 스코틀랜드 여왕이 죽기를 바랐어요. 하지만 엘리자베스 여왕이 고종사촌인 메리 여왕을 처형하는 일을 꺼린다는 것도 잘 알고 있었죠. 메리 여왕이 음모를 꾸미고 있다는 사실을 증명할 수만 있다면 엘리자베스 여왕은 메리 여왕을 처형할 수밖에 없었죠."

그때 모르카가 이야기를 이었다.

"월싱엄의 바람은 이루어졌어요. 7월 17일, 메리 여왕은 배빙턴에게 엘리자베스 여왕의 암살을 승인하는 답장을 보냈어요. 결국 메리는 1587년 2월 8일 단두대에서 목이 잘리고 말았어요."

매클린이 웃으며 말했다.

"너도 듣고 있었구나."

모르카는 컴퓨터를 가리켰다.

"작동되니?"

"문제없어요."

"인터넷도?"

"물론이죠."

"요즘 젊은이들이 이런 기계를 다루는 걸 보면 정말 놀라워요."

클라리사는 대꾸하지 않았다. 그녀는 이야기에 푹 빠져 있었다.

"결론적으로 말하면 이 수첩의 원문은 150년 전 배빙턴이 고안한 방법에 따라 암호화한 것이군요."

"분명히 그렇죠."

"해독할 수 있겠어요?"

"키를 누르기만 하면 돼요. 내가 제2차 세계대전 당시 공군의 케임브리지 연구소에서 일하면서 사용했던 문서가 우리 집 지하실에 있을 거예요. 수많은 암호가 분류되어 있죠. 줄리어스 시저의 암호부터 에니그마까지."

"에니그마?"

다시 한번 모르카가 끼어들었다.

"1918년경 두 명의 독일인이 만든 암호기 이름이에요. 암호 해독가들을 미치게 만들었던 골칫거리죠. 사실 독일 암호병의 배신이 없었다면 연합군은 결코 암호를 풀 수 없었을 거예요."

매클린은 감탄한 듯 휘파람을 불었다.

"내 코를 납작하게 만드는구나."

클라리사는 한술 더 떴다.

"참으로 아는 게 많구나! 내가 두 손 들었다!"

매클린은 얼굴을 쳐들면서 자랑스럽게 말했다.

"매클린 가문이잖아요."

그러더니 손가락으로 수첩을 톡톡 치면서 말했다.

"몇몇 페이지의 서두에 적힌 이 문장을 보셨나요?"

"무슨 뜻인지 도무지 모르겠어요."

"잘 보세요. 여기. 분명히 읽을 수 있어요. Tempesta unus 혹은 Eadem tempesta……."

"하나의 시대? 같은 시대? 배빙턴 암호와 어떤 관계가 있죠? 내가 알기로 배빙턴 암호는 라틴어로 작성되지 않았는데."

"맞아요. 수수께끼가 하나 더 늘었어요."

"대체 누가, 그러니까 이 경우에는 희생자가 무슨 이유로 2세기 이집트 시대까지 거슬러 올라가는 섬세한 기법으로 만든 표지, 150년도 더 된 방식으로 만든 종이, 기름 검댕 잉크, 더구나 16세기의 앵글로색슨 암호에서 착안한 암호문을 만들려고 했을까요? 또 우리가 아직 얘기하지 않은 문제가 하나 있어요. 이 문제 역시 아주 신비스러워요. 내가 오전에 캐슬린에게 구술했던 소설의 내용과 같은 일이 그날 저녁에 실제로 일어난 걸 어떻게 설명할 수 있을까요? 우연일까요?"

"나는 우연은 믿지 않아요. 적어도 사람들이 말하는 우연 따위는 믿지 않아요. 나는 우리의 진화가 조화롭고 구조화된 도식에 따르며, 우리 운명의 윤곽이 이미 그려져 있다고 확신해요."

매클린은 책장으로 걸어갔다.

클라리사가 물었다.

"그 말의 증거를 찾으려고요?"

"우연의 일치란 사람들이 말하는 것만큼 쉽게 속단할 수 없어요."

그러더니 책을 한 권 꺼내 말했다.

"예를 하나 들어볼게요. '스탠퍼드 대학교 선형가속기연구소 소장인 버튼 리히터 교수는 1974년에 새로운 입자를 발견하고 '프사이 입자' 라고 명명했다. 거의 동시에 미국 동해안에 있는 브루크헤이븐 국립연구소의 새뮤얼 팅 역시 같은 입자를 발견했고 두 사람은 1976년 노벨 물리학상을 공동수상했다.'"

매클린은 다른 페이지를 펼쳤다.

"토머스 제퍼슨이 숫자 3과 인연이 깊다는 사실을 알고 있나요? 그는 미국의 제3대 대통령이었고, 1743년 4월 13일에 태어났어요. 또 그는 셋째 아이였고 그의 셋째 아들의 이름 역시 토머스였어요……."

클라리사가 항의했다.

"그만하세요. 그건 형편없는 카드 점쟁이나 하는 소리죠. 나라도 그런 예는 얼마든지 들 수 있어요."

"할아버지, 기분 나쁘게 해드리고 싶지는 않지만 그레이 선생님의 말씀이 옳은 것 같아요. 링컨 대통령과 케네디 대통령 사이에도 유사점이 많다는 거, 아세요?"

"물론이지."

클라리사가 물었다.

"뭔데요?"

모르카가 설명했다.

"인터넷 서핑을 하다가 우연히 발견했어요. 숫자 3 이야기만큼이나 재밌어요. 하지만 이번에 주도적인 역할을 하는 것은 100이에요. 그레이 선생님, 이쪽으로 와서 직접 보세요."

모르카는 피아노를 치듯 자판을 두드렸다. 몇 초 후 화면에 다음과 같은 글이 떴다.

에이브러햄 링컨은 1846년 연방하원의원에 당선되었다.

존 F. 케네디는 1946년 연방하원의원에 당선되었다.

에이브러햄 링컨은 1860년 대통령에 당선되었다.

존 F. 케네디는 1960년 대통령에 당선되었다.

두 대통령의 아내는 백악관에서 자식을 잃었다.

두 대통령은 금요일에 아내가 지켜보는 가운데 머리에 총을 맞고 암살됐다.

두 대통령의 암살자인 존 윌크스 부스와 리 하비 오스월드는 법원의 판결을 받기 전에 피살되었다.

부스는 극장에서 도망친 후 창고에서 발각되었다.

오스월드는 창고에서 도망친 후 극장에서 발각되었다.

링컨의 후임인 앤드루 존슨 대통령은 1808년에 태어났다.
케네디의 후임인 린든 존슨 대통령은 1908년에 태어났다.
둘 다 성과 이름의 알파벳이 열세 개다.

모르카는 장난꾸러기처럼 웃었다.

"저는 여기 몇 가지를 추가했어요. 존 F. 케네디는 포드사에서 만든 링컨 자동차를 타고 있다 살해되었고, 링컨은 포드 극장에서 죽었어요. 링컨은 죽기 일주일 전 메릴랜드 주의 먼로라는 시에 있었고, 케네디는 죽기 일주일 전 매릴린 먼로와 함께 있었대요."

클라리사는 거리낌 없이 웃었다.

"보세요, 매클린. 당신 손자조차 당신만큼 순진하지는 않아요! 이런 일치가 몇 사람에게 나타날지! 내가 정말 존경하는 추리소설의 대가가 뭐라고 했는지 아세요? 프랑스 소설가 가스통 르루를 말하는 거예요. 그는 이렇게 말했죠. '우연의 일치는 진리의 최악의 적이다.'"

"그럼 가스통 르루보다 권위 있는 아인슈타인의 말을 인용해볼까요? '하느님은 주사위 놀이를 하지 않는다.'"

매클린은 시무룩한 표정을 지었다.

"아무튼 당신에게 일어난 사건에 대해 좀더 얘기를 한다면 들어줄 용의는 있는데……."

매클린은 소파 위에 책을 던지고 이렇게 결론을 내렸다.

"배고파요. 밥 먹으러 갑시다."

"괜찮다면 아가일 호텔에 데려다줘요. 아침 5시부터 서 있었더니 허리가 아파요. 좀 누워야겠어요. 또 옷과 화장품도 사야 하고. 호텔 바로 옆에 막스앤드스펜서가 있어요. 나중에 댁으로 갈게요."

"좋아요. 우리 집 옆이군요. 하지만 빈 방이 있을까요?"

"없으면 만들어야죠. 난 20년도 넘게 그랬답니다."

"알았어요. 하지만 저녁식사는 우리 집에서 하세요. 재니트가 당신을 보면 무척 기뻐할 거예요."

"정말로요? 여자들이 불시에 누군가를 초대하는 걸 얼마나 싫어하는지 아세요?"

"좋아할 거예요."

클라리사는 책상에 놓인 수첩을 힐끔 쳐다보았다.

"이곳은 보안이 잘되어 있나요?"

"다우슨 부인과 나 이외에는 누구도 들어올 수 없어요. 자, 갑시다."

매클린은 모르카에게 돌아서서 말했다.

"자, 그만 컴퓨터는 꺼야지?"

클라리사는 그들 뒤를 따라가는 척하다가 재빨리 돌아서서는 수첩을 주워 가방에 밀어 넣었다.

5

메모를 확인한 위셔트 순경은 스튜어트 형사의 사무실로 가서 문을 두 번 두드리고는 안으로 들어갔다.

"방금 코리 경찰서에서 전화가 왔습니다. 관광객들이 남쪽으로 3킬로미터쯤 떨어진 길가에서 시신 한 구를 발견했답니다. 검시관이 현장에 파견되었다는군요."

"교통사고?"

"아닙니다. 매켄지 경사의 말로는 목덜미에 총을 맞았답니다."

토머스 스튜어트는 한숨을 쉬며 보고 있던 서류를 덮었다.

"좋아. 어디 한번 볼까?"

잠시 후, 두 사람은 코리를 향해 자동차로 달리고 있었다. 맑고 푸른 하늘이 흐려지기 시작했다. 동쪽에서 커다란 먹구름이 불쑥 나타나자 바다 위에 있던 보이스카우트들이 뭍으로 달아나기 시작했다.

스튜어트 형사가 빈정거렸다.

"여름도 다 끝났네."

"투덜대지 마십시오. 예년보다 길었잖습니까? 아침 내내 맑은 날씨였고요."

스튜어트 형사가 불쑥 물었다.

"그레이 부인에게서 무슨 소식은 없나?"

"전혀 없습니다."

"가엾은 부인. 노년이 편치 않은 것 같아. 그렇지 않은가? 늘 추리소설만 쓰시더니 이젠 횡설수설하고 있어. 고독 때문에 그런 것 같지 않나?"

"그럴 수도 있고 아니면 글렌모어 위스키를 이기지 못했을 겁니다."

위셔트는 불량스럽게 낄낄대며 말했다.

"노인네가 그렇게 술을 퍼마시니……."

"위셔트 순경, 이제 그만하게. 그레이 부인은 존경할 만한 훌륭한 분이야."

그 후 두 사람은 한마디도 나누지 않고 차를 달렸다. 마침내 길가에 몇몇 사람이 모여 있는 모습이 보였다. 스튜어트는 차를 멈추고 내렸다. 그리고 까만 글자로 '출입금지'라는 경고문이 붙은 노란 띠를 뛰어넘었다. 그때 경비를 서고 있던 경찰이 큰소리로 외쳤다.

"스튜어트 형사님!"

그는 수풀 사이에 누워 있는 시체를 가리켰다.

"발견 당시 저 상태였습니다."

스튜어트는 시체 옆에 무릎을 꿇고 있는 검시관에게 다가갔다.

"안녕, 조지. 오랜만이야."

"안녕, 토머스. 잘 지내?"

"2주 후면 휴가지. 그러니 지낼 만해."

"신원은 밝혀냈어?"

"남자. 42세. 목덜미에 총구를 대고 한 발을 쏘아 죽였어. 아무래도 베레타92 같아. 탄알은 척추동맥을 터트리고 제2경추를 관통한 후 가시 모양의 횡근을 뚫고 빠져 나갔어. 총탄은 1미터 떨어진 곳에서 발견되었지."

"사망 시간은?"

"새벽 1시에서 2시 사이."

"신분증은?"

"운전면허증과 주민등록증. 이름은 로디 오케이시, 콜레인 출생, 더블린 거주. 틀림없이 위조 신분증일 거야. IRA(영국령 북아일랜드와 아일랜드 공화국의 통일을 주장하는 반半 군사조직—옮긴이) 내부의 파벌싸움이라 해도 별로 놀랍지 않을 거야."

"IRA? 우리 지역에서? 그럴 가능성은 없어. 2년 전 IRA는 자신들의 표어를 버렸어. '한 손에 투표용지를, 다른 손에 기관총을!'"

스튜어트 형사는 시체 옆에 앉으면서 물었다.

"좀 봐도 될까?"

검시관은 고개를 끄덕이더니 도구를 챙기기 시작했다.

스튜어트는 시체의 두 어깨를 붙잡더니 조심스럽게 뒤집었다. 오케이시의 얼굴은 볼품없었다. 반 대머리, 창백한 얼굴, 눈 둘레에 검게 무리가 진 토끼눈, 붉은 눈썹. 영화 「어린 프랑켄슈타인」에 출연한 배우 마티 펠드먼과 닮은 구석이 있었다. 특히 그의 관심을 끈 것은 이마에 길게 난 흉터였다.

"시체는 저기에 있었어요! 두 눈으로 똑똑히 보았어요. 거의 대머리에 공처럼 동그란 눈을 가진 40대 남자였어요. 이마에 기다란 흉터가 있었고요."

그레이 부인은 사라진 시체에 대해 분명 이렇게 묘사했었다. 이럴 수가? 그렇다면 그레이 부인은 스카치위스키를 과음하거나 노망이 들어 헛것을 본 게 아니란 말인가?

"또 목이 찔려 피가 흘러나왔어요."

하지만 이건 맞지 않았다…….

스튜어트 형사의 머리가 복잡해지기 시작했다. 보이지 않는 퍼즐 조각들이 나타났지만 들어맞지 않았다. 그는 떠날 준비를 하는 검시관에게 물었다.

"조지, 사망 시간이 몇 시라고 했지?"

"새벽 1시에서 2시 사이. 왜?"

스튜어트는 머리를 흔들었다.

"아무것도 아니야. 검시 결과를 알려줘."

*

황혼이 글래스고 거리를 회색으로 물들이기 시작했다. 클라리사는 침대에서 몸을 일으켰다. 그리고 욕실로 가서 짧은 머리를 빗고 가볍게 화장을 한 후 몇 시간 전에 산 옷을 입었다. 방 한쪽 구석에 세워져 있는 거울이 뾰로통한 그녀의 모습을 비추었다. 이 셰틀랜드 모직 양장이 250파운드나 하다니! 가격은 오른 반면 품질은 떨어졌다. 그녀는 10퍼센트를 깎았지만 그래도 비쌌다.

클라리사는 마지막으로 옷매무새를 확인한 후 트렌치코트를 들고 호텔을 나섰다.

거리로 나온 클라리사는 걸어서 갈지, 버스를 탈지 망설였다. 매클린의 집은 그다지 멀지 않았다. 결국 버스를 타기로 하고 가장 가까운 정류장으로 향했다. 23번 버스는 금방 왔다. 그녀는 버스 기사 바로 뒷자리에 앉았다.

오늘 아침 택시를 타고 글래스고 대학교에 가면서 이 도시가 몇 년 사이에 얼마나 변했는지 확인할 수 있었다. 붉은 벽돌로 지은 오래된 주택가를 지나자 현대식 빌딩숲이 나타났다. 말쑥한 주택들이 클라이드 강을 따라 들어서 있었다. 미술관, 박물관, 도서관이 놀라운 속도로 세워졌고, 대부분의 비위생적인 창고들은 헐렸거나 가게 또는 사무실로 바뀌었다. 매클린이 살고 있는 웨스트엔드—오랫동안 무시되었던 주택가—는 가장 인기 있는 구역이었다. 다른 곳과 마찬가지로 글래스고는 변신 중이었다. 그것도 아주 빠르게.

버스가 스코틀랜드 전시관 및 컨퍼런스 센터에 이르렀을 때 차창에 얼굴 하나가 불쑥 나타났다. 낯익은 얼굴이었다. 어디서 보았더라? 언제 마주쳤지? 클라리사는 돌아보았다. 이목구비가 섬세한 젊은이가 그녀 옆자리에 앉아 있었다. 그녀는 잠시 기억을 더듬었다. 페리호에서 이상한 옷차림으로 시간을 물어보았던 바로 그 젊은이였다. 그는 킬트 대신에 프랭스 드 갈 사(社)의 스리피스 정장을 입고 있었다. 두 사람의 시선이 마주쳤다. 그는 살짝 인사를 했지만 그녀는 답례하지 않았다. 그녀는 그를 정말 이상한 사람이라고 생각했다.

다음 정거장에서 내린 클라리사는 100미터쯤 걷다가 사키홀 가 26번지 현관에 들어섰다.

매클린이 현관문을 열어주었다.

"너무 일찍 온 건 아니죠?"

"전혀요. 어서 들어와요."

식사는 식당을 겸한 거실에 이미 준비되어 있었다. 창문과 노란 커튼 틈으로 빛이 새어들었다. 코지코너(등에 장식장이 달린 긴 의자—옮긴이) 하나, 끔찍한 바우하우스 양식을 연상시키는 긴 의자 하나, 맨체스터 벨벳을 씌운 의자 몇 개, 주름 종이로 만든 전등갓, 사냥 장면을 그린 수채화 등 혼란스러운 장식에도 불구하고 분위기는 정겨웠다.

모르카는 거실 한구석에 있는 하이파이 아래에 이어폰을 낀 채 책상다리로 앉아 있었다. 그는 어찌나 열중하고 있었는지 클라리사를 보지 못했다.

"클라리사, 어서 오세요!"

재니트 매클린이 거실로 들어섰다. 그런데 정말 재니트일까? 그토록 삶의 기쁨이 넘치고 명랑하던 그녀가 이렇게 생기를 잃다니!

클라리사는 애써 당혹감을 숨기면서 양해를 구했다.

"이렇게 불쑥 찾아와서 정말 죄송해요. 윌리엄이 자꾸 오라고 해서……."

"잘하셨어요. 많이 보고 싶었어요. 자, 앉으세요. 마음 편히 가지세요. 결국 당신의 동굴을 떠나기로 결심하셨나요?"

재니트의 목소리는 약간 지친 듯이 들렸다.

"아니에요. 글래스고에 오래 머무를 생각은 없어요. 당신 표현대로 내 동굴이 벌써 그리워요."

"며칠 간 세상에 나온다고 해롭지는 않을 거예요."

매클린이 한술 더 떴다.

"할 일이 있는 동안이라도 글래스고에 머물러요. 수첩 말이에요."

재니트는 두 손을 모으고 애원하듯 말했다.

"윌리엄이 전부 얘기해줬어요. 시체가 사라진 이야기는 정말 어처구니없어요. 당신은 틀림없이 엄청난 충격을 받았을 거예요."

"충격을 받았다는 것은 완곡어법이죠. 아무리 오랫동안 살인사건을 묘사하며 살았더라도 일단 실제상황이 되어버리면 사정은 완전히 달라져요."

클라리사는 모르카를 바라보며 말을 이었다.

"우리의 젊은 친구는 누구도 음악이라고 부르지 않는, 귀에 거슬리는 새로운 소리에 빠졌나 봐요?"

"당신 생각이 틀렸어요. 모르카가 무엇을 듣고 있는지 짐작도 못할 거예요."

클라리사는 눈을 동그랗게 뜨며 대답을 재촉했다.

"글쎄, 한 시간 전에 녀석이 마치 방에 불이라도 난 것처럼 나를 급히 부르지 않겠어요? 텔레비전에서 우연히 로열 앨버트홀(런던 남서부 켄싱턴에 있는 앨버트 기념 회관—옮긴이)에서 생중계하는 음악회를 보다가 거기 출연한 가수가 누구며 그의 음반이 있는지 묻더라고요."

매클린은 여전히 음악에 취해 있는 손자를 곁눈질했다.

"모르카는 45분 전부터 바흐의 「미사 b단조」에 빠져 있어요. 뭐 좀 마시겠어요? 20년 된 라프로익 스카치 어때요?"

"윌리엄, 당신도 결국 문명인이 되었나요?"

"아니오. 대학구장(한 지역의 모든 대학교의 운영을 관장하는 사람—옮긴이)

의 선물이에요. 내가 스카치는 별로 좋아하지 않는다는 걸 잘 알잖아요. 테넌트 맥주를 대신할 수 있는 건 없어요."

"맥주! 게다가 그 미지근한 맥주 말예요? 얼마나 미개한지! 영국인들이 어떻게 은근슬쩍 스코틀랜드 땅을 정복했는지 알겠어요."

매클린은 어깨를 으쓱하고는 아내에게 물었다.

"당신은 뭘 마시겠소?"

재니트는 황급히 사양했다.

"아무것도 안 마셔요. 전혀요."

재니트는 클라리사 옆에 있는 안락의자에 앉았다.

"바로 지난주에 당신의 최근 소설을 다 읽었어요. 기막힌 소설이에요. 대체 어디서 그런 착상을 찾아내는지 신기해요."

"솔직히 신문에서 내 졸작의 발췌문을 다시 읽게 되면 나 자신도 깜짝 놀란다니까요."

클라리사는 입이 근질근질할 정도로 궁금한 질문을 하기 위해 즉각 화제를 바꿨다.

"재니트, 먼저 당신 얘기부터 해줘요. 건강은 어때요?"

"약간 피곤해요. 아프지 않을 리가 있겠어요? 당신도 오스카 와일드의 말을 알 거예요. '50대 이후에 건강검진을 받고 아무 질병도 발견하지 못했더라도 즐거워하지 말라. 당신은 이미 죽은 몸이니까.' (재니트는 한숨을 쉬었다.) 슬픈 일이죠. 올해 처음으로 '일곱 개의 머리를 가진 우물' 로 성지순례를 가지 못할 것 같아요. 선생님도 아시죠? 글렌코 학살(1692년 2월 13일 스코틀랜드의 아가일 백작 10세 아치볼드 캠벨이 이끄는 군인들이 글렌코의 맥도널드 가문 사람들을 대학살한 사건—옮긴이)을 추념하기 위해 매년 조직하는 성지순례단 말이에요. 무자비한 학살이었죠. 그뿐만이 아니었어요. 잉글랜드인들은 수세기에 걸쳐서 우리 스코틀랜드인들을 배려하지 않았어요. 잉글랜드인들은 우리에게 백파이프를 연주하지 못하게 했을 뿐만 아니라 방패, 단도,

검의 휴대를 금지했어요. 격자무늬 옷조차 입지 못하게 했죠!"

"재니트, 당신 말이 옳아요. 하지만 200년도 더 지난 일이에요. 이제는 많이 바뀌었어요. 그래도 우리는 자치권을 누리고 있잖아요."

재니트는 손을 내저으며 말했다.

"그렇긴 해요. 우리의 숙적은 우리에게 그런 걸 선물했죠. 하지만 그건 눈가림에 지나지 않아요."

갑자기 재니트는 클라리사의 눈을 응시하며 대뜸 물었다.

"솔직하게 대답해줘요. 사람은 분명 언젠가는 죽는 거죠?"

클라리사는 소스라치게 놀랐다.

"무슨 뜻인지……."

"죽는다는 걸 절대적으로 확신하나요?"

"아니, 재니트! 당신……."

"당찮는 질문이죠?"

그때 모르카가 이어폰을 벗고 다가왔다.

클라리사가 먼저 손을 내밀며 인사했다.

"안녕."

당황한 모르카는 황급히 손을 내밀었다.

"죄송해요……. 그런데 그 질문은……."

재니트는 눈을 흘기며 항의했다.

"이 질문이 그렇게 이상하니? 우리가 영원히 이 세상에 떠돌기 위해서는 잠시 죽음을 망각하면 되지 않을까?"

깜짝 놀란 모르카가 반박했다.

"무슨 말인지 모르겠어요. 어떻게 불멸의 존재가 될 수 있다고 상상하죠? 정말 기괴한 생각이에요!"

"어머나! 애야, 말 조심해라."

모르카는 말대꾸하려 했다. 하지만 외할아버지가 술잔과 술병을 쟁반에 받쳐 들고 오는 것을 보고는 생각을 바꿨다.

매클린은 라프로익 스카치를 따르며 클라리사에게 말했다.

"이 술이 마음에 들 거예요. 물 좀 드릴까요?"

클라리사는 말벌이 심장을 쏘기라도 한듯 펄쩍 뛰었다.

"물이라고요? 라프로익에 물을 타요? 이런 고급 스카치에 물을 타는 것은 범죄라는 걸 모르세요?"

매클린은 두 손을 허리에 얹고 클라리사를 쏘아보았다.

"클라리사 그레이, 속내를 얘기해도 될까요?"

"각오하고 있어요."

그때 전화벨이 울린 덕분에 클라리사는 난처한 상황을 모면했다.

매클린이 전화를 받았다. 그리고 거의 동시에 클라리사에게 수화기를 건넸다.

"당신 전화예요."

"내 전화요? 그럴 리가? 내가 이곳에 있는 것은 아무도 모르는데."

"스튜어트 형사는 예외죠."

당황한 클라리사가 수화기를 들었다.

"스튜어트 형사님?"

"네, 맞습니다. 방해해서 죄송합니다. 하지만……."

"대단하네요! 내가 글래스고에 있는 걸 어떻게 알았나요? 더구나 매클린 교수 댁에 있는 것까지?"

"마법의 수정구로……. 아닙니다. 농담이에요. 여러 번 전화를 드렸어요. 아무도 전화를 받지 않아 걱정이 돼서 댁에 갔더니 문이 닫혀 있더라고요. 여기저기 돌아다니면서 몇 사람에게 물어봤죠. 부인께서 새벽에 브로딕으로 갔다고 미첼 목사님이 알려줬어요. 페리호를 타셨을 거라고 추측했죠."

"잘했어요. 많이 발전했군요. 하지만 스코틀랜드는 넓어요. 내가 에든버러 같은 데 갈 수도 있었잖아요."

"제 직감을 믿었죠. 부인께서는 매클린 교수님에 대해 자주 얘기했어요. 글래스고 대학교에 전화했더니 다우슨 부인이라는 분이 부인께서 글래스고에 계신다고 확인해주었어요. 부인께서는 습관을 거의 바꾸지 않으시죠. 아가일 호텔보다 훨씬 쾌적한 호텔도 있는데."

"맞아요. 하지만 다른 호텔은 가격을 할인해주지 않아요. 내가 검소한지 확인해보려고 나를 추적하지는 않았을 텐데요?"

"그레이 부인, 칭찬받을 일을 했는데 제발 그렇게 말하지 마세요. 말씀드렸다시피 저는 부인이 걱정되었어요."

"그렇게 염려해주시다니 감동적이군요. 이제 용건을 말해봐요."

스튜어트는 생각을 정리하기라도 하듯 잠시 침묵을 지켰다.

"엊저녁에 댁에서 메모한 게 있는데, 읽어볼 테니 잘못된 부분이 있으면 지적해주세요. '거의 대머리에 공처럼 동그란 눈을 가진 40대 남자였다. 이마에 기다란 흉터가 있었다.' 희생자를 이렇게 묘사하셨죠?"

"네, 맞아요."

클라리사의 목소리에는 긴장감이 스며 있었다.

다시 잠시 침묵.

"그 시체를 찾았어요."

"뭐라고요?"

질문이라기보다는 고함에 가까웠다.

"관광객들이 브로딕과 코리를 잇는 길가에서 시신 한 구를 발견했어요. 즉각 현장에 갔죠. 그런데 그 시신은 부인이 묘사한 희생자와 놀랄 만큼 닮았어요. 40대 남자, 거의 대머리, 공처럼 동그란 눈, 특히 이마에 난 긴 흉터."

"거 봐요, 내 말이 맞잖아요!"

"그런데……."

"스튜어트 형사님, 무슨 일이 있나요? 아직도 만족하지 못해요? 또 뭐가 필요하죠? 희생자의 생년월일과 목둘레에 대해서도 알려달란 말인가요?"

"맞아요. 목에 대해서……."

"말해봐요!"

"우리가 검시한 남자의 목에는 칼자국이 없었어요. 분명히 살해당하기는 했지만 목덜미에 총을 맞고 죽었어요."

싸늘한 기운이 클라리사의 온몸을 휘감았다.

"아니, 어떻게 그럴 수가! 확실해요?"

"그레이 부인. 제가 부인의 소설 주인공인 아치 로덴바르만큼 총명하지 못하다는 점은 인정해요. 아무리 그렇더라도 칼 자국과 총알 자국을 구별하지 못하겠어요?"

"그런 뜻이 아니에요. 분명 같은 사람인가요? 형사님이 발견한 사람이 내가 묘사한 사람과 정말로 닮았나요?"

"두 사람 모두 40대에 대머리, 공처럼 동그란 눈, 이마에 난 긴 흉터. 게다가 둘 다 새벽 1, 2시 사이에 우리 애런 섬에서 죽었어요. 이렇게 일치하기는 힘들지요."

"신원은 확인했어요?"

"콜레인 출신의 로디 오케이시라는 사람이에요."

"콜레인? 콜레인은 북아일랜드에 있는 도시잖아요? 관광객일까요? 아니면 세일즈맨?"

"모든 가능성은 열려 있죠. 검시관은 IRA의 파벌싸움으로 추측했어요."

클라리사가 가만히 있자 스튜어트 형사가 물었다.

"새로운 소식은 없습니까?"

클라리사는 수첩 얘기를 털어놓을까 망설이다가 입술을 깨물었다. 이건 자신의 문제였다. 그녀는 태연한 목소리로 대답했다.

"아니요, 아무것도 없어요."

"좋습니다. 새로운 사실을 찾아내면 부인께 꼭 알려드리겠습니다. 그레이 부인, 글래스고에서 잘 지내다 오십시오. 벨프리 레스토랑에 가서 꼭 저녁식사를 하십시오. 음식 맛이 기막힙니다."

클라리사가 전화를 끊으려는 순간, 스튜어트의 목소리가 들렸다.

"너무 걱정하지 마십시오. 제게도 인간적인 면이 있어요."

클라리사가 수화기를 내려놓자 매클린이 걱정스레 물었다.

"무슨 일이에요?"

클라리사는 스튜어트가 말한 내용을 건성건성 알려주었다.

재니트는 의심의 눈초리로 클라리사를 응시했다.

"말해줘요……. 새로운 소설을 준비하고 있는 거죠?"

"지금까지 살아오면서 누군가를 죽이고 싶다는 생각이 스쳐간 적도 있지만, 어쨌든 나는 살인범이 아니라 소설가예요."

매클린이 지적했다.

"정말로 믿기지가 않아요. 그 사건은 그냥 기이해 보이기만 했는데 이제는 비현실적으로 보여요."

그의 아내가 말을 끊었다.

"비현실적인 것은 당신의 무감각이에요. 윌리, 당신은 늙었어요."

"심장에 비수를 꽂는구려."

"당신이 케임브리지 연구소에서 근무하던 때가 떠올라요. 세상 그 누구도, 나조차 당신을 일에서 떼어놓을 수 없었죠. 그때 당신은 열정이 넘쳐흘렀어요. 암호 하나를 풀기 위해 며칠 밤을 지새우기도 했죠. 암호를 푼 후에야 한숨을 돌렸잖아요. 당신은 지금 살인과 관련된 암호문을 가지고 있어요. 그것도 당신의 가장 친한 친구와 관련된 살인사건이에요. 그런데도 이 시간까지 뭘 하셨어요? 암호에는 손도 대지 않고 한나절을 보냈잖아요."

매클린이 변명하려 했지만 재니트는 말을 이었다.

"윌리, 당신은 호기심을 잃었어요. 그건 권태의 시작이에요. 당신은 몇 년 전까지만 해도 생기가 넘쳐흘렀어요. 이제 당신은 정열을 잃었어요."

"갑자기 엄격해졌구려."

재니트는 지친 듯이 손을 내저으며 말했다.

"엄격한 게 아니라 사실을 말하는 거예요……."

매클린은 이를 악물고 무뚝뚝하게 말했다.

"식탁으로 갑시다."

저녁식사는 무거운 분위기에서 이루어졌다. 부부는 서로 공격할 기회만 노리는 듯했다. 식사가 끝날 무렵 재니트가 무례함을 넘나드는 엉뚱한 말을 퍼붓자 분위기는 정말로 숨이 막힐 듯했다. 그녀에게 무슨 일이 일어난 걸까? 그녀는 뭔가에 홀려 있었다. 재니트가 잠시 자리를 비운 틈을 타서 클라리사가 매클린에게 살며시 말했다.

"내 무례를 용서하세요. 재니트는 아픈 게 아닐까요? 몹시 피곤해 보이고, 아주 다른 사람 같아요."

"결국 당신도 눈치 챘네요……."

"물론이죠. 무슨 일이에요?"

그때 모르카가 넌지시 물었다.

"외할머니가 아프세요?"

매클린은 투덜투덜 불평을 늘어놓았다.

"모르겠어요. 얼마 전부터 재니트는 이중인격자가 된 것 같아요. 나를 어떻게 대하는지 보았죠?"

"재니트는 조금도 먹지 않았어요."

"사흘 전부터 그래요. 음식을 완전히 거부하고 있어요."

매클린은 신경질적으로 수염을 만지작거렸다.

"이 상태가 지속되면 병원에 데려가야겠어요."

"맞아요. 윌리엄, 꼭 그렇게 해요. 기다리지 마세요. 당신을 불안하게 만들고 싶지는 않지만……."

클라리사는 거의 들리지 않는 목소리로 말을 마쳤다.

"예감이 좋지 않아요……."

6

클라리사는 손목시계를 봤다. 오전 10시. 약속시간이 30분이나 지났는데도 윌리엄은 오지 않았다. 시간을 엄수하겠다고 약속하더니. 그는 항상 약속시간을 잘 지켰는데……. 클라리사는 재니트를 생각했다. 그녀가 잘못되지 않기를 기도했다. 엊저녁 재니트는 안락의자에 웅크리고 앉아서 한마디도 하지 않았다. 마치 속병이 온몸을 쥐어뜯는 듯이 허공을 쳐다보며 주먹을 쥐기만 했다. 그녀는 클라리사가 집을 나오는 걸 알아차리기나 했을까?

클라리사는 침대 겸 소파에서 빠져나와 길모어힐 캠퍼스 쪽으로 나 있는 창가로 다가갔다. 가끔 나뭇잎에서 살랑거리는 바람소리만 들려올 뿐, 거리는 한산했고 초자연적인 정적이 흘렀다.

잠에서 깨자마자 다 집어치우고 평온한 램래시로 돌아가고 싶은 마음이 간절했다. 어김없이 네다섯 시간 동안 고약한 꿈과 혼란한 환영이 반복되었다. 이 사건을 추적해보았자 무슨 소용이 있겠는가. 그녀는 이제 이런 모험에 몰두할 나이가 아니었다. 무엇을 증명하려고 애쓴단 말인가? 누구에게?

"그레이 부인?"

클라리사는 깜짝 놀랐다.

다우슨 부인이었다.

"죄송합니다. 저 때문에 놀라셨어요?"

클라리사는 교묘하게 질문을 피했다.

"매클린 교수님이 보냈어요?"

다우슨 부인은 평소보다 정신이 없는 모습이었다.

"매클린 부인이 편찮으시답니다. 방금 매클린 교수님으로부터 연락을 받았어요. 즉각 병원으로 모셔가야 했답니다. 그리고……."

클라리사의 안색이 바뀌었다.

"어느 병원이에요?"

"서던 제너럴 병원."

"주소는요? 주소 알아요?"

"고번 가 1345번지. 교수님이 부인께……."

클라리사는 황급히 레인코트를 챙겨 호텔을 나섰다.

*

매클린이 창백한 얼굴에 부어오른 눈으로 진찰실에 서 있었다. 그는 의사의 말을 제대로 이해할 수 없었다.

"아내가 미쳤단 말인가요?"

"아닙니다, 매클린 교수님. 저는 미쳤다고 한 적이 없습니다."

"분명 무슨 증후군이라고 했잖아요!"

"코타르 증후군(허무적 망상장애. 환자는 자신의 재산, 지위, 능력뿐만 아니라 심장, 혈액, 내장까지 잃어버렸다고 호소함—옮긴이)이라고 했습니다. 미친 게 아니라 일종의 정신장애입니다……."

"정신장애가 뭔지는 압니다. 어떻게 그럴 수 있죠? 아내는 완전히 다른 사람이에요. 저 여자는 제 아내가 아닙니다. 모르는 여자예요."

매클린은 오열을 억누르며 말했다.

"저 여자는 아내가 아니에요."

"한 가지 여쭙고 싶습니다. 매클린 부인은 우울증을 앓았습니까?"

"재니트가 우울증을요? 전혀요! 40년 가까이 같이 살았지만 우울증은 금시초문입니다. 편두통을 제외하면 항상 건강했습니다. 우울증과 관계가 있나요?"

"코타르 증후군의 원인은 주로 우울증에 있습니다. 환자는 시간이 흐를수록 자신의 몸이 변하고 있다고 확신합니다. 그리고 그런 변화를 자아의 몰락, 자아의 비존재 혹은 자아의 일부 상실로 인지합니다."

"비존재라니요?"

"말하자면 자아부정입니다. 환자는 자신의 몸, 생체기관의 실재를 부정하기에 이릅니다. 이 증상은 매우 복잡하죠. 역설적으로 어떤 경우에는 이런 부정의 사고에 자신이 불멸의 존재가 되었다는 확신이 덧붙여집니다. 환자는 자신이 결코 죽지 않고 세상이 끝날 때까지 고통을 겪으리라는 확신으로 억제할 수 없는 불안에 휩싸입니다. 이것은 코타르 증후군의 한 양상에 지나지 않습니다. 다른 증상도 많습니다."

"말도 안 됩니다! 재니트는 삶을 즐겼습니다. 선생님이 방금 묘사한 것은 병적인 환자의 상태예요."

"매클린 부인은 현재 이런 상태에 빠져 있습니다."

"제발 합리적으로 생각해보세요. 얼마 전부터 재니트의 행동이 이상했던 것은 사실입니다. 식욕을 잃고 가끔 침묵을 지켜서 놀라긴 했습니다. 하지만 겨우 사흘밖에 되지 않았어요. 사흘! 정신질환이 그렇게 빨리 진행될 수는 없어요! 그건 불가능합니다."

"그 점은 저도 인정합니다. 30년 동안 의사 노릇을 했지만 이런 경우는 본 적이 없습니다. 하지만 명백한 사실입니다. 정신과의사가 교수님의 부인에게 몇 가지 질문을 했습니다. 부인의 대답은 더할 나위 없이 의미심장했습니다. 그런데 부인은 죽음을 두려워한 적이 있습니까? 말하자면 죽음에 대한 생각으로 괴로워한 적이 있습니까?"

"대부분의 노인들과 다르지 않아요. 죽음에 대해 얘기할 때도 있긴 합니다만, 그뿐이죠. 그게 이 병과 어떤 관계라도 있나요?"

"평소에는 '생의 비약(베르그송파의 철학 용어—옮긴이)'이 사람에게 죽음에 대한 생각을 숨기게 합니다. 우리는 여기서 생명력을 얻습니다. 코타르 증후군에 걸린 환자들은 다릅니다. 이들은 문자 그대로 자신 앞에 서 있는 피할 수 없는 죽음에 대한 강박관념에 사로잡혀 있습니다."

매클린은 두 손으로 얼굴을 감쌌다.

"믿기지가 않아요. 저는 의사가 아닙니다. 하지만 너무 어처구니가 없어요. 정신과 육체가 온전했고 전혀 문제가 없던 사람이 어떻게 하루아침에 이 지경에 빠질 수 있을까요?"

"저도 어떻게 대답해야 할지 난처합니다. 말씀드렸다시피 이해할 수 없는 현상입니다."

"그럼 제 아내는 어떻게 될까요?"

"단정하기에는 이릅니다. 조금 더 지켜본 후에 진단을 내리겠습니다. 아무튼 안심하십시오. 위험한 상태는 아닙니다."

매클린은 머리를 숙였다. 혼미한 생각이 그를 괴롭혔다. 재니트 없이 어떻게 산단 말인가. 그는 죽을 것이다. 그건 분명했다. 그는 중얼거렸다.

"그럼 소식을 기다리겠습니다. 부탁합니다."

매클린이 진료실을 나오자마자 클라리사가 달려왔다.

"어떻게 됐어요?"

"나는 이성을 잃어가고 있고, 아내는 이미 이성을 잃었어요."

그는 클라리사에게 의사의 말을 전해주며 속내를 털어놓았다.

"평생 나는 구체적이고 일관성 있는 문제만을 다루었어요. 그런데 지금 의미 없는 방정식 앞에 놓인 느낌이에요. 재니트가 이렇게 느닷없이 그런 상태에 빠지다니. 상상도 할 수 없어요. 의사는 뭔가를 감추고 있어요."

"윌리엄, 그건 잘못 생각한 거예요. 의사들이 숨길 이유가 뭐가 있겠어요? 당신도 알다시피 사람마다 병의 증상은 다르게 나타나요…….”

“병이라니요? 재니트는 어제 아침까지도 아주 건강했어요! 당신도 다우슨 부인이 그녀의 메시지를 전해줄 때 옆에 있었잖아요. ‘맥스윈즈에서 주문한 빵을 찾은 다음 생선가게에 들러 알이 찬 연어 1파운드를 사오세요.’ 자신의 생체기관이 존재하지 않는다고 생각하는 강박관념에 사로잡힌 여자가 이런 소리를 할 수 있을까요? 클라리사, 당신의 논리 감각은 어디로 갔어요?”

“내 논리 감각에 따르면 당신도 사실을 감추고 있어요. 재니트는 당신 말과는 달리 원기왕성하지 않았어요. 어림없는 소리죠. 내가 엊저녁에 재니트가 다른 사람 같다고 했잖아요. 그래서 당신도 걱정했잖아요.”

매클린은 인정했다.

“당신 말이 옳아요. 모르겠어요. 어찌된 영문인지 모르겠어요.”

클라리사는 다정하게 그의 팔을 잡아 이끌었다.

“자, 가요.”

클라리사는 병원 로비에서 매클린에게 충고했다.

“집으로 가세요. 그리고 마음을 편히 가지세요.”

“지금은 아니에요. 지금은 집에 가고 싶지 않아요. 텅 빈 집에 들어갈 용기가 없어요. 재니트가 사랑했던 가구들, 우리 방…….”

“윌리엄, 왜 과거형으로 말하세요? 재니트는 언제나 우리와 함께 있어요. 아무튼 인내심을 갖고 좋은 결과를 기다리는 것 말고는 다른 방법이 없어요. 당신과 재니트, 둘 다 마찬가지예요.”

매클린이 눈물을 글썽이며 말했다.

“우리가 결혼할 때 소동이 없었던 것은 아니에요. 하지만 재니트는 전적으로 내 편이었어요. 내 말, 알겠어요?”

그러더니 말을 바꿨다.

“아니, 당신은 이해할 수 없어요. 당신은 사랑하는 사람과 그다지 오래 살지 않았잖아요."

"맞아요. 나는 결혼생활 6년 만에 남편을 잃었죠. 그나마 다행이었어요. 하지만 결혼 전에는 그이를 사랑했어요. 당신도 언젠가 그렇게 말했죠. 나도 마음을 아프게 하는 상실감이 뭔지 알아요."

"미안해요. 내가 무슨 말을 했는지 모르겠어요."

매클린은 클라리사의 어깨에 손을 얹었다.

"나를 원망하지 말아요. 하지만 혼자 있고 싶어요. 호텔에 데려다줄게요. 원한다면 다른 곳이라도. 나중에 다시 만나요."

"좋아요. 그리고 다른 누군가도 몹시 걱정한다는 사실을 잊지 마세요."

"모르카……."

"네, 모르카. 어쨌든 외할머니잖아요. 그 아이도 충격을 받았을 거예요."

"재니트의 발작을 가장 먼저 목격한 사람이 모르카였지. 부엌 바닥에 웅크리고 앉아 있던 재니트를 발견한 건 모르카였어요. 차마 눈뜨고 볼 수 없을 만큼 딱해 보였어요."

매클린은 시선을 떨구더니 털어놓았다.

"정말 부끄러운 얘기지만 내 딸이 세상 끝에 가 있지만 않다면 모르카를 첫 기차에 태워 런던으로 보냈을 거예요."

클라리사는 잠시 생각에 잠기더니 단호한 어조로 말했다.

"여기서 기다려요. 잠깐이면 돼요."

클라리사는 병원의 접수창구를 향해 걸었다. 그녀는 접수창구 직원에게 뭔가를 묻더니 공중전화로 향했다. 잠시 후 돌아온 그녀는 만족스런 표정을 지으며 말했다.

"제안할게요. 나를 당신 집에 내려줘요. 그러면 모르카를 데리고 점심 먹으러 갈게요. 그럼 당신은 혼자 시간을 보내면서 힘을 되찾을 수 있을 거예요."

"당신은 정말 너그러워요. 어떻게 감사를 드려야 할지……."

"다시 정신 차리면 돼요. 두고 보세요. 재니트는 이겨낼 거예요. 확신해요."

매클린은 주차장의 한 지점을 가리켰다.

"가시죠. 내 차가 저기 있어요."

그는 자동차 문을 열어주면서 물었다.

"그런데 대체 누구한테 전화했어요?"

클라리사는 장난기 어린 표정을 지으며 말했다.

"모르카의 미래의 약혼녀에게……."

*

캐슬린은 포 에이시스라는 간판 밑으로 슬그머니 들어서더니 문을 밀었다. 제일 먼저 그녀를 본 사람은 모르카였다.

모르카는 두리번거리는 아가씨를 가리키면서 말했다.

"선생님의 친구분이 도착했어요."

"정말이네. 그런데 어떻게 알았어?"

"키가 크고 금발에 파란 눈과 약간의 주근깨, 장난기 있는 표정, 백옥 같은 피부. 선생님이 이렇게 알려주시지 않았나요?"

"기억력이 좋네."

클라리사가 캐슬린에게 신호를 하려는 순간, 캐슬린이 두 사람을 알아보고 다가왔다.

클라리사가 두 사람을 소개했다.

"새로운 친구 모르카를 소개할게. 매클린 교수의 손자야."

캐슬린은 살짝 인사를 하며 말했다.

"두 분이 닮았어요."

그리고 클라리사 옆자리에 슬그머니 앉으면서 인사했다.

"그레이 선생님, 안녕하시죠?"
"그럭저럭."
"항상 손이 못살게 굴죠?"
"익숙해졌어."
웨이터가 다가와서 캐슬린에게 메뉴판을 내밀었다. 그녀는 메뉴판을 받아 펼쳐보지도 않고 접시 옆에 놓았다.
"저는 이미 정했어요. 케첩을 친 생선, 감자튀김, 코카콜라."
클라리사가 이마를 찌푸렸다.
"이왕이면 진짜 식사를 해야지?"
"아니에요. 생선과 감자튀김은 음식이 아닌가요?"
클라리사는 고집하지 않았다.
"모르카는?"
"피넌해디(훈제한 대구의 일종—옮긴이)를 먹을까 해요."
그러자 캐슬린이 외쳤다.
"아니, 그거 좋아해? 우유에 삶은 대구를?"
"그래. 그런데 왜?"
"아무것도 아냐. 내가 세상에서 가장 싫어하는 요리거든. 보기만 해도……."
그녀는 흉측하게 얼굴을 찡그렸다가 다시 정색을 하고 사과했다.
"미안해……."
모르카는 망설이지 않았다.
"피넌해디. 그리고 라거 맥주."
그러고는 캐슬린을 빤히 노려보았다.
클라리사도 주문했다.
"나는 샐러드에 닭고기를 먹을 거야. 그리고 물을 마실 거야. 오직 물만. 머리가 맑아야 하거든."
웨이터가 물러가자마자 캐슬린이 말을 이었다.

"선생님, 전화 잘하셨어요. 걱정했거든요. 엊저녁과 오늘 아침에도 전화를 드렸는데 아무도 안 받더라고요. 지난번 작업에 대해 말씀드리고 싶었어요."

"전부 지워졌다는 말은 하지 마!"

"아, 그게 아니에요. 하지만 다시 읽어보면서 선생님이 머리 때문에 고민하셨던 게 떠올랐어요. 선생님 생각이 옳은 것 같아요. 독자들이 너무 쉽게 그를 수상히 여길 위험이 있어요."

캐슬린은 옆에 놓인 작은 가방을 뒤지더니 워드로 작성한 십여 장의 종이를 꺼냈다.

"이거예요. 이제 우편으로 보내드릴 필요가 없겠네요."

클라리사는 원고를 가방에 넣으려다가 생각을 바꿨다. 그녀는 모르카에게 원고를 내밀었다.

"안경을 가져오지 않아서. 처음 몇 줄을 읽어주겠니?"

모르카는 원고를 읽기 시작했다.

"그녀는 나이가 믿기지 않을 정도로 황급히 일층과 연결된 계단을 타고 아래층으로 내려갔다."

"아니야. 다음 문단을 읽어봐."

"2, 3미터 앞에 빈사상태에 빠진 한 남자가 있었다. 그는 틀림없이 죽어가고 있었다."

"더 아래. '당신, 여기서 뭐 하는 거예요?' 부터."

"남자의 목젖 바로 아랫부분에 상처가 있었다. 피가 간헐적으로 솟구쳤고 양탄자에는 이미 진한 자줏빛 웅덩이가 만들어져 있었다. 두려움을 억누르면서……."

"됐어. 고마워, 모르카."

클라리사는 돌려받은 원고를 가방에 넣었다.

캐슬린이 걱정스레 물었다.

"무슨 일이에요? 무슨 걱정거리라도 생겼나요?"

"걱정거리라면 다행이지."

어리둥절한 캐슬린은 클라리사의 얼굴을 뚫어지게 바라보았다.

그러자 모르카가 설명했다.

"그레이 선생님이 너에게 구술했던 장면을 실제로 겪으셨대. 비유적인 표현이 아니야. 네가 떠난 지 몇 시간 만에 한 남자가 선생님 댁에서 살해되었어."

캐슬린은 믿어야 할지, 폭소를 터뜨려야 할지 몰라 클라리사에게 물었다.

"모르카가 저를 놀리는 거죠?"

"아니, 사실이야."

클라리사는 사건을 털어놓았다. 그녀의 이야기를 들으면서 캐슬린의 뺨은 더욱 하얗게 변했다.

아연실색한 캐슬린은 말을 잇지 못했다.

"소름 끼치는 사건이네요. 제가 브로딕 항구로 가면서 그 불쌍한 사람과 마주쳤는지도 모르겠어요……."

"그럴 리는 없어. 너는 저녁 6시 30분 무렵에 출발했지. 페리호의 안내문을 보면 그는 저녁 8시 무렵에 브로딕 항에 내렸을 거야."

"그럼 수첩은요? 매클린 교수님이 해독했나요?"

"아직. 오늘 아침에 해독하기로 했는데, 전화로 말한 것처럼 매클린 부인이 입원하셔서. 이런 상황에서 어떻게 교수님에게 수첩 얘기를 꺼낼 수 있겠니? 교수님은 몹시 괴로워하셔."

그때 모르카가 외쳤다.

"그래도 수첩은 해독해야 해요! 중요한 거잖아요!"

깜짝 놀란 캐슬린이 물었다.

"중요하다고? 누구에게? 농담이지? 사모님이 아프셔. 교수님은 불안에 떨고 있고. 수첩은 부차적인 문제야."

"나도 알아. 하지만 슬픔을 되씹는 것은 아무 도움도 되지 않아. 슬퍼하면 슬퍼할수록 더욱 슬퍼지는 법이야. 또 슬픔은 표현하면 표현할수록 더욱 깊어지는 법이고."

클라리사가 감탄하듯 말했다.

"맞는 말이야. 열아홉 살의 젊은이가 어쩌면 그렇게 현명한지! 정말로 칭찬하는 거야."

모르카는 다시 한번 강조했다.

"중요한 문제예요. 우리가 할아버지를 도와줘야 해요."

클라리사는 은밀한 이야기라도 하듯 캐슬린에게 속삭였다.

"모르카는 철학자이고 케임브리지 대학교에 합격했을 뿐만 아니라 바흐의 음악도 사랑하지."

"바흐요? 우스워요."

모르카는 캐슬린이 자신을 빈정거린다고 생각했다.

"우습다고?"

"내게는 두 명의 우상이 있어. 찰스 레니 매킨토시(1868~1928. 스코틀랜드의 건축가이자 디자이너—옮긴이)와 요한 제바스티안 바흐(1685~1750. 바로크 시대의 독일 작곡가—옮긴이)."

"레니가 누군데?"

캐슬린은 숨이 막힐 뻔했다.

"레니 매킨토시도 모르니?"

캐슬린은 클라리사에게 고개를 돌리고 말했다.

"들으셨어요? 그런데 케임브리지 대학교에 합격했다고요? 레니 매킨토시는 스코틀랜드의 가장 위대한 건축가야. 진정한 천재지. 유럽에 아르누보(1890~1910년에 유럽과 미국에서 유행한 장식 예술 양식—옮긴이)의 토대를 세운 분이기도 하고. 건축물 말고도 포스터, 가구, 실내장식도 꼭 봐야 해. 특히 미스 크랜스턴의 다실(茶室)인 '윌로 티룸'은 반드시 봐야 해. 어떻게 그처럼 유명한 인물을 모를 수 있니? 스코틀랜드인이면서!"

모르카는 뾰로통하게 대꾸했다.

"모든 것을 알 수는 없는 노릇이지. 나는 건축에는 전혀 취미가 없거든. 게다가 너의 교양은 결함이 수두룩해."

모르카는 잠시 멈추었다가 질문했다.

"슈뢰딩거(1887~1961. 오스트리아의 이론 물리학자로 파동역학을 확립했음—옮긴이)의 고양이 이야기를 들어봤어?"

캐슬린이 눈을 동그랗게 뜨자 모르카는 즉시 만족스러운 미소를 지었다.

"거 봐. 모든 것을 알 수는 없잖아."

그러자 클라리사가 끼어들었다.

"너희들의 해박한 대화에 참견해서 미안해. 그런데 슈뢰딩거의 고양이란 게 뭐지?"

"에르빈 슈뢰딩거는 양자물리학의 대가예요. 특히 고양이의 역설을 통해 양자물리학이 육안으로 보이는 복합체에 적용되는 순간부터 부조리해진다는 사실을 설명한 것으로 유명하죠."

"양자물리학……. 설명해줄 수 있겠니?"

"창이 달린 상자에 고양이를 넣어요. 상자 한쪽 구석에 방사선 우라늄 원자와, 1분 동안만 작동하는 탐지기를 설치하죠. 1분 동안 방사선 우라늄 원자가 분해되면서 알파입자를 방출할 가능성은 50퍼센트예요. 방출된 알파입자는 탐지기를 건드리게 되고, 탐지기는 망치를 작동시키지요. 그러면 망치는 상자에 넣어둔 독약 병을 깨뜨리고. 자, 이제 상자를 닫고 장치를 작동시킵니다. 창으로 내부를 들여다보기 전에 이런 질문이 주어지죠. 고양이는 죽었을까, 살았을까?"

"어리석은 질문이구나. 고양이가 죽었거나 살았을 가능성은 각각 50퍼센트지."

"아니에요! 양자물리학에서는 확인 전까지 고양이는 살아 있는 동시에 죽은 거예요. 원자와는 달리 알파입자는 동시에 여러 상태로 존재할 수 있거든요. 따라서 양립되지 않는 것처럼 보이는 두 가지 상황이 존재할 수 있지요."

모르카는 이야기를 계속했다.

"선생님의 시체 이야기를 예로 들어볼까요? 만일 이 이야기가 양자 세계에서 전개되었다면 시체는 선생님 댁에 존재하는 동시에 존재하지 않았던 거예요."

캐슬린은 한숨을 쉬며 머리를 절레절레 흔들었다.

"무슨 소린지 모르겠어. 하지만 축하해. 슈뢰딩거는 분명 매킨토시에 비길 만한 인물인 것 같아."

모르카는 다시 제안했다.

"바흐 이야기를 해볼까?"

"이미 말했잖아. 바흐는 내 우상이라고. 바흐가 여기저기서 울어대는 십여 명의 아이들에게 둘러싸여 그 모든 작품을 작곡했다는 사실을 떠올리면 더욱 감탄하게 되지. 집중력의 귀감이야."

"너는 바흐의 주제(음악 작품에서 의도하는 바가 단적으로 표현된 짧은 선율 또는 악구로 악곡 형성의 기초가 된다—옮긴이)를 아는 모양이구나."

"연주를 하니까 당연히 알지."

"바흐를 연주한다고?"

"그래. 아쉽게도 자주는 못해. 학업 때문에 시간을 낼 수가 없어."

그러자 클라리사가 자신의 생각을 이야기했다.

"좋아. 드디어 공통점을 찾아냈네. 아주 대단한 공통점이야. 바흐가 여러분 세대의 우상이 될 수 있으리라고는 생각도 못했는데……."

모르카는 눈살을 찌푸리며 말했다.

"그레이 선생님, 한 가지 지적해도 될까요? 선생님은 요즘 젊은이들이 형편없다고 생각하시는 것 같아요. 선생님을 보고 있으면 엄마의 늙은 사촌누이 한 분이 생각나요. 그분은, 스무 살 미만의 젊은이들은 나이트클럽, 마리화나, 소란 이외에는 즐길 줄 모르는 뒤떨어진 인간들이라고 생각하시죠."

"젊은이, 나는 자네 말을 절대 인정할 수 없어."

"무슨 말씀이시죠?"

"엄마의 사촌누이라는 분 말이야. 그분이 몇 살인지는 모르겠지만 '늙은' 이란 표현은 내게 어울리지 않아. 알겠니?"

모르카는 살짝 미소를 지으며 대답했다.

"알았어요."

클라리사는 언짢아하며 레스토랑을 살펴보았다.

"웨이터는 뭐 하는 거지!"

바로 그때 웨이터가 다가왔다. 웨이터가 접시를 내려놓는 동안 모르카는 캐슬린에게 말을 걸었다.

"바흐의 음악을 듣고 싶어. 네가 연주하는 것 말이야."

"말도 안 돼! 몇 주 전부터 피아노에는 손도 대지 않았어."

"아무렴 어때? 나 같으면 너그러운 모습을 보여줄 텐데……."

모르카는 정말 열정적으로 부탁했다.

"캐슬린, 정말로 네 연주를 듣고 싶어."

클라리사가 한술 더 뜨자 캐슬린은 더욱 당황했다.

"소원을 들어주는 게 어때? 저렇게 간절히 바라는데. 실망한다 해도 어쩔 수 없지."

마침내 캐슬린이 항복했다.

"좋아. 언제가 될지는 모르겠지만……."

모르카는 여세를 몰아 다그쳤다.

"식사 후가 어때? 바쁘지 않잖아."

"네가 어떻게 아니?"

모르카는 살짝 미소를 지으며 말했다.

"나는 마법사 멀린의 아들이거든."

7

클라리사는 창에 코를 박고 거리를 왕래하는 행인들을 멍하니 바라보았다. 별이 없는 밤하늘에 먹구름이 떠다니고 있었다. 비바람이 칠 것 같았다. 뇌우는 초저녁부터 글래스고의 주택가를 짓누르고 있는 먹구름을 쫓아낼 것이다.

무슨 일이 일어난 걸까? 가슴을 옥죄고 있는 이 압박감은 어디에서 비롯된 것일까? 물론 이런 느낌을 처음으로 겪는 것은 아니었다. 그녀는 타고난 불안증 환자가 아닌가. 하지만 오늘 저녁의 느낌은 색달랐다. 더욱 미묘하고 불길한 느낌. 분명히 갑작스런 재니트의 발병이 상당히 영향을 미쳤을 것이다. 조금 전 윌리엄이 저녁식사를 준비하는 동안 그녀는 브리태니커 백과사전에 빠져 있었다.

코타르 증후군 : 19세기 프랑스 정신과의사인 쥘 코타르가 처음 기술한 부정 망상증. 환자는 우울한 걱정과 체감(體感)적 불안을 나타낸 후 자신의 생체기관이 부패하여 사라진다고 느낀다. 체감(體感)이란 건강이나 허탈감 따위로 느껴지는 막연한 전신 감각.

이 항목은 등골을 오싹하게 하는 다른 증상들을 열거해놓았다.

끔찍스러운 내적 불안, 혼미, 자책, 자살, 환각. 어떤 경우 환자는 죄의식으로 인해 자발적으로 경찰서에 가서 상상적인 범죄 혹은 언론을 통해 알게 된 범죄를 '자수' 하기도 한다.

클라리사는 더 이상 버틸 수 없어서 황급히 백과사전을 닫았다.

가엾은 재니트. 우리는 고통을 겪는 모든 사람들에 대해서 그들이 고통을 받아야 할 이유가 조금도 없다고 생각한다. 사물보다는 사람을, 어른보다는 아이를 선택하는 이 악의. 누가, 어떤 이유로 자행하는지 알 수 없는 빈정대는 제비뽑기.

*

때는 20년 전쯤이었다. 클라리사는 언젠가 지루한 파티장에서 자기 옆에 앉았던 재니트를 떠올려보았다. 당시에 클라리사는 영광의 절정에 있었고 귀를 기울이는 사람들에게 낙천주의와 삶의 기쁨을 설파하고 있었다. 그녀의 이야기는 유감스럽게도 재니트를 설득하지 못했다. 오히려 정반대였다. 재니트는 희망이라는 단어에 완강하게 저항하는 태도를 보였다. 그녀는 행복을 이렇게 간결하게 표현했다.

"그레이 부인, 행복이란 하얀 종이 위에 하얀 잉크로 쓰는 거예요."

클라리사는 두말하지 않고 흥을 깨는 그녀를 외면해버렸다.

손님들이 물러가자 클라리사는 재니트를 꾸짖기 위해 여주인에게 달려갔다. 재니트만큼 병적인 이웃이 어디 있을까?

"병적이라고요? 만일 재니트와 같은 일을 겪었다면 선생님도 그렇게 되었을 거예요. 그녀는 몇 달 전에 딸을 잃었어요. 갓 스무 살이 된 딸이었죠."

"어떻게요?"

"비극은 겨울에 몬트리올에서 벌어졌죠. 줄리—재니트의 딸이에요—는 처음으로 자가용을 몰고 학교에 갔어요. 그런데 차가 빙판길에서 미끄러지는 바람에 사고가 났어요. 줄리는 즉사하고 말았죠."

클라리사는 말없이 가만히 들었다. 여주인이 말을 이었다.

"더 안타까운 것은 엄마가 딸의 스무 번째 생일을 축하하기 위해 이틀 전에 그 차를 선물했다는 사실이에요."

"그레이 부인, 행복이란 하얀 종이 위에 하얀 잉크로 쓰는 거예요."

이 문장은 오랫동안 클라리사의 머리에서 떠나지 않았다. 이처럼 마구잡이로 우리에게 충격을 주는 끔찍한 운명을 어떻게 설명할 수 있을까? 클라리사는 유치하긴 하지만 자신과 직접 관련되는 순간부터 감당하기 몹시 힘들어지는 이 질문을 매일 되뇌었다.

윌리엄은 이렇게 공언했었다.

"나는 우리의 진화가 조화롭고 구조화된 도식에 따른다고 확신해요."

재니트는 이 '조화로운 도식' 속에 들어갔을까? 아무래도 그렇다고 믿기는 어려웠다.

*

"저녁식사가 준비되었습니다!"

클라리사는 회상에서 벗어나 부엌으로 갔다. 모르카는 이미 자리에 앉아 있었고, 매클린은 인상적인 스테이크로 가득한 접시를 식탁 중앙에 내려놓고 있었다.

매클린의 얼굴은 다소 밝아졌고 눈빛도 되살아났다. 클라리사와 헤어진 후 그는 글래스고 그린공원까지 오랫동안 걸었다. 공원의 조용한 구석, 사람들로부터 멀리 떨어진 곳을 찾아낸 그는 어느 나무 아래에 털썩 주저앉았다. 지금까지의 부부생활이 그의 머릿속에서 낡은 흑백필름처럼 차례차례 지나갔다. 그것은 인생을 총결산하는 시간이었다. 남자가 여자에게서 느낄 수 있는 사랑은 여자의 사랑과 결코 견줄 수 없다는 결론을 내렸다. 그가 재니트를 사랑했던 것보다 그녀는 훨씬 많이 그를 사랑했다. 그는 늦긴 했지만 잃어버린 시간을 만회하기로 결심했다. 재니트가 의식이 있든 없든 자신의 마음 깊숙한 곳에서 온갖 애정과, 그때까지 표현하지 못한 말들을 꺼낼 것이다. 이번 비극은 그런 면에서 쓸모가 있었다. 확신을 흔들 수 있고 온갖 형태의 지식을 재검토할 수 있는 경고를 받은 셈이었다.

클라리사가 물었다.

"모르카, 오늘 오후는 어떻게 보냈어? 캐슬린의 연주에 실망하진 않았니?"

"전혀요. 캐슬린은 정말 연주를 잘했어요. 조금 엄살을 부린 거죠."

"아니야. 나는 캐슬린을 잘 알아. 그녀는 완벽주의자야. 평범한 것을 견디지 못하지."

"캐슬린은 선생님과 오랫동안 일했나요?"

"2년 정도 됐지."

모르카는 뜻밖에도 생뚱맞은 질문을 했다.

"그레이 선생님, 사랑해보셨나요?"

클라리사는 눈을 깜박거렸다.

"사랑해보았냐고?"

"네, 젊었을 때요."

클라리사는 매클린을 바라보며 말했다.

"솔직히 당신 손자는 점점 더 나를 놀라게 하네요."

"어쩔 수 없어요. 녀석도 매클린 가의 일원이잖아요."

"그 이상이에요. 모르카는 그 사람 같아요."

클라리사는 사실대로 털어놓았다.

"그래, 사랑했었지. 오래전이야. 2차 대전 후……."

"신기해요……."

클라리사는 놀란 표정으로 모르카의 얼굴을 뚫어지게 바라보았다. 그는 겸연쩍었는지 천천히 어깨를 으쓱했다.

"정말이에요. 사람들이…… 사랑을 했다고는…… 조금도 생각하지 못했어요……."

모르카는 말끝을 흐렸다.

클라리사가 따졌다.

"나이가 많은 사람들 말이니?"

"네. 청춘을 보낸 사람들이 사랑을 했고 사랑을 받았다는 게 이상해요."

"어처구니없는 생각이구나. 먼저 몇 살부터 노년으로 생각하는지 말해야지. 노인들이 사랑을 해보지 않았다고 생각하니? 그럼 너는 어떻게 태어났지? 인터넷에서?"

"실은 제 부모님 때문에 그래요. 저는 지금과 같은 상황에서 제 부모님이 사랑을 했었다고 상상하기가 힘들어요."

매클린은 웃음을 참을 수가 없었다.

"안심해. 우리 늙은이들은 사랑을 했지. 나는 네 외할머니를 사랑했고 지금도 사랑하고 있어. 정열적으로. 우리는 사랑의 백과사전에 기록된 모든 사랑을 해보았지."

매클린은 강렬한 시선으로 손자를 바라보며 힘주어 말했다.

"나는 분명히 '모든' 이라고 말했어."

모르카의 뺨이 약간 붉어졌다. 그는 조심스럽게 화제를 바꾸었다.

"외할아버지, 결심하셨어요?"

"뭘 말이니?"

"메리 스튜어트의 암호 말이에요."

"외할머니 문제가 생기지 않았다면 벌써 시도했겠지. 지금은 의욕도, 용기도 없구나."

클라리사는 은밀히 모르카를 관찰했다. '음, 녀석의 생각에는 일관성이 있군.' 그녀가 정확히 봤다.

모르카가 말을 이었다.

"외할아버지 생각이 틀렸다고 생각해요. 외할머니를 위해서라도 그 작업을 해야 해요."

"외할머니를 위해서라니?"

"외할머니가 엊저녁에 외할아버지를 야단치셨잖아요, 기억나세요?"

모르카는 재니트의 말을 그대로 읊었다.

"'당신은 호기심을 잃었어요. 그건 권태의 시작이에요. 당신은 몇 년 전까지만 해도 생기가 넘쳐흘렀어요. 이제 당신은 정열을 잃었어요.' 외할아버지께서 의욕을 되찾으신 것을 아신다면 외할머니는 기뻐하실 거예요."

매클린은 대답 대신에 두 손으로 얼굴을 가리고 가만히 있었다. 기도를 하는 것일까? 아니면 몸이 편찮은 것일까?

클라리사는 매클린을 두둔했다.

"이 젊은이의 말에 신경 쓰지 마세요. 모르카는 단지……."

매클린은 벌떡 식탁에서 일어났다.

"어디 가세요?"

"지하실에. 고문서 찾으러! 싸우겠어요. 나는 배넉번의 로버트 브루스(6전 7기의 스코틀랜드 왕. 1328년 영국으로부터 독립을 쟁취함—옮긴이)가 될 거야. 좋아, 나도 6전 7기다!"

비를 동반한 동풍이 건물을 거칠게 후려치고 있었다.

클라리사가 투덜거렸다.

"이 세상이 끝장날 모양이네! 게다가 날씨도 춥고. 벽난로에 장작불을 피워서 다행이에요."

클라리사는 한 손에 스카치 잔을 든 채 신발을 벗고 서재의 소파에 반쯤 드러누웠다. 모르카는 살며시 외할아버지에게 다가가서 루스리프(종이를 마음대로 갈아 끼우거나 보충할 수 있는 장치—옮긴이)용 종이 위에 기록되고 있는 내용을 주의 깊게 살펴보았다. 매클린의 왼쪽에 공책 한 권이 펼쳐져 있었다. 그곳에는 기호, 글자, 단어, 약자 등이 그려져 있었다. 가끔 상형문자 같은 것도 있었다.

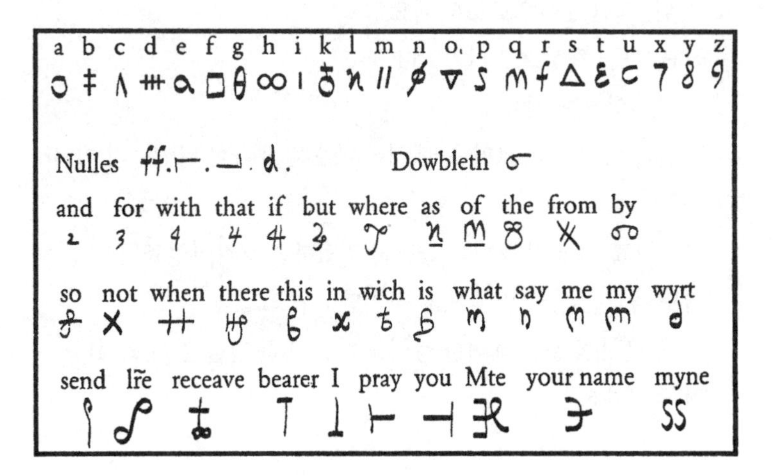

30분쯤 후, 클라리사가 물었다.

"윌리엄, 어때요? 무슨 내용인지 알겠어요?"

대답이 없었다.

해독이 진행됨에 따라 언어학자의 얼굴에 어두운 그물이 펼쳐지는 것 같았다. 주름은 더욱 깊어졌다. 보랏빛 그림자로 뒤덮인 눈 주위의 주름이 눈을 더욱 커 보이게 했다.

연필을 내려놓은 매클린은 다른 사람처럼 보였다. 그 정도로 얼굴이 변한 것이다. 클라리사는 그들도 모르는 사이에 방 안에 스며든 무거운 공기에 놀라 일어섰다. 그리고 가까스로 불렀다.

"윌리엄?"

윌리엄 매클린은 여전히 침묵을 지켰다.

설명할 수 없는 불안감에 사로잡힌 클라리사가 다시 불렀다.

"윌리엄?"

매클린은 계속 허공을 바라보며 대꾸했다.

"당신 목소리를 듣고 있어요. 작업이 아직 끝나지 않았어요. 지금 말할 수 있는 것은 우리가 뭔가 기상천외한 것 앞에 있다는 사실이에요. 아니, 그런 표현으로도 약해요."

클라리사는 책상으로 다가갔다.

"아직도 안 끝났어요?"

"당신이 이 수첩을 보았을 때 처음 떠오른 생각이 뭐였는지 기억하나요?"

"물론이죠. 누군가가 나를 농락하고 있다는 생각이었죠."

"나도 똑같은 생각이 들어요. 하지만……."

매클린은 암호문을 해석한 종이들 가운데 한 장을 집어 들었다.

"잘 들어봐요."

Tempesta unus

나는 아므람의 아들에게 내가 알아낸 내용을 말해주었다. 또한 내가 느끼고 있는 무시무시한 두려움을 털어놓았다. 그는 내 이야기를 전적으로 부정했다. 그는 내 말을 믿지 않으려 했다. 하지만 나는 아므람의 아들을 알고 있다. 그는 현자다. 또 직감력이 뛰어나고 용기 있는 사람이다. 그는 언제나 신뢰할 수 있는 사람처럼 보였다. 나는 그의 부정적인 반응에 몹시 놀랐다. 그와 헤어진 지금 나는 외톨이다. 완전한 외톨이. 왜 그가 그런 식으로 반응했는지 의아스러웠다. 왜 그처럼 회의적인 태도를 보였을까? 그는 나를 잘 알고 있다. 그는 낙관주의자가 아니었던가. 그는 잘못 생각하고 있다. 나는 야헬에게 털어놓았다. 그도 나처럼 확신하고 있었다. 우리는 두려움에 떨었다.

Tempesta unus

회의가 방금 끝났다. 나는 칼리엘이 말하는 동안 예슈아와 시케르를 지켜보았다. 분명히 그들의 얼굴에 불안감이 서려 있었다. 특히 예슈아의 얼굴에. 평소에 그토록 차분했던 예슈아는 고뇌에 찬 모습이었다. 막달라의 여인과 요셉에게 물어봐야 할 정도로 사태는 급박해졌다. 그들은 나를 도와줄까?

벌써 희생자가 세 명이다! 엘리엘, 엘레미아 그리고 이번에 헤카미아가 피살되었다. 다음은 누가 희생될 것인가? 누가?

Eadem tempesta

막달라의 여인이 옳았다. 이 만행의 장본인을 찾기 위해서는 살인의 동기를 찾아야 한다. 사막의 사람들처럼 거칠고 의심이 많은 아미나의 아들은 내 조사를 도와줄 수도 있을 것이다. 하지만 과연 그가 도와줄까? 아므람의 아들이나 예슈아가 나를 지지해준다면 얼마나 좋겠는가! 하지만 그 이집트인은 고집을 부리고 있다. 그는 틀어박혀 나오지 않는다. 또 그 유대인은 내 말을 들으려 하지 않았다. 나는 외톨이다. 완전한 외톨이.

Tempesta unus

네 번째 희생자. 미카엘의 시신을 발견한 사람은 바요나 시몬이었다. 그는 즉각 나를 불렀다. 오, 찔린 목에서 피를 쏟아내는 끔찍한 광경! 아, 무(無)를 향해 열려 있는 그 시선, 빛을 잃고 팽창한 그 동공을 어떻게 잊겠는가. 그리고 그 표정을 어찌 잊겠는가. 그 표정에는 절망감이 스며 있었다! 절망감과 공포감.

불가사의한 사건에 부딪혔을 때 어찌 해야 할까? 죽음, 죽음, 죽음!

우리는 어떻게 될 것인가? 미래는 어떻게 될까?

다음 희생자는 나일까? 숨통을 죄어오는 것이 느껴진다.

우리를 불쌍히 여기소서!

다시 침묵이 방 안을 감쌌다.

침묵을 깬 것은 모르카였다.

"무슨 말인지 이해가 되나요? 암호문은 이 아리송한 글에 비하면 훨씬 더 명쾌해 보여요. 여기에 인용된 사람들은 누굴까요?"

매클린은 대답 대신에 클라리사에게 물었다.

"지금 몇 시죠?"

"9시 15분. 왜요?"

매클린은 전화기를 들고 번호를 눌렀다. 신호가 세 번 울린 후 지독한 외국인 억양의 목소리가 수화기에서 흘러나왔다.

"바코비아입니다."

"바실레? 나, 윌리엄 매클린이야. 내가 잠을 깨운 건 아니겠지?"

전화기 반대편에서 호탕한 웃음소리가 들려왔다.

"내가 잠들어 있어야 깨우는 거지! 자네도 알다시피 나는 잠을 몹시 싫어하지. 잠은 잃어버린 시간이잖아! 어떻게 지내?"

"나를 좀 도와줘야겠어. 지금 바로 올 수 있어?"

"자네 집에? 지금? 지금 몇 시인지 알아?"

"그래, 알고 있어, 바실레. 중요한 일이야. 아니, 중요한 일인 것 같아."

그 남자는 망설이는 것 같았다. 하지만 잠시 후 다시 목소리가 들렸다.

"좋아. 나를 위해 맛 좋은 토디(위스키에 뜨거운 물, 설탕, 레몬을 탄 음료—옮긴이)나 준비해줘."

윌리엄은 수화기를 내려놓았다.

클라리사가 살며시 물었다.

"이제 설명해주겠어요?"

언어학자 매클린은 책상에서 빠져나와 벽난로를 향해 걸었다.

"당신은 오래전부터 나를 알고 있어요. 당신도 알다시피 나는 황당무계한 이야기 따위에 영향을 받는 사람은 아니에요. 하지만 지금은 불안해요. 불안한 이유는 세 가지. 첫 번째 이유는 당신 이야기 때문이에요. 눈앞에 있다가 사라진 시체 말이에요. 두 번째 이유는 암호, 종이의 재질, 제본술과 관계가 있어요. 대체 누가, 어떤 이유로 이런 각본을 짰을까요? 어떤 정신병자가? 어떤 장난꾼이? 도저히 납득이 가지 않아요. 마지막으로 세 번째 이유는 스튜어트 형사가 이야기한 살해된 아일랜드인 때문이에요. 당신이 본 희생자와 너무 닮았잖아요. 우연이 너무 많아요……."

"하지만 당신은 우연을 믿지 않잖아요?"

그때 모르카가 끼어들었다.

"이 글 속에 뭐가 있어요?"

"나는 성경 전문가가 아니야. 그렇지만 예슈아가 누군지는 알지."

클라리사가 대답했다.

"예수……."

매클린이 확인시켜주었다.

"맞아요. 예수. 사람들이 메시아라고 불렀던 예수. 예수는 유대인이었어요. 사람들은 이 사실을 자주 잊어버리죠. 예수는 그리스어 이에수스(Iesous)가 변형된 거예요. 원래 이름은 예슈아(Yeshoua)였죠."

매클린은 곧장 말을 이었다.

"또 막달라의 여인이란 말이 있어요. 신학자가 아니라도 이 사람이 막달라의 마리아라고 불렸던 막달라 마리아(막달레나)라는 걸 알 수 있을 거예요."

번갯불이 방으로 스며들었다. 누르스름한 빛은 서재를 비추더니 곧장 사라졌다.

클라리사는 매클린의 주장을 받아들였다.

"예슈아가 예수이고 막달라의 여인이 막달라 마리아라는 것은 인정해요. 하지만 이 알아보기 힘든 글씨, 다시 말해 앞뒤가 맞지 않는 문장과 화성에서 온 듯한 이름들 속에 그렇게 놀랄 만한 점은 보이지 않아요."

그러자 매클린이 지적했다.

"그럼 살인사건은요? 어떻게 생각해요?"

매클린은 책상 위에서 종이를 집어 들어 읽었다.

"벌써 희생자가 세 명이다! 엘리엘, 엘레미아 그리고 이번에 헤카미아가 피살되었다. 다음은 누가 희생될 것인가? 누가?……."

클라리사는 입을 삐쭉거렸다.

"그냥 쓴 말이 아닐까요?"

"그냥 쓴 말이라고요? 정말 어처구니없군요! 클라리사 그레이 부인, 대체 당신의 천재적 재능은 어디로 갔어요? 당신의 비할 데 없는 분석력과 추리력은 어디로 갔어요? 실망이에요. 은둔생활 탓에 그렇게 된 거예요."

"인격을 존중해주시죠, 미스터 매클린! 당신이 방금 읽어준 객쩍은 글에만 관심이 있나요? 나는 평생 그처럼 알쏭달쏭한 이야기는 들어본 적이 없어요."

매클린은 대답 대신 힘찬 목소리로 읊조렸다.

"오, 찔린 목에서 피를 쏟아내는 끔찍한 광경! 아, 무(無)를 향해 열려 있는 그 시선, 빛을 잃고 팽창한 그 동공을 어떻게 잊겠는가. 그리고 그 표정을 어찌 잊겠는가. 그 표정에는 절망감이 스며 있었다! 절망감과 공포감."

매클린은 클라리사에게 그 종이를 내밀었다.

"이건 당신이 그 시체에 대해 묘사한 것과 거의 일치하지 않나요? 당신도 알다시피 내 기억력은 비상해요! 말해볼까요? '남자의 목젖 바로 아랫부분에 상처가 있었다. 피가 간헐적으로 솟구쳤고 양탄자에는 이미 진한 자줏빛 웅덩이가 만들어져 있었다.' 또 당신은 이렇게도 묘사했어요. '그리고 그 표정! 얼굴에 서려 있던 절망감! 그리고 공포감!' 거, 보세요! 같은 표현, 아닌가요?"

언어학자 매클린은 허리에 손을 얹고 경멸의 시선으로 클라리사를 훑어보았다.

"그래도 그냥 쓴 글인가요?"

클라리사의 눈동자가 흐려졌다. 그녀는 매클린의 손에 있던 자료를 빼앗아 읽기 시작했다. 글을 다 읽고 고개를 들었을 때 두 눈에는 당혹스런 빛이 역력했다.

"당신이 부른 사람은 누군가요?"

"바실레. 바실레 바코비아. 글래스고 대학교 종교사 교수인데 히브리어를 비롯해서 6개 국어를 유창하게 구사해요."

"바코비아?"

"그는 60년 전쯤 부쿠레슈티에서 태어났어요. 내 친구죠. 머리가 정말 좋은 사람이에요. 스물한 살에 철학과를 졸업하고 6년 후 박사학위를 받았어요. 글도 많이 썼고 강연과 토론회를 위해 오랫동안 유럽을 두루 돌아다녔어요. 루마니아가 독재 치하에 있을 때 그는 특별히 운이 좋았죠. 1985년 글래스고 대학교가 그에게 종교사 교수 자리를 제안했으니까요. 그는 망설이지 않고 그 제안을 받아들였어요."

모르카가 물었다.

"그분이 도와줄까요?"

"그럴 가능성이 무척 높지."

그리고 낮은 목소리로 덧붙였다.

"우리에게는 그가 필요해……."

다시 천둥소리가 들렸다. 소리가 너무 커서 초인종 소리를 듣지 못할 뻔했다. 매클린이 황급히 달려가 문을 열어주었다. 60대 남자가 문간에 서 있었다. 모르카는 그를 관찰하면서 지금까지 그렇게 뚱뚱한 사람은 본 적이 없다고 생각했다. 그의 팔다리는 짧았고 얼굴은 둥글고 통통했다. 또 까만 수염이 무성했다.
남자는 빗물이 떨어지는 우산을 접으면서 욕설을 퍼부었다.
"빌어먹을! 지랄같이 비가 쏟아져! 매클린, 나를 좋아한다고 말해 봐. 그렇지 않으면 나, 집에 간다."
남자는 집 안으로 들어왔다. 걷는 게 아니라 공이 구르는 듯이 보였다.
"사랑하는 여인만이 이런 지랄 같은 날씨에 남자를 불러낼 자격이 있지!"
클라리사와 모르카를 본 그는 손으로 입을 틀어막더니 사과했다.
"아, 죄송합니다."
"사과할 필요 없어요, 교수님. 당신 말이 옳아요."
클라리사는 살짝 웃으면서 덧붙였다.
"안타깝네요. 이렇게 비가 자주 내리면 여자들에게 수작을 부리는 인간들이 좀처럼 얼굴을 드러내지 않는 법인데. 당신은 이렇게 오셨으니 메달감이에요."
바실레 바코비아는 앞으로 한 걸음 나와서 클라리사가 내민 손을 잡고 머리를 숙여 키스했다.
"바실레 바코비아입니다. 이렇게 뵙게 되어 영광입니다."
매클린이 소개했다.
"클라리사 그레이 부인이네. 자네도 분명 그레이 부인에 대해 들은 적이 있을 거야."
루마니아 교수가 당혹스러운 표정을 짓자 매클린이 거듭 말했다.
"그레이 부인 말이야! 저명한 추리소설 작가시지."
"아…… 네. 저는 그런 소설은 읽지 않거든요. 소설을 읽을 시간이 없어서."
클라리사는 무뚝뚝하게 말했다.
"미안해할 것 없어요."

그리고 이렇게 덧붙였다.

"내 소설을 빼놓고 모든 추리소설이 판에 박은 듯 똑같아서 싱거워요."

8

매클린이 내민 종이를 대강 훑어본 바코비아는 스카치그로그(럼 또는 브랜디에 설탕, 레몬, 더운 물을 섞은 음료—옮긴이)의 마지막 한 모금을 단숨에 들이켰다. 그리고 첫 느낌을 말했다.

"재밌네. 아주 재밌어."

뚱뚱한 바코비아는 뒤뚱거리며 안락의자에 앉았다.

"뭣부터 시작할까? 나는 자네 설명을 진지하게 받아들였네. 이 사건이 상당히 특이하다는 점은 인정하지. 특히 쥐도 새도 모르게 사라진 시체와 램래시에서 수 킬로미터 떨어진 곳에서 발견된 그의 '쌍둥이 시체'에 대해 궁금하군. 만일 시체가 없었다면 나는 이 알쏭달쏭한 글에는 조금도 관심을 갖지 않았을 거야. 나는 수첩의 내용을 설명해줄 준비가 되어 있네."

매클린이 정정했다.

"처음 몇 페이지야. 아직 네 페이지밖에 해독하지 못했어."

"처음 몇 페이지? 그럼 당신들이 이미 알고 있는 것 말고는 별다른 게 없는데. 분명 모두 성경에 나오는 이름들이야. 나머지는……."

바코비아는 알 수 없다는 듯이 고개를 저었다.

클라리사가 물었다.

"그들의 신분 말인가요?"

"순서대로 따져봅시다. 아므람의 아들. 틀림없이 이 사람은 모세입니다."

클라리사가 반복했다.

"모세라고요?"

"이집트에서 히브리 백성을 이끌고 탈출한 모세 말고 그처럼 유명한 다른 모세는 모릅니다. 네, 바로 그 모세입니다. 토라(유대교 율법 혹은 5경—옮긴이)에는 모세가 아므람과 요게벳의 아들이라고 기록되어 있습니다. 그 이름의 유래 자체는 불가사의입니다. 수세기 동안 성경 주해학자들은 근거 있는 설명을 제시하려고 무척 고심했습니다. 저도 많은 가설들을 검토했지만, 설득력이 있는 가설은 하나도 없었습니다. 가장 널리 알려진 가설은 모세가 구출된 정황에서 영감을 얻어 이름을 지었다는 것이죠. 갈대 바구니에 담긴 그를 발견한 파라오의 딸은 '물에서 구했기' 때문에 모세라는 이름을 붙여주었을 거라는 주장이죠. 히브리어 메시티(Meshiti)는 '물'을 의미합니다. 그런데 이 주장은 말이 안 돼요. 파라오의 딸이 히브리어 문법에 통달했다는 전제를 깔고 있으니까요."

클라리사는 더욱 궁금해졌다.

"여러 가설들이 있다고 하셨죠?"

"아, 그럼요! 그 가설들을 열거하는 짓은 삼가고 싶습니다. 하지만 프로이트가 내세운 이론은 비록 불완전하긴 하지만 마음에 들어요. 이 유명한 정신분석학자에 따르면 '모세'는 '어린이' 혹은 '~의 아들'을 의미하는 이집트어 모시스(Mosis) 혹은 모세(Mose)를 옮겨 쓴 겁니다. 이 단어들은 투트모시스(Thoutmosis) 혹은 프타모시스(Ptahmosis) 등 파라오의 이름들에도 나타납니다. 불경하게도 성경의 금기를 깰 수 있다면 모세가 이집트식 이름이라는 가설이 터무니없는 것만은 아닙니다."

밖에서는 바람이 더욱 세차게 불면서 귀를 찢을 듯이 윙윙대는 소리가 들렸다.

초조해진 클라리사는 본론을 꺼냈다.

"다시 수첩 이야기로 돌아가죠. 거기 등장한 다른 이름들에 대해서도 말씀해주시겠어요?"

"예슈아(Yeshoua)……. 이 이름은 히브리어로 '구세주'를 의미합니다. 만일 근거 없는 공론을 경멸한다면, 이 이름의 어원 역시 모세라는 이름만큼이나 불확실해 보입니다."

클라리사는 긴 의자에서 벌떡 일어났다.

"예수가 존재하지 않았을 거라는 뜻인가요?"

바실레 바코비아는 그녀를 달래려 했다.

"당치도 않습니다. 예수의 존재는 그가 직접 기록하지 않은 텍스트를 통해서만 증명되었습니다. 예수가 유일하게 쓴 글은 모래 위에 손가락으로 남긴 한 단어뿐이죠."

클라리사가 반박했다.

"그게 뭐가 중요한가요? 직접 기록을 남기지 않은 것은 대부분의 종교 창시자들의 특징이 아닌가요? 마호메트도, 모세도, 부처도 단 한 줄도 글을 쓰지 않았어요. 다른 분야, 가령 서양철학의 기둥인 소크라테스도 마찬가지죠. 그러면 이들의 실존 여부도 재검토해야겠네요?"

루마니아인은 포동포동한 배 위에 두 손을 포갰다.

"당신 말이 옳습니다, 그레이 부인. 하지만 제 말 좀 들어주세요. 그리스도교 신자들과 이슬람교 신자들은 거기 문제를 제기하지 않지만 유대인들은 모세를, 구약성경의 일부인 5경의 작가로 여기고 있습니다."

클라리사가 계속 따졌다.

"그럼 복음서는요? 또 사도행전은? 어떻게 된 거죠?"

"안심하세요. 나는 복음서와 사도행전을 부인하지도, 거부하지도 않습니다. 단지 종교사가로서 재판소의 배심원처럼 논지를 심사숙고하고 음미하는 것을 원칙으로 삼을 뿐입니다. 오직 사실에 의거하여 판단할 뿐입니다. 당신은 추리소설을 쓰시죠?"

클라리사는 알아듣기 어려울 정도로 재빨리 뭐라고 중얼거렸다.

"그러니까 당신은 형사범을 찾아내면 명백하고 구체적인 증거를 만들어내려고 무척 고심한다는 말이죠? 소생도 똑같이 하옵니다."

루마니아인이 재차 반복했다.

"오직 사실에 의거하여 판단할 뿐입니다. 성경의 여러 텍스트에 언급된 대부분의 사람들은 성경의 권위에 걸맞은 '재판소' 로부터 인정을 받지 못했습니다. 복음사가 루가가 전하는 예수 탄생의 장면을 보세요. 헤로데스가 유대의 왕이었을 때 가브리엘 천사가 나사렛에 가서 마리아, 즉 요셉이라는 사람의 약혼녀에게 말을 겁니다. 천사는 그 처녀에게 이렇게 알립니다. '두려워하지 마라. 마리아야, 너는 하느님의 총애를 받았다. 이제 네가 잉태하여 아들을 낳을 터이니 그 이름을 예수라 하여라.'"

바코비아는 집게손가락을 들어올리며 말했다.

"'이 일은 헤로데스가 유대의 왕이었을 때 일어났다.' 이 문장을 기억하세요? 같은 이름의 다른 왕이 아니라 바로 헤로데스 대왕을 지칭하는 겁니다. 루가는 계속해서 이렇게 기록합니다. '그 무렵 로마 황제 아우구스투스는 온 천하에 인구조사령을 내렸다. 이 첫 번째 호적등록은 퀴리니우스가 시리아 총독으로 있을 때에 실시되었다.' 어디가 이상한지 아시겠어요?"

바코비아는 대답할 여유도 주지 않고 말을 이었다.

"우리는 역사적으로 일치되지 않는 두 가지 자료에 직면해 있습니다. 우리는 언제 헤로데스가 사망했는지 알고 있죠. BC 4년 3월 12일과 13일 사이, 즉 유월절 일주일 전입니다. 수많은 기록에 따르면 헤로데스는 월식 직후에 죽었다고 합니다. 퀴리니우스가 시리아 총독으로 부임한 것은 인구조사령이 내려졌던 해인 AD 6년 혹은 7년이었습니다."

바코비아의 설명은 이어졌다.

"헤로데스는 BC 4년에 죽었고 가브리엘 천사가 마리아에게 아기 예수의 탄생을 알리는 성모영보는 헤로데스가 왕일 때 이루어졌습니다. 그러니 BC 4년 이전의 일이지요. 인정하시나요?"

매클린과 클라리사는 인정하지 않을 수 없었다.

"인구조사는 빨라봤자 퀴리니우스가 시리아 총독으로 임명된 해인 AD 6년에 실시되었겠지요."

바코비아는 크게 숨을 들이쉬었다.

"결론적으로 누가복음의 내용을 인정한다면 마리아는 10년 가까이 임신을 했다는 말이 됩니다! 따라서……."

그때 클라리사가 그의 말을 끊었다.

"바코비아 씨, 당신 앞에 그리스도교 신자가 있습니다. 나는 어머니를 통해 반쯤은 가톨릭 신자가 되었고 아버지를 통해 반쯤은 개신교 신자가 되었습니다. 솔직히 성당이나 교회에 다니지는 않지만 어쨌든 믿음은 가지고 있습니다. 그런 나에게 뭐라고 말씀하시겠어요?"

루마니아인은 웃기 시작했다.

"안심하세요. 당신의 신앙을 흔들 생각은 조금도 없습니다. 다만 성경에 모순과 어이없는 일이 가득하다는 사실을 알려드리고 싶을 뿐입니다."

그때까지 조용히 듣고만 있던 모르카가 끼어들었다.

"그럼 복음서에 대해 어떻게 생각하세요? 교리 시간에 선생님들은 복음서가 현장 목격자들의 기록이라고 하셨어요. 그런데 그게 아닌가요?"

"좋은 질문이야. 증언은 실제로 존재했지. 다만 정확성이 결여된 거야."

바코비아는 잠시 말을 멈추었다가 물었다.

"모르카? 그게 네 이름이니?"

"네, 맞아요."

"모르카, 너도 모든 번역에는 변형과 왜곡의 위험이 따른다는 걸 모르지는 않을 거야. 이탈리아인들은 '번역은 반역(Traduttore, traditore)'이라고 했지. 개인적으로 나는 사도들이 그리스어로 말을 하고 글을 썼다면 그들의 정신구조는 아람식이었을 거라고 생각해. 생각하는 언어와 글을 쓰는 언어가 일치하지 않으면 위험이 없을 수가 없지."

힘들게 안락의자에서 일어난 바코비아는 매클린에서 말했다.

"이야기를 하다 보니 갈증이 나네. 맥주 있어?"

매클린은 부엌으로 갔고 동시에 모르카도 자리에서 일어났다.

"자러 갈게요. 눈이 감겨요. 솔직히 이 토론은 약간 현기증이 나요."

모르카는 그레이 부인, 바코비아 그리고 외할아버지에게 인사를 하고 물러갔다.

바코비아는 클라리사에게 곁눈질하면서 물었다.

"당신은 어떤 느낌을 받았습니까?"

클라리사는 대답하지 않았다. 그녀는 혼미한 생각에 빠져 있었다. 모든 것은 기이한 사건에서 비롯되었다. 만일 시체가 기이하게 사라지지 않았더라면 사건은 아주 평범했을 것이다. 지금 모든 것이 내부에서 폭발을 일으키고 있는 것 같았다. 극도로 복잡한 이 사건의 시초를 목격하지 않았더라면? 이것은 매번 카드를 찾아내야 하는, 일종의 인내심 테스트 같았다.

클라리사는 바코비아에게 손을 내밀었다.

"윌리엄이 준 자료를 주시겠어요?"

루마니아인은 그녀의 말에 따랐다.

클라리사는 재빨리 자료를 훑어보았다.

"시케르, 아미나의 아들, 바요나 시몬, 그리고 엘리엘, 엘레미아, 칼리엘, 헤카미아…… 히브리 음조를 가진 이 이름들이 누구를 가르키는지 아세요?"

"이론상 시케르는 유다일 겁니다. 저는 성경에 나오는 역사적 사건의 몇몇 중심인물들을 분석하면서 분명 '이론상' 이라고 말했습니다. 이 이름의 어원 역시 문제가 있습니다. 어떤 사람들은 이스카리옷이 '자객' 을 의미하는 라틴어 시카리(Sicarii)에서 파생되었다고 주장합니다. 유대인 사학자 요세푸스는 이 단어를 젤로트 당원들(서기 60~70년 로마의 지배에 반항하는 급진적 유대파—옮긴이)을 지칭하는 데 사용했습니다."

바코비아는 서 있느라 지쳤는지 깊게 한숨을 쉬면서 육중하게 의자에 주저앉았다.

"제가 비만으로 얼마나 고통을 겪는지 아신다면! 이건 정말 악몽입니다. 가끔 어깨 위에 공룡을 짊어지고 있는 기분입니다."

"조금만 더요. 다른 이름들은요?"

그때 매클린이 대답했다.

"야헬, 옐리엘, 엘레미아, 칼리엘, 헤카미아, 미카엘. 이미 오래전에 명석한 지성들은 천사들—만일 존재한다면—이 호적등본 같은 걸 가지고 있다고 선언했어요."

"무슨 말인지 모르겠어요. 천사들이라니요?"

"야헬, 옐리엘, 엘레미아, 칼리엘은 천사의 이름 같아요. 이들의 이름은 비교(秘敎) 작품 속에 수없이 등장합니다. 어떤 사람들은 천사들의 계급, 명부, 별자리까지 언급하죠."

바코비아는 히죽히죽 웃었다.

"제발 나머지 이름들을 설명하게 해주게."

"아미나의 아들은 누구죠?"

"그는 틀림없이 예언자 마호메트를 나타냅니다. 그의 아랍어 이름 무하마드 혹은 모하메드는 '찬양을 받는 사람' 이라는 뜻으로 당시에는 상당히 흔한 이름이었습니다. 그의 아버지의 이름은 압둘라였고, 어머니의 이름은 아미나였어요. 또 모르는 이름이 있나요?"

바코비아는 짤막하게 설명했다.

"음, 바요나 시몬은 바로 베드로입니다."

"베드로……. 성 베드로?"

"그의 진짜 이름은 아람어로 '반석' 을 뜻하는 케파입니다. 이 이름을 그리스어로 옮긴 것이 페트라(Petra)의 남성형인 페트로스(Petros)입니다."

클라리사는 질식될 듯이 답답함을 느꼈다. 모든 것이 주위에서 빙빙 돌고 흔들거렸다. 벌떡 일어난 그녀는 맥주를 두 잔 들고 오는 매클린에게 뛰어갔다.

"창문 좀 열 수 없을까요?"

"비가 억수같이 오는데요? 우리 모두 흠뻑 젖을 거예요."

클라리사는 화가 났는지 입을 삐쭉 내밀고 자리에 앉으려 했다.

그때 바코비아가 일어나며 말했다.

"질문이 더 없으면 그만 자러 가겠습니다. 아니, 자려고 애를 써봐야죠."

매클린이 부탁했다.

"다음에 다시 도움을 요청하겠네. 기이한 텍스트지만 그래도 계속 옮겨볼 생각이네. 도와줄 거지?"

"물론이지. 이 수첩의 주인이 대체 우리를 어디까지 끌어들일지 궁금하지 않나?"

바코비아는 클라리사에게 돌아서서 물었다.

"혹시 수면제 없습니까?"

클라리사가 버럭 화를 내며 대꾸했다.

"있어요. 제 소설을 읽으시죠……."

9

바코비아가 물러가자마자 클라리사는 하늘을 향해 두 팔을 들어올렸다.

"윌리엄, 그 사람은 괴짜네요! 지독한 전통 파괴주의자예요."

"그래도 그가 종교에 통달하고 있다는 사실은 인정하시죠?"

클라리사는 경멸하듯 손을 내저으며 말했다.

"내가 정말로 인정하고 싶은 게 뭔지 아세요? 15세기라면 사람들이 얼씨구나 하고 그를 화형대로 끌고 갔을 거예요."

"틀림없이 그랬을 거예요. 하지만 우리는 15세기에 살고 있지 않아요. 반대로 갈릴레이와 다윈이 지금 살아 있다면 파문 따위는 두려워하지 않고 자신들의 생각을 표현했겠죠."

"아무리 그래도 이런 식으로 신자들을 놀리다니 너무하잖아요."

매클린은 어깨를 으쓱했다.

"유감이네요. 하지만 그는 놀리는 게 아니에요. 그는 학자이고 역사가예요. 사실을 이야기하고 연구하죠. 그래서 좋은 씨앗과 가라지를 분류하려고 애쓰지요. 질문을 해도 될까요?"

"해봐요."

"당신이 죽은 후 당신의 장례식에서 읊어질 몰상식한 추도사를 들어보시겠어요?"

매클린은 풍자적인 말투로 읊조렸다.

"저명한 소설가 클라리사 그레이 부인은 모잠비크에서 태어났다.

그녀의 소설은 상스러운 표절에 지나지 않았다. 사람들은 그녀가 지나칠 정도로 여성에게 호감을 품고 있었다는 사실을 알고 있다……."

"그만해요! 정말 꼴불견이네요."

"화가 나죠? 그거 보세요. 내가 모세, 마호메트, 혹은 예수라 해도 나에 대해 터무니없는 소리가 들리면 화가 날 거예요."

"저도 할아버지의 의견과 같아요."

클라리사와 윌리엄은 거실 문간으로 시선을 돌렸다. 상자에서 튀어나온 악마처럼 모르카가 나타났다.

"거기서 뭐 하니?"

"잠이 오지 않아요. 머리가 뒤죽박죽이에요."

클라리사는 그에게 집게손가락을 내밀고 협박조로 말했다.

"뭐 때문인지 알겠다!"

"사과, 뱀, 홍수 이야기에 너무 집중해서일까요?"

"그런 객쩍은 소리는 집어치워라! 은유와 우의가 뭔지 아니? 성경은 해독해야 할 은유와 우의로 이루어져 있어. 그래서 성경을 읽어야 하지. 하지만 문자 그대로 이해하면 안 돼. 무신론자 바코비아처럼 현미경을 들이대고 읽을 필요는 없지."

클라리사는 손목시계를 보았다.

"오, 벌써 새벽 2시야!"

매클린이 말했다.

"막차를 놓쳤어요. 내가 데려다줄게요."

"괜찮아요."

"그럼 택시를 불러줄게요."

"그럴 필요 없어요. 이 시간에 택시비는 10파운드는 나올 거예요. 걸어서 가겠어요. 비도 그쳤고 호텔도 멀지 않아요. 약간 선선한 공기쯤이야 기꺼이 감수해야죠. 우산이나 빌려줘요. 비가 오면……."

그러자 매클린이 화가 난 듯 야단쳤다.

"당신은 고집불통이야!"

"친구분에게 해독을 끝내고 싶다고 말했죠? 그럼 우리 내일 만날 수 있을까요?"

"당연하죠. 내일 일어나자마자 재니트에게 갈 거예요. 그다음에는 대학구장이 주재하는 회의에 참석해야 해요. 정오쯤 내 연구실에서 봅시다."

"좋아요. 그럼 내일 정오에."

*

클라리사는 레인코트 자락을 여미고 조금이라도 돌풍을 피하기 위해 약간 몸을 구부렸다. 아스팔트는 이미 흥건히 젖어 있었다. 그녀는 5년 전 메이보울 가게에서 비싸게 산 구두를 망가뜨리지는 않을지 걱정스러웠다.

클라리사는 걸었다. 모세, 예수 그리고 천사들이 끊임없이 그녀의 머릿속에서 맴돌았다.

이 수많은 정보에서 무엇을 얻을 수 있을까? 이 정보는 램래시에 있는 그녀의 집에서 죽은 정체불명의 남자와 어떤 관련이 있을까? 실마리는 어디에 있을까? 어디서 찾을 수 있을까? 아치 로덴바르라면 이처럼 복잡한 사건에 어떻게 대처했을지 생각해보았다. 우선 침착해야 한다. 그리고 조사와 관찰에 집중해야 한다.

"네 번째 희생자. 다음 희생자는 나일까? 숨통을 죄어오는 것이 느껴진다."

수첩을 해석한 엉성한 텍스트에서 클라리사는 서너 개의 문장밖에 기억하지 못했다.

"야헬도 나처럼 확신하고 있었다. 우리는 두려움에 떨었다."

두려움……. 다른 살인이 준비되고 있다는 말일까?

"이 만행의 장본인을 찾기 위해서는 살인의 동기를 찾아야 한다."

클라리사는 자기도 모르게 비웃었다. 동기라고? 어디 동기뿐이겠는가! 언제? 어디서? 그리고 용의자들은? 더욱 중요한 것은 희생자의 시체와 신분이었다. 그녀에게는 아무것도 없었다. 수첩의 내용은 아무런 실마리도 제공하지 않았다.

곰곰이 생각한 끝에 글래스고에 오래 머무르지 않기로 했다. 하지만 집으로 돌아가기 전에 적어도 이 아리송한 수첩의 내용을 파악하게 될 것이다. 아니, 꼭 알아야 했다.

빗방울이 둔탁한 소리를 내며 레인코트 위에 떨어졌다. 정말 다행히도 호텔은 그다지 멀지 않았다. 그녀는 매클린이 빌려준 우산을 펼치고 걸음을 재촉했다.

거의 동시에 뒤에서 걸음을 서두르는 소리가 들렸다.

누군가가 뒤에서 걷고 있었다.

클라리사는 반사적으로 돌아보려고 했다. 하지만 감히 돌아볼 수 없었다.

클라리사는 더욱 걸음을 재촉했다.

그녀를 따라오던 사람도 똑같이 걸음을 서둘렀다. 느리게 망치질을 하는 듯한 발자국 소리로 봐서 틀림없이 남자일 것이다. 그가 바짝 따라붙었다.

돌아봐야 할까?

아니야. 너무 위험해.

클라리사는 더욱 서둘렀다.

이제 100미터쯤 앞에 아가일 호텔의 간판이 눈에 띄었다. 100미터……. 100킬로미터처럼 느껴졌다. 클라리사는 우산을 더욱 세게 쥐었다. 이 하찮은 무기로 자신을 방어하자는 생각이 퍼뜩 떠올랐던 것이다. 진정하자. 침착함을 잃지 말자. 만찬에 참석했다가 늦어진 사람이 집으로 돌아가는 길일 거야.

50미터. 30미터.

클라리사는 더 이상 걷고 있지 않았다. 거의 달리고 있었다. 추적자가 헐떡이는 소리였을까? 아니면 자신의 숨소리였을까?

갑자기 손이 그녀의 어깨를 잡았다.

클라리사는 공포의 비명을 지르며 돌아섰다.

희미한 빛 속에 한 남자가 서 있었다. 그의 숨결을 느낄 수 있을 정도로 가까이에. 그의 얼굴을 볼 수 있을 정도로 가까이에. 그녀는 공포에 사로잡혀 있었기 때문에 아무런 시도도 할 수 없었다.

남자는 더듬거리며 뭔가를 말했다. 위협처럼 들렸다.

클라리사는 울부짖었다.

"안 돼! 놔주세요!"

정체불명의 남자는 뒤로 물러섰다. 그녀는 그 틈을 이용해서 활짝 편 우산을 그에게 휘두르며 호텔 안으로 돌진했다.

현관에 도착한 그녀는 후다닥 회전문 안으로 들어갔다. 그 때문에 두 손이 문틈에 끼어서 꼼짝 못하게 될 뻔했다. 야간 근무자 존은 사선을 넘은 듯한 이 노파를 보고 잠시 어리둥절했다. 숨이 턱까지 차오른 클라리사는 그의 품에 쓰러졌다.

"그레이 부인, 무슨 일입니까? 어찌 된 영문입니까?"

클라리사는 딸꾹질을 해대며 말을 더듬었다.

"누군가…… 누군가……."

그녀는 돌아보지 않고 손가락으로 거리를 가리켰다.

"공격을 받았어요."

"공격을 받았다고요?"

그는 그레이 부인을 홀에 마련된 의자 쪽으로 조심스럽게 데려갔다.

"공격을 당했다고요? 의사를 부를까요?"

클라리사는 고개를 저었다.

"물 한잔 드릴까요?"

그녀는 역시 거절했다.

"그럼 브랜디 드릴까요?"

이번에는 고개를 끄덕였다.

"잠시만 기다리세요. 가져다드릴게요."

존은 바를 향해 달려갔다.

클라리사는 출입구에 시선을 고정한 채 움직이지 않았다.

비가 더욱 심하게 쏟아지면서 유리문에 격렬하게 튀고 있었다.

왜 그 정체불명의 남자는 클라리사를 공격했을까? 그녀가 정말로 공격을 받은 걸까? 긴장이 풀리고 심장의 박동이 규칙적인 리듬을 되찾음에 따라 머리는 더욱 맑아졌다. 그녀는 불안감 탓에 마지막 순간에 극단적인 반응을 보였던 게 아닐까? 그녀의 기억으로는 정체불명의 남자는 무기를 가지고 있지 않았다. 그럼 단순히 그녀의 가방을 원하는 야비한 도둑이란 말인가? 하지만 야비한 도둑이라면 희생자의 어깨에 손을 대면서 공격하지 않는다.

"그레이 부인, 브랜디를 가져왔습니다. 설탕을 조금 넣었습니다."

클라리사는 코냑 잔을 들고 입술로 가져갔다. 바로 그 순간 그녀는 실신할 뻔했다. 그녀를 '공격한 사람' 이 빗속에 서서 유리문을 통해 자신을 노려보고 있지 않은가! 그의 눈동자에는 어떤 원한의 빛도 서려 있지 않았다. 그의 눈빛에는 정신적 혼란과 흡사한 뭔가가 있었다. 그가 얼굴을 돌리는 순간 클라리사의 손에서 잔이 떨어졌다.

"그레이 부인, 편찮으세요?"

클라리사는 오른쪽 집게손가락으로 앞을 가리켰다.

"저 사람…… 저 사람이에요……. 저 사람을 붙잡아요!"

야간 근무자는 장대비에 아랑곳하지 않고 밖으로 뛰어나갔다. 그는 거리를 둘러보았다. 거의 아무것도 볼 수 없었지만 거리에 사람이 없다는 사실은 충분히 확인할 수 있었다.

야간 근무자는 돌아와서 말했다.

"그레이 부인, 죄송합니다만 아무도 없습니다."

그리고 이렇게 덧붙였다.

"틀림없이 도망쳤을 겁니다. 경찰에 신고할까요?"

클라리사는 간신히 자리에서 일어나면서 말했다.

"아니에요. 그럴 필요 없어요. 존, 고마워요. 자러 갈게요."

"확실합니까? 브랜디 한잔 더 드시겠어요?"

"아니에요……. 아무튼 고마워요."

엘리베이터의 거울이 그녀의 얼굴을 비추었다. 이미 깊게 팬 주름은 약간 더 깊어졌고, 검은 무리가 진 눈둘레는 엄청난 피로를 드러내고 있었다. 그녀는 이제 자신이 노파가 다되었다고 생각했다.

"죄송합니다. 시간 좀 알 수 있을까요?"

"8시 25분이에요."

"물론 아침이겠죠?"

그 남자는 이틀 전 페리호에서 마주친, 야회복을 입은 젊은이였다. 분명했다! 그녀는 매클린의 집에 가기 위해 초저녁에 버스를 탔을 때에도 그를 언뜻 보았다. 또 그는 조금 전에 그녀를 얼마나 두렵게 했던가! 그렇다면 그는 최근 며칠 동안 줄곧 그녀 뒤를 밟기만 했단 말인가? 마흔 살만 젊었더라면 그녀는 자아도취적인 만족을 느끼며 그런 구애를 즐겼을 것이다. 하지만 이게 무슨 꼴인가. 그녀는 거울에 비친 자신의 시든 얼굴을 하나하나 뜯어보았다. 저런 꼴의 여자를 쫓아다니는 것을 보면 저 젊은이는 틀림없이 골동품을 좋아하는 모양이었다. "아내가 늙을수록 아내를 더욱더 사랑하게 돼요." 추리소설의 대가인 애거사 크리스티의 남편이자 이집트학 학자인 맥스 맬로원 경이 한 말은 미소를 자아내게 할 수도 있었다. 하지만 이 얼빠진 남자는 맬로원 경이 아니었고 클라리사도 크리스티가 아니었다.

엘리베이터의 문이 열리자 클라리사는 곧바로 자신의 객실로 들어갔다. 잠시 후 그녀는 불을 끄고 이불을 덮고 누웠다. 하지만 온갖 생각이 떠올라 잠을 이룰 수 없었다. 그 젊은이가 자신의 집에 와서 죽은 정체불명의 남자와 직간접적으로 관련이 있을 가능성이 점점 구체화되기 시작했다. 만일 그게 사실이라면 그 젊은이는 왜 그처럼 기이하게 행동하는 것일까? 왜 그는 솔직하게 말을 걸지 않고 여기저기 따라다니는 걸까? 이 젊은이가 살인자일 가능성은 있을까? 아니다. 터무니없는 추측이다.

그러면 우연?

클라리사가 스탠드를 끄자 방은 어둠 속에 묻혔다.

*

클라리사의 숙소에서 몇 블록 떨어진 매클린의 집, 여전히 잠을 이루지 못한 모르카는 침대에 앉아 있었다. 초저녁에 명치 부위에 생긴 작은 공 같은 것이 이제는 고통을 유발했다. 그것은 진짜 고통이 아니라 명확하게 꼬집어 말하기 어려운 아픔이었다. 두 귀와 몸에서 바흐의 음악이 집요하게 울려 퍼졌다. 음악은 캐슬린의 손가락 사이에서 폭포처럼 흘러나와 귀를 멍멍하게 했고 세상의 소음을 뒤덮었다. 이 경이로운 감동은 대체 무엇일까? 이 감동은 어디에서 생기는 걸까? 모르카는 알 수 없었다. 그는 처음으로 이런 감동을 느꼈다. 설명할 수 없는 도취의 물결. 이 엄청난 공허감…….

피아노만 덩그러니 놓여 있는 작은 방에서 캐슬린 뒤에 팔짱을 낀 채 서 있는 자신의 모습이 떠올랐다. 초롱초롱한 눈빛을 가진 그녀는 건반 위에 머리를 숙이고 있었다. 모르카는 캐슬린 바로 뒤에 있었기 때문에 그녀의 머리카락 냄새를 맡을 수 있었다. 하지만 그는 피부의 향기와 머리카락의 냄새를 구별할 수 없었다. 마찬가지로 감동의 근원이 캐슬린이었는지, 바흐의 음악이었는지 확실하게 구분할 수 없었다.

이처럼 새롭게 나타난 격렬한 감정은 일시적인 걸까? 아니면 한없이 지속될 것인가? 만일 이 감정이 지속된다면 이것은 고통의 동의어에 지나지 않을 것이다. 오직 캐슬린만이 이 고통을 가라앉힐 수 있을 것이다. 분명히 그렇다. 모르카는 캐슬린 옆에 있으면 덜 아플 것이다. 그는 그녀의 존재, 말, 목소리에 계속 젖어 있어야 할 것이다. 그의 가슴을 아프게 하는 그 신비스러운 갈증이 풀릴 때까지. 그러면 그는 나을 것이다. 다행히 오래 기다리지 않아도 되었다. 그는 윌로티룸에서 정오 무렵에 캐슬린을 만나기로 했다. 약속을 정한 것은 그녀였다. 캐슬린은 매킨토시에 대한 열정을 토로할 때 모르카가 보여준 무지에 화가 났었다. 그래서 캐슬린이 그의 부족한 교양을 보충해 주겠다고 나서자 모르카는 즉석에서 제안을 받아들인 것이다.

몇 시간 후 약간 진정이 된 모르카는 눈을 감고 몰려오는 잠에 스스로를 내맡겼다.

*

클라리사를 깨운 것은 전화벨 소리였다. 그녀는 손을 더듬어 수화기를 찾았다.

"그레이 부인?"

생소한 목소리였다.

"이른 시각에 전화를 드려서 죄송합니다. 하지만 말씀드릴 게 있습니다."

"누구세요?"

클라리사는 텔레비전 밑에서 반짝이며 인광을 발하는 시곗바늘을 바라보았다. 아침 6시였다.

전화기 건너편에서 목소리가 들려왔다.

"부인은 저를 알고 있습니다……. 그러니까 우리는 마주친 적이 있습니다."

클라리사는 조금도 망설이지 않고 단언했다.

"당신은 페리호에서 보았던 젊은이죠?"

"네, 맞습니다."

"그리고 버스에서 마주쳤고, 또 나를 공격하기도 했죠?"

"아닙니다. 저는 부인께 말을 걸려고 했을 뿐입니다. 부인은 저를 몹시 두렵게 했습니다……."

"내가요?"

클라리사는 불을 켰다.

"당신은 정말 뻔뻔하군요. 종종 이런 놀이를 하나요? 원하는 게 뭐예요?"

"수첩……. 수첩은 계속 가지고 있겠죠?"

클라리사는 소스라치게 놀랐다.

"수첩? 어떻게 알고 있죠? 대체 누가……."

"제발 대답해주세요! 여전히 가지고 있겠죠?"

클라리사가 그렇다고 대답하자 상대방은 안도의 한숨을 쉬었다.

"꼭 가지고 계셔야 합니다! 최대한 빨리 수첩의 내용을 해독하세요. 그레이 부인, 절박한 일입니다. 매 순간 종말이 우리에게 다가오고 있습니다. 우리의 종말!"

남자의 말투는 알아듣기 힘들 만큼 빨라졌다. 클라리사가 물었다.

"내 질문에 대답해줄 수 있나요? 당신이 누군지 알아야겠어요. 당신은 어떻게 이 수첩의 존재를 알고 있죠? 그리고……."

남자는 클라리사의 말을 끊었다.

"저를 원망하지 마세요. 제 신분을 밝히는 것은 부인께 아무 도움도 되지 않을 겁니다. 더구나 부인은 제 말을 믿지 못할 겁니다. 제가 신분을 밝힌다 해도 누구도 부인의 말을 믿지 않을 겁니다."

"그럼 살해된 남자를 알고 있나요? 대답해주세요!"

"예, 알고 있습니다. 그는 저와 매우 가까운 친굽니다. 그뿐만이 아닙니다. 그는……."

남자는 잠시 말을 중단하고 적절한 말을 찾았다.

클라리사가 재촉했다.

"그의 이름은요? 그의 이름을 말해주세요!"

"가브리엘 대천사입니다."

"가브리엘? 그래서요?"

클라리사는 더 이상 참을 수 없었다. 그녀는 고함을 질렀다.

정체불명의 남자가 간청했다.

"진정하세요. 진정하세요."

클라리사의 신경질은 분명 그를 당혹스럽게 했다. 그래도 그는 기운을 되찾고 말을 이었다.

"우리는 부인의 도움이 필요합니다. 가브리엘이 이렇게 말했어요. '지상에 있는 한 존재가 해결책을 발견할 수도 있다…….' "

남자는 어린아이처럼 낭송했다.

"클라리사 그레이 부인, 스코틀랜드, 애런 섬, 램래시 마을, 글렌길른 가 6번지. 수첩을 해독하세요. 전부 파악해야 해요. 반드시 해독하세요! 단 한순간도 잃어버릴 시간이 없어요. 그렇지 않으면 그자는 우리 모두를 죽일 것이고 암흑이 세상을 덮칠 겁니다."

남자는 단숨에 이렇게 결론지었다.

"매클린 부인의 목숨과도 관계되는 일이에요……. 서두르세요!"

"재니트? 설명해주세요!"

대답이 없었다. 단조로운 신호음만이 들렸다. 남자가 전화를 끊은 것이다.

클라리사는 수화기를 귀에 댄 채 어리둥절한 모습으로 가만히 있었다. 잠시 후 그녀는 다시 정신을 차리고 프런트를 호출했다.

"존?"

"안녕하세요, 그레이 부인."

"방금 나에게 연결해준 전화번호를 확인해줄 수 있나요? 요즘은 발신번호를 추적할 수 있다던데."

"무슨 말씀인지 모르겠습니다. 누구 말씀인가요?"

"방금 나에게 전화한 사람 말이에요. 젠장!"

"죄송합니다, 그레이 부인. 저는 부인께 전화를 연결해 드린 적이 없는데요. 오늘 밤 전화는 단 한 통도 걸려오지 않았습니다."

존은 말을 정정했다.

"아, 112번으로 전화가 한 번 걸려오기는 했습니다. 하지만 잘못 걸려온 전화였습니다."

클라리사는 간신히 화를 참고 말했다.

"나한테 걸려온 전화가 없었단 말인가요?"

"네, 전혀 없었습니다. 더구나 전화가 왔더라도 부인께서 엊저녁에 겪은 일 때문에 실례를 무릅쓰고 연결해 드리지 않았을 겁니다."

클라리사는 쉰 목소리로 반복했다.

"전화가 전혀 없었다고요?"

침대 가장자리에 앉은 그녀는 두 손으로 머리를 감쌌다. 어떻게 이런 광기가 내 머릿속에 자리를 잡을 수 있단 말인가? 광기가 은밀히 내 머릿속에 들어왔단 말인가? 광기가 트로이 목마처럼 슬그머니 내 머릿속에 침투했단 말인가?

클라리사는 자동인형처럼 욕실로 가서 여러 번 얼굴에 시원한 물을 적셨다.

"매클린 부인의 목숨과도 관계되는 일이에요……."

클라리사는 다시 침실로 가서 이리저리 거닐었다. 불안감에서 벗어날 것. 의심의 함정에 빠지지 말 것. 심사숙고할 것.

『힐링턴의 정원사』를 쓰기 위해 자료를 수집하던 어느 날, 그녀는

"환각은 대상 없는 지각이다"라는 문구를 읽었다. 환각이란 헛되이 작동해서 어떤 대상을 통해서도 자극받지 않은 흥분을 다른 '의식'의 섹터에 전달하는 감각의 단락(短絡)과 다소 비슷한 것이다.

하지만 수첩이 있지 않은가. 수첩은 클라리사가 경험한 일련의 사실을 환각의 범주로 분류할 수 없게 하는 유일한 증거였다.

"매클린 부인의 목숨과도 관계되는 일이에요……."

클라리사는 전화기 쪽으로 달려가 매클린 교수의 전화번호를 눌렀다.

매클린은 첫 번째 벨이 울리자 곧장 전화를 받았다.

"윌리(그녀는 아주 가끔 애칭으로 불렀다), 클라리사예요. 지금 즉시 만나야 해요."

"무슨 일이에요? 몹시 놀란 것 같은데."

"설명해 드릴게요. 15분 후에 대학교에서 만날 수 있어요?"

"불가능해요. 당신도 알다시피 재니트를 보러 가야 해요. 나중에 봐요."

"그렇다면 내가 병원으로 갈게요. 기다려요."

"힘들겠는데. 대학구장과 회의가 있다고 했잖아요……."

"정말 급해서 그래요!"

"대학구장……."

"대학구장 얘기는 집어치워요! 재니트의 목숨이 달린 문제예요! 재니트가 위험에 처해 있는 것 같아요."

매클린은 잠시 침묵하더니 간단히 대꾸했다.

"연구실에서 기다릴게요."

10

극심한 혼란에 사로잡힌 매클린은 신경질적으로 수염을 만지작거리면서 이리저리 오갔다.

"클라리사, 무슨 말이에요? 그 남자는 상상력의 산물이오? 아니면……."

"상상력의 산물이라고요? 내 말을 의심하나요? 당신이?"

"의심한다고 한 적은 없어요. 의아해서 물어봤을 뿐이에요. 같은 것이 아니에요."

클라리사는 소파에 털썩 주저앉았다.

"그 미묘한 차이를 음미해보겠어요."

"자, 화를 내지 말아요. 나는 단지 얘기 같지 않은 얘기를 듣고 이성적으로 생각하려 했을 뿐이에요. 당신이 내 말을 끊기 전에 나는 두 번째 가능성을 언급했어요. 즉 그 젊은이는 실존인물일 수 있어요. 그럴 경우 이 일은 비극적일 거예요."

그때 컴퓨터 앞에 앉아 있던 모르카가 물었다.

"외할아버지, 왜 비극적이죠?"

"그건 이 사건이 우리가 예상했던 것보다 훨씬 더 복잡하며, 또한 이 사건에 우리 모두가 관련되어 있다는 의미이기 때문이지. 아무튼 그 기이한 사람이 사용한 단어들은 충분히 의미심장해. 그레이 부인의 말에 의하면 그는 이렇게 선언했지. '매 순간 종말이 우리에게 다가오고 있습니다.'"

"우리의 종말. 그는 '우리의 종말' 이라고 했어요."

"그는 또 이렇게 말했단다. '그자는 우리 모두를 죽일 것이고 암흑이 세상을 덮칠 겁니다.' 그레이 부인, 특히 중요한 것은 그 사람이 재니트를 언급했다는 사실이에요. 오늘 아침, 당신도 재니트를 봤어야 했는데. 유령 같았어요……. 나는 이제 어떻게 생각해야 할지 모르겠어요."

클라리사는 매클린에게 다가오라는 손짓을 했다.

"내가 정신분열증에 걸렸다고 칩시다. 혹은 나도 모르는 사이에 어떤 알 수 없는 병이 진행되고 있다고 칩시다. 이렇게 심각한 증상이 있다면 이처럼 정묘한 수첩을 무의식적으로 만들어낼 수 있을까요?"

클라리사는 가방에서 수첩을 꺼내 들이댔다.

"내가 이 잉크, 이 종이를 만들 수 있다고 생각하나요? 내가 이 콥트식 제본술을 알고 있다고 생각하나요? 교리 교육을 받은 후 성경을 펼쳐본 적도 없는 내가 종교적인 글을 쓸 수 있다고 생각하나요? 스튜어트 형사가 발견한 그 시체는 뭐죠? 그것도 내 상상력의 산물인가요?"

언어학자 매클린은 잠자코 있었다. 모든 사실은 클라리사의 말이 진실임을 외치고 있었지만 그의 과학적 정신은 그 사실을 받아들이기 힘들었다.

갑자기 모르카가 외쳤다.

"제기랄! 저는 외할아버지를 이해할 수가 없어요."

모르카는 수첩을 가리키며 말했다.

"대답은 저기에 있잖아요! 외할아버지는 일을 시작하기만 하면 되는데 고민하고 모든 것을 의심하고 계세요. 그건 이치에 어긋나지 않나요?"

모르카는 매클린에게 돌아서서 말했다.

"만일 그 남자의 말이 진실이고 외할머니의 생명이 정말로 위험하다면 어쩌시겠어요?"

매클린은 한참 동안 손자를 바라본 후에야 대답했다.

"네 말이 옳아."

매클린은 클라리사에게 손을 내밀며 말했다.

"수첩을 줘요."

클라리사는 말없이 수첩을 건넸다.

매클린은 수첩을 책상 위에 올려놓았다.

"모르카, 네 도움이 필요할 거야. 이전 작업을 근거로 판단하면 우리가 다시 성경에 나오는 이름과 단어와 마주칠 가능성이 아주 높지. 그럴 경우 다시 바코비아의 도움이 필요할 거야. 내가 해독 작업을 마치는 대로 그 목록을 줄 테니 내 친구에게 이메일로 보내렴. 내가 미리 바코비아에게 연락해두겠다."

매클린은 수화기를 들더니 루마니아인에게 전화를 했다. 통화는 짧았다.

클라리사는 걱정스레 물었다.

"바코비아 교수님은 찬성했나요?"

"물론이죠. 그것도 기꺼이. 그는 말은 하지 않지만, 이 일에 무척 흥미를 갖고 있어요."

매클린은 책상에 자리를 잡고 메리 스튜어트의 암호를 기록한 종이를 늘어놓았다.

"두 사람 다 한 바퀴 돌고 와요. 작업이 길어질 수도 있어요."

모르카는 대답 대신 손목시계를 슬쩍 보았다.

"무슨 일이야? 어쨌든 약속은 없겠지?"

"아니, 있어요. 캐슬린과 정오에 만나기로 했어요."

클라리사는 놀라며 물었다.

"캐슬린이라고?"

"네. 캐슬린은 자신이 몹시 좋아하는 그 건축가의 작품을 보여주고 싶어 해요. 선생님도 잘 아시잖아요. 점심 먹다가 레니 매킨토시에 대해 얘기한 거."

클라리사는 물끄러미 모르카를 바라보았다. 매클린의 손자는 일을 미루는 성격이 아니었다.

"그렇다면 새 여자 친구에게 가렴. 나는 공원이나 한 바퀴 돌아보겠어. 들러리 역할은 싫거든."

그러자 이번에는 매클린이 당부했다.

"너무 늦지 마라. 우리는 네가 필요해. 기껏해야 두 시간뿐이야."

모르카는 인사 대신 손을 살짝 들고는 잽싸게 연구실을 떠났다.

"당신 손자는 호기심이 많아요. 모르카가 양자물리학에 열중했다는 사실을 알고 있나요?"

언어학자 매클린은 웃기 시작했다.

"처음 듣는 소리예요. 수학은 녀석이 좋아하는 과목이 아니었죠. 그 때문에 녀석의 부모가 무척 속상해했어요."

"하지만 전자, 우라늄, 그리고 이름은 잊었는데 어느 물리학자의 고양이 이야기를 하던데요."

"슈뢰딩거?"

"네, 그래요."

"뜻밖이네요……. 실력이 향상되었나 봐요!"

매클린은 수첩을 살짝 펴더니 속삭였다.

"이제 우리 둘만 남았어요……."

"곰곰이 생각해보니 이곳에서 기다리는 게 낫겠어요. 소파에 누워서 작업이 끝날 때까지 얌전히 기다릴게요."

매클린은 대답하지 않았다. 그는 벌써 작업을 시작했다.

*

캐슬린은 사키홀 가 217번지의 도색하지 않은 건물 정면을 가리키면서 말했다.

"저기야. 아쉽게도 1층에 보석가게가 들어섰네. 이 건물이 크랜스턴 부인의 소유였을 때만 해도 이 정도는 아니었는데. 자, 들어가자."

2층의 홀은 허버트 조지 웰스(1866~1946. 영국의 소설가—옮긴이)의 『타임머신』에 나올 법한 광경이었다. 두 사람은 단숨에 1900년대의 한 복판으로 뛰어들었다. 등받이가 높은 의자들, 직각 다리가 달린 탁자들, 대오리로 만든 소파, 울긋불긋한 벽지. 교묘하게 배치된 반투명의 등잔받침은 파스텔톤의 빛을 퍼뜨리고 있었다. 파스텔톤의 빛은 홀 전체에 따뜻하고 세련된 분위기를 조성했다. 이곳의 모든 것은 20세기 초를 생생하게 드러냈다.

캐슬린이 설명했다.

"매킨토시가 이 숟가락 모양의 전등갓을 디자인했어. 이곳은 개관하자마자 엄청난 성공을 거두었지. 사람들은 찻잔을 구경하기 위해 1페니 이상의 돈을 기꺼이 지불했어."

모르카는 자신감 없이 말했다.

"응, 재미있는데. 하지만 약간 유행에 뒤떨어진 거 같지 않니?"

"유행에 뒤졌다고? 결코 아니지! 진짜 예술은 유행에 뒤떨어지지 않아. 저기에 보이는 것은 상당히 시대를 앞선 재치 있는 작품이야. 겨우 스물여덟 살의 나이에 레니 매킨토시는 이미 뛰어난 통찰력이 있었지. 그의 다른 작품들도 봐. 하나만 예를 들면 글래스고 예술학교는 동시대 예술의 등대로 인정받았어. 모든 유럽 건축가들은 그 건물에서 영감을 받았지. 기하학, 입체주의, 선형성(線形性)……. 그는 모든 형태를 자유자재로 만들어냈어."

캐슬린은 깊게 숨을 들이마셨다.

"나는 이곳이 좋아. 내가 그 시대에 살았더라면 얼마나 좋았을까 하고 자주 생각했지."

모르카는 캐슬린을 훔쳐보았다. 그녀는 정말 눈부시게 아름다웠다.

"윌로 티룸에 자주 오니?"

"시간이 날 때마다. 그렇지 않으면 뷰캐넌 가에 있는 티룸에 가지."

모르카는 빈 테이블을 가리키며 말했다.

"앉을까?"

"좋지."

캐슬린이 메뉴판을 보기 위해 머리를 숙이자 모르카는 그녀를 자세히 뜯어보았다. 이 고색창연한 장식 속에서 부드러운 빛을 받은 그녀의 모습은 보티첼리의 「비너스의 탄생」에서 중앙에 있는 긴 금발 여인을 닮았다. 그는 오래전 그 그림을 본 적이 있었다. 그때부터 그 그림은 그의 머릿속에 영원히 새겨졌다. 그는 그때부터 이런 피조물이 실제로 존재할까 하고 자주 생각해보았다.

캐슬린이 차를 마시자고 했다.

"나는 우롱차를 마시겠어."

"모르는 차야. 우롱차가 뭔데?"

"발효시킨 차야. 나는 다르질링차보다 우롱차가 더 좋아."

"발효시킨 차라고?"

"응. 중국인이 만든 차야."

"좋아, 우롱차를 마시지. 사실 나는 차를 몹시 좋아하지는 않아. 나는 맥주가 더 좋아."

"유감이네. 윌로에는 맥주가 없어. 그 대신 맛있는 케이크가 있어. 해티 킷을 주문할까?"

"좋지."

캐슬린은 웨이트리스를 부르기 위해 조심스럽게 오른손을 들었다. 즉시 모르카는 역광 속에서 반쯤 구부린 캐슬린의 손가락에 매료되었다. 맞잡고 싶은 손가락, 목마른 여행객이 메마른 우물의 물방울을 맹렬히 핥듯이 입술과 혀로 애무하고 싶은 손가락. 이 이해할 수 없는 고통, 한 번도 느낀 적이 없는 이 엉뚱한 충동은 어디에서 비롯된 걸까? 특히 그가 당황한 것은 번개처럼 순식간에 그런 흥분의 물결에 휩싸였기 때문이다. 그의 모공, 혈관, 피는 그녀의 향기로 가득 차 있었다. 만일 그녀가 사라진다면 그도 사라질 것이다. 만일 그녀가 그의 마음속에 살아 있다면 그는 계속 살아남을 것이다.

"괜찮아?"

모르카는 소스라치게 놀랐으나 가까스로 표시를 내지 않았다.

"그럼, 캐슬린. 괜찮아."

*

대학교의 연구실에는 정적이 감돌았다. 정원사가 길모어힐 캠퍼스의 생울타리를 자르고 있었다.

클라리사는 한참 동안 그를 지켜보았다. 남자는 두 번째로 이마의 땀을 훔쳤다. 그 장면을 구경하는 데 싫증난 그녀는 매클린의 서재에서 끄집어낸 책을 다시 읽기로 했다. 에른스트 빌헬름 폰 브뤼케(1819~1892. 독일의 생리학자—옮긴이)가 쓴 『비저블 스피치』라는 책이었다. 몹시 따분한 책이었다.

문득 캠퍼스를 가로질러 정원사를 향해 걷고 있는 사람이 보였다. 처음에는 직원이나 교수일 거라고 생각했다. 하지만 실루엣이 눈에 익었다. 창가에 다가가자 그의 윤곽이 더욱 분명하게 드러났다. 날씬한 젊은이가 휘청거리며 걷고 있었다. 이제는 그의 머리카락을 분별할 수 있었다. 곱슬곱슬한 금발. 그녀는 속삭였다.

"모르카잖아! 그런데 저기서 뭐 하는 거지? 벌써 돌아왔나?"

매클린은 대답 대신 자료에 코를 박은 채 투덜거리기만 했다. 클라리사는 계속 모르카를 지켜보았다. 정원사 곁을 막 지난 그는 멈추지 않고 계속 걸었다. 캠퍼스 끝에 도착한 그는 터널 밑으로 들어가더니 자취를 감추었다.

클라리사는 혼자 중얼거렸다.

"모르카는 곧 올라올 거야. 캐슬린은 틀림없이 잘난 체하는 이 젊은이에게 싫증이 났겠지."

클라리사는 소파 위에 몸을 쭉 펴고 누워서 다시 브뤼케의 작품에 빠졌다.

*

오후 5시가 다 되어서야 매클린은 작업을 마쳤다.

클라리사는 두 손을 잡고 잠들어 있었다.

"클라리사, 일어나요! 해독이 끝났어요."

클라리사는 긴장된 목소리로 중얼거렸다.

"그래서요?"

"아무것도 아니에요."

"하고 싶은 말이 뭐예요?"

"특별한 내용은 없어요. 전혀요. 혼동을 일으키는 대목이 하나 있긴 하지만……."

매클린이 읽으려는 순간 문이 살짝 열리더니 모르카의 얼굴이 보였다.

"죄송해요. 늦었어요."

매클린이 대꾸했다.

"괜찮아. 나도 방금 작업을 마쳤거든."

모르카는 문을 열어젖혔다.

"혼자가 아닌데."

캐슬린이 불쑥 나타났다.

"폐가 되지는 않을지. 모르카가 자꾸 가자고 해서요. 교수님께서 그 대단한 수첩을 해독하기로 결심하셨다고 모르카가 말해줬어요. 사실 수첩의 내용이 궁금해서 견딜 수가 없었어요. 이 사건은 무척이나 신비스럽거든요."

그러더니 서둘러 덧붙였다.

"만일 제가 방해된다면……."

매클린이 캐슬린의 말을 끊었다.

"아니야. 국가기밀이 아니니까 괜찮아. 앉아라. 장막이 곧 벗겨질 거야."

그리고 모르카에게 말했다.

"컴퓨터 앞에 앉아라. 그리고 내가 불러주는 대로 쳐라."

매클린은 자료를 쥐고 책상 뒤에서 나와 연구실 한가운데에 자리를 잡았다.

"클라리사, 준비됐나요?"

"잠깐만요."

그러더니 모르카에게 물었다.

"두 시간 전쯤 분명히 캠퍼스에 있었지?"

"캠퍼스예요? 아뇨."

"농담이지? 정원사 곁을 지나 터널 속으로 들어갔잖아?"

"그레이 선생님, 잘못 보셨어요. 저는 캐슬린과 함께 윌로 티룸에 있었어요. 그리고 이렇게 함께 왔잖아요."

모르카는 캐슬린에게 확인을 부탁했다.

"캐슬린, 그렇지 않니?"

"그럼요. 우리는 단 한순간도 떨어진 적이 없어요."

클라리사가 외쳤다.

"그럴 리가! 창문으로 분명 모르카를 봤는데."

두 젊은이는 난처한 시선을 교환했다.

매클린이 분명하게 잘라 말했다.

"클라리사, 두 사람이 함께 있었다잖아요. 당신이 잘못 보았을 거예요. 다른 학생과 혼동했을 거예요."

클라리사의 입술이 떨렸다. 그녀는 힘없는 목소리로 인정하고 말았다.

"그래요. 혼동했나 봐요. 미안해요."

클라리사는 매클린의 팔을 잡았다.

"자, 윌리엄, 시작해요……."

11

클라리사 그레이 부인, 내가 당신을 찾아낸 덕분에 당신은 내 글을 읽을 수 있게 되었습니다. 당신이 이 글을 읽을 때면 나는 더 이상 존재하지 않을 겁니다. 어떻게 설명해야 할까요? 어떻게 이 기묘한 사건을 표현해야 할까요? 우리는 아주 옛날부터 불멸의 존재였습니다. 하지만 이제는 다른 피조물과 같은 운명입니다. 부서지기 쉽고 다치기 쉬운 우리는 결국에는 한 줌의 먼지로 돌아갈 수밖에 없습니다. 우리는 교만의 죄를 지었을까요? 아니면 지나친 겸손으로 인한 비참한 희생자일까요? 하지만 이 두 가지 죄목 모두에 나, 가브리엘은 나와 동료들의 무죄를 주장합니다. 하느님—아직도 계시다면—은 항상 자신의 존재를 우리에게 알려주시지 않았기 때문에 우리는 전혀 알 수 없었습니다. 하느님은 존재한 적이 있을까요? 우리들 가운데 몇몇 천사들은 하느님의 이름을 걸고 신의 존재를 장담했고, 다른 천사들은 그 존재를 조금도 믿지 않았습니다. 나는 이제 하느님이 계신지, 그렇지 않은지 모르겠습니다. 오직 우리만이……. 고독은 아주 오래전부터 우리의 운명이었습니다.

이곳에서 죽음의 씨를 뿌리는 자는 분명히 대단한 힘을 가지고 있습니다. 비극은 이곳에 있는 모두가 대단한 힘을 가지고 있다는 사실입니다. 모세는 물론이고 예슈아, 아미나의 아들 그리고 다른 천사들도. 악은 무기력한 순간에 그들에게 슬그머니 스며들었을까요? 처음에 나는 믿지 않았습니다. 하지만 지금은 확신합니다. 그리고 피를 흘리는 듯한 고통을 느낍니다.

그렇습니다. 살인을 자행하고 있는 자는 대단한 힘을 가지고 있습니다. 그렇지 않다면 그자가 '죽음의 주인'이 되고 동시에 죽음의 하녀이자 포로가 된 사실을 어떻게 설명하겠습니까? 몸서리치게 혐오스럽습니다. 혐오감과 공포감. 이제는 두렵습니다. 죽는 게 두려운 것이 아닙니다. 형언할 수 없는 신비를 밝히지 못한 채 너무 일찍 떠난다는 사실이 두려운 것입니다. 무엇을 향해, 어디로, 누구에게로 우리를 이끄는지 결코 말해주지 않을 블랙홀, 입을 커다랗게 벌린 우주, 별들의 신비 말입니다. 나는 은하계의 심층부에 무엇이 들어 있는지, 태곳적부터 은밀하게 솟아오르는 그 소음이 어디에서 올라오는 것인지 결코 알지 못할 것입니다.

나는 지상의 삶도, 인간이 겪는 마음의 고통도, 인류의 미래도 알지 못할 것입니다. 나는 내가 태어난 날보다 더 무지한 채, 하느님이 내 이름을 부르면서 나를 만들었을 그때보다 더 초라하게 죽게 될 것입니다.

나의 적은 언제, 어느 순간에 불쑥 나타날지 모릅니다.

하지만 나는 결코 의무를 저버리지 않았습니다. 나는 순종했습니다. 나는 애무를 갈구하는 온순한 개였습니다. 나는 재능이 있는 게 아닙니다. 거역이라는 것을 몰랐고 부정적인 생각은 나와 관계가 없었습니다. 나는 단 한 가지 목적을 위해 창조되었습니다. 그것은 하느님을 모시는 것입니다. 나는 하느님을 모셨습니다. 오, 얼마나 오랫동안 섬겼는지! 나의 열정이 얼마나 뜨거웠던지 손만 대도 별은 활활 타올랐습니다.

라파엘은 죽기 전날 자신이 품고 있던 의심을 털어놓았습니다. 라파엘은 나의 분신이었습니다. 나의 영기, 나의 우주였습니다. 그는 다른 천사들과 마찬가지로 살해되었습니다.

우리는 열 명이었는데 이제 셋밖에 남지 않았습니다. 다니엘, 사무엘 그리고 나.

우리는 살 날이 얼마 남지 않았습니다. 지금 나는 예전처럼 규칙을 어기고 인간의 모습을 취하는 것 말고는 다른 선택의 여지가 없습니다. 결과는 끔찍할 것입니다. 하지만 내 목숨의 대가로 이 메모는 당신에게 전달될 것입니다.

매클린은 두 사람의 반응을 살피기 위해 잠시 중단했다가 다시 해독한 문장을 읽었다.

Tempesta unus

나는 가장 중요해 보이는 한 가지 사실을 방금 발견했습니다. 너무도 엄청난 일이었기에 내 마음은 그 사실을 받아들이지 못합니다. 너무도 끔찍한 일이었기에 차라리 죽고 싶습니다. 나는 큰 소리로 차라리 죽여 달라고 간청할 것입니다.

나는 반드시 확인을 해야 합니다. 내게 그럴 시간이 있을까요?

모든 해답은 숫자 19와 쌍둥이 0.809에 있습니다.

다시 침묵. 매클린 교수는 클라리사의 반응을 살폈다.

"다 읽었어요?"

"아니에요. 에필로그처럼 덧붙여진 대목이 있고 그 앞에 간결한 설명이 있어요."

Eadem tempesta

다소(소아시아 동남쪽에 있었던 길리기아 지방의 중심도시. 사도 바울의 고향—옮긴이)의 유대인은 아무것도 알려고 하지 않습니다. 언제나처럼 우둔한 그는 살인자가 한 사람이 아니라 여러 명이라고 확신합니다. 그는 유다와 그의 친구들이 범인이라고 모두에게 말합니다. 나는 그의 반응에 놀라지 않습니다. 이 배신자는 언제나 열두 사도들을 끔찍이 싫어했습니다.

Eadem tempesta

에돔은 '하느님과 겨루어 이긴 자'를 비난하고 있습니다. 상대방도 마찬가지로 에돔을 비난하고 있습니다. 골육상쟁은 대체 언제나 멈출까요? 정말 지긋지긋합니다.

Eadem tempesta

아미나의 아들은 화를 냈습니다. 다소의 유대인이 내뱉은 노골적인 모욕을 참지 못했습니다. 곧장 언성이 높아졌습니다. 특히 그 유대인은 아미나의 아들에게 그가 메카와 메디나에 살 때 대중 앞에서 했던 몇 가지 이야기를 확인해 달라고 했습니다. 아미나의 아들은 확인시켜주었습니다.

"알았어! 나는 분명히 이런 말을 했지. '여러분, 유대인들과 싸우십시오. 그들 가운데 누군가가 바위 뒤에 숨으면 바위는, 하느님의 종이여! 내 뒤에 유대인이 있나이다. 그를 죽이십시오!, 라고 말할 것입니다.'"

Tempesta unus

그 유대인과 아미나의 아들 사이에는 언제나 팽팽한 긴장감이 감돌았습니다. 아미나의 아들은 자신이 성전(聖戰)의 주창자였다고 강력하게 반박했습니다. 그는 자신의 선의를 증명하기 위해 그의 젊은 부인인 아이샤가 어느 날 "하느님의 사자여, 우리는 성전이 가장 찬양할 만한 행위라고 생각합니다. 그런데도 우리는 성전을 할 수 없습니까?"라고 물었을 때 대답해준 사실을 떠올렸습니다. 그때 아미나의 아들은 이렇게 대답했습니다. "할 수 없습니다. 하지만 가장 칭찬받을 만한 성전은 경건하게 성취한 순례입니다."

다소의 유대인은 격분해서 반박했습니다. "거짓말이야! 너는 거짓말쟁이야!"

바로 그 순간 예슈아가 두 사람 사이에 끼어들었습니다. 그는 다소의 유대인을 향해 손가락을 내밀고 조용히 하라고 했습니다. 그의 표정은 무시무시했습니다. 눈동자에서 불길이 솟아오르는 듯했습니다. "그만둬! 장차 배신자가 될 사람아! 가련한 기회주의자야!" 그 유대인은 물러가기 전에 경멸에 찬 시선으로 노려보았습니다.

아미나의 아들은 제자들 가운데 한 사람에게 "그리스도교 신자들이 마리아의 아들을 찬양하는 것처럼 나를 떠받들지 말라. 나는 하느님의 종일 뿐이다"라고 선언한 날부터 예슈아의 총애를 받고 있습니다.

예슈아는 아미나의 아들의 처신에 대단히 만족한 듯했습니다. 그건 당연합니다. 이 주제에 대해 더 이상 설명하고 싶지 않습니다.

Eadem tempesta

막달라의 여인은 메카의 사람을 옹호했다고 예슈아를 호되게 나무랐습니다. "당신은 어떻게 '여자의 증언은 남자의 증언의 절반이다. 그것은 여자의 지능이 모자라기 때문이다. 두 명의 남자 증인을 찾을 수 없다면 남자 한 명과 여자 두 명을 증인으로 내세워라'라고 선언했던 사람의 편을 들어줄 수 있어요?"

기대를 깨고 예슈아는 언짢은 기분으로 이렇게 대꾸했습니다. "분명히 그의 말이 옳아요."

Eadem tempesta

그녀들은 서로 마주치지 않으려고 애썼습니다. 하지만 그것은 피할 수 없는 일이었습니다. 나는 늙은 아브라함의 두 아내 사라와 하갈에 대해 말하고 싶습니다. 나는 두 여인이 나눈 대화를 이곳에 옮기지는 않겠습니다. 두 아들—이스마엘과 이사악—은 두 여인을 떼어놓아야만 했습니다. 하지만 쉬운 일은 아니었습니다.

Eadem tempesta

모세는 처음으로 아론을 향해 손을 치켜들었습니다. 손에 무기가 잡혔더라면 말다툼은 비극적인 사건으로 돌변했을 것입니다. 모세는 그에게 뿌리 깊은 원한을 간직하고 있었습니다. 두 사람에게는 '금송아지 사건' 밖에 없다고 확신합니다. 물론 모세는 배신한 형을 비난할 기회를 놓치지 않았습니다. 나는 그들에게 물어보았지만 두 사람은 굳게 침묵을 지켰습니다.

나는 이 모든 사람들이 용의자가 아닌지 생각해봅니다…….

매클린이 결론을 지었다.

"이게 다예요."

매클린은 모르카에게 말했다.

"이 이름들을 바코비아 교수님께 보내렴. 다소의 유대인, 아론, 에돔, 하갈, 사라, 이스마엘, 이사악, '하느님과 겨뤄 이긴 자' . 그리고 숫자 19와 0.809가 무엇인지도 물어보렴."

그러고는 클라리사를 향해 돌아섰다.

"그래, 어떻게 생각해요?"

"어떤 생각이 들었냐고요? 가브리엘이라는 인물이…… 천국(그녀는 망설이다가 아주 작은 소리로 속삭였다)을 배경으로 연달아 일어나는 말썽을 묘사한 일기를 보고 있는 것 같아요."

"내 느낌도 마찬가지예요. 이 수첩의 주인이 유쾌한 풍자가라면 내 생각도 크게 다를 게 없어요."

그때 모르카가 외쳤다.

"잠깐만요! 방금 바코비아 교수님의 답장이 왔어요. 이리 와서 보세요."

모두 컴퓨터 앞으로 몰려갔다. 화면에는 루마니아인의 메일이 열려 있었다.

발신 : BACOVIA VASILE BACOVIA@MAILCOM.SC

날짜 : 2002년 6월 10일 월요일 17시 45분

수신 : WMACLEAN@GLASGOWUNIV.SC

주제 : 알코올 중독에 의한 진전(振顫) 섬망증

친애하는 친구들에게

여러분도 나처럼 즐기기를 바랍니다. '운동장'이 어디에 있는지는 모릅니다만, 그게 정말로 중요할까요?

다소의 유대인. 성 바오로라는 이름으로 더욱 알려진 사울일 수밖에 없습니다. 오, 얼마나 자주 논란의 대상이 되는 인물인지! 사도로서의 그의 권위는 그가 창설한 그리스도교 공동체에서조차 격렬하게 비난을 받았습니다.

에돔. 에사오(털이 많음을 뜻하는 히브리어 '에사브'에서 유래—옮긴이)입니다. 그는 태어날 때부터 붉었기 때문에 히브리어 담(Dam, 피)에서 파생된 에돔(붉음)이라는 별명이 붙었습니다. 전설에 의하면 그는 사해와 아카바 만 사이에 위치한 사막의 주민인 에돔 족의 조상입니다. 성경에 따르면 이사악과 리브가의 아들인 그는 야곱의 쌍둥이 형입니다. 그는 야곱에게 팥죽을 얻고 대신 장자권을 내어줍니다.

하느님과 겨뤄 이긴 자. 히브리어로 이스라엘입니다. 에사오의 쌍둥이 동생, 즉 피바른 야곱입니다. 야곱은 어느 날 밤 하느님께서 보낸 천사와 씨름한 후 그 별명을 얻었습니다. 그가 하느님과 맞서 싸우지 않았다면?

사라. 아브라함의 아내입니다. 사라는 임신을 할 수 없어서 아브라함에게 이렇게 제안합니다. "제 몸종 하갈에게 가세요. 그녀를 통해서 아이들을 얻을 수 있을 거예요." 아브라함은 사라의 말에 따랐습니다. 하갈이 아들을 낳자 아브라함은 그를 이스마엘이라고 불렀습니다. 하지만 그게 다가 아닙니다. 13년 후에 기적이 일어납니다.

사라도 대략 90세에 아들 이사악을 낳았습니다.

하갈. 아브라함과 사라의 이집트인 여종.

이스마엘. 아브라함과 하갈 사이에서 태어난 장남. 이름의 히브리어 어원인 Yishma-El은 '하느님께서 들으셨다' 라는 뜻입니다. 그는 아랍인의 조상이 됩니다. 이슬람교도들은 아브라함과 이스마엘이 메카의 중심에 위치한 불가사의한 카바 신전을 창건했다고 주장합니다.

이사악. 아브라함과 사라 사이에 태어난 아들이며 야곱의 아버지. 그의 히브리 이름인 Ytshaq는 '사라가 웃었다' 를 뜻합니다.

아론. 모세의 형. 대제사장.

내 설명이 도움이 되기를 바랍니다.

바실레

PS. 숫자 19와 0.809에 대해서 도와드릴 수 없어 유감입니다. 아기천사들과 숫자점은 내 전공이 아니라서요.

그들이 바코비아의 이메일을 다 읽자마자 전화벨이 울렸다.

매클린은 즉각 바실레 바코비아의 목소리를 알아들었다.

"그 신비스러운 숫자에 대해서 한 가지 생각이 떠올랐네. 그레이 부인을 바꿔줄 수 있나?"

매클린은 수화기를 클라리사에게 넘겨주었다.

"안녕하세요, 그레이 부인. 당신은 분명 애런 섬에 살고 있지요?"

"네, 맞아요."

"바로 맞은편에 있는 란디스판 섬에 새뮤얼 슐론스키라는 친한 친구가 살고 있습니다. 그는 티베트 승려가 소유한 그 성스러운 섬에서 은둔생활을 하고 있죠. 이 모험을 계속할 뜻이 있다면 그 친구가 당신을 도와줄 수 있을 겁니다."

"매우 친절한 제안이에요, 바코비아 교수님. 하지만 이 모험은 포기하겠어요. 아무런 의미도 없으니까요. 더 이상 할 일도 없고 호텔비로 파산할 지경이에요. 램래시로 돌아갈 거예요."

"아, 그래요?"

루마니아인의 목소리에는 실망감이 역력했다.

"정말이에요? 이상하네요. 당신이라면 이 수수께끼를 끝까지 파고들 거라고 확신했는데."

"문제는 수수께끼가 아니라 알아보기 힘든 글씨예요. 나는 그런 글씨를 싫어하거든요."

수화기에서 살짝 웃는 소리가 들렸다.

"그보다는 약간 역정이 난 게 아닐까요?"

"뭣 때문에요?"

"한계에 부딪혀서 말예요. 교양 없는 익살꾼 때문에 실수를 저지른 탐정소설의 여왕이라? 그거 별로 즐거운 일이 아니잖아요?"

"바코비아 씨, 맘대로 상상하세요."

클라리사는 숨을 크게 들이마시고 무뚝뚝하게 결론을 지었다.

"그럼 이만 작별을 고하겠습니다."

클라리사는 수화기를 놓자마자 분노를 터뜨렸다.

"저 작자가 미쳤다고 내가 말하지 않았나요? 도대체 그는 자신을 어떤 사람이라고 생각하는 걸까요? 감히 그런 말투로 말하다니!"

"진정해요. 그는 일부러 당신을 약 올리는 거예요. 그뿐이에요. 그보다는 말해줘요……. 정말 애런 섬으로 돌아갈 생각이에요?"

"물론이죠."

매클린의 얼굴이 어두워졌다. 분명히 그 대답은 그를 기쁘게 하지 않은 것 같았다.

클라리사가 놀라 물었다.

"무슨 일이에요? 당신도 내가 글래스고에 오래 머무르는 것은 원하지 않잖아요? 당신도 보다시피 이 수첩에서 더 이상 끄집어낼 것은 없어요. 그렇지 않아요?"

갑자기 캐슬린이 지적했다.

"그래도 수첩의 주인이 누구인지는 알게 되었잖아요. 그것만 해도 대단한 진전이에요."

"그 신비스러운 가브리엘 말이니? 그래서? 호텔에 있을 때 내게 전화한 그 이상한 남자가 이미 그 이름을 말해주었지. 지상에 흩어져 있는 가브리엘이 몇 명인지 알고 있니?"

모르카가 응수했다.

"물론이에요. 하지만 대천사는 몇 명이나 되죠? 주인은 틀림없이 가브리엘이에요. 가브리엘 대천사 말예요."

클라리사는 허리에 두 주먹을 얹고는 빈정거리는 시선으로 모르카를 응시했다.

"가브리엘 대천사……. 우리에게 가브리엘 대천사의 일기가 있다고? 그 말이 얼마나 엄청난 것인지 알고 있니?"

그러자 캐슬린이 조심스레 말했다.

"그럼 시체는요? 시체는 어떻게 하셨어요?"

클라리사는 크게 외쳤다.

"아무것도 없었어! 아무것도! 시체는 없었어. 내가 꿈을 꾼 거야. 환각에 사로잡힌 거라고. 결코 시체는 없었어. 그리고 이 수첩은 짓궂은 장난일 뿐이야."

클라리사는 가방과 트렌치코트를 들고 문 쪽으로 걸어갔다. 그러자 매클린이 소리쳤다.

"잠깐 기다려요! 이야기 좀 해야겠어요."

매클린은 그녀의 팔을 잡고 연구실 밖으로 나갔다. 그러고는 문을 닫고 속삭였다.

"클라리사, 도와줘요. 제발 거절하지 말아요."

클라리사는 이마를 찌푸리고 다음 말을 기다렸다.

"모르카를 데려갈 수 있어요? 며칠만 부탁해요. 나는 가정교사 노릇을 할 힘이 없어요. 할아버지 역할은 말할 것도 없고요. 게다가 나는 재니트 옆에 있어야 해요. 이유는 묻지 말아요. 오직 나의 존재와 내 사랑의 증거만이 재니트가 어둠에서 벗어나도록 도와줄 거라고 뭔가가 소리치고 있어요. 제발 부탁해요, 클라리사. 며칠만 맡아줘요."

클라리사는 보란 듯이 난처한 표정을 지었다. 모르카와 함께 지내라고? 자신을 짜증나게 하는 모르카와?

매클린이 끙끙대며 말했다.

"어떻게 할 거예요? 찬성하는 거죠?"

"생각 좀 해보겠어요……."

"며칠만……."

"생각해보겠다고요……."

클라리사는 연구실로 돌아와서 캐슬린을 불렀다.

"캐슬린, 말해봐…… 조지와의 바로셀로나 여행은 완전히 깨졌니?"

약간 놀란 캐슬린은 잠시 머뭇거리다가 대답했다.

"네, 깨졌어요."

"좋아! 그럼 일주일 동안 램래시에서 보내는 게 어때? 내가 초대하는 거야. 날씨가 아주 좋아. 소풍도 다니고 내 집필 작업도 틈틈이 도와주고."

"그런데……."

"안심해. 단 둘이 마주 보고 있지만은 않을 거야. 그런 생활은 치명적으로 권태로울 수 있지. 그래서 모르카도 같이 있을 거야. 그가 섬 구경도 시켜줄 거고."

클라리사는 모르카를 한참 동안 응시했다.

"모르카, 그렇지 않니?"

"저요? 램래시에 간다고요?"

모르카는 외할아버지의 눈 속에서 대답을 찾았다.

매클린이 설명해주었다.

"그래. 너도 상황을 알지? 외할머니는 나를 필요로 한단다. 딱 일주일이야. 그렇게 하겠니?"

모르카는 망설이지 않고 어깨를 으쓱했다.

"안 될 것도 없죠."

그리고 캐슬린에게 고개를 돌리며 말했다.

"너도 올 거지?"

모르카는 바흐의 음악을 연주해 달라고 부탁할 때처럼 캐슬린의 두 눈에 빨려 들어갈 듯 긴장된 표정으로 물었다.

"그래."

12

아치 로덴바르는 잠시 생각에 잠겼다.

"스펜서 양에게 전화했어요?"

"네, 형사님. 스펜서 양과 그녀의 아버지는 오늘 저녁 형사님과 함께 식사를 하게 되어 매우 기쁠 겁니다."

로덴바르는 몽상에 잠긴 모습으로 말했다.

"잘됐어요."

로덴바르는 남아 있는 차를 단숨에 마시고 쟁반 한가운데에 잔을 내려놓은 후 말을 이었다.

"다람쥐는 개암을 모으죠. 겨울에 먹기 위해 가을에 개암을 열심히 비축해요. 인류는 이 동물 친구에게서 배워야 해요. 나처럼 말이에요. 나는 생쥐를 노리는 고양이, 냄새로 종적을 알아내는 영특한 개였어요. 조지, 나는 또한 다람쥐였어요. 나는 여기저기에 조금씩 먹이를 모아놓았어요. 지금 나는, 음…… 10년 전쯤 따로 모아놓은 개암을 찾으러 창고에 갈 거예요. 조지, 내 말 알아듣겠어요?"

"형사님, 그렇게 오랫동안 개암을 보관할 수 있을 줄은 몰랐어요. 하지만 지금은 저장용 병을 쓴다는 것쯤은 알고 있지요."

아치 로덴바르는 조지를 바라보고 미소를 지었다.

손가락은 컴퓨터 자판 위에서 멈추었다. 캐슬린은 참을성 있게 기다렸다. 경험을 통해 그녀는 이런 기다림의 시간이 연장될 수 있다는 사실을 잘 알고 있었다.

캐슬린은 멍한 시선으로 창문을 바라보았다. 파도는 물마루 위에 솟아 있는 세 개의 바위에 천천히 부딪히며 부서져내렸다. 몇 사람이 해변을 거닐고 있었다. 모르카는 약간 오른쪽에 앉아서 수평선을 응시하고 있었다. 가끔 그는 오른손으로 모래를 한 줌 쥐고는 손가락 사이로 흘러내리게 했다. 클라리사와 모르카가 먼저 램래시에 도착했다. 캐슬린은 이틀 후에 왔다. 그녀는 출발 전에 남자친구 조지와 깔끔하게 정리해야겠다고 생각했다. 모르카를 사귀었기 때문에 그처럼 신속하게 관계를 정리했을까? 이미 얼마 전부터 내면에 붕괴 조짐이 있었다.

모르카…….

페리호에서 내렸을 때 그레이 부인이 아니라 모르카가 기다리고 있어서 얼마나 놀랐던지! 그는 다소 서툴게 다가와서 후다닥 그녀의 볼에 키스를 한 후 어색함을 깨뜨리려는 듯이 그레이 선생님이 긴 여행으로 너무 피곤해서 자신이 마중을 나왔다고 설명했다.

캐슬린은 그날까지 남자에게 이처럼 모순된 감정을 느낀 적이 없었다. 모르카가 자신을 매혹시키는 이유를 알 수가 없었다. 그녀는 그에게 끌림과 동시에 도망치고 싶은 마음으로 괴로웠다. 이유는 알 수 없었지만 매번 그의 매력이 승리했다. 그녀는 자아에서 발산되는 오만과 겸손이 혼합된 감정을 명확히 파악하기 위해 모르카와 '끝'까지 가보고 싶었다.

캐슬린은 여전히 다음 문장을 기다리면서 자판을 만지작거렸다.

하지만 거실의 안락의자에 앉은 클라리사는 어떤 생각에 사로잡혔는지 잠자코 있었다. 섬에 도착한 첫날밤, 캐슬린은 잠을 이룰 수 없어 침대에서 수없이 몸을 뒤척였다. 왜 이 여행을 받아들였을까? 수첩 사건으로 충격을 받은 그레이 부인에게 걱정을 끼치지 않기 위해? 아니면 모르카의 '명령'에 순종하기 위해? 이건 분명 명령이나 다를 바 없었다. 그의 지배력에서 벗어나는 것은 불가능했다. 조지와는 얼마나 다른가! 결국 그녀는 애런 행 페리호를 타기 전에 조지와의 관계를 청산하게 되어 마음이 가벼웠다. 그녀는 전화보다는 직접 만나 결별을 선언하고 싶었지만 뜻대로 되지 않았다. 아무튼 해방된 느낌이 들었다. 이제 그녀는 방정식의 아름다움과 입체기하의 찬란함을 칭찬하는 조지의 설명을 듣지 않아도 되었다. 물론 가엾은 조지는 왜 캐슬린이 이별을 선언했는지 이해하지 못했다. 예전의 남자친구들처럼 그의 놀라움은 악의로 변했다. 그처럼 완벽했고 그처럼 그녀를 사랑했던 조지였는데! 왜 여자를 사랑하는 남자들은 항상 사랑하기만 하면 된다고 생각하는 걸까? 조지는 처음에는 마구 항의하더니 점점 더 공격적인 태도로 바뀌었다. 그녀가 아무리 이치를 따져가며 설득해도 소용없었다. 그녀의 논거는 어떤 동감도 얻을 수 없었다. 조지는 그녀를 잃고 싶지 않았다. 그뿐이었다. 그래서 최후의 수단으로 절묘한 무기를 사용했다.

"조지, 나는 너의 피부가 마음에 들지 않아. 나는 너랑 침대에 있을 때마다 지루했어."

결과는 그녀가 예상한 대로였다. 격분해서 수화기를 쾅 놓는 소리! 조지는 수학의 품으로 돌아갔다.

캐슬린은 초인종 소리에 몽상에서 깨어났다. 그녀는 즉시 '모르카일 거야' 라고 생각했다. 하지만 현관문으로 가면서 창문을 통해 그가 여전히 해변에 있는 것을 보았다.

문을 열었다. 키가 엄청나게 큰 남자가 층계참에 서 있었다.

"안녕, 아가씨."

캐슬린도 인사를 하고는 집주인에게 남자를 집 안으로 들여보내도 되냐고 물었다. 클라리사는 소파에서 꼼짝도 않고 물었다.

"스튜어트 형사님, 무슨 일이에요?"

형사의 육중한 몸체가 방을 가득 채우는 듯했다. 그는 천천히 들어오더니 클라리사 앞에 멈추어 서서 인사했다.

"잘 지내세요, 그레이 부인?"

"관절염 때문에 잠에서 깨어난 사람 같아요. 형사님은 관절염이 뭔지 모르죠? 정말 고통스러워요."

"상상이 됩니다."

스튜어트 형사는 팔걸이 없는 긴 의자를 가리키며 물었다.

"좀 앉아도 될까요?"

"형사님 때문에 작업이 중단되었어요. 그렇지만 앉아요. 나에게는 허울뿐인 교양이 아직 남아 있거든요."

클라리사는 갑작스레 캐슬린을 불렀다.

"좀 나갔다 와도 돼. 나중에 다시 하자."

"알겠어요. 그럼 수영 좀 하고 올게요."

클라리사가 물었다.

"무슨 일이죠?"

스튜어트는 주머니에서 크래프트지로 만든 봉투를 꺼내 허벅지 위에 놓고 무뚝뚝하게 물었다.

"글래스고에서는 잘 지냈나요?"

"약간 난처한 일이 있었어요."

"난처한 일이라니요?"

"친구가 급하게 입원했거든요. 매클린 교수의 부인 말이에요."

"심각하진 않겠죠?"

"의사들이 말을 해주지 않아요. 참고 기다릴 수밖에 없어요."

"아주 슬픈 일이네요."

스튜어트는 잠시 침묵을 지킨 후 물었다.

"바실레 바코비아라는 사람을 아세요?"

클라리사는 눈살을 찌푸렸다.

"네. 매클린 교수의 친구예요."

"어떻게 그를 알게 되었죠?"

"방금 말했잖아요. 매클린 교수의 소개로. 어느 날 저녁 매클린이 그를 집으로 불러 소개해주었어요. 사나흘 전 일이에요."

"그를 다시 만났나요?"

"먼저 무슨 일인지 말해주겠어요?"

스튜어트는 목청을 가다듬고 말했다.

"바실레 바코비아 씨가 살해되었습니다."

클라리사는 소스라치게 놀라며 고개를 치켜들었다.

"살해되었다고요? 언제요?"

"그저께 저녁. 가정부가 어제 아침에 시신을 발견했어요."

클라리사는 비틀거리며 일어나더니 셰리주 병이 놓여 있는 원탁을 향해 걸어갔다. 그녀는 셰리주를 한잔 들이킨 후 말했다.

"같이 드시겠어요."

"기꺼이."

클라리사는 두 번째 잔을 반쯤 채우고 제자리로 돌아왔다. 그리고 몇 번이고 반복해서 속삭였다.

"믿기지가 않아……."

그러더니 불쑥 물었다.

"그런데 왜 나죠? 그러니까 형사님은 왜 나를 찾아왔어요? 나는 바코비아 씨의 친한 친구도 아닌데."

형사는 봉투를 열고 종이를 꺼내 클라리사에게 건넸다.

"이 사건을 맡은 글래스고 경찰서가 희생자의 집에서 발견한 몇 가지 정보를 토대로 선생님과의 관계를 수사해 달라고 했어요. 한번 보시죠……."

클라리사는 안경을 썼다. 누군가가 다급하게 아무렇게나 쓴 메모였다.

클라리사 그레이…… 슐론스키를 만날 것…….

19?

의식(儀式)과 관련된 숫자?

9=? 9일간의 사랑으로 제우스에게서 태어난 아홉 명의 뮤즈들.

임신 기간? 9는 창조의 완성을 나타내는 것처럼 보임.

3의 숫자로 나타내는 천상, 지상, 지옥? 9는 세 가지 세상의 총체임.

쌍둥이 0.809?

스튜어트가 물었다.

"어떻습니까? 선생님은 바코비아 씨를 다시 만나지 않았다고 했죠? 하지만 그의 메모를 보고 판단한다면 선생님과의 첫 만남이 그에게 무척 인상적이었나 봐요. 제 말이 틀렸나요?"

클라리사는 술을 한 모금 마시고 침묵을 지켰다. 대답을 하게 되면 이 사건의 전모와 수첩의 존재를 누설하게 된다……. 첫째, 스튜어트는 그녀의 말을 믿지 않을 것이다. 둘째, 경찰에게 정보를 숨긴다면 난처한 결과를 초래할 것이다.

클라리사는 짧게 숨을 들이마셨다.

"바코비아 씨는 종교사 교수였어요. 내가 매클린 교수님 댁에 초대받은 날 저녁 그가 왔어요. 우리는 이런저런 얘기를 나눴어요. 특히 수(數)에 대해. 그것은 내가 제기한 질문을 기록한 메모 같아요."

"그럼 슐론스키는 누굽니까?"

"숫자점에 빠진, 바코비아의 친구예요."

"바코비아 교수님이 그 남자에게 연락을 시도한 걸 보면 부인께서 제기한 질문이 엄청나게 중요했던 모양이에요. 아닌가요?"

클라리사는 어깨를 으쓱했다.

"형사님도 학자들을 잘 알잖아요. 그들은 꼬치꼬치 캐묻고 샅샅이 뒤지는 걸 무척 좋아하죠. 내 질문은 별로 중요한 게 아니었어요."

스튜어트는 소설가의 눈동자를 유심히 바라보았다. 그는 클라리사의 말을 믿지 않았다. 형사는 신중하게 봉투를 잡고 여러 장의 서류를 꺼냈다.

"부인 말씀처럼 그들은 꼬치꼬치 캐묻는 걸 무척 좋아하죠. 그럼 이 이메일에 대해 어떻게 생각하세요?"

클라리사는 첫 페이지를 보고 더 이상 보지 않았다.

발신 : BACOVIA VASILE BACOVIA@MAILCOM.SC

날짜 : 2002년 6월 10일 월요일 17시 45분

수신 : WMACLEAN@GLASGOWUNIV.SC

주제 : 알코올 중독에 의한 진전(振顫) 섬망증

어떤 마법을 썼기에 경찰은 루마니아인이 보낸 이 이메일을 찾아낼 수 있었을까?

클라리사는 불안감을 숨기기 위해 질문을 던졌다.

"어디서 이 이메일을 찾았어요?"

"고(故) 바코비아 교수님의 컴퓨터 하드디스크에서 찾아냈어요. 하드디스크는 경찰에게는 만나(성경에서 이스라엘 사람들이 이집트를 탈출하여 약속의 땅 가나안에 들어가기 전 40년 동안 먹었다고 하는, 하늘이 내린 떡—옮긴이)와 같죠. 부인께서는 컴퓨터를 잘 모르시죠? 낡은 벽난로에 자료를 던져 넣고 태우는 편이 컴퓨터 휴지통에 문서를 버리는 것보다 훨씬 더 믿을 만하죠. 세심하게 처리하지 않으면 대부분의 글은 집적회로 속에 새겨지기 때문에 몇 주나 몇 달 후에도 찾아낼 수 있어요."

클라리사는 셰리주를 비운 후 단호하게 말했다.

"그럼 형사님은 이 이메일을 보고 그날 저녁에 우리가 나눈 대화의 내용을 잘 파악했을 거예요. 또 토론이 종교에 집중되어 있다는 사실을 확인할 수 있을 거예요. 운이 좋게도 이 분야의 전문가를 만났지만 특별한 것은 없었어요."

스튜어트는 서류를 정리해서 봉투 속에 넣으면서 아리송한 미소를 지었다.

"개인적인 질문을 해도 될까요? 부인께서는 저를 조금이라도 존중하시나요?"

"물론이죠."

"그런데 왜 거짓말을 하시죠?"

클라리사는 본의 아니게 얼굴을 붉혔다.

스튜어트 형사는 설명했다.

"나는 바코비아 교수님의 말을 외우고 있어요. '이 수첩의 주인이 상냥한 익살꾼이라는 확신이 듭니다. 시체는 장난을 쳐서 부인을 골탕 먹인 겁니다.' "

스튜어트는 팔짱을 끼고 소설가를 응시했다.

"그래서요?"

들통 난 그녀는 형사의 말을 반복할 수밖에 없었다.

"그래서요……."

"사실대로 전부 말해주실 수 없나요? 그게 더 간단하지 않을까요?"

클라리사는 아이처럼 입을 다물었다.

스튜어트 형사가 덧붙였다.

"부인께서 알고 계신지 모르겠습니다만 더 이상 유령 사건이 아니에요. 살인자가 있어요. 진짜 살인자 말이에요. 또한 진짜 시체도 있어요. 코리 길가에서 발견된 아일랜드인의 시체 말고 또 다른 시체가 발견되었어요. 두 살인사건의 관련 여부는 아직 밝히지 못했어요. 저는 아직 다 말씀드리지 않았어요……."

형사는 갑자기 심각한 표정을 짓고 클라리사를 응시했다.

"바코비아는 거의 목이 잘린 채 사망했어요. 살인자는 칼로 어찌나 깊이 목을 찔렀던지 머리는 연골에 간신히 달라붙어 있었어요. 기이한 일치라고 생각하지 않나요?"

클라리사는 재빠르게 반문했다.

"목이 잘렸다고요? 목이 잘렸다고요? 지난번 시체와 똑같이?"

"아쉽게도 지난번 시체는 제가 살펴보지 않았기 때문에 대답해 드릴 수 없습니다."

클라리사의 시선은 형사의 마음을 꿰뚫고 그의 뒤에 있는 보이지 않는 것을 관찰하고 있었다. 그녀는 단호한 어조로 말했다.

"좋아요. 전부 말씀드리겠어요. 미리 말씀드리지만 형사님은 내 말을 믿지 못할 거예요."

그녀는 재빨리 덧붙였다.

"형사님이 처음에 내 말을 믿지 않았던 것과 마찬가지로."

"말씀해보세요."

클라리사는 전부 털어놓았다. 수첩, 메리 여왕의 암호, 정체를 알 수 없는 청년, 그의 전화……. 그녀가 이야기를 마쳤을 때 불현듯 떠오른 생각이 불쾌감을 주었다. 만일 재니트의 병이 이 퍼즐의 일부라면? 정체불명의 청년은 이렇게 선언하지 않았는가? "매클린 부인의 목숨과도 관계되는 일이에요. 서두르세요!" 바코비아는 죽었고, 그렇다면 다음 차례는 재니트란 말인가?

클라리사는 마지막 힘을 다해 자신의 예감을 털어놓았다. 정력을 다 소모한 그녀는 입을 다물었다. 그리고 무의식적으로 바다 쪽으로 열려 있는 창문을 바라보았다. 그녀는 신선한 공기와 공간이 필요했다. 질식할 것처럼 답답했다. 캐슬린과 모르카는 황혼 속에서 찰싹 달라붙어 수영을 하고 있었다. 찰싹 달라붙어서…….

마침내 스튜어트가 입을 열었다.

"아주 기이한 이야기네요."

클라리사가 비꼬듯 말했다.

"토머스, 나는 소설가예요. 잊었나요? 그래서 상상력이 넘쳐흐르죠."

이 말을 내뱉기가 무섭게 클라리사는 자신이 형사를 이름으로 불렀다는 사실을 깨달았다.

스튜어트 형사는 허물없는 호칭을 지적하지 않았다.

"그럼요. 하지만 이번에는 부인의 상상력이 만만치 않은 맞수를 만난 느낌이 들어요."

형사는 잔을 들며 말했다.

"셰리주 한잔 더 주시겠어요?"

클라리사가 병이 있는 곳까지 종종걸음으로 가는 동안 형사가 물었다.

"매클린 부인은 어때요?"

"가엾게도 진전이 없는 상태예요."

스튜어트는 자리에 앉으면서 말했다.

"제 의견을 말씀드리면 부인께서 이 사건을 포기하신 건 잘하신 거예요. 왠지 불길한 기운을 풍기거든요."

"불길한 기운?"

"이곳은 스코틀랜드예요. 잊지 마세요."

"무슨 관계라도 있나요?"

"설명할 수 없는 것이 많은 고장이잖아요. 설명할 수 없는 것은 저를 두렵게 해요."

"두렵다고요? 나는 형사님이 현실주의자라고 생각했는데."

스튜어트는 안락의자에 편히 앉았다.

"저는 경찰입니다. 하지만 경찰이기에 앞서 스코틀랜드인이죠. 우리는 초자연적 현상이 나타나는 곳에 살고 있어요. 길, 이탄, 호수, 산……. 우리의 국기까지도! 그리스의 변방에서 X자형 십자가에 매

달린 성 안드레아(12사도 중 한 사람이며 베드로의 동생. 초대 세계총대주교. 스코틀랜드와 러시아의 수호성인—옮긴이)는 죽는 순간까지 복음을 전파했어요. 앵거스 왕은 성 안드레아가 자신에게 푸른색 바탕에 X자형의 하얀 십자가를 들고 적을 향해 전진하라고 명령하는 환영을 보았죠. 앵거스 왕에게 승리를 안겨준 이 군기가 스코틀랜드의 국기가 되었죠. 전설이 담긴 국기! 비웃어도 좋아요. 하지만 저는 죽음의 사자가 가족을 데리러오면 집 안에서 밴시 요정(Banshee 혹은 Bean Sidhe. 여자라는 의미의 ban, bean과 요정이라는 의미의 shee, sidhe의 합성어—옮긴이)이 통곡한다는 걸 알고 있어요. 내 눈으로 직접 봤거든요. 부인께서도 잘 아시겠지만 이곳에서 멀지 않은 마시리무어에는 드루이드교 승려들의 영혼이 출몰하는 신비스러운 환상열석이 세워져 있어요. 말의 모습을 한 켈피 요정은 아가씨들을 유혹하기 위해 남자로 변신하고 만월의 밤에 골짜기에서 질주합니다. 또 자유자재로 형체를 바꿀 수 있는 셀키 요정은 때로는 남자로, 때로는 바다표범으로 나타납니다. 네스호의 괴물인 네시에 대해서는 얘기하지 않겠어요. 이 모든 초자연적 존재들이 환영처럼 출몰하고 있어요. 스코틀랜드는 평범한 곳이 아니라 신화가 구현되는 곳이에요."

"형사님 말이 옳아요. 하지만 우리는 또한 데카르트적 정신, 즉 합리적이고 명석한 정신을 가지고 있죠. 페니실린(스코틀랜드의 세균학자 알렉산더 플레밍이 발견—옮긴이), 텔레비전(스코틀랜드의 공학자 존 로지 베어드가 발명—옮긴이), 골프(현존하는 가장 오래된 골프코스는 1754년 스코틀랜드의 세인트 앤드루스에 만들어진 로열 앤드 에인션트 골프 클럽이다—옮긴이)는 우리 스코틀랜드의 발명품이죠."

"데카르트적 정신과 켈트족. 우리 전통에서 할로윈(만성절 전날인 10월 31일 고대 브리튼과 아일랜드에서 켈트인의 축제 삼하인이 여름이 끝나는 10월 31일에 거행되었음—옮긴이)을 빼놓을 수는 없죠."

스튜어트 형사는 다시 힘주어 말했다.

"저는 초자연적인 존재를 경계해요. 그레이 부인도 조심하세요……."

다시 침묵에 휩싸였다.

노부인은 무심코 자신의 손을 바라보았다. 램래시로 돌아온 날부터 고통이 심했다. 그녀는 위를 망가뜨리는 항염제의 복용을 거부했다. 그 대신 고통을 감수해야 했다.

마침내 클라리사가 물었다.

"어떻게 할 생각이에요? 내가 털어놓은 모든 것을 글래스고 경찰서에 전달하겠죠?"

"농담하지 마세요. 최악의 경우 글래스고 경찰이 부인을 구금할 거예요. 아니면 질문 공세로 부인을 괴롭히겠죠. 아니에요. 나는 요점만 말할 거예요. 부인께서는 매클린 댁에서 바코비아 씨를 만났고 종교에 대해 토론을 했어요. 그뿐이에요."

클라리사가 속삭이듯 말했다.

"고마워요, 토머스……. 당신은 좋은 사람이에요."

형사는 갑자기 겁을 먹고 피하는 듯한 동작을 취했다.

클라리사가 말을 이었다.

"말해줘요. 코리 길가에서 발견된 그 아일랜드인에 대한 새로운 소식이 있나요?"

"네. IRA와는 아무런 관련도 없어요. 그는 강도단의 일원이었고 깡패들 사이에 벌어진 결전의 희생양이었어요. 더블린 경찰이 살인자를 추적하고 있어요."

"아무튼 이상해요. 내가 본 시신과 닮은 건 어떻게 된 걸까요?"

"우연이겠죠. 저도 모르겠어요."

클라리사는 바코비아가 마지막으로 메모한 종이를 가리키며 물었다.

"가져도 될까요?"

형사는 눈살을 찌푸리며 말했다.

"부인께서는 이 사건을 포기했다고 하지 않았나요?"

"그렇죠. 하지만 이 알아보기 힘든 글씨는 내 천사 이야기와 아무 관계 없어요. 단지 가엾은 바코비아의 기념물로 간직하고 싶어요."

형사는 메모지를 클라리사에게 내밀었다.

"간직하세요. 제게 사본이 있어요."

클라리사는 잠시 침묵을 지킨 후 입을 열었다.

"우리는 오래전부터 아는 사이지만 나는 형사님에 대해 아는 게 없어요."

"별로 알아둘 만한 것도 없어요."

"결혼했나요? 아이들은 있나요?"

"아뇨. 저는 여자들이 결혼하고 싶어 할 만한 사람이 아니죠. 곰처럼 무뚝뚝한 사람은 다른 사람을 두렵게 하거든요."

황혼이 어느새 거실까지 몰려왔다. 클라리사는 긴 의자 옆에 놓인 램프를 향해 손을 내밀었다.

스튜어트는 등불이 켜지자 일어났다.

"이만 물러갈게요. 작업을 하셔야죠. 새로운 소식이 있으면 전해 드릴게요."

클라리사는 일어나는 척했다. 형사가 두 손을 내밀며 만류했다.

"나오지 마세요."

형사가 걸어나가는데 클라리사가 말했다.

"토요일 저녁 특별한 일이 없으면 우리 집에 와서 저녁식사를 해요. 요리하는 것은 싫어하지만 형사님을 위해 노력해보겠어요."

스튜어트는 눈을 동그랗게 뜨고 돌아섰다.

"정말이에요?"

클라리사는 살짝 미소를 지었다.

"그럼요. 요리하는 게 싫긴 하지만."

"그렇다면 디저트는 제가 준비할게요. 당근 케이크는 잘 만들거든요. 언제나 성공하죠. 그럼 토요일에 봬요, 그레이 부인."

클라리사는 잠시 기다렸다. 스튜어트의 자동차 소리가 멀어지자 그녀는 황급히 전화기로 달려가서 전화안내 번호를 눌렀다. 그녀는 교환수에게 속삭였다.

"슐론스키, 새뮤얼 슐론스키의 전화번호요. 주소는 모릅니다. 린디스판에 살고 있다는 것밖에……."

13

모르카는 캐슬린을 껴안고 누워 있었다. 캄캄한 침실에서 손으로 그녀의 몸과 얼굴을 애무했다. 또 손가락으로 천천히 곡선과 작은 골짜기를 더듬었다. 피부는 부드러웠고, 몸에서 발산되는, 요오드를 함유한 향기는 짠맛이 났다. 그러니까 이게 여인의 몸이란 말인가? 섬, 난파. 그는 혀로 가슴을 애무했다. 타액이 닿자마자 젖꼭지가 단단해졌다. 모르카는 자신이 캐슬린을 먹고 있는지, 캐슬린이 갈증을 풀고 있는지 알 수 없었다.

모르카는 서투른 동작으로 얼굴을 캐슬린의 아랫배로 옮겼다. 벽 너머로 들리는 파도소리가 심장의 고동을 삼켰다. 그는 캐슬린이 거절할까 봐, 수정처럼 아름다운 캐슬린의 몸을 망가뜨릴까 봐, 이 기적이 끝날까 봐 두려워 아주 조심스럽게 입술을 사타구니 쪽으로 옮겼다. 캐슬린이 두 다리를 벌리고 몸을 맡긴 채 가장 은밀한 부분을 자신에게 바친다는 것을 느낀 모르카는 용기를 내 샘물을 마셨다.

캐슬린은 가볍게 움찔했다.

우주는 생명을 제공하는 이 상흔, 이 벌어진 꽃잎 속에 구체적으로 나타나 있었다. 우주, 은하, 성좌, 혹성의 운행, 준성(準星, 높은 광도와 강한 전파 방출이 관측되는 희귀한 천체—옮긴이)의 신비스런 방사는 이 몇 센티미터의 살, 피, 물에서 하나에 지나지 않았다.

모르카는 이처럼 가까이에서 진실을 느낀 적이 없었다. 유일한 진실. 지금까지 그는 차가운 반짝임을 통해서만 묘성(昴星, 28수의 하나.

서쪽의 넷째 별자리. 아틀라스와 플레이오네의 일곱 딸이 별이 되었다고 함—옮긴이)을 알았을 뿐이었다. 이제 그는 묘성의 따뜻한 열기를 느낄 수 있었다. 아무튼 무척 좋았다.

캐슬린이 신음소리를 냈다.

쾌락일까? 고통일까? 분명히 쾌락의 신음일 것이다. 모르카는 피부가 닿는 느낌이 무척 좋았는데, 캐슬린도 다르지 않았을 것이다. 한 몸이 되지 않는다면 삼투는 불완전하다고 뭔가가 그의 귀에 속삭였다. 그는 몸을 일으켜 캐슬린의 몸을 감쌌다. 가슴과 가슴, 배와 배, 입술과 입술이 맞닿았다. 그들이 하나가 되었을 때 그녀는 고통으로부터 해방된 소리를 질렀다.

이제 모든 것이 명명백백해졌다. 순진한 그에게 최후의 신비가 모습을 드러냈다. 그리고 진실한 영원은 두 사람의 씨앗이 결합된 바로 그 순간일 수밖에 없다는 사실을 깨달았다.

새벽의 여신 에오스는 두 젊은이가 엉킨 채 잠들어 있는 모습을 발견했다.

*

새벽은 방금 바다 밑바닥에서 솟아올랐다.

클라리사는 실크 실내가운을 입었다. 그것은 그녀가 마련한 유일한 호사품이었다. 그녀는 마드라스(인도 타밀나두의 전 이름—옮긴이) 출신의 어느 행상인에게서 적절한 가격에 몇 미터의 수단(繡緞)을 구입할 기회가 있었다.

클라리사는 곧바로 부엌으로 갔다. 하늘에 잿빛 구름이 둥둥 떠 있는 음산한 날씨. 주전자에서 물이 펄펄 끓는 동안 그녀는 식탁 위에 오트밀 그릇을 올려놓고 신선한 왕귤 주스를 짠 다음 냉장고에서 계란 두 개, 비계 조각, 쓴 오렌지 마멀레이드를 꺼냈다. 10분 후 아침식사가 준비되었다.

과일주스를 입에 대는 순간, 프랭스 드 갈(밝은 색조의 바탕에 줄무늬가 있는 모직—옮긴이) 정장을 입은 젊은이가 보였다. 그는 방금 문 앞에 나타났을까? 아니면 한참 동안 그곳에 있었을까? 깜짝 놀라 놓쳐버린 주스 잔이 바닥에 떨어져 둔탁한 소리를 내며 깨졌다. 젊은이는 애원하는 손짓을 보내고 있었다.

"두려워하지 마세요! 당신을 해칠 생각은 조금도 없습니다."

젊은이는 당장이라도 다가올 것 같았다.

클라리사가 외쳤다.

"움직이지 마세요! 그 자리에 가만히 계세요!"

그러더니 이렇게 덧붙였다.

"경고하겠어요. 나는 혼자가 아니에요. 내 아들과 그의 약혼녀가 2층에 있어요."

그러자 젊은이는 느긋하게 미소를 지으며 말했다.

"그레이 부인, 부인에게는 자식이 없잖아요. 매클린 교수님의 외손자인 모르카와 부인의 비서로 일하는 캐슬린이잖아요. 다시 말씀드리지만 두려워하지 마세요. 몇 분만 시간을 내주세요. 그자는 나를 추적하고 있어요. 그자는 곧 나를 찾아낼 거예요."

"그자라니요? 누구를 말하는 거예요?"

"바실레 바코비아를 살해한 자 말이에요. 그자가 바코비아는 물론이고 다른 희생자들도 죽였어요. 그리고 곧 재니트 매클린의 차례가 될 거예요. 오늘 저녁…… 아니면 내일……."

"재니트가 죽을 거라고요?"

"그녀는 이미 죽은 거나 마찬가지예요……. 이젠 시간 문제죠. 나는 집행유예 중이고."

젊은이는 힘줄이 많은 손으로 머리를 쓸어넘기며 말했다.

"그레이 부인, 당신 목숨도 마찬가지예요. 당신이 엄청난 위험에 처해 있다는 사실을 모르지는 않을 거예요. 어떤 이유로 그자가 아직도 당신을 제거하지 않았는지 의아스러워요. 하지만 당신 차례도 올 거예요. 분명히."

노부인도 모르는 사이에 대화는 시작되었다.

"살인자는 엄청난 힘을 갖고 있어요……. 당신도 그 점은 알고 있겠죠?"

젊은이는 감히 한 걸음 내디뎠다. 노부인이 반응을 보이지 않자 그는 용기를 내서 조금 더 다가왔다. 곧장 그는 식탁 앞에 도달했고 자연스럽게 빈 의자에 앉으면서 이렇게 결론을 지었다.

"그렇지 않으면 우리가 죽음을 면할 수 없는 존재가 된 것을 어떻게 설명하겠어요?"

"우리?"

"야헬, 옐리엘, 엘레미아, 칼리엘, 라파엘, 미카엘, 그리고 물론 우리 중에서 가장 고귀한 자로 당신을 만나려고 헛되이 시도했던 가브리엘 대천사 말입니다."

클라리사는 의자에 앉은 채 불안에 떨고 있었다.

"처음부터 차근차근 설명해주시겠어요?"

"그레이 부인, 이것도 과분합니다. 나는 여러 날 전부터 당신과 대화를 나누려고 애썼어요. 페리호에서, 버스 안에서. 마지막으로 당신이 호텔로 돌아갈 때. 그때는 거의 성공할 뻔했죠. 하지만 당신이 나를 두렵게 했어요……."

다른 상황에서 이런 말을 들었다면 클라리사는 웃었을 것이다.

"당신이 누군지 말해줄 수 있어요?"

"다니엘. 소천사 그룹에 소속된 천사예요. 나는 가브리엘의 그늘 속에서 활동했어요. 당신네 표현을 쓰면 가브리엘의 친구, 속내를 이야기할 수 있는 절친한 친구였죠."

"그러니까 당신은……."

"네, 천사예요."

클라리사는 아랫입술을 깨물었다.

"천사……."

"네, 알아요. 내가 당신에게 충격을 주었죠? 당신이 상상하는 모습이 아니라서……. 우리는 왜 당신네 인간들이 천사를 그렇게 이상하게 형상화했는지 모르겠어요. 날개, 후광……. 특히 왜 남자 천사 혹은 무성 천사만 존재한다고 확신하는지 모르겠어요. 여자 천사들도 있어요. 옐리엘, 야헬, 사무엘, 이렇게 세 여자 천사가 있지요."

"당신을 믿어야 할지……."

"아직도 못 믿겠어요? 어떻게 그럴 수가 있죠? 수첩을 읽었잖아요! 당신은 가브리엘의 메모를 해독했어요. 가브리엘은 당신을 만나기 위해 목숨을 바쳤어요. 그래도 믿지 못하겠어요?"

다니엘 천사는 클라리사에게 머리를 숙이고 말했다.

"그레이 부인, 내 말을 믿어야 해요. 당신은 가브리엘의 죽음을 보았어요. 게다가 당신은 여자잖아요. 당신 직감은 어떻게 된 거죠? 직감은 여자들을 남자들과 구별 짓는 하늘의 선물이 아닌가요? 당신 직감은 내 말이 거짓이 아니라고 외치고 있을 거예요!"

클라리사는 두 팔을 올렸다가 내렸다.

"다니엘 씨, 입장을 바꿔놓고 생각해봐요. 여성의 직감을 가지고 있긴 해도 나는 합리적인 사람이에요. 더구나 나는 맹목적인 신자도 아니고 성경을 그대로 믿는 광신자도 아니에요. 나는 신심이 깊은 신자이긴 하지만, 내 믿음에는 한계가 있어요."

다니엘 천사는 사뭇 진지하게 고개를 끄덕이며 말했다.

"고백하기 부끄럽지만, 당신의 두 번째 생각에 동의해요. 가끔 나는 마음속 깊은 곳에서 내가 무신론자가 아닌지, 아니면 불가지론(경험 현상을 넘어서는 어떤 것의 존재도 알 수 없다고 주장하는 학설—옮긴이)자가 아닌지 자문해봐요. 더욱 신중하게……."

"불가지론자 천사……."

"그게 내 잘못인가요? 나는 하느님이라고 부르는 그 지고의 존재를 본 적이 없어요. 하느님은 온갖 풍문의 대상이에요. 우리나라에서도 하느님을 지지하는 부류와 비방하는 부류가 있어요."

"당신들의 나라?"

다니엘 천사는 힘겨운 임무에 짓눌린 것처럼 보였다.

"당신네 인간들이 '천국' 이라고 부르는 곳 말이에요."

클라리사의 표정이 굳어졌다. 내면의 목소리는 자신이 잘못 생각하고 있다고 소리치고 있었다. 그래도 처음부터 믿기지 않는 이 이야기가 마침내 황당함의 극치에 이르렀다는 사실을 확인하고 싶었다. 그녀는 한숨을 깊게 들이마신 후 최대한 차분한 목소리로 자기 생각을 말했다.

"요약하자면 당신은 불가지론자 천사이고 천국에서 왔다고요?"

다니엘 천사는 상대의 감정을 누그러뜨리는 진심 어린 모습으로 고개를 끄덕였다.

"그 사실을 증명해주세요."

"뭐라고요?"

"당신은 분명히 내 질문을 이해했어요. 이 대화를 계속하고 싶다면 당신이 주장하고 있는 것에 대한 증거를 대보세요."

"어떤 증거 말인가요?"

"그걸 내가 어떻게 알아요? 당신은 날개도, 후광도 없지만 분명히 능력을 가지고 있을 거 아니에요?"

"보잘것없는 능력이에요."

"그렇다면 우리의 대화는 이쯤에서 끝날 것 같군요."

다니엘 천사는 일어나 집 뒤의 정원 쪽으로 난 창문까지 걸어갔다. 그는 누군가 혹은 무엇인가 있나 주위를 유심히 살폈다. 안심한 그는 두 눈을 감고 암송했다. 그것은 클라리사가 중얼거린 말이었다.

"존 키츠. 순수한 마음의 아름다움. 아, 두 번째 정열의 대상인 시를 쓸 수 있다면 얼마나 좋을까! 하지만 독자들이 따라올까? 가명을 쓴다면? 한때 '메리 웨스트마코트' 라는 가명을 사용해볼까 생각했다."

다니엘은 내친 김에 암송을 계속했다.

"자유. 나는 자유로운 몸이었다. 관절염으로 고생하는 것 말고는 자유로웠다. 하지만 유년시절에는 굴레에 갇혀 살아야 했다. 나의 아버지 아치볼드 경은 뛰어난 사업가이자 하원의원이었으며 완고한 보수주의자이자 군주제 옹호론자였다. 아버지는 오직 아내와 어머니의 역할을 잘 수행할 수 있도록 나를 교육시켰다. 또한 귀족 가문과의 정략결혼은 불가피했다……. 가엾은 재니트. 우리는 고통을 겪는 모든 사람들에 대해서 그들이 고통을 받아야 할 이유가 조금도 없다고 생각한다. 사물보다는 사람을, 어른보다는 아이를 선택하는 이 악의. 누가, 어떤 이유로 자행하는지 알 수 없는 빈정대는 제비뽑기."

그는 눈을 뜨고 물끄러미 노부인을 바라보았다.

"그레이 부인, 행복이란 하얀 종이 위에 하얀 잉크로 쓰는 거예요."

갑자기 클라리사가 울부짖었다.

"멈추세요! 멈추시라고요!"

하지만 다니엘은 아랑곳하지 않았다. 그의 목소리는 금속성으로 변했다. 그 목소리는 어떤 빙하보다 차갑고 가장 오래된 은하계보다 멀리서 들리는 듯했다. 그의 목소리는 수백만 년 전 죽은 별들—이들의 빛은 아직도 우리에게 비치고 있다—로부터 나오고 있었다.

"그의 이름은 장이었다. 마치 내가 진흙으로 만들어지기라도 한 듯이 그는 나를 주물럭거렸다. 매 순간 나는 나를 만지작거리는 그의 손을 애지중지하고 사랑했다. 나는 그를 갈망했고 그의 사랑에 녹아버렸다."

클라리사는 자리에서 벌떡 일어나 손바닥으로 다니엘의 입술을 세게 틀어막았다.

"입 다무세요! 입 다물라고요!"

깜짝 놀란 다니엘이 뒤로 물러났다.

"진정하세요. 당신과 싸우고 싶지 않아요."

클라리사는 눈물을 글썽이고 딸꾹질을 하면서 말했다.

"당신이 방금 무슨 짓을 했는지 아세요?"

"증거를 원한다고 해서……."

"남의 생각을 누설하다니! 남의 영혼을 벌거벗기다니! 남의 사생활을 파헤치다니! 흉악한 짓이라고 생각하지 않나요?"

"내가 미리 말씀드렸잖아요. 천사들은 능력이 별로 없다고요. 특히 소천사들은. 내가 당신에게 보여드릴 증거는 이것밖에 없어요. 너무 야단치지 마세요. 당신 영혼은 당신의 것이에요. 당신 생각도 마찬가지고요. 나는 잉크를 흡수하는 압지와 같아서 몇몇 존재들의 삶의 일면을 흡수하죠. 하지만 오직 주인에게만 다시 전달할 수 있어요."

"그렇다 해도 그건 괴상망측한 짓이에요. 당신은 비열한 강도처럼 굴었어요."

"아니에요, 그레이 부인. 거울처럼 했을 뿐이에요. 나는 잠시 당신의 거울이 되었을 뿐이에요."

클라리사는 다시 자리에 앉아 침묵에 빠졌다.

다니엘이 다가왔다.

"이제 이야기를 나눠야 해요. 제발 부탁이에요. 시간이 없어요. 당신도 재니트의 죽음을 원치 않잖아요? 당신도 지금은 죽고 싶지 않잖아요?"

클라리사는 조심스럽게 축축이 젖은 얼굴을 닦아냈다.

"말씀하세요."

다니엘은 두 손을 모으고 명상에 잠긴 듯이 말했다.

"이 일은 칼리엘이 살해되면서 시작되었어요. 어느 날 아침인가…… 저녁에(그는 머뭇거렸다) 시신이 발견되었어요……."

클라리사는 즉각 그의 말을 끊었다.

"어느 날 아침 혹은 저녁에?"

"우리의 시간 개념은 사람들과 달라요. 낮, 밤……. 영원은 계절, 시간, 석양, 서광을 초월해서 흘러요. 제발, 내 말을 끊지 마세요. 말씀드렸다시피 시간이 촉박해요."

수첩에 기록된 라틴어 단어들이 클라리사의 머릿속에 떠올랐다.

Tempesta unus, eadem tempesta…… 하나의 시간, 같은 시간…… 아, 그래서 그 단어들이 수첩에 있었구나…….

다니엘은 말을 이었다.

"그게 첫 번째 살인이었어요. 칼리엘은 목이 잘린 채 죽었어요. 참으로 끔찍했어요. 그의 시신에서 극도의 공포감이 스며나왔어요. 우리는 소스라치게 놀랐어요. 왜냐하면…… 우리 천사들도 죽음을 면할 수 없는 존재가 되었다는 사실을 깨달았으니까요. 죽음을 피할 수 없는 존재! 이게 무슨 의미인지 아시겠어요? 그때까지 우리는 죽음의 고통, 균열, 정지를 몰랐지요. 우리는 영원히 사는 영원불멸의 존재였어요. 모든 것이 단번에 끝난다는 생각은 결코 해본 적이 없어요. 공포, 불안, 의문은 오랫동안 우리에게 생소한 감정이었죠. 살인사건이 있던 그날까지는……."

천사의 새로운 상황을 묘사한 다니엘은 절대적인 절망감에 빠져 있었다. 그레이 부인은 어떤 연민도 느끼지 못한 채 무수한 인류의 운명도 마찬가지라는 말을 억지로 참았다.

"칼리엘이 살해된 후 엘레미아가 죽었어요. 또한 여자 천사들이 살해되었어요. 우리는 시시각각으로 죽어가는 천사들 앞에서 속수무책이었죠."

다니엘은 손가락으로 수를 셌다.

"열, 아홉, 여덟……."

클라리사가 지적했다.

"열? 왜 열부터 시작해요?"

"그게 우리의 셈법이에요. 아니 셈법이었죠. 두 신분으로 나뉜 열 명의 천사들. 세 명의 대천사와 일곱 명의 소천사. 지금 두 명의 천사밖에 남지 않았어요. 사무엘과 나. 사무엘은 여자 천사예요. 어딘가에 숨어서 감히 모습을 드러내지 못하고 있죠. 그만큼 두려움이 컸어요."

"열 명뿐이라고요?"

클라리사는 본의 아니게 웃었다.

"우리는 각자 수호천사가 한 명씩 있다고 생각했어요."

"그거야 당신들이 멋대로 만들어낸 생각이죠. 우리는 이미 우리 자신도 보호하기 어려워요. 그런데도 인류를 맡아야 한다면……."

다니엘은 홍차 주전자를 가리켰다.

"목이 말라요."

클라리사는 그에게 홍차 잔을 내밀며 물었다.

"그런 학살에 어떻게 대처했나요? 어쨌든 팔짱을 끼고 다음 희생자를 기다리지는 않았겠죠?"

"물론이에요. 가브리엘은 즉각 작전을 지휘했고, 우리는 이 흉측한 범죄의 주모자를 알아내기 위해 작전을 세웠어요. 하지만 난관을 극복할 수 없었어요."

"당신들은 탁월한 능력을 지녔잖아요?"

"이미 말했듯이 우리 천사들은 사람들이 상상하는 것처럼 강력하지 않아요. 물론 우리는 엄청나게 불리한 여건 때문에 희생되고 말았어요. 악(惡)의 지식을 전혀 모르는 우리는 인간 특유의 교활한—이런 표현을 사용해서 죄송해요—마음을 가지고 있지 않아요. 그들이 어떤 생각을 가지고 있는지 전혀 모르는데 어떻게 불길한 음모를 알아내서 그들에게 경고하겠어요? 악인을 무찌르기 위해서는 악인처럼 생각해야 하죠. 하지만 우리는 그런 생각에는 문외한이에요."

"하느님도 이 사건을 아시나요? 왜 당신들은 하느님께 도움을 요청하지 않았나요? 당신들은 분명 천국에 살고 있잖아요. 천국보다 더 좋은 곳은 꿈꿀 수 없을 거예요. 성경에 따르면 당신들은 하느님에 의해 창조되었잖아요! 당신들은 하늘의 군대잖아요!"

다니엘은 슬픈 표정을 지으며 머리를 가볍게 흔들었다.

"오, 그레이 부인. 우리가 도움을 요청하지 않았겠어요? 무릎을 꿇고 혹은 서서 애원을 했어요……. 우리는 기도를 했고 흐느껴 울며 간청을 했어요. 하지만 어떤 응답도 들을 수 없었어요. 기색조차 없었어요. 아무것도. 오직 침묵뿐이었어요."

다니엘은 한숨을 쉬었다.

"당신네도 하느님의 피조물이 아닌가요? 당신이 하느님께 신음하는 목소리로 기도 드릴 때 하느님이 응답해주시던가요?"

다니엘은 노부인의 구부러진 손가락을 가리키며 물었다.

"당신 손을 보세요……. 이 증상이 사라지게 해달라고 기도한 적이 있나요?"

"네, 마음 약하게도……. 필사적으로 기도했어요."

"하지만 응답을 듣지 못했죠? 최소한 우리는 같은 어려움을 겪고 있어요."

노부인은 나지막하게 중얼거렸다.

"천국의 연쇄살인범, 불가지론자 천사, 무관심한 하느님. 이것은 절대적인 논리에 속해요. 아무튼 계속하세요."

"가브리엘은 당신 소설에 푹 빠졌었어요."

"다시 한번 말해주실래요?"

"이건 엄연한 사실이에요. 가브리엘은 당신 소설을 탐독했어요.

그는 다음 소설의 출간을 기다리지 못하고 살며시 당신 집에 와서 어깨 너머로 당신이 쓰고 있는 원고를 읽은 적도 있어요. 왜 그렇게 놀라죠? 아, 알겠어요! 언제나 그 고정관념 때문에……. 우리는 책을 많이 읽어요. 천국의 도서관은 우주의 모든 책을 소장하고 있어요. 다행스런 일이죠. 그렇지 않으면 우리는 영원을 견딜 수 없었을 거예요. 나는 카뮈의 작품을 무척 좋아해요. 『시지프스의 신화』를 아시죠? 보석 같은 작품이에요. 이 책은 오랫동안 나의 애독서였어요. 아마도 기막히게 표현된 부조리 사상 때문이겠죠. '기상, 지하철, 사무실이나 공장에서 일하는 시간, 휴식, 수면, 똑같은 리듬으로 반복되는 월요일, 화요일, 수요일, 목요일, 금요일, 토요일…….' 내 말을 못 믿겠지만 그건 우리의 생활과 비슷해요. 우리는 명령이 떨어질 때까지 아무 일 없이 따분하게 살아요. 그러다가 가끔 당신네 세상에 사자로 파견되죠."

"하느님의 명령 말이죠?"

"그렇게 추측해요. 어떻게 확신할 수 있겠어요? 아무튼 강력한 명령, 참을 수 없는 충동이죠. 무의식 상태에 빠진 채 출발하여 문자 그대로 명령을 수행해요. 일단 임무를 완수하면 우리는 다시 원래 상태로 돌아와서 다시 수면, 월요일, 화요일, 수요일, 목요일, 금요일, 토요일이 반복되죠……."

"살인사건과 가브리엘 이야기로 돌아갈까요?"

"당신 말이 옳아요. 주제에서 벗어났군요. 말씀드린 것처럼 가브리엘은 당신 추리소설에 열중했어요. 그는 당신이 진정한 천재라고 생각했죠. 그러던 어느 날, 수사가 답보상태에 빠지자 당신에게 맡겨보자고 했어요. 누군가 살인자를 찾아낼 사람이 있다면 당신밖에 없다고 판단했죠."

"과찬의 말씀이에요. 하지만 번민하지 않을 수 없네요. 당신 친구 가브리엘이 내 소설을 좋아했다는 단 한 가지 이유로 나를 선택했다니, 못 믿겠어요."

"그럴 만도 하죠. 그의 판단에 영향을 미친 요소는 많아요. 세속적인 생활의 거부, 망명, 명예의 거부……. 특히 당신이 여자이기 때문이죠."

클라리사는 눈살을 찌푸렸다.

다니엘이 말을 이었다.

"정말이에요. 가브리엘은 여자가 남자보다 뛰어나다고 생각해요. 여자들의 직감, 탁월한 감수성, 고통에 대한 저항력, 생명력, 활력이 그 사실을 증명하죠. 거기에다 추리소설 작가로서의 통찰력과 분석력을 덧붙이면 정말 대단한 능력이죠. 이런 모든 이유로 가브리엘은 당신을 선택했어요."

"천국에서 수사를 하다니 이해가 되지 않아요."

"여전히 내 말을 믿지 않는군요. 왜 고집스레 비꼬기만 하세요?"

클라리사는 대답을 회피하고 물었다.

"가브리엘의 수첩에는 왜 성경의 인물들이 적혀 있어요? 모세와 다른 인물들에 대해 얘기하고 싶어요. 또 숫자 19와 쌍둥이 0.809라는 알쏭달쏭한 말은 무엇을 의미하나요?"

"글쎄요, 전혀 모르겠어요. 하지만 성경의 인물들에 대한 설명은 간단해요. 그들은 우리와 나란히 걷고 같은 곳에서 살아요. 여기저기서 토라, 신약, 코란의 인물들을 만날 수 있어요. 또한 부처와 몇몇 비종교인들도 볼 수 있어요. 이들은 모두 합쳐서 30명을 넘지 않아요. 왜, 어떤 근거로 선별했냐고 묻지 마세요. 나는 대답할 능력이 없어요. 한 가지는 확실해요. 아주 오래전부터 천국에 새로 도착한 사람이 없었어요. 유감스런 일이죠. 항상 똑같은 인물들만 바라보는 것은 다소 싫증나죠. 아무튼 이 인물들은 우리 곁에 살고 있어요. 이들이 수첩에 소개된 중요한 이유가 있지요."

다니엘은 두 번째 홍차를 마시며 말을 이었다.

"가브리엘이 어떻게 이런 결론에 도달했는지 나는 몰라요. 그는 범인이 이들 가운데 있다고 확신했어요. 그가 마지막으로 한 일은 가장 수상쩍은 자들의 목록을 만드는 것이었어요."

다니엘은 오른손으로 저고리 안쪽 호주머니에서 네 번 접은 종이를 꺼내 노부인에게 내밀었다. 클라리사는 종이를 펴서 읽었다.

모세

예슈아

모하메드

클라리사는 터져나오는 웃음을 참을 수가 없었다.

"모세, 예수, 마호메트? 연쇄살인범이 신망 높은 이들 가운데 한 명이라고요?"

"가브리엘은 그렇게 확신했어요."

"진지하게 생각해보세요. 손에 식칼을 들고 천사의 목을 베는 예수나 마호메트를 상상할 수 있을까요?"

다니엘 역시 믿기지 않는 듯 입을 삐죽이며 말했다.

"상상도 할 수 없는 추측이란 점은 인정해요. 하지만 가브리엘은 확신했어요."

"무슨 근거로요? 증거가 뭐죠? 이 예언자들이 당신 동료들을 죽일 이유가 뭘까요? 모든 살인에는 동기가 있어요. 이해하시겠어요? 즐거움만을 위해 동기 없이 살인하지는 않아요. 아니면 미쳤겠지요."

"내가 뭐라고 대답하겠어요? 다시 말하지만 그건 가브리엘이 도달한 결론이에요. 나도 도무지 모르겠어요. 살해되기 전에 가브리엘은…… 뭐라고 하죠? 편집증? 이 말이 맞나요?"

클라리사는 고개를 끄덕였다.

"가브리엘은 더 이상 나에게 속내를 털어놓지 않았어요. 도처에 위협이 도사리고 있었거든요. 그는 틀어박혀 지냈어요. 매우 낙심하고 생기를 잃은 채."

"요약해봅시다. 천국에서 연쇄살인범이 맹위를 떨치고 있었다. 범인을 밝힐 수 없자 가브리엘은 사건을 의뢰하기 위해 나를 찾았다. 하지만 그는 살인범에게 걸려 즉석에서 목이 잘려 죽었다. 맞나요?"

"정확해요. 하지만 가브리엘은 자신이 너무 늦었다는 것을 깨닫고 만일에 대비해서 수첩을 브로딕 항의 수하물 보관소에 맡겼어요. 그 자신이 살해된다 해도 증거는 남아 있도록 말이죠. 똑같은 이유로 가브리엘은 내게 용의자 명단을 넘겨주며 자신이 살해될 경우 당신에게 전달하게 했어요. 그게 더욱 안전하다고 판단한 거죠."

"그럼 이 명단을 전달하는 데 그처럼 오랜 시간이 걸린 이유가 뭔가요?"

다니엘은 질문으로 대답을 대신했다.

"수첩을 해독하고 이해할 시간을 주는 것이 더욱 낫지 않을까요?"

"내 기억이 정확하다면, 가브리엘은 수첩에 이렇게 기록했어요. '**지금 나는 예전처럼 규칙을 어기고 인간의 모습을 취하는 것 말고는 다른 선택의 여지가 없습니다.**' 이 문장을 설명해주세요……."

"당신네 인간들과 육체적으로 닮긴 했지만 우리는 있는 모습 그대로 지상의 일에 개입할 권한이 없어요. 그렇게 되면 우리는 먼지가 되고 말 거예요. 따라서 우리는 인간의 육체를 걸치기 위해 인간이 죽기를 기다려야 해요. 나 역시 이곳 킬도넌 가에서 무단횡단을 하다가 죽은 어느 젊은이의 몸을 빌렸지요."

"그러니까 가브리엘은 코리 도로에서 죽은 아일랜드인 악당의 육체를 취했겠네요? 둘이 아주 닮았거든요……."

"네, 맞아요."

소설가는 벌떡 일어나더니 싱크대 위에 걸려 있는 작은 화이트보드 쪽으로 걸어갔다. 그녀는 그 화이트보드를 중요한 일을 기록하는 메모장으로 사용하고 있었다. 짧은 끈에 묶인 빨간 보드마크를 집더니 비뚤비뚤한 글씨체로 다음과 같이 썼다.

19시. 1시간 45분. 공백시간 : 5시간. 아드로잔/브로딕. 로디 오케이시? 하지만 그 전에?

클라리사가 물었다.

"당신은 언제 마지막으로 가브리엘과 대화를 나눴나요?"

"가브리엘이 용의자 명단을 맡긴 날이에요. 그러니까 당신을 만나기 위해 사람의 모습을 취하기 전날이죠."

"브로딕에 가기 위해 아드로잔에서 배를 탔던 날 말이죠? 마지막으로 만난 시간을 말해주겠어요?"

"음……. 지구 시간으로 오후 5시 30분쯤 되었을 거예요. 가브리엘이 나더러 아드로잔까지 따라오라고 했기 때문에 기억하고 있어요. 그는 두 사람이 곧 죽을 거라는 사실을 알고 있었어요. 첫 번째 사람은 아드로잔에서 6시 무렵에, 두 번째 사람은 킬도넌에서 새벽에."

"그러니까 가브리엘은 첫 번째 사망자의 육신을 걸쳤고 두 번째 사망자는 당신에게 주었군요."

"네, 맞아요. 왜 이런 걸 묻죠? 별로 중요한 것도 아닌데……."

소설가는 열정적으로 설명했다.

"다니엘 천사님, 잘 들어주세요. 나는 추리소설 작가예요. 바로 그런 이유로 당신 친구 가브리엘은 나를 선택했어요. 당신이 말했잖아요. 가브리엘이 나를 선택한 것은 가장 하찮은 징후도 철저하게 분석하는 나의 자세 때문일 거예요. 당신이 지상에서 활동한 시간이 들어맞지가 않아요."

"그게 뭐가 중요하죠? 전체를 잘 보려면 뒤로 물러서야 하는데 당신은 코를 박고 그림을 보고 있어요!"

"당신은 분별력이 없어요. 당신은 내 부엌에 침입해서는 당신이 천사, 그것도 불가지론자 천사라고 했어요. 그러고는 천국에서 살인자가 맹위를 떨치고 있고 그 살인범이 모세나 예수일지 모른다고 했어요. 게다가 내 소설의 애독자인 가브리엘 대천사가 내게 몸소 수사를 의뢰하기 위해 아일랜드인 악당의 몸을 빌렸다고도 했고요. 더 이상 파고들 필요도 없어요!"

클라리사는 외쳤다.

다니엘도 똑같은 강도로 대꾸했다.

"당신이 증거를 요구했잖아요! 그래서 증거를 제시하지 않았나요?"

클라리사는 잔에 홍차를 따랐다.

"생각 좀 해봐야겠어요."

"그럴 시간이 없어요! 내일, 아니 오늘 저녁에 당신은 죽을지도 몰라요. 그리고 나 역시."

다니엘은 눈물을 쏟기 직전이었다.

"우리 천사들은 통찰력이 별로 없어요. 당신네 인간들은 정말 의심이 많군요."

"어쩔 수 없죠. 누구나 약점은 있는 법이죠."

그러더니 서둘러 이렇게 덧붙였다.

"내가 아직 묻지 않은, 가장 본질적인 마지막 질문이 있어요. 만일 내가 당신 뜻대로 이 모험에 뛰어든다면 어떤 마법의 도움을 받게 되나요? 내가 그들을 심문할 수 있도록 나를 죽일 셈인가요? 용의자들은 천국에 있고 나는 지상에 있으니 하는 말이에요. 제대로 된 수사관이라면 형식에 맞는 심문을 해야 하지 않을까요?"

"분명히 그래요. 당연하죠. 제가 알기로 가브리엘은 한 가지 해결책을 찾아냈어요. 그가 준 서류 어딘가에 기록되어 있을 거예요. 찾아볼게요."

"좋아요. 그럼 그 문건을 입수하면 다시 만나기로 해요."

다니엘은 몹시 지친 모습으로 일어나더니 한숨을 쉬며 말했다.

"내게 선택권이 있을까요? 조만간에 만나요, 그레이 부인. 내가 그 전에 죽지 않는다면……."

14

두툼한 스웨터를 뒤집어쓴 클라리사는 아직 인적이 없는 해변을 따라 걷고 있었다. 바다는 아주 잔잔했다. 만물이 평화롭고 청명했다. 동쪽에 신성한 섬의 거무스름한 윤곽이 뚜렷하게 드러났다.

"바로 맞은편에 있는 린디스판 섬에 새뮤얼 슐론스키라는 친한 친구가 살고 있습니다……. 이 모험을 계속할 뜻이 있다면 그 친구가 당신을 도와줄 수 있을 겁니다."

전화국에 문의했지만 이 남자의 주소를 알아낼 수 없었다. 일단 섬에 가기만 하면 그를 쉽게 찾을 수 있을 것이다. 린디스판은 자그마한 섬이니까.

"여성의 직감을 가지고 있긴 해도 나는 합리적인 사람이에요."

클라리사는 합리적인 사람이었다. 그녀의 작품이 그 점을 증명했다. 수학적인 엄밀성으로 공들여 구상했기 때문에 그녀의 작품에는 환상적인 요소가 들어설 자리는 거의 없었다. 계획대로 움직여야 했다. 끈에 매인 주인공들에게 조금이라도 일탈을 허용해서는 안 되었다. 몇몇 작가들은 소설이 전개됨에 따라 주인공들이 통제에서 벗어나는 일이 있다고 말했다. 클라리사는 그런 상황은 전혀 겪어보지 않았다. 만일 그런 일이 일어난다면 즉각 대책을 세우고 반항하는 주인공들을 제자리로 돌려보낼 것이다. 이처럼 극히 엄밀한 태도는 만사에 그토록 확고했고 편협했던 부친의 해로운 유산이 아닌지 생각해보았다. 그녀는 이런 함정에 빠지지 않기 위해 무척 노력했다. 하지만 그것만으로는 충분하지 않았다. 몇 가지 유전자가 분명히 그녀의 세계관에 여전히 영향을 끼치고 있었다.

"우리 천사들은 통찰력이 별로 없어요. 당신네 인간들은 정말 의심이 많군요."

만일 이 사건이 그녀가 구상한 소설의 줄거리와 정확하게 일치한다면? 아무튼 인류의 일부는 모세가 홍해를 갈랐던 일, 예수가 나병환자와 앉은뱅이를 낫게 했고 빵과 물고기의 양을 늘렸으며 스스로 부활한 일, 성모 마리아가 처녀 상태에서 임신해서 예수를 낳았던 일, 하느님이 마호메트에게 코란의 내용을 불러주어 기록하게 한 일, 지옥, 악마, 최후의 심판 등을 철석같이 믿지 않는가? 천국에 살인자가 있다는 것이 정말로 상상할 수 없는 일일까?

"그레이 부인, 내 말을 믿어야 해요. 당신은 가브리엘의 죽음을 보았어요. 게다가 당신은 여자잖아요. 당신 직감은 어떻게 된 거죠?"

"일어나셨어요?"

모르카의 아침 인사에 놀란 클라리사는 몽상에서 깨어났다. 모르카가 다가오는 소리를 듣지 못한 것이다. 그는 수영복을 입었기 때문에 상반신은 벌거숭이였다. 그는 살짝 웃으며 클라리사의 안색을 살폈다.

클라리사는 무덤덤하게 대꾸했다.

"내 나이에 늦잠은 사치라 더 이상 즐길 수가 없지. 캐슬린은 아직도 자니?"

모르카는 순진한 표정으로 대답했다.

"제가 캐슬린의 보호자라도 되나요?"

"물론 아니지. 그냥 물어봤어."

두 사람은 나란히 몇 걸음을 걸었다. 모르카가 물었다.

"조금 전에 언성을 높여 말하는 소리를 들은 것 같아요. 손님이 왔었나요?"

"이웃집 사람……."

"이렇게 일찍요?"
클라리사는 돌아서서 말했다.
"너는 조금 예의가 없구나."
"저도 인정해요. 가끔 그래요."
"나쁜 습관이야."
두 사람은 해변을 따라 걸었다. 모르카가 다시 침묵을 깰 때까지.
"만일 제가 선생님이라면 전부 집어치웠을 거예요."
"그래? 이상하구나. 완전히 다른 생각을 가졌을 거라 생각했는데."
"바코비아 교수님이 죽기 전에는 그랬어요."
깜짝 놀란 클라리사는 그의 얼굴을 뚫어지게 바라보았다.
"바코비아의 죽음? 어떻게 알았니?"
"스튜어트 형사가 이야기하는 것을 들었어요."
"그렇구나. 귀가 밝네. 그런데 왜 바코비아의 죽음 때문에 내가 포기해야 하지?"
모르카는 대답하지 않았다.
"말해봐."
"선생님이 다음 희생자가 될 위험이 있으니까요."
모르카가 확신을 가지고 지적하자 클라리사는 등골이 오싹해졌다. 그녀는 어떻게 대답해야 좋을지 몰라 얼렁뚱땅 얼버무렸다.
"인명은 재천이지. 그만 들어가야겠다. 너는?"
"수영 좀 하고 갈게요."
"그래. 하지만 조심해. 구석진 곳의 물살은 보기보다 위험하거든."
모르카는 벌써 바다를 향해 달려가고 있었다.

*

클라리사는 집 안으로 들어오자 곧장 부엌으로 가서 물을 끓였다.

아침에 마신 차가운 차가 입 안에 쓴맛을 남겼기 때문이다. 그때 캐슬린이 방에서 나왔다.

"잘 잤니?"

캐슬린은 어젯밤에 나눈 사랑의 흔적이 들통날까 봐 걱정되듯 시선을 떨구었다.

"네, 잘 잤어요. 선생님은요?"

"진짜 밤이 무엇을 닮았는지 잊어버린 지 벌써 40년이 넘었단다. 나이가 들면 시간을 잃는다는 느낌이 두 배로 늘어나지. 우리 인간이 인생의 4분의 3 이상을 잠자는 데 보낸다는 사실을 알고 있니? 어리석은 짓, 아니니?"

클라리사는 찬장을 가리키며 말했다.

"꼭대기에 초콜릿 가루와 시리얼이 있어. 우유는 냉장고에 있고."

캐슬린은 아침식사를 준비하면서 물었다.

"오늘 글을 쓰실 건가요?"

"그래야지. 답장해야 할 편지도 있고. 페티코트 아주머니에게 얘기했니?"

"네, 오늘 오후에 청소하러 오겠다고 했어요."

"아주머니가 일하는 걸 지켜봐주면 고맙겠구나. 나무랄 데 없는 사람이지만 유감스럽게도 시간을 채우지도 않고 가버리는 버릇이 있거든."

잠시 침묵이 흘렀다.

캐슬린이 궁금증을 참지 못하고 물었다.

"가브리엘 천사가 내린 결론이 무슨 의미일까 하는 생각이 떠나지 않아요."

"무슨 결론?"

"쌍둥이 0.809. 대학교 도서관에 숫자점이나 수 이론에 관한 책이 있을 거예요. 만일 찾아낸다면……."

클라리사가 대꾸하려는 순간 전화벨이 울렸다. 그녀는 즉시 벽에 있는 수화기를 들었다. 몇 초 사이에 그녀의 표정이 변했다. 손가락으로 어찌나 세게 수화기를 움켜쥐었는지 손가락뼈가 하얗게 드러났다. 전화를 끊은 그녀는 냉장고에 몸을 기댄 채 쓰러지려는 몸을 추슬렀다.

마침 부엌으로 들어온 모르카가 황급히 클라리사를 부축했다.

"그레이 선생님! 무슨 일이에요?"

캐슬린도 거들었다. 노부인은 눈짓으로 의자를 가리켰고 두 사람은 그녀를 그쪽으로 데려갔다.

"의사를 부를까요?"

클라리사는 손을 저었다. 그리고 잠시 후 그녀는 꺼져가는 목소리로 말했다.

"매클린의 전화였어. 재니트가 혼수상태에 빠졌대."

모르카가 외쳤다.

"아니, 그럴 리가!"

"정말이야. 어젯밤부터."

"이유가 뭐예요? 의사들은 뭐라고 했대요?"

"의사들도 몹시 당황한 모양이야."

대경실색한 두 젊은이는 서로 얼굴을 뚫어지게 바라보았다.

캐슬린이 낮은 목소리로 말했다.

"교수님이 몹시 실의에 빠지셨을 거야."

"그래, 몹시 낙심하셨겠지."

"재니트가 죽을 거라고요?"

"그녀는 이미 죽은 거나 마찬가지예요……. 이젠 시간 문제죠. 그레이 부인, 당신 목숨도 마찬가지예요. 당신이 엄청난 위험에 처해 있다는 사실을 모르지는 않을 거예요."

다니엘의 말이 클라리사의 머릿속에서 북처럼 둥둥 울리기 시작했다.

이번에는 너무했다. 그녀는 지상에서든, 천국에서든 그 비열한 작자에게 복수하겠다고 다짐했다.

클라리사는 벌떡 일어나더니 자동차 열쇠를 찾기 위해 거실로 향했다.

캐슬린이 다급하게 물었다.

"어디 가세요?"

*

클라리사는 가속페달이 바닥에 닿을 정도로 세게 밟았다. 어찌나 격분했던지 그녀는 단번에 온갖 망설임과 의심을 떨쳐버렸다. 결국 자신이 어떤 사악한 공작의 대상이라 해도 어쩔 수 없었다. 또 웃음거리가 된다 해도 어쩔 수 없었다. 이제 알고 싶었다. 아니, 알아야 했다. 멍하니 눈을 크게 뜬 그녀는 천사와 나눈 몇 문장을 한없이 떠올렸다. 그녀는 큰 소리로 중얼거렸다. "그래, 천사야." 결국 그녀는 이 결론을 머릿속에 새기기로 결심했다. 이제 최후의 증거가 필요할 뿐이었다. 유일한 증거.

"당신은 언제 마지막으로 가브리엘과 대화를 나눴나요?"

"가브리엘이 용의자 명단을 맡긴 날이에요. 그러니까 당신을 만나기 위해 사람의 모습을 취하기 전날이죠."

"마지막으로 만난 시간을 말해주겠어요?"

"음……. 지구 시간으로 오후 5시 30분쯤 되었을 거예요. 가브리엘이 나더러 아드로잔까지 따라오라고 했기 때문에 기억하고 있어요. 그는 두 사람이 곧 죽을 거라는 사실을 알고 있었어요. 첫 번째 사람은 아드로잔에서 6시 무렵에, 두 번째 사람은 킬도넌에서 새벽에."

클라리사는 7시 30분에 출발하는 페리호를 탔었다. 따라서 다니엘에게 육신을 빌려준 젊은이는 새벽에서부터 7시 30분 사이에 죽음을 맞이했을 것이다.

클라리사는 항구에 들어서면서 속도를 늦추었다가 알마 가의 모퉁이에서 방향을 바꾼 다음 경찰서 앞에서 급히 정차했다.

클라리사는 경찰서에 들어서자마자 물었다.

"스튜어트 형사님 계시나요?"

경찰관은 약간 놀란 표정으로 물었다.

"그레이 선생님이신가요? 네, 형사님은 사무실에 계십시다. 손님과 계실 텐데."

클라리사는 다음 설명을 기다리지 않고 오른쪽 복도로 돌진했다. 그 경찰관은 그녀를 뒤쫓을 시간이 없었다. 그녀는 이미 스튜어트 형사의 사무실 앞에 있었다. 그녀는 문을 두드리지도 않고 곧장 사무실 안으로 들어갔다.

"이야기를 나눠야겠어요. 급한 일이에요!"

당황한 스튜어트는 그녀의 얼굴을 뚫어지게 바라보았다. 형사와 마주보고 있던 사내도 마찬가지였다.

스튜어트는 걱정스레 물었다.

"지금요? 기다려주실 수 없으세요? 잠깐이면 되는데."

클라리사는 단호하게 말했다.

"지금 당장!"

"그레이 부인……."

클라리사는 고집스런 표정을 짓고 비어 있는 의자에 앉았다.

스튜어트 형사는 방문객과 난처한 시선을 교환했다. 손님은 무언의 대화를 나눈 후 비난의 눈초리로 침입자를 쏘아보며 방을 나갔다.

스튜어트가 너스레를 떨었다.

"부인은 운이 좋으세요. 저 사람은 제 친구예요."

"토머스, 내 말 좀 들어봐요. 당신 도움이 필요해요. 형사님은 분명 킬도넌과 아드로잔의 영안실에 들어갈 수 있죠?"

"음……, 부인이 어떤 정보를 찾느냐에 달려 있죠."

"별로 복잡하지도 않고 불법적인 것도 아니에요. 그저 어떤 남자가 6월 8일 오후 17시 45분과 18시 15분 사이에 죽었는지 확인하고 싶을 뿐이에요. 그리고 이곳 킬도넌에서 다음날 새벽, 그러니까 아침 7시 30분 전에 누가 죽었는지 확인만 하면 돼요. 스물다섯 살쯤 되는 남자인데 차에 치었어요."

스튜어트 형사는 투덜거렸다.

"결국 선생님은 저를 그냥 두지 않는군요. 이 사건에 더 이상 관심을 갖지 않겠다고 했잖아요?"

"제발, 나를 믿어줘요. 호기심 때문이에요. 그뿐이에요."

"부인의 말은 한마디도 믿지 않아요!"

"정말이에요. 엄밀한 사실이에요!"

"적어도 느닷없이 죽은 사람들에게 관심을 갖는 이유는 말해줄 수 있잖아요?"

"한번만 봐줘요. 묻지 말아요. 적절한 때가 되면 전부 설명해줄게요. 언제 알려줄 수 있어요?"

스튜어트 형사는 머리를 벽에 기대고 두 다리를 뻗으면서 말했다.

"2주 후면 어떨까요?"

"2주! 말도 안 돼요! 너무 늦어요."

"그럼 열흘 후?"

"토머스, 안 돼요. 내일까지 필요해요."

스튜어트 형사는 살며시 웃었다.

"저녁식사 초대는 여전히 유효한가요?"

클라리사는 눈살을 찌푸렸다.

"무슨 관계라도 있나요?"

"대답해줘요."

"물론이에요. 토요일 저녁."

"오늘이 화요일이니까 나흘 후네요."

노부인은 버럭 화를 냈다.

"나도 셀 줄 알아요! 그래요, 나흘 후."

"냉동식품은 아니겠죠?"

"지금 장난 치나요? 제기랄!"

"정보를 주는 대신 조건을 달게요. 냉동식품은 안 됩니다."

클라리사는 길게 한숨을 쉬었다.

"그렇게 해요."

스튜어트는 즉시 컴퓨터 자판을 두드리기 시작했다.

"뭐 해요?"

"부인의 부탁을 들어드리려고요. 적어도 두 번째 부탁은 들어줄 수 있어요."

"정말이에요? 이 고철로?"

"선생님 말씀대로 이 고철에는 최근 90일 동안 이 섬에서 일어난 모든 사고의 피해자와 가해자들의 기록이 담겨 있어요. 그리고 이 정보는 에든버러에 있는 중앙 컴퓨터로 전송되어 저장되죠."

몇 분 후, 프린터에서 윙윙거리는 소리가 들렸다. 스튜어트는 계속 자판을 두드리더니 이윽고 일어나서 프린터가 뱉어낸 종이를 꺼내 읽었다.

"제임스 오코노. 출생 : 1976년 3월 30일. 주소 : 킬도넌 메이시 가 23번지. 무단횡단 중 랜드로버(등록번호 BR602 XP)에 치임. 사고시간 : 2002년 6월 8일 6시 40분."

스튜어트는 노부인에게 종이를 내밀고 이렇게 결론을 지었다.

"부인은 운이 좋으십니다."

클라리사의 가슴이 두근거렸다. 다니엘이 진실을 말했던 것이다.

"아드로잔에서 사망한 사람은요?"

"제 동료들에게 이메일을 보냈어요. 곧 답장이 올 거예요."

클라리사는 아이처럼 환한 표정을 짓더니 스튜어트의 볼에 쪽 소리가 나도록 키스를 해주었다.

"당신은 정말 친절해요, 토머스! 고마워요."

스튜어트는 노부인의 팔을 잡고 진지하게 말했다.

"제가 말씀드린 것을 기억하세요. 저는 초자연적인 현상을 두려워한답니다. 부인께서도 조심하세요."

클라리사는 그를 안심시키고 싶었다.

"그럼요. 물론이죠."

*

트라이엄프의 운전석에 앉은 클라리사는 몹시 기뻤다. 증거를 가지고 있었기 때문이다. 그녀는 가방에서 수첩을 꺼내 마구 갈겨썼다.

1. 가브리엘의 시신.
2. 수하물표와 수첩.
3. 수첩, 종이, 잉크의 재질.
4. 재니트의 병.
5. 오케이시의 쌍둥이 유해.
6. 바코비아의 살해.
7. 다니엘의 능력.
8. 교통사고로 사망한 젊은이.
9. 아드로잔의 사망자?

클라리사는 아홉 번째 문제에 대해서는 아직 확신을 할 수 없었다. 하지만 에든버러의 경찰은 이 정체불명의 사내가 다니엘이 말한 시간대에 사망했다는 사실을 확인시켜줄 것이다. 이제는 다니엘 천사가 빨리 모습을 드러내도록 기도하는 일만 남았다. 다니엘의 도움이 없다면 그녀는 다시 궁지에 몰릴 것이다. 범죄현장을 둘러볼 수 없는 것은 그렇다 치더라도 가장 기본적인 단계—용의자들에 대한 심문—를 건너뛰고 어떻게 수사를 진행시킬 수 있겠는가? 다니엘은 이렇게 말했었다. "제가 알기로 가브리엘은 한 가지 해결책을 찾아냈어요."

대체 그게 무엇일까? 어떻게 하면 인간이 망자들과 어울릴 수 있을까? 망령의 원탁, 위자보드(Ouija Board, 점이나 심령체험에 사용되는 판—옮긴이), 영매(靈媒)를 통해? 하지만 이런 비겁한 술책에 도움을 청하는 것은 전혀 생각할 수 없는 일이었다. 희미한 빛과 향연(香煙)에 잠긴 방에서 두 개의 촛불을 켜놓고 앉은 모습은 상상하기 어려웠다. 언젠가 딱 한번 점을 보러 갔다가 웃음을 참지 못하고 깔깔대고 나온 적이 있었다. 그것도 여덟 번째 소설인 『괴짜 플레처』의 자료를 얻기 위해 갔던 것이다. 그녀는 이런 객설을 듣기 위해 두 번 다시 50파운드를 지불하지 않았다. "당신은 우편물을 받게 될 겁니다"(당시 그녀는 날마다 십여 통의 편지를 받았다), "당신은 질투를 받고 있습니다"(베스트셀러 작가가 되면 누가 질투를 받지 않겠는가), "누군가가 저 위에서 당신을 보호하고 있습니다." 그녀는 물었다. "그게 누구죠?" 점쟁이는 대답했다. "당신 어머니(그녀의 어머니는 당시 살아 있었다)."

50파운드……. 점쟁이가 바라보는 가운데 지폐를 세는 자신의 모습이 아직도 생각났다.

"가브리엘은 한 가지 해결책을 찾아냈어요."

아무리 궁리를 해보아도 어떤 해결책인지 알 수 없었다.

아무튼 팔짱을 끼고 기다릴 수만은 없었다. 그녀는 시동을 걸고 항구 쪽으로 차를 몰았다.

*

재니트의 머리맡에 앉은 윌리엄 매클린은 아내의 굳은 표정, 움직이지 않는 몸, 앙상한 팔이 여전히 낯설었다. T자형 지주에서 손의 정맥으로 연결된 선을 따라 규칙적으로 링거액이 흘러 들어가고 있었다. 양쪽 콧구멍에는 산소를 공급하는 관이 연결되어 있었다. 투명하고 미세하며 눈에 띄지 않는 무수한 생명의 분자들. 이상한 사실. 재니트의 두 눈이 크게 열려 있었고, 동공은 자동차 와이퍼처럼 규칙적으로 왼쪽에서 오른쪽으로 움직이고 있었다. 무엇을 보려고 애쓰는 것일까? 사자(死者)의 서(書)가 아니라면 어떤 신비스런 마법서를 해독하려고 애쓰는 것일까? 읽는 게 끝나면 즉시 그녀는 영원히 떠나버릴까? 그럴 경우 윌리엄은 곧장 그녀를 따라 둘이 함께 심해 속으로 빠질 것이다. 그는 거울의 반대편, 즉 심연이 있을 뿐이라고 확신했다. 과학적 사고를 가진 그는 최후의 출발 후에는 아무것도 상상할 수 없었다. 인간이 지상에 출현한 것은 우연의 산물에 지나지 않았다. 인간은 이 땅에 올 때처럼 우연히 사라질 것이다. 신의 계획을 믿는다는 것은 터무니없었다. 공룡의 멸종이 미리 계획된 것인지 상상해보라. 공룡 멸종의 범인인 운석을 생물학자인 신이 공중에 던진 것이라고 상상해보라.

하지만…….

어떻게 설명해야 할까요? 어떻게 이 기묘한 사건을 표현해야 할까요? 우리는 아주 옛날부터 불멸의 존재였습니다. 하지만 이제는 다른 피조물과 같은 운명입니다. 부서지기 쉽고 다치기 쉬운 우리는 결국에는 한 줌의 먼지로 돌아갈 수밖에 없습니다. 우리는 교만의 죄를 지었을까요? 아니면 지나친 겸손으로 인한 비참한 희생자일까요?

이 수첩의 말이 진실이라면, 가브리엘은 존재했고, 모세와 예수는 죽은 후에 부활했다. 그리고 신도 존재하는 것이다.

윌리엄 매클린은 밤을 새웠던 안락의자에서 살며시 빠져나와 무릎을 꿇고 첫 영성체 때처럼 두 손을 모아 기도했다.

15

클라리사는 오후 3시가 다 되어서 배에서 내렸다. 그녀는 네 시간 이상 항구에 발이 묶여 있었다. 조류 때문에 배는 오후 2시 45분에야 출항했다. 까마득한 옛날부터 린디스판 섬은 밀물과 썰물의 리듬에 맞춰 살아왔다. 자그마한 갈색 땅, 바다 위에 나부끼는 손수건 같은 이 작은 섬은 몇 년 전부터 온갖 명상의 중심지가 되었다. 엄숙한 바위에 영성의 바람을 불게 한 것은 성 라세리안(아일랜드 출생으로 성 고반을 승계하여 주교가 되었으며 아일랜드의 교황 대사로 활약했다. 639년 순교. 축일 4월 18일—옮긴이)의 영기가 아니었다. 6세기 아일랜드 출신의 이 주교는 이곳에 정착해서 살다 고독하게 죽었다. 또한 이 섬의 수호성인인 성 아이단(노섬브리아의 사도이자 수도원 창설자. 린디스판 섬, 일명 홀리 섬의 초대 주교—옮긴이)이 900년 전에 세워진 옛 수도원 터에 베네딕트회 수도원을 창설하면서 린디스판이 앵글로색슨 세계에서 가장 신성한 장소 가운데 하나가 되기는 했지만 그 때문에 이 섬이 영성의 메카가 된 것은 아니었다.

이유는 다른 곳, 즉 예셰 로살(Yeshé Losal)이라는 사람 때문이었다. 몇 년 전 열정적인 박애 정신에 영감을 받은 이 티베트 라마승은 세계 평화와 건강 센터를 세우고 종(種)의 보호를 위한 자연보호지구를 만들기 위해 이 섬을 사들이기로 했다. 전 주인 케이 모리스 부인은 처음에 이 라마승에게 75만 파운드를 요구했으나 나중에는 거의 절반 가격으로 넘겨주었다. 무슨 이유였을까? 어느 날 밤, 성모마리아가 그녀에게 나타나 평화와 명상을 위해 사용될 수 있도록 그 가격에 팔라고 간절히 충고했던 것이다. 종교 간의 만남을 위한 장소가 만들어지는 데 이보다 좋은 길조를 바랄 수 있을까?

유럽의 티베트 불교계에서 가장 오래된 기관 중 하나인 삼예링 명상센터(1967년 트룽파 린포체가 세운 수도원—옮긴이)의 재정적 후원으로 건립되고 유지되는 이 새로운 명상센터는 모든 종교의 신자들에게 개방되었다. 하지만 몇 가지 조건이 있었다. 마약, 술, 담배의 금지, 섬에 어떤 동물도 반입하지 말 것, 품위 있는 행동과 환경을 존중하는 태도를 취할 것.

클라리사는 브로딕 항의 관광안내소에서 구입한 관광안내지를 보았다. 안쪽 두 페이지에 그려진 지도에는 주요 건물이 나타나 있었다. 항구 오른쪽의 화산 위에는 헨리 8세가 세운 성의 유적이 있었고, 남서쪽에는 성모 마리아 성당의 종루, 서쪽에는 성 커스버트 성당의 종루, 북동쪽에는 성 아이단 성당의 종루가 표시되어 있었다. 이들 세 개의 성당 말고는 100여 명의 주민을 위해 실제로 미사를 볼 수 있는 성당은 하나도 없었고 유대교 교회당 또한 하나도 없었다. 세 개의 성당 이외에 메리게이트 박물관, 티베트인의 사무실들이 집결되어 있는 건물 하나, 관광안내소 하나, 시장 하나, 간이식당 하나, 절 하나가 있었다. 그리고 쑥 들어간 안쪽에 세계 도처에서 온 신비주의자들의 숙소로 사용되는 여러 개의 방갈로가 자리 잡고 있었다.

하지만 클라리사를 가장 놀라게 한 것은 해변에 올라와 있는 어선들의 묘지였다. 쪽배들은 소금 관(館) 속에 갇혀 잠들고 있었다. 선체는 모래와 물보라에 부식되었고 돛대는 쓰러져 있었으며 닻은 닳아서 해졌다. 십자가 없는 공동묘지 같았다. 청어잡이를 전문으로 했던 이 소함대는 린디스판의 상징이자 영예였다. 물론 1세기도 더 지난 일이었다.

갑자기 하늘이 어두워지면서 안개비가 조금씩 떨어지기 시작했다.

설상가상으로 번개도 쳤다. 풍경은 유령이 나올 듯이 음산하게 변했다.

클라리사는 더 이상 기다리지 않고 관광안내소로 향했다. 얼굴에 주근깨가 총총히 박힌 아주 젊은 아가씨가 창구에 앉아서 오렌지색의 긴 웃옷을 입은 사람과 한담을 나누고 있었다. 클라리사는 대화가 끝나기를 초조하게 기다렸다. 5분, 7분이 지났다. 두 사람이 잡담을 끝낼 기미가 보이지 않았다. 결국 클라리사는 남자에게 말을 걸어보기로 했다.

"아저씨, 알고 계신지는 모르겠지만 비가 올 것 같은데 우산이 없어서요."

남자는 손을 가슴에 모아 합장을 하더니 겸손하게 머리를 가볍게 숙였다.

"오, 죄송합니다."

남자는 신속히 뒤로 물러났다. 클라리사가 창구로 다가갔다.

"이 섬에 친구가 살고 있는데 어떻게 찾아야 할지 모르겠어요. 이름은 새뮤얼 슐론스키예요."

"센터 임원이십니까?"

보안창 탓에 변색된 아가씨의 목소리는 로봇 목소리와 비슷했다.

"센터라니요?"

"세계 평화와 건강 센터의 회원을 모집하는 임원 말이에요."

"모르겠어요. 어쩌면……."

"확인해보겠습니다."

아가씨는 워드 문서에 고개를 숙이고 이름을 확인했다.

"숀스키? 확실합니까?"

"아니에요. 슐론스키예요."

"이름은요?"

"새뮤얼."

클라리사는 초조해서 어쩔 줄 몰랐다.

몇 분이 지났다. 금속성 목소리가 들려왔다.

"죄송합니다. 그런 분은 없습니다."

"확실한가요?"

"세계 평화와 건강 센터의 임원은 여섯 명밖에 안 됩니다."

"만일 내 친구가 일반인으로 살고 있다면?"

"그럴 수도 있죠. 그분에게 전화가 있습니까?"

클라리사는 고개를 저었다.

"그렇다면 유감입니다. 그분의 주소를 찾을 방법이 전혀 없습니다."

"면사무소는요? 면사무소가 있지 않나요?"

"면사무소라고요? 농담은 아니시죠? 린디스판은 사유지입니다. 이곳 주민은 많지 않습니다. 면사무소가 필요 없지요."

노부인은 몹시 화가 났다. 그녀는 이곳에 오기까지 믿어지지 않을 만큼 상쾌했었다.

"실례합니다, 부인……."

클라리사에게 말을 건 사람은 긴 웃옷을 입은 남자였다.

"네?"

남자는 부두를 가리키며 말했다.

"어망을 수선하고 있는 저 남자가 보입니까?"

클라리사는 고개를 끄덕였다.

"저 사람의 이름은 앵거스입니다. 그는 아주 오래전부터 이곳에 살고 있습니다. 이 섬에서 일어나는 일은 모르는 게 없습니다. 저 사람에게 물어보십시오. 저 사람은 분명히 알 겁니다."

클라리사의 긴장된 얼굴이 풀렸다. 결국 긴 웃옷을 입고 있는 이 남자는 아주 좋은 사람이었다.

노부인은 고맙다고 말하고 바다를 향해 걸었다. 그녀는 어부를 향해 머리를 숙이고 물었다.

"귀찮게 해서 죄송해요. 저는 친구를 찾고 있어요."

어부는 머리를 들지 않고 투덜거렸다.

"우리는 모두 친구를 찾지요. 당신은 오랫동안 헤맬지도 모르겠군요."

"이름은 슐론스키예요. 새뮤얼 슐론스키."

어부는 망설이지 않고 되물었다.

"유대인이요?"

"네, 그래요."

"건너편 언덕에 살고 있어요."

"여기서 먼가요?"

"부인은 린디스판에 있습니다……."

"어떻게 가야 하나요?"

"바퀴 네 개. 바퀴 두 개. 작은 배. 두 다리."

노부인은 어선을 가리키며 물었다.

"저를 데려다주시겠어요?"

"요금에 달렸죠……."

클라리사는 가방을 뒤지며 물었다.

"10실링?"

그때서야 어부는 몸을 일으켰다. 어부의 얼굴은 어망—매듭으로 만든 3단 그물—과 흡사했다. 어부가 물었다.

"어디에서 오셨어요, 부인?"

"애런 섬에서 왔어요. 왜요?"

"애런 사람들은 그렇게 인색한가요? 10실링이라니요?"

그러더니 고개를 돌려버렸다.

"20실링?"

그래도 대답이 없었다.

"40실링?"

"내 배는 파운드에 새겨진 숫자만을 알아듣죠. 3파운드 이하는 안 돼요."
클라리사는 숨이 막힐 뻔했다.
"3파운드!"
"기분이 좋으니까 그나마 태워주는 겁니다."
클라리사는 한숨을 쉬며 말했다.
"좋아요. 아무튼 그 가격으로 나를 태워다주세요. 오래 머무르지는 않을 거예요."
"왕복 4파운드. 한 시간을 드리겠어요. 1분도 넘기면 안 됩니다."
클라리사는 속으로 바가지 씌우는 사람들을 저주하면서 제안을 받아들이지 않을 수 없었다.

*

새뮤얼 슐론스키의 집은 수직으로 솟은 절벽 가장자리에 우뚝 서 있었다. 집이라기보다는 송악과 무성한 풀로 뒤덮인 돌로 벽을 쌓아 올린 것이었다. 클라리사는 대문 앞에서 멈췄다. 벌레 먹은 나무 대문을 본 그녀는 노크를 하기 전에 잠시 망설였다. 이상하게도 덧창이 닫혀 있었다.
클라리사는 두 번 두드렸다. 발자국 소리가 들렸다.
키가 작은 사람이 나타났다. 대머리에 깡마른 몸. 그는 안경 뒤에 숨은 두 눈으로 수상쩍다는 듯이 노부인을 훑어보았다. 몇 살이나 되었을까? 일흔 살? 일흔다섯 살? 코는 고구마 모양이었고, 두 뺨은 마구 자란 촘촘한 수염 속으로 사라졌다. 윗입술과 아랫입술이 붙은 부분은 간신히 알아볼 수 있을 만큼 수염이 무성했다.
"안녕하세요. 댁이 슐론스키 선생님이신가요?"
"때에 따라 다릅니다. 당신은 뉘신지요?"
"내 이름은 클라리사 그레이예요. 잠깐 얘기를 나누고 싶어요."

"왜죠?"

"나는 바코비아의 친구예요."

"바실레?"

클라리사는 고개를 끄덕였다.

"그 미친 친구는 어떻게 되었나요? 여전히 글래스고 대학교에 있나요?"

"아니에요."

"그럼? 다시 루마니아로 떠난 것은 아니겠죠?"

클라리사는 난처한 표정을 지었다.

"슐론스키 선생님, 들어가도 될까요? 설명해 드릴게요."

은둔자는 그녀가 들어갈 수 있도록 길을 비켜주었다.

큰 방은 촛불로만 밝혀져 있었지만 바깥의 모습과는 달리 모든 것이 깔끔하게 정돈되어 있었다. 가구는 스파르타식이었지만 그래도 정감이 묻어났다. 벽은 책으로 뒤덮여 있었다. 조각된 나무 체스판이 작은 탁자 위에 놓여 있었다.

슐론스키는 노부인에게 자리를 권했다.

"방금 차를 만들었어요. 드시겠어요?"

"좋아요."

잠시 후 그는 주석으로 만든 홍차 주전자와 찻잔 두 개가 담긴 쟁반을 들고 돌아왔다. 그는 방문객에게 차를 내밀면서 물었다.

"바코비아는 어떻게 지내요?"

"이 소식을 듣고 몹시 슬퍼하실까 봐 걱정이에요."

키 작은 남자의 얼굴이 순식간에 굳어졌다.

"그렇게 운을 뗄 때는 흔히 돌이킬 수 없을 만큼 슬픈 내용이죠. 그 친구가 죽기라도 했나요?"

클라리사는 고개를 끄덕였다.

절벽 아래에서 부서지는 파도소리에 맞춰 긴 침묵이 흘렀다. 마침내 슐론스키가 입을 열었다.

"참으로 유감스러운 일이네요. 아직 서로 충분히 도움을 주지도 못했는데……. 모든 게 너무 빠르게 흘러가네요. 이렇게 쉽게 가다니……."

그의 얼굴에 경련이 일어났다.

"그는 내 친구였어요."

슐론스키는 이 세 마디 말로 모든 것을 대변했다.

"심장마비로 죽었나요? 그는 몹시 뚱뚱했어요. 내가 경고를 했는데."

"아니에요, 슐론스키 선생님. 심장과는 아무 관계도 없어요."

"아, 그래요?"

클라리사는 심호흡을 한 후 털어놓았다.

"그는 살해당했어요."

"살해되다니요? 왜요? 어떻게요?"

"이야기를 하자면 길어요. 정말 기이한 죽음이었어요. 적어도 언뜻 보기에는."

그리고 서둘러 덧붙였다.

"제 방문 목적을 말씀드릴게요."

슐론스키는 탁자 위에 팔짱을 꼈다.

"말씀하세요."

*

캐슬린은 모래 위에서 뒹굴었다. 그리고 살며시 모르카에게 자기 몸을 밀착시켰다. 두 사람은 떨어지는 안개비에도 아랑곳하지 않았다. 그들이 안개비를 의식하기나 했을까?

캐슬린이 속삭였다.

"나는 너에게 홀렸어. 너를 사랑하는 것 같아."

"사랑한다……. 이 동사가 육화한 거야."

그 지적에 캐슬린은 웃었다. 모르카는 그녀의 입을 더듬더니 절망도 녹여버릴 듯이 열정적으로 입술을 밀착시켰다. 그들은 숨이 막힐 때까지 달라붙어 있었다. 모르카는 캐슬린의 두 어깨를 감싸고 천천히 그녀를 일으켰다. 그리고 부드럽게 말했다.

"네가 내 여동생이면 좋았을 텐데."

"여동생?"

"왜 그렇게 놀라지? 고대 이집트인들은 사랑하는 사람을 그렇게 불렀잖아?"

"그래. 하지만 너는 파라오가 아니고 나는 네 누이가 아니야. 우리 문명에는 근친상간, 식인, 살인이라는 3대 금기가 부과되었다고 네 교수님들이 가르쳐주지 않았니?"

"남매간의 근친상간은 포함시키면 안 돼."

모르카가 진지하게 말하자 캐슬린은 웃음을 터뜨렸다.

"무슨 이유로?"

"남매간의 사랑은 시간과 인간을 초월해서 분할되지 않은 탄생, 떼어놓을 수 없는 탄생을 나타내기 때문이야."

캐슬린은 조용히 그를 바라보았다.

"모르카, 너는 정말로 사람을 깜짝 놀라게 하는 재주가 있어."

그러더니 갑자기 화제를 바꾸어 이렇게 털어놓았다.

"천사들의 살해사건에 점점 더 사로잡히게 돼. 너도 가브리엘의 신비스런 문장을 기억하지? 쌍둥이 0.809."

"물론이지."

"대학교 도서관에 가서 조사하고 싶어. 실마리를 발견할 수 있을 거야."

"그럴 수 있지. 하지만 그레이 선생님이 싫어하실지도 몰라. 선생님은 포기하겠다고 했잖아?"

캐슬린의 입술에 장난기 어린 미소가 퍼졌다.

"겉으로는 그렇지. 하지만 너는 여자들을 잘 몰라. 여자들은 변하기 쉽거든. 매우 변화무쌍하지……."

*

새뮤얼 슐론스키는 의자에서 일어나 체스판을 향해 걸었다. 그는 신중하게 하얀 말을 옮기고 다음 수를 생각하면서 상대 진영을 응시했다.

"이건 우리 집에 존재하는 두 번째 인격체예요. 내 능력을 뛰어넘는 어려움에 부딪히면 나는 정신을 산만하게 하여 다른 것을 생각하죠."

그러더니 클라리사에게 돌아서서 물었다.

"체스 할 줄 아세요?"

클라리사는 머리를 저었다.

"유감이네요. 체스는 아주 흥미진진한 게임이에요. 아마 세상에서 가장 재밌는 게임일 거예요. 체스에는 삶과 죽음, 공포, 망설임, 예상, 폭력, 때로는 연민이 있어요. 그리고 권력욕도 있죠. 인간의 모든 감정이 이 예순네 개의 칸 속에 모여 있어요."

슐론스키는 선반에서 만년필을 찾은 후 돌아와서 앉았다.

"정말 복잡한 문제에 부딪혔을 때에는 예술가처럼 생각해야 하죠. 물론 과학자처럼도 생각해야 하지만 예술가처럼도 생각해야 해요. 다시 체스에 대해 얘기할게요. 모든 학문이 그렇듯이 이 놀이도 하나의 예술이죠. 체스도 렘브란트의 풍경화나 미켈란젤로의 조각만큼 강렬한 미학적 감동을 솟구치게 하죠. 체스의 역사에서 탐미주의가 단순한 체력을 이겨낸 장엄한 경기가 많이 있었어요."

클라리사는 불안해지기 시작했다. 돌아갈 시간은 정해져 있는데 집주인은 주제에서 벗어난 얘기만 늘어놓았다. 그녀가 부탁한 문제에 대해 그는 일언반구도 하지 않았다. 그녀는 그의 말을 중단시키기로 했다.

"우리가 겪은 이상한 사건에서 어떤 결론을 도출할 수 있을까요? 선생님은 이 사건을 믿나요? 제가 정신이상자의 표적이 된 것 같나요?"

"그레이 부인, 당신은 저를 놀라게 하는군요. 저는 당신의 소설을 몇 권 읽었어요. 가장 인상 깊은 건 당신의 구성 능력이에요. 수학처럼 치밀한 구성이죠. 그러니 과학적으로 숙고해봅시다. 재니트의 병이 우연의 산물이고, 댁의 현관에서 죽은 시신이 쇠퇴해가는 뇌가 일으킨 착란의 결과이며, 이미 죽은 사람을 꼭 닮은 아일랜드인의 시체를 발견한 것 또한 우연이고, 그 젊은이가 천사가 아니라 비상한 텔레파시 능력을 갖춘 인물이라고 가정합시다. 또한 그가 수첩의 주인이자 이 모든 사건의 주동자라고 가정합시다. 그렇지만 바코비아는 분명히 살해되었어요. 이 비극만으로도 이 사건의 신비를 파헤쳐야 할 이유가 생기지요. 누군가가 사람을 해쳤어요. 그가 인간이든 천사든 정체를 밝혀내서 가능하다면 벌을 주어야 해요."

슐론스키는 종이를 당겨서 만년필로 몇 단어에 밑줄을 긋고 나머지 단어들은 지워버렸다.

"우리가 예술가이자 어린아이라고 생각합시다. 중요한 것만 기억합시다. 그러니까, '숫자 19' 와 '쌍둥이 0.809' 만 생각합시다."

그의 입술에 눈에 띄지 않는 미소가 퍼졌다.

"10. 64칸. 6+4=10. 재미있네요."

클라리사가 반복했다.

"10?"

"게마트리아(히브리어에서 각 낱말이 가지는 알파벳 수로써 성경을 해독하는 방법—옮긴이)에서 각각의 알파벳은 숫자값을 지니고 있어요. 즉 게마트리아는 한 낱말 또는 한 자음군(子音群)을 구성하는 숫자값의 합이 다른 낱말의 숫자값의 합과 같을 경우 두 낱말을 비교해서 의미를 해석하죠. 물론 알파벳마다 고유의 숫자값이 있다는 원리를 바탕으로 한 것이죠. 고대 그리스인들에게 널리 알려져 있는 이 방식은 특히 히브리 문학에서 폭넓게 활용되었어요."

"솔직히 이해가 잘 되지 않아요."

"그럼 모세5경에서 예를 하나 듭시다. 창세기 32장 5절에서 야곱은 형 에사오에게 이렇게 말합니다. '**저는 라반의 집에 머물렀습니다.**' '**저는 머물렀습니다**'의 숫자값은 613입니다. 결국 이 문장은 라반의 집에 머무르는 동안 야곱이 613번의 명령을 지켰다는 의미를 함축하고 있어요."

"613번의 명령을요?"

"네. 아주 인상적이지 않나요? 우리 유대인들은 이 613번의 명령을 미트스보트(Mitsvot)라고 부릅니다. 이건 일생 동안 지켜야 하는 계율을 의미하죠."

클라리사는 이해하기 힘들었다. 하지만 무지를 드러내지 않으려 애썼다.

슐론스키가 말을 이었다.

"숫자 10의 의미는 분명해요."

"아, 그래요?"

"우리는 창조주와 마주하고 있어요."

"죄송해요. 창조주와 마주하고 있다니 무슨 말인가요?"

"우리 유대인들은 하느님의 이름을 부를 수 없어요. 대신 별명으로 그분에게 말을 걸 수 있죠. 그분의 별명은 열 개가 있어요. 참고삼아 말씀드리면 이슬람교에서 하느님의 이름은 99가지예요. 100은 신비의 숫자이기 때문에 최후의 심판날 이전에 누설해서는 안 됩니다.

그뿐만이 아니죠. 세피로트(Sefirot)에 대해서는 들은 적이 없으시죠?"

클라리사는 고개를 저었다.

"세피로트는 유대교 신비주의에 나오는 열 개의 기본수(基本數) 혹은 이상수(理想數)로, 열 가지 유출물을 통해 하느님이 나타나게 된다고 합니다. 유대교 신비주의자들은 완전한 지적 속성을 가진 세 가지의 상위 세피로트(단수는 세피라)와, 신 이외의 세계에서 부차적 원인으로 작용하는 일곱 가지의 하위 세피로트로 구분합니다."

즉시 클라리사의 머릿속에 다니엘의 말이 떠올랐다. "두 신분으로 나뉜 열 명의 천사들. 세 명의 대천사와 일곱 명의 소천사." 이것도 우연의 일치일까? 클라리사는 이 생각을 제쳐놓고 다른 질문을 던졌다.

"가브리엘 대천사는 숫자 10이 아니라 19를 언급했어요."

새뮤얼은 만년필 끝으로 종이를 살짝 두드리며 말했다.

"물론이죠. 우리는 첫 단계에 이르렀을 뿐이에요. 가브리엘이 우리에게 길을 제시하는 방식에는 모종의 탐미주의와 우아함이 깃들어 있어요. 문제의 숫자에는 하나가 아니라 서로를 보완하는 두 가지 지시가 들어 있어요."

슐론스키는 의자에 앉아 안경을 벗었다.

"당신은 이미 코란을 조사했겠지요?"

"전혀요."

"이 수수께끼에 관심이 있다면 코란을 봤어야 했는데. 코란은 다른 어떤 책에서도 발견할 수 없는 독특함이 있죠. 코란 29장은 한 글자에서 다섯 글자로 구성된 일련의 머리글자로 시작됩니다. 각기 다른 열네 개의 글자, 혹은 아랍 문자의 절반이 나오지요. 누구도 결코 이 글자들이 코란에 나오는 이유를 밝혀내지 못했습니다. 그런데 이 머리글자는 숫자 19와 조화를 이루고 있어요."

이 유대인은 선반 위에서 책 한 권을 골랐다. 그리고 해당되는 페이지를 펴서 클라리사에게 내밀었다.

"읽어보세요."

클라리사는 난처한 표정을 지었다.

"안경을 가져오지 않았어요."

그러자 새뮤얼이 읽었다.

"'**19는 천상에 계신다.**' 코란 74장 30절. 우연일지도 모르죠……. 하지만 코란은 114장(수라)으로 구성되어 있어요. 창세기에 따르면 하느님은 엿새 동안 세상을 만드셨고 이렛날에 쉬셨어요. 코란의 114장을 6으로 나누면 어떤 수를 얻을까요?"

"저는 암산을 잘하지 못해요. 19인가요?"

"맞아요. 이것도 우연일까요?"

클라리사는 어떻게 대답해야 좋을지 몰랐다.

"우연의 일치는 또 있어요. 코란에서 가장 신성한 메시지는 '**알라(하느님)는 오직** 한 **분이시다**'라는 구절이죠. 하느님을 가리키는 아랍어 와히드(Wahid, 하나)가 몇 번이나 나오는지 아세요?"

"이번에도 19인가요?"

"가브리엘 대천사는 당신에게 특별한 증표를 남겼어요."

"당신은 제가 둔한 사람이라고 생각할 거예요. 하지만 하느님의 이름을 형상화한 것이 천사들, 바코비아, 그리고 어쩌면 재니트 매클린의 살해범을 찾는 데 도움이 될까요?"

"그건 열쇠 중의 하나죠. 이 열쇠는 어떤 문을 열까요? 그건 나도 모릅니다."

클라리사는 머리를 긁적였다.

"저를 어리둥절하게 하는 것이 있어요. 이 숫자가 하느님을 나타낸다는 당신의 논리를 뒷받침하기 위해서 당신은 3대 유일신교 중 하나, 즉 그리스도교를 빼놓고 두 종교만 근거로 삼았어요. 왜죠? 신약에도 어떤 상징적인 글자나 숫자가 있지 않을까요?"

새뮤얼 슐론스키는 한숨을 쉬었다.

"그레이 부인, 그게 아니에요. 제가 고의로 그런 게 아니에요. 우리에게 숫자 19를 맡긴 것은 가브리엘이에요. 그런데 신약에는 이 숫자의 흔적이 전혀 없어요. 물론 성경학자들은 신약에서 40, 7, 99, 3 같은 수많은 화폐의 가치 혹은 요한묵시록에 나오는 짐승의 숫자인 666을 조사했어요. 하지만 19라는 숫자는 전혀 나타나지 않아요."

"왜 그럴까요?"

슐론스키는 잠시 생각에 잠겼다가 말을 이었다.

"한 가지 생각이 떠올랐어요. 이건 단순한 가정이에요. 외관상 딴판으로 보일지라도 역설적으로 가장 가까운 두 종교는 바로 이슬람교와 유대교예요. 이 두 종교는 앙숙이긴 해도 같은 정자, 즉 아브라함의 씨앗으로 만들어진 같은 후손이죠. 기억을 되살려볼까요?

하느님께서 이렇게 말씀하셨다. '너의 아내 사라가 너에게 아들을 낳아줄 것이다. 너는 그의 이름을 이사악이라고 하여라. 나는 그의 뒤에 오는 후손들을 위하여 그와 나의 계약을 영원한 계약으로 세우겠다. 이스마엘을 위한 너의 소원도 들어주겠다. 나는 그에게 복을 내리고, 그가 자식을 많이 낳아 크게 번성하게 하겠다. 그는 열두 족장을 낳고, 나는 그를 큰 민족으로 만들어주겠다.'

두 아이는 아버지에게 함께 할례를 받았고, 또 두 아이는 함께 아버지를 막펠라 동굴에 매장했어요. 그리스도교는 이 두 사람과 관련이 없어요. 유감스러운 일이지만 그리스도교도가 유대인과 이슬람교도에 의해 흘린 피보다 유대인과 이슬람교도가 그리스도교도에 의해 흘린 피가 더 많지요. 십자군 원정, 종교재판, 나치의 유대인 대학살 등이 그 점을 증명하죠. 숫자 19는 하느님의 이름을 의미할 거예요. 그 숫자는 혼동을 피하면서 본질로 이끌죠."

슐론스키는 고개를 들고 클라리사를 보았다.

"충격을 받으셨나요?"

"당신은 약간 편파적인 것 같아요."

슐론스키는 체스판으로 가서 검은 말을 옮겼다. 그리고 천천히 말했다.

"숫자 0.809와 쌍둥이가 무엇을 뜻하는지 아직은 모르겠어요."

그러더니 빙그르르 돌아서서 물었다.

"며칠 동안만 그 수첩을 내게 맡길 수 있나요? 더욱 세심하게 검토하고 싶어요. 해답은 수첩 속에 있을 거예요."

"수첩을 조심스럽게 다루시겠다면요. 수첩을 잃고 싶지 않아요."

"주의하겠어요. 믿으세요."

침묵을 지키던 노부인이 일어나면서 말했다.

"수첩을 맡기겠어요."

클라리사는 바코비아의 메모 아래에 자신의 전화번호를 적고 이렇게 덧붙였다.

"연락을 주시겠죠?"

"물론이죠."

슐론스키는 문간까지 그녀를 배웅했다. 풍경은 황혼 속에 잠겨 있었다. 그리고 어부 앵거스는 사라지고 없었다.

16

몹시 화가 난 클라리사가 소리쳤다.

"어부가 갔어요! 한 시간 동안 기다리겠다고 했는데."

슐론스키는 너그러운 미소를 지으며 말했다.

"한 시간이라고요? 우리는 적어도 세 시간은 이야기를 나눴어요."

이제 바다는 엷은 보랏빛과 황금빛의 광대한 벌판에 지나지 않았다.

갑자기 질겁한 노부인이 물었다.

"차를 가지고 있나요?"

유대인은 손목시계를 보여주면서 말했다.

"그럼요. 하지만 6시가 넘었어요."

"그래서요?"

"맹렬한 속도로 차를 몰더라도 제 시간에 도착할 수 없을 거예요. 조수 때문에 배가 뜰 수 없어요. 간조가 시작되었거든요. 제 잘못이에요. 미리 말씀드려야 했는데. (그는 체념하는 표정을 지었다.) 날이 밝기 전에는 배가 없을 거예요."

"설마! 저는 돌아가야 해요!"

"여기에서 밤을 보내는 것 말고는 다른 방법이 없어요. 만일 이교도와 같은 지붕 아래 자는 것을 두려워하지 않는다면 제 집은 당신에게 열려 있어요. 내일 일어나는 대로 항구로 모셔다드릴게요."

클라리사는 걱정하고 있을 캐슬린과 모르카를 생각했다.

"좋아요. 초대를 받아들이겠어요. 하지만 집에 전화를 해야겠어요. 마을로 데려다줄 수 있어요?"

"물론이죠. 마을로 가는 김에 저녁식사를 합시다. 인간과 신에 대해 토론하는 대신에 당신 소설에 대해 얘기해주세요."

*

캐슬린의 노트북 앞에 앉은 모르카는 화면을 집게손가락으로 가볍게 눌렀다. 화면에는 3차원의 체스판이 펼쳐져 있었다. 게임 상대방이 하얀 비숍을 C5에 놓자 그는 환호성을 질렀다.

"이젠 끝장이야!"

모르카는 망설이지 않고 G8에 있던 룩으로 G7의 폰을 잡았다.

캐슬린이 한숨을 지으며 말했다.

"이해를 못하겠어. 별로 아는 게 없지만 네 상황은 좋지 않아. 그런데도 기뻐하다니."

"네가 1972년 피셔와 스파스키의 열세 번째 게임을 보지 못해서 그런 소리를 하는 거야. 20세기의 가장 주목할 만한 게임이었지. 이 친구는 스스로 무덤을 파고 있는 거야."

"1972년도라고? 나는 그때 태어나지도 않았어! 너도 마찬가지잖아!"

모르카의 얼굴이 약간 붉어졌다.

"책이 있잖아."

"그럼 너는 가장 유명한 대국을 달달 외우고 있니?"

모르카는 목청을 가다듬기 위해 헛기침을 했다.

"아니야. 몇몇 대국만……. 사실, 두세 대국만……."

모르카의 상대가 방금 응수했다. C1에 있던 룩이 C4로 옮겨 간 것이다.

캐슬린이 물었다.

"이젠 어떻게 할 거야?"

"D7의 룩을 써야지. 이제 네 수만 쓰면……."

E4에 있던 하얀 룩이 모르카의 킹을 궁지에 몰아넣었다. 모르카는 침착하게 킹을 F1으로 옮겼다. 그는 기쁜 표정을 지으며 중얼거렸다.

"내가 이겼지."

상대방은 비숍을 D4로 옮겼다. 모르카는 즉시 D2의 비숍으로 응수했다. 그리고 팔짱을 꼈다. 몇 분 후, 화면 중앙에 메시지가 반짝거렸다.

두 손 들었어.

그리고

피셔 vs 스파스키. 1972.

나는 방어책을 발견했다고 확신했는데……. 축하해!

캐슬린이 투덜거렸다.

"이 바보가 왜 겁을 먹었는지 모르겠어."

"설명하려면 두 시간은 필요할 거야. 이것만 알아둬. 계속해봤자 그는 곧장 외통수로 몰릴 뿐이야. 훌륭한 선수의 눈에는 훤히 보이지."

모르카는 돌연히 화제를 바꿨다.

"그레이 선생님의 전화를 받았어. 선생님이 왜 신성한 섬에 가셨는지 궁금해."

"다음 소설을 위해 자료를 수집하러 가셨겠지."

"확실하지 않아."

"왜지? 갑자기 왜 그런 생각이 들지?"

"그레이 선생님이 걱정되어서."

"선생님이 다시 수첩에 관심을 갖는 것 같니?"

"그럴 가능성이 있지. 바코비아 교수님이 살해되었으니까."

캐슬린은 화들짝 놀랐다.

"바코비아 교수님이? 살해되셨다고?"

"응, 칼로 목이 베이셨지."

"그런데 어떻게 알았어?"

"어제 경찰이 왔었잖아?"

"경찰?"

"몰랐었니?"

캐슬린이 반박했다.

"내가 어떻게 알았겠니? 그냥 누가 찾아와서 문을 열어주었을 뿐이야. 그레이 선생님은 그를 스튜어트라고 불렀어. 그가 집에 들어온 후 난 너를 찾으러 해변으로 나갔어."

"바로 그 형사 아저씨야. 바코비아 교수님의 죽음을 알려준 것은."

당황한 캐슬린은 입을 다물었다. 뭔가 막연하게 집히는 게 있었지만 명확하지 않았다. 사실 그녀는 이런 질문을 던지는 것으로 충분했을 것이다. 모르카는 어떻게 그 사실을 알았을까? 그녀는 창문을 통해 그가 손가락 사이로 물을 흘려내리듯 모래를 가지고 노는 모습을 보지 않았던가.

*

선술집은 더웠다. 맥주 잔과 스카치 잔이 옅은 밤색의 판자를 씌운 벽 사이에서 조심스럽게 서로 부딪치고 있었다. 수염이 없는 얼굴들, 붉은색 혹은 노란색 콧수염을 기른 수척한 얼굴들, 정장을 입은 신사들, 청바지 차림의 젊은이들, 유럽 전역에서 온 잡다한 사람들. 이 신성한 섬에 모인 모든 사람들은 같은 목적, 같은 욕구를 가지고 있었다. 이해, 자문(自問), 명상.

슐론스키는 클라리사를 향해 약간 머리를 숙이고 속삭였다.

"이 사람들은 뭔가를 찾으러 왔지만 찾을 것은 하나도 없어요."

클라리사는 마지막 감자파이 조각을 삼킨 후 말했다.

"슐론스키 씨, 당신은 언제나 그처럼 회의주의자였나요?"

"회의주의자라고요? 아니죠. 나는 회의주의자였던 적이 없다고 생각하는데요. 불안한 낙천주의자가 저에게 더 적합한 수식어예요."

"진짜 모습을 보여주겠어요?"

"무엇이든 물어보세요."

"당신이 어떤 사람인지 모르겠어요. 당신은 어떤 분이죠?"

슐론스키는 어깨를 으쓱했다.

"오랫동안 저는 지금과는 다른 모습이었어요. 지금은 보시는 바와 같이 새뮤얼 슐론스키죠."

"그래서요?"

"정말로 알고 싶으세요?"

클라리사가 고개를 끄덕였다.

"좋아요. 당신이 확인하신 것처럼 저는 어렴풋한 빛 속에서 살고 있어요. 이제 낮의 빛은 불쾌한 것이 되었죠. 또 사람들도 좋아하지 않게 되었고요. 저는 너무도 많은 공포를 느꼈고 또 체험했어요. 제 눈은 영원히 상처를 입었어요. 유대교 집안에서 태어났고 아브라함 종교의 교육을 받은 저는 오랫동안 저 자신이 세상의 다른 사람들과 다르다고 확신했어요. 다른 생각은 결코 떠오르지 않았어요. 불가능한 일이었죠. 어쨌든 바르샤바에 있을 때는 그랬어요. 40년대에는 그랬어요. 간혹 어린 내 마음이 내게 주어진 조건을 잊을 때도 있었지만 폭 10센티미터의 작은 완장과 '유대인'이라고 적힌 노란 별은 내 조건을 재빨리 상기시켰어요. 아버지는 사회주의적 시온주의 운동의 지도자였던 모르데하이 아닐레비치의 측근이었어요. 아버지는 게토 폭동의 주동자로 가장 먼저 총탄에 쓰러지셨죠. 어머니도 곧 아버지를 따라가셨어요. 나는 두 분의 영혼이 몸에서 빠져나가는 것을 보았어요. 두 분의 마지막 숨소리도 들었어요. 그 소리는 오랫동안 저의 기억 속에서 폭풍우처럼 격렬하게 울렸죠. 그때 저는 갓 열두 살이었어요."

슐론스키는 홍차를 한 모금 마시고 이야기를 계속했다.

"그 후 일어난 일과, 공포를 피할 안식처를 찾기 위해 이스라엘에 상륙한 일은 말씀드리지 않겠어요. 모국에서 저는 우리에게 무슨 일이 일어났는지 이해하려고 했어요. 우리가 지나오는 모든 곳에서 겪어야 했던 그 증오의 원인을 찾으려고 애썼어요. 그건 길고 복잡한 연구였어요."

"그래서 찾으셨나요?"

"네."

그러면서 그는 이렇게 내뱉었다.

"하느님이에요."

클라리사는 눈살을 찌푸렸다.

"하느님이 가장 큰 책임자라고요?"

"생각해보세요. 3천 년 전, 우리 조상들이 유일신 사상을 수립하면서 이교와 우상숭배가 횡행하는 세상에 하느님을 내세웠어요. 로마 황제들은 신들과 동등한 존재였죠. 그리스인들은 제우스와 아폴론을 찬양했고, 이집트인들은 호루스(고대 이집트 종교에서 매의 모습을 한 신—옮긴이)와 아몬(이집트에서 신들의 왕으로 숭배된 신—옮긴이)에게 기도를 바쳤어요. 아톤(고대 이집트 종교의 태양신—옮긴이)은 불행한 시도, 변화시키지 못한 시도에 지나지 않았어요. 참 아쉬워요."

"왜 아쉽다는 거죠?"

"만일 아톤이 아브라함의 신처럼 성공했다면 우리 백성의 운명도 아주 달라졌을 테니까요. 그랬더라면 이교도들의 증오는 아브라함의 후손이 아니라 아크나톤(이집트 파라오. 재위 BC 1353~1336—옮긴이)의 후손에게, 유대인이 아니라 이집트인에게 돌아갔을 거예요."

유대인은 잠시 멈추었다가 말을 이었다.

"그레이 부인, 우리 백성의 비극은 너무 일찍 이치를 깨달았다는 거죠. 시간을 거슬러 올라가보세요. 당시의 세계를 떠올려보세요. 주피터(로마 신화에 나오는 최고의 신—옮긴이), 넵투누스(로마 신화의 바다의 신—옮긴이), 바알(고대 근동의 여러 부족이 섬기던 신—옮긴이) 등을 찬양하기 위한 조각상, 신성한 황소들은 이른바 문명화된 지역을 뒤덮었어요. 그때 한 무리의 사람들이 나타나서 '오직 하느님만 계실 뿐 다른 신들은 존재하지 않습니다' 라고 선언했어요. 게다가 '하느님을 표현할 수 없습니다. 그분은 얼굴도 이름도 없습니다. 그분은 어디에도 없고 어디에나 존재합니다' 라고 주장했어요. 이 주장이 당시 사람들에게 어떤 충격을 주었고 철학적으로 혹은 사회적으로 어떤 영향을 미쳤는지 이해할 수 있겠어요? 우리 선조들은 유일신을 선언함으로써 돌이킬 수 없을 만큼 세상의 지탄을 받게 되었죠. 그렇게 우리의 불행은 시작되었어요."

"결국 당신의 선민의식은 더욱 굳어졌을 거라고 생각해요."

"네. 하지만 그렇다고 해서 긍지가 높아진 것은 아닙니다. 우리가 주요한 메시지의 전달자라고 확신한 저는 우리가 한 일들에 대해 자문해보았어요. 이제는 그런 증오가 유지되어온 데는 우리에게도 책임이 크다고 말씀드릴 수 있어요. 우리는 그 신성한 메시지를 함께 나누기는커녕 몸을 웅크렸어요. 우리는 마음을 열기는커녕 움츠렸어요. 우리에게는 그렇게 처신할 이유가 분명히 있었어요. 하지만 우리는 보다 일찍, 보다 빠르게 세상에 마음을 열었어야 했어요. 우리를 무분별하게 만들고 우리의 정체성을 유지시킨 것은 선민의식이에요."

클라리사는 비난하듯이 말했다.

"슐론스키 씨, 당신은 아주 엄격한 사람 같아요. 이웃들에 대한 원한을 잊으세요. 그들은 당신이 원한을 완전히 떨쳐버리기만을 갈구하고 있어요."

"나는 엄격한 사람이 아니에요. 아마 이상주의자일 거예요. 저는 위험과 대담성 없이는 어떤 위대한 것도 실현될 수 없다고 확신해요. 우리는 대담성이 없을 뿐만 아니라 비열한 사람들에게 둘러싸여 있어요. 저는 아랍 백성들이 아니라 그들의 지도자들에 대해 이야기하는 거예요. 그들은 새빌 로(런던의 고급 양복점 거리—옮긴이)에서 맞춘 스리피스 정장을 입고 자기 나라를 돌아다니면서 팔레스타인의 모든 어린이가 죽을 준비가 되어 있다고 호언장담하죠. 비열하기 짝이 없는 이 부족장들은 스위스나 룩셈부르크 은행으로 재산을 빼돌리지요. 우리는 하느님의 메시지를 위임받았어요. 우리는 엄청난 책임감을 짊어졌고, 신성한 의무를 지고 있었어요. 당신은 그리스도교 신자들이 그리스도라고 부르면서 독점했던 그 유대인의 말을 기억하나요? 그 유대인이 뭐라고 했나요? '**여러분은 세상의 소금입니다. 만일 소금이 짠 맛을 잃으면 무엇으로 다시 짜게 만들겠습니까? 그런 소금은 아무 데도 쓸데없어 밖에 내버리면 사람들에게 짓밟힐 따름입니다.**' 우리 유대인은 세상의 빛과 소금이 될 운명이었어요. 하지만 우리는 실패했지요. 우리 랍비들이 가장 이해하기 힘든 이슬람의 종교가들, 로마교황청의 경직된 사람들과 경쟁하듯 몽매주의에 빠지는 것을 확인하고 내 영혼이 어찌 피를 흘리지 않을 수 있겠어요?"

"그런 이유로 당신은 이곳으로 피신하셨나요? 티베트 불교의 명상센터에?"

"아니에요. 저는 책에 관심을 갖고 역사를 연구했어요. 저는 유일신을 숭배하는 다른 두 종교를 세밀히 검토해서 결국 더욱 비통한 확신에 도달했습니다. 아무것도 없었습니다. 아무것도. 그리스도교도,

이슬람교도 내 마음에 들지 않았습니다. 이제 나는 이교도일 뿐이에요. 그것으로 만족합니다. 이제 자학하지 않습니다. 이제 누가 옳고 누가 틀리며, 누가 진짜이고 누가 가짜인지 규명하려고 애쓰지 않습니다. 나는 나일 뿐입니다. 공정한 나. 모든 족쇄에서 벗어났어요. 터번을 두른 사람들이나 긴 웃옷을 입은 사람들이 내 생각을 좌지우지하게 내버려두지 않습니다. 저는 불확실한 것에는 더 이상 관심이 없어요. 저는 제 인생에서 모든 성직자와 종교예식을 없앴고 조각상들을 쓰러뜨렸으며 재갈을 뱉어버렸습니다. 제 말을 믿어주세요. 저는 이제 훨씬 맑은 공기를 마시고 있습니다. 저는 이곳 중립지대에 있습니다."

슐론스키는 말을 멈추고 클라리사를 응시하며 물었다.

"그레이 부인, 질문 하나 드리고 싶어요. 아담이 어떤 종교를 가졌는지 말씀해보시겠어요?"

클라리사가 대답할 수 없다는 듯이 어깨를 으쓱이자 그는 미소를 지으며 이렇게 선언했다.

"그레이 부인, 제가 바로 아담입니다."

*

캐슬린은 손가락으로 방금 화면에 나타난 웹사이트를 가리키며 천천히 읽었다. "숫자점은 우리 각자의 운명과 개성을 연구하기 위해 별과 천체현상에 근거를 두는 점성술처럼 수에 근거를 두고 점을 치는 방법이다. 수는 우리 인생과 행동에 영향을 미치는 힘을 가진 것으로 여겨지고 있다."

모르카가 한숨을 쉬며 나무랐다.

"그만해! 아무 재미도 없는 웹사이트를 돌아다니느라 두 시간 이상 허비했어. 어떻게 너는 숫자가 우리 운명에 영향을 미칠 수 있다고,

이름의 알파벳 값이 성격을 나타낸다고 생각할 수 있니?"

"비난만 하지 말고 이해하려고 노력해봐. 숫자점은 헛소리가 아냐! 피타고라스나 플라톤 같은 사람들도 숫자점에 관심을 가졌고, 또 그 유래도 까마득한 옛날로 거슬러 올라간다는 사실을 너도 읽었잖아."

모르카는 고개를 저었다.

"캐슬린, 그만해, 시간 낭비일 뿐이야."

"좋아. 그럼 살인범에 대한 잔인한 정보를 전달하기 위해서가 아니라면 왜 가브리엘이 19와 0.809라는 숫자를 남겼을까?"

캐슬린은 모르카에게 대답할 시간도 주지 않고 자판을 두드리면서 말을 이었다.

"그저 재미 삼아 그랬을까?"

캐슬린은 빈 칸에 모르카의 이름을 구성하는 여섯 글자를 써넣었다.

"뭐 하는 거야?"

"네 이름으로 숫자점을 보는 거지……."

그리고 이렇게 인용했다.

M=13 O=15 R=18 C=3 A=1 R=18.

총합 68. 6+8=14. 1+4=5.

캐슬린은 마지막 숫자 5를 써넣고 마우스를 클릭했다. 몇 초 후 화면에 글이 떴다.

"5는 조화와 균형의 수이다. 또한 신의 은총의 수이다. 카발라(유대교 신비주의-옮긴이)에 따르면 5는 동물적인 측면을 제거한 완전한 인간의 수이다. 또 성경에 따르면 십자가에 못 박힌 예수의 오상(五傷)을 통해 '인간 신'의 상징이 되기도 했다. 이런 이유로 5는 또한 은총의 수로 간주된다. 또한 신과 우주의 중재자로 간주된다.

"재미있지 않니?"

캐슬린은 빈정대는 눈빛으로 모르카를 쏘아보며 덧붙였다.

"나한테 숨긴 게 많지? 그러니까 나는 완전한 사람을 사랑하는 거잖아!"

모르카는 뜻밖에도 거칠게 나왔다.

"그만하지 못해!"

그는 단호하게 컴퓨터를 꺼버렸다.

"왜? 왜 그러는 거야?"

모르카는 심각한 표정으로 그녀를 노려보았다.

"캐슬린, 나는 너에게 불행한 일이 일어나는 것을 원치 않아……."

*

슐론스키가 마련해준 침실에서 클라리사는 절벽에 부딪치는 파도 소리를 들으면서 초조하게 새벽을 기다리고 있었다.

머리를 베개 위에 놓은 순간부터 문자와 숫자로 형성된 허상의 회전목마가 침대 위에서 쉬지 않고 돌았다. 19…… 0.809……쌍둥이…… 10…… 74장…… 30절…… 하느님은 한 분이시다……. 쌍둥이 0.809. 혼란, 표류. 나아가면 나아갈수록 하늘은 더욱 어두워졌다. 베일을 들어 올리자마자 다른 베일이 나타났고, 이는 끝이 없을 것처럼 보였다.

다니엘은 어디에 있을까? 그녀는 문도, 창문도 없는 집을, 보이지 않는 벽으로 이루어진 서재를, 보이지 않는 서랍을 뒤지고 있는 천사를 상상하고 있었다. 다니엘 천사도 살해될 수 있다고 하지 않았는가. 그럴 경우 모든 일이 허사가 될 것이다. 그렇게 되면 이 사건은 처음처럼 허무하게 끝나버릴 것이다.

불현듯 클라리사는 천사를 만났을 때 누구라도 던질 수 있는 질문을 하지 않았다는 사실을 깨달았다. 천국은 무엇을 닮았을까? 천국에서는 어떻게 살고 있을까? 어떤 언어를 사용할까? 배가 고프다는 것을 느낄까? 목이 마르다는 것을 느낄까? 들판, 시냇물, 강, 동물이 있을까? 금지된 과일나무는 지금도 있을까? 날씨는 더울까? 아니면 추울까? 막달라 마리아, 사라, 하갈, 성모 마리아는 어떤 옷을 입고 있을까? 찬란한 문양의 건물 아래서 벌거벗은 채 걸을까? 그녀는 다음에 천사가 나타나면 꼭 물어보겠다고 다짐했다.

클라리사는 새벽 3시가 다 되어서 잠들었다. 하지만 잠은 오래가지 않았다.

그녀는 이상한 소리에 깨어났다. 아직도 어두운 새벽이었다. 물결이 찰랑거리는 소리였다. 누군가가 갯벌에서 걷고 있는 듯했다. 처음에는 비가 오는 줄 알았다. 하지만 아니었다. 분명히 뭔가가 질척거리는 소리였다. 그녀는 침대에서 일어나 귀를 기울였다. 소리는 침실 옆에 있는 거실에서 들려왔다. 슐론스키일까? 그는 이 시간에 무얼 하고 있는 걸까? 이제 소리는 더욱 또렷해졌다.

클라리사의 심장이 격렬하게 날뛰었고, 식은땀이 등줄기에서 흘러내렸다. 그녀는 그렇게 놀라는 자신의 꼴이 우스꽝스럽다고 생각했다. 낯선 집에서 잘 때 모든 소리가 마음을 불안하게 한다는 것은 잘 알려진 사실이 아닌가. 하지만 그녀는 소리의 원인을 규명할 수 없었고 직감적으로도 그 소리가 위협처럼 느껴졌다.

소리는 다가왔다.

감지될 수 없을 만큼 천천히.

집요하게 신경을 긁어대는 파도소리와 함께 뭔가가 움직이는 소리가 계속되었고 이제 그 소리는 새로운 형태를 취했다. 즉 갯벌 속에서 저벅저벅 걷는 소리가 아니라 끈적거리는 표면 위에서 공 같은 것이 굴러 떨어지는 소리였다.

쿵 하고 부딪치는 소리.

문에서 딸가닥거리는 소리.

쿵! 쿵!

누군가가 들어오려고 문을 밀치고 있었다!

심장은 북처럼 두근거렸다. 노부인은 이불을 가슴까지 끌어올리고 온 힘을 다해 껴안았다. 그녀는 슐론스키에게 도움을 청하기 위해 입을 벌렸지만 어떤 소리도 빠져나오지 않았다. 공포가 그녀를 벙어리로 만든 것이다. 그래도 가만히 있을 수 없었다. 그녀는 손가락을 펴고 오른손을 스탠드로 뻗었다.

그 순간 문이 산산조각 났다. 귀를 째는 듯한 소음이 들렸다. 열 개 남짓의 나뭇조각들이 침실로 날아와 흩어졌다. 몇 조각은 침대 발치에 떨어졌다. 또 몇 조각은 클라리사의 얼굴을 후려쳤다.

결국 노부인은 울부짖었다. 풀려난 비명소리는 파도소리를 뚫었다. 그녀는 계속 울부짖었다. 억눌린 공포가 내장에서 솟구치고 있었다. 자신도 모르게 절망적인 반사작용으로 스위치를 누르자 방은 빛으로 넘실거렸다.

그리고 정적이 흘렀다. 그녀는 끔찍한 광경을 보고 터져 나오는 비명을 입으로 틀어막았다.

침대 발치에 피 웅덩이와 흩어진 살 조각 가운데 새뮤얼 슐론스키의 대머리가 흔들거리고 있지 않은가! 툭 튀어나온 두 눈은 죽음을 초월해서 그녀를 노려보고 있었다. 두개골은 마지막으로 공기가 빠지는 소리를 내더니 미동도 하지 않았다. 이제는 절벽 밑에서 격렬한 파도소리 이외에는 아무 소리도 들리지 않았다.

클라리사는 더 이상 움직이지 않았다. 호흡이 멈춘 상태에서 오른손의 손가락은 여전히 스위치를 누른 채였고, 왼손은 이불을 가슴까지 끌어당긴 채 꼭 붙들고 있었다. 그녀는 더 이상 움직이지 않을 것이다. 이 공포의 장본인은 틀림없이 그녀를 노리고 있을 것이다. 곧 그녀 차례가 올 것이다. 그런데 그자는 무엇을 기다리는 걸까? 왜 그자는 할 일을 마저 끝내지 않는 걸까? 그녀가 공포로 죽는 꼴을 보고 싶은 걸까?

바로 그때 집 안 어디에서인가 뭔가가 움직이는 소리가 났다. 누군가가 어둠 속에서 재빨리 움직였다. 탁자가 뒤집어지는 소리와 물건이 잇달아 바닥에 부딪치는 소리가 들렸다. 그녀는 슐론스키의 체스판을 떠올렸다.

결국 올 일이 오고 말았다. 몇 초 후면 끝장날 것이다.

하나의 실루엣이 희미한 빛 속에서 뚜렷이 드러났다.

노부인은 눈을 감고 몸을 웅크렸다. 누군가가 목을 벨 때 어떤 느낌이 들까?

"클라리사!"

익숙한 목소리였다.

누군가 그녀의 팔을 잡았다. 그녀는 침대 밖으로 뛰어내릴 뻔했다.

목소리가 다시 들려왔다.

"클라리사! 저예요, 토머스!"

노부인은 더듬거렸다.

"토머스?"

그리고 두 눈을 떴다. 환영이 아니었다. 그녀를 내려다보고 있는 사람은 분명 토머스 스튜어트였다.

"정신 차리세요. 이제 두려워하지 마세요. 제가 있잖아요."

"토머스? 어떻게…… 여기에……?"

"나중에 설명해 드릴게요. 자, 이리 오세요. 일단 이곳을 빠져나가야 해요. 빨리!"

클라리사는 다소곳한 표정을 지으며 반사적으로 이불을 턱까지 끌어올렸다. 그녀는 속옷만 걸치고 있었다. 그녀는 살며시 말했다.

"내 옷 좀 주세요."

*

자동차는 항구를 향해 달렸다. 스튜어트가 어깨 위에 외투를 덮어 주었지만 클라리사는 팔다리가 떨리는 것을 어쩔 수 없었다. 형사는 왼쪽팔로 그녀를 감싸 끌어당겼다. 그녀는 조금도 저항하지 않고 자신의 몸을 온전히 내맡겼다.

가느다란 장밋빛 빛줄기가 수평선을 물들이기 시작했다. 곧 날이 밝을 것이다.

"토머스, 설명해줘요. 여기서 뭐 했어요?"

"내가 한가한 시간에는 휴업 중인 수호천사들을 대신하는 걸 몰랐어요?"

"토머스, 좀 진지하게 말해줘요."

"클라리사, 당신은 훌륭한 작가이지만 거짓말쟁이로는 서툴러요. 당신이 바실레 바코비아의 집에서 나온 메모를 달라고 했을 때, 또 내 사무실에 들이닥쳐서 시신에 관한 정보를 요청했을 때 당신이 이 사건을 포기하지 않았다고 확신했어요. 저는 당신을 그냥 내버려두었죠. 하지만 이미 결심하고 있었어요. 당신을 한 발자국도 놓치지 않겠다고. 한 사람이 살해되었어요. 아마 두 사람일 거예요. 당신이 세 번째 희생자가 되게 내버려둘 수는 없었어요."

"그러니까 당신은 이 섬까지 나를 미행했단 말이네요."

"그래요. 슐론스키의 집까지요. 어부가 혼자 돌아가는 것을 본 후 내 차에서 기다렸죠."

그러더니 인상을 찌푸렸다.

"저는 이제 필립 말로(레이먼드 챈슬러의 소설 『빅 슬립』의 주인공—옮긴이)처럼 뛰어다닐 나이가 아니에요. 또 습기는 건강에 해롭고요."

"그래서요? 무슨 일이 일어났어요?"

"어느 순간 깜빡 잠이 들고 말았어요. 얼마 동안인지는 저도 몰라요. 당신의 비명소리에 잠을 깼어요. 후다닥 차에서 뛰쳐나와 집으로 돌진했지요. 문은 단단히 닫혀 있었어요. 문짝이 어떻게 생겼는지 당신도 보았을 거예요. 하지만 문은 돌쩌귀 위에 간신히 버티고 있어서 어깨로 한번 밀자 쓰러져버렸어요. 집 안으로 들어가자마자 당신을 찾았어요. 다행히 당신이 불을 켜더군요. 거실을 가로지르다가 뭔가가 발에 걸렸어요. 그리고 탁자를 쓰러뜨리면서 넘어지고 말았죠."

"체스판이에요."

"아, 그래요? 몸을 일으키다가 슐론스키의 시신을 보았어요."

"다른 사람은 보지 못했나요?"

"아무도 보지 못했어요. 다만 부인이 있던 침실 문이 산산조각 나는 소리만 들었어요. 다음은 당신도 아시잖아요."

클라리사는 스튜어트에게 조금 더 가까이 기댔다.

"무시무시했어요. 그 머리…… 그 시선……. 범인은 사람이 아니에요. 광분한 짐승이나 괴물일 거예요."

그러더니 서둘러 덧붙였다.

"초자연적인 힘을 가진 괴물. 그렇지 않다면 문이 박살난 것이며 머리통이 내 침대 밑까지 굴러온 것을 어떻게 설명하겠어요? 그리고 그 소리, 그 소리……."

클라리사는 겁에 질린 눈으로 형사를 바라보았다.

"토머스, 말해봐요. 우리는 누구를 상대하고 있는 거죠? 대체 누가 그처럼 잔인한 짓을 하는 걸까요?"

"제가 경고했잖아요. 우리는 초자연적인 존재가 숨쉬고 있는 나라에 살고 있다고요. 우리가 목격한 것은 사람의 짓이 아니에요……."

*

클라리사가 슐론스키 집에서 일어났던 사건을 들려주는 동안 모르카와 캐슬린은 떨리는 가슴을 가까스로 진정시켰다. 노부인이 목이 잘린 장면을 이야기하자 캐슬린은 혐오감에 떨며 화장실로 달려가 토했다. 스튜어트는 하마터면 그녀 뒤를 따라갈 뻔했다. 하지만 캐슬린이 토하는 모습을 보이고 싶어 하지 않을 거라고 생각하고 참았다.

스튜어트는 시선을 노부인에게 옮겼다. 부인의 꼴은 말이 아니었다. 두 볼과 이마는 작은 상처로 뒤덮였다. 가장 깊은 상처는 브로딕으로 돌아오던 페리호 안에서 당직 의사가 소독해주었다. 광기……. 그는 경찰 노릇을 하는 동안 추악한 장면을 수없이 목격했다. 토막시체들, 죽을 만큼 호되게 얻어맞은 아이들, 몇 푼 때문에 학대받는 노인들, 학대와 강간에 시달리는 소녀들……. 하지만 공포의 정도가 어떻든 사건마다 그럴듯한 변명, 범인 혹은 용의자가 있었다. 하지만 이 사건에는…….

"클라리사, 이 수첩을 태워 없애야 해요. 이 수첩에는 저주가 담겨 있어요."

노부인은 고개를 끄덕이며 인정했다.

"그럴 수도 있어요."

"이제 수첩을 저에게 주세요."

그러자 모르카가 대들었다.

"진심이세요? 그건 유일한 증거예요. 수첩이 사라지면 이 사건을 해결할 증거는 하나도 남지 않아요."

그러자 형사가 꾸짖었다.

"젊은이, 자네는 이 수첩이 조금이라도 실마리를 제공할 수 있다고 믿나? 그래, 주문(呪文)은 있지. 이 주문을 큰 소리로 읽기만 해도 이런 비극들을 일으킬 수 있어."

형사는 단호한 어조로 클라리사에게 다시 말했다.
“수첩을 제게 주세요.”
노부인은 지친 손짓으로 가방을 가리켰다.
“소각용 알코올 있어요?”
“부엌에 있어요.”
형사가 부엌으로 가는 틈을 이용해서 모르카가 서둘러 물었다.
“정말로 수첩을 태워버릴 작정이세요?”
“그럼.”
“그러니까 기권하신다고요?”
클라리사는 대답하지 않았다.
그러자 모르카가 덧붙였다.
“바코비아, 가브리엘, 슐론스키가 살해되었어요. 그리고 내일 당장 매클린 외할아버지도 어떻게 될지 알 수 없어요.”
그때 거실로 돌아온 스튜어트가 소리쳤다.
“뭐 하세요? 제가 알기로 시민에게는 수사를 진행할 권한 따위는 없어요. 수사를 직업으로 삼는 우리가 있으니까요. 그레이 부인은 소설가이지 런던 경찰국 소속의 경찰도, 형사도 아니라는 점을 잊지 마세요.”
스튜어트는 벽난로 앞에 무릎을 꿇고 수첩을 한 장 한 장 찢어 불 속에 던졌다.
화장실에서 돌아온 캐슬린이 소리를 질었다.
“뭐 하시는 거예요?”
모르카가 빈정거렸다.
“증거물을 태우고 있지.”
형사는 홱 돌아서서 모르카에게 위협적으로 손가락질을 하며 나무랐다.
“잘 들어. 한마디만 더하면 모욕죄로 감방에 처넣을 거야!”

"이왕이면 내 혀도 뽑으시지 그래요? 당신이 하는 짓이 불법이라는 것을 모르진 않겠죠? 이 수첩은 당국에 제출했어야 해요. 증거물이잖아요. 당신은 법을 위반한 거예요!"

스튜어트의 얼굴이 창백해졌다.

"아니야. 정말로 지나치게 무례하군!"

형사는 노부인의 동의를 구하듯 말했다.

"그런데 이 녀석은 어느 학교를 나왔지? 이 악마 같은 녀석은 도대체 어디서 교육을 받은 거야?"

모르카가 빈정거렸다.

"악마를 들먹이지 마세요. 당신처럼 미신을 믿는 사람이 악마를 들먹이면 불행이 닥칠 수 있어요!"

그러자 클라리사가 꾸짖었다.

"그만해, 모르카. 좀 참으렴. 네 말이 나를 당황스럽게 하는구나. 바로 어제 해변을 걸을 때는 이 사건에 더 이상 신경 쓰지 말라고 하지 않았니? '만일 제가 선생님이라면 전부 집어치웠을 거예요.' 네가 그랬잖아."

모르카는 깜짝 놀란 표정으로 노부인을 응시했다.

"제가요?"

"건망증이니? 그래, 바로 네가 그렇게 말했지!"

"그럴 리가요? 언제요?"

클라리사는 화를 냈다.

"방금 말했잖아. 어제 새벽 해변에서."

모르카는 눈짓으로 캐슬린에게 도움을 청했다. 그녀는 두 사람이 사랑을 나누며 밤을 보낸 후 그날 아침에도 함께 있었다고 증언할 수도 있었다. 하지만 캐슬린의 난처한 표정을 본 모르카는 그녀가 사생활까지 까발리며 그를 옹호할 수 없다는 사실을 깨달았다.

모르카가 곤경에 처하자 스튜어트는 그 기회를 놓치지 않고 염장을 질렀다.

"버르장머리가 없을 뿐만 아니라 순 거짓말쟁이군!"

모르카는 한참 동안 형사를 노려본 후 차가운 목소리로 선언했다.

"형사 나리, 당신 오늘 운이 좋은 줄 아세요. 내게 최소한의 이성이 남아 있지 않았다면 당신을 박살냈을 거예요!"

그러고는 대꾸를 기다리지 않고 나가버렸다. 형사는 그를 뒤쫓으려 벌떡 일어났지만 클라리사의 목소리를 듣고 주저앉았다.

"토머스, 진정해요. 녀석은 스무 살도 안 됐어요."

"녀석이 하는 말을 들으셨잖아요?"

"진정해요."

클라리사는 벽난로를 가리켰다.

"이 말썽거리를 끝장냅시다. 이 사건이 우리를 미치게 만들고 있어요."

스튜어트는 마지막 몇 페이지를 찢어 알코올을 흠뻑 묻혔다.

"성냥 있으세요?"

"외투에 성냥갑이 있어요."

캐슬린이 용기를 내서 말했다.

"형사님, 이 행동이 옳다고 확신하세요?"

스튜어트는 대답 대신 성냥개비에 불을 붙여 벽난로 속으로 던졌다. 순식간에 불길이 치솟으며 따닥따닥 소리를 냈다. 형사는 잠시 불붙은 종이를 응시하다가 노부인에게 다가갔다.

"클라리사, 이제 모든 공포는 끝났어요. 이제 조용히 주무실 수 있을 거예요."

그때 벽시계가 정오를 알렸다.

형사가 말을 이었다.

"경찰서로 돌아가서 보고서를 작성해야 해요. 내일 아침 전화 드릴게요."

문이 닫히자마자 캐슬린이 물었다.

"이제 어떻게 하실 거예요?"

"특별히 할 일은 없어. 일상으로 돌아가야지. 그리고 이 사건을 잊어야지."

캐슬린은 한숨을 쉬었다.

클라리사가 제안했다.

"이제 집으로 돌아가는 게 좋겠어. 글을 쓸 기분이 아니야. 혼자 있고 싶어."

"이해해요."

그리고 살며시 물었다.

"모르카는요?"

"지금으로서는 서로 참고 지낼 수밖에 없지. 재니트의 병세가 호전되는 대로 매클린 교수님에게 돌려보낼 거야. (그녀는 우울한 어조로 덧붙였다.) 병세가 나아지면……."

두 사람은 잠시 침묵을 지켰다. 이윽고 캐슬린이 물었다.

"마지막으로 이곳에서 오늘 밤을 보내도 될까요? 내일 아침 첫 배로 떠날게요."

"물론이지."

노부인은 벽에 줄지어 있는 찬장을 가리키며 말했다.

"일어날 기운이 없구나. 글렌모어 한잔 가져다주렴."

캐슬린이 일어나려는 순간 노부인은 그녀의 손을 잡고 말했다.

"네가 내 자식이라 생각하고 한마디해도 되겠니?"

"그럼요, 그레이 선생님."

"내 나이쯤 되면 기억력이 떨어지지. 하지만 여전히 마음은 읽을 수 있어. 조심해라. 조심해. 모르카를 경계하렴……."

17

의사는 동정 어린 눈길로 윌리엄 매클린을 바라보며 말했다.

"교수님의 심정을 잘 압니다."

매클린 교수는 호주머니에서 담뱃갑을 꺼내더니 허락도 받지 않고 담배에 불을 붙였다. 다른 경우라면 이런 행동은 저지당했을 것이다. 하지만 그의 얼굴에 절망이 새겨져 있었기 때문에 의사는 너그럽게 말했다.

"재떨이가 없습니다."

매클린은 담배 연기를 한 모금 길게 들이마셨다. 그가 궐련을 버리고 파이프 담배를 피운 지 30년이 넘었다. 그런데 48시간 전부터 그는 다시 궐련을 마구 피워댔다.

매클린이 중얼거렸다.

"결국 재니트는 회복할 가망이 없는 겁니까?"

"아쉽게도 저도 몹시 두렵습니다."

"아내가 죽어가는 이유를 밝힐 수 없단 말입니까?"

"설명할 수 없는 뭔가가 삶의 의욕을 떨어뜨리기 때문에 사모님은 죽어가고 있는 것 같습니다. 사모님은 생명의 끈을 놓아버렸습니다. 더 이상 의식이 없습니다."

"그럼 얼마나?"

의사는 무슨 뜻인지 이해하지 못한 듯했다.

"얼마나 남았습니까?"

"생명 유지 장치를 가동하면 심장이 박동하는 한 살 수 있습니다. 수개월 동안 견뎌낸 경우도 있습니다. 이 증상의 결과를 이미 설명해 드렸듯이 매클린 부인은 혼수상태에서 벗어난다 해도 마비, 실어증, 그리고 어쩌면 시력상실 같은 심각한 후유증을 나타내지 않을까 몹시 걱정입니다."

"회복할 수 없는 단계네요."

"그렇습니다."

교수는 담배 연기를 내뿜었다.

"그러니까 산소 호흡기를 제거하는 것이 현명하겠군요."

교수는 잠시 쉬었다가 물었다.

"그러는 편이 낫겠습니까?"

의사는 만년필을 쥐더니 손가락으로 빙빙 돌렸다.

"400년도 더 지난 옛 문장으로 대답해드리겠습니다. '의사의 직무는 건강을 회복시켜주는 것뿐만 아니라 병과 결부된 번민과 고통을 완화시켜주는 것이다. 이런 고통의 완화는 회복에 도움이 될 뿐만 아니라 더 이상 희망이 없을 경우에도 환자에게 감미롭고 평화로운 죽음을 마련해줄 수 있다.' 이건 프랜시스 베이컨의 말입니다."

다시 시작된 침묵은 더욱 무거워졌다.

마침내 매클린이 일어나면서 말했다.

"고맙습니다, 의사 선생님. 저도 베이컨의 의견과 같습니다. 생각 좀 해봐야겠습니다."

*

부두에 도착한 캐슬린의 눈에는 눈물이 가득했다. 그녀는 아팠다. 피부도, 배도, 가슴도 아팠다. 모르카 역시 아팠다. 그는 이 고통이 뭔지 몰랐다. 이별의 아픔은 그에게 너무도 새롭고 너무도 생소한 것이었다. 캐슬린은 이 고통이 뭔지 알고 있었다. 하지만 말로 표현할 수 없었다.

캐슬린은 희미하게 말했다.

"우리 다시 만나자. 다시 만나는 거지?"

모르카는 입술을 깨물었다. 현기증이 났다. 주위에 있는 모든 것이 흔들렸다. 바다, 페리호, 하늘…….

잠시 후 모르카는 기운을 되찾았다.

"모르겠어. 물론 다시 만나고 싶지."

"네게 달렸어. 내가 사는 곳 알잖아. 그리고 네게 맡긴 내 노트북, 잊지 말고 돌려줘야 해."

캐슬린은 명랑한 말투로 말하려고 애썼다.

"채팅 많이 하지 마. 가끔 부적절한 만남도 있대. 약속할 거지?"

"약속할게."

그러자 캐슬린은 손을 놓고는 뒤도 돌아보지 않고 인도교를 향해 떠났다. 마음이 약해질까 봐 점점 더 빠르게 걸었다.

모르카는 그녀가 페리호 안으로 사라질 때까지 바라보았다. 너무 슬퍼 손조차 흔들지 못한 모르카는 그녀가 다시 나타나서 손을 흔들어줄 거라는 희망을 품고 갑판에 시선을 고정시켰다. 그러면 조금이라도 위안을 얻으련만 헛된 기대였다. 그는 클라리사의 낡은 트라이엄프로 돌아와서 램래시의 길을 달렸다.

모르카가 집 안에 들어섰을 때 거실에는 아무도 없었다. 그레이 부인의 이름을 불렀지만 아무 대답이 없었다. 부엌으로 갔지만 역시 아무도 없었다. 결국 그는 2층에서 그레이 부인을 발견했다. 노부인은 희미한 빛을 받으며 침대에 누워 있었다. 자고 있는 듯했다.

모르카가 살며시 불렀다.

"그레이 선생님?"

클라리사가 살짝 눈을 뜨며 물었다.

"캐슬린은 떠났니?"

"네."

"뭐 먹고 싶으면 냉장고에 가득 있으니 찾아먹으렴. 페티코트 아줌마가 시장을 봤단다."

"고맙습니다. 그런데 배는 고프지 않아요."

그러더니 서둘러 물었다.

"혹시 필요하신 것 있으세요?"

"휴식뿐이야."

모르카가 침실을 나오는 데 뒤에서 클라리사의 목소리가 들렸다.

"네 외할아버지가 전화하셨다."

"무슨 소식이라도 있나요?"

"나쁜 소식이야. 외할머니가 가망이 없대. 이제는 산소 호흡기에 의지한 채 목숨을 연명하고 있다는구나. 네 외할머니의 운명은 외할아버지의 손에 달려 있어."

"그러니까 외할아버지는 완전히 포기할 생각이신가요?"

"가망이 없으면 사랑하는 이를 떠나보내는 것이 더 좋을 수도 있지. 사랑이 깊다면 더욱 그렇지. 알겠니?"

모르카는 고개를 끄덕였다. 하지만 정말로 이해했을까?

잠시 후 그가 입을 열었다.

"그럼 이만 쉬세요. 저는 거실에 있을 테니 필요하시면 망설이지 말고 불러주세요."

그리고 재빨리 이렇게 덧붙였다.

"아셨죠?"

*

사흘이 지났다. 사흘 동안 모르카는 인터넷 서핑을 하고, 온라인으로 체스게임을 하고, 해수욕을 즐기고, 바흐의 음악을 들었다. 바흐의 음악은 클라리사의 선물이었다. 어느 날 아침, 외출에서 돌아온 클라리사는 워크맨과 CD가 들어 있는 꾸러미를 내밀었다. CD에는 「브란덴부르크 협주곡」이 전부 실려 있었다. 왜 갑자기 이런 호의를 베풀었을까? 외할머니를 곧 잃게 될 모르카의 슬픔을 조금이라도 달래주고 싶었을까?

나흘째 되는 날, 노부인의 집에 변화가 나타났다. 클라리사는 더욱 평온한 모습이었다. 그뿐만이 아니었다. 그녀는 모르카에게 지구를 휩쓸고 있는 그 신통한 인터넷이 대체 무엇이며, 왜 수많은 사람들이 컴퓨터 앞에 앉아서 고독하게 시간을 보내는지 설명해달라고 했다. 그는 기꺼이 노부인에게 사이버 세계를 설명해주었다. 덕분에 클라리사는 자신이 가장 좋아하는 화가인 조지 롬니(1734~1802. 영국 상류사회에서 인기를 끌었던 초상화가—옮긴이)와 윌리엄 터너(1775~1851. 영국의 화가—옮긴이)의 그림—지금까지 결코 볼 기회가 없었던—을 볼 수 있게 되었다. 그녀가 한번도 가본 적이 없는 베네치아와 프라하의 사진들, 가만히 앉아서도 물건을 주문할 수 있는 쇼핑몰, 컴퓨터에 다운받아 읽을 수 있는 소설들까지. 물론 그레이 부인은 자신의 소설도 보았다. 그녀는 안내자 모르카와 함께 가장 인기 있는 웹사이트를 탐색하고 브리태니커 백과사전을 살펴보았는가 하면, 워싱턴 국회도서관을 거쳐 가상 카지노의 함정에 빠져들었다. 그녀는 블랙잭게임으로 100파운드 가까이 벌기도 했다. 만일 모르카가 제지하지 않았더라면 밤새도록 게임을 했을 것이다. 어쩌면 다음날까지도…….

엿새째인 금요일, 모르카는 아침식사 때 노부인을 다시 찾았다. 그는 지난밤에 잠을 자지 않았다. 사실 며칠 동안 계속 자지 않았다. 그는 코코아차를 준비한 다음 노부인 앞에 자리를 잡았다. 모르카가 아무 말도 하지 않자 클라리사가 살며시 말했다.

"이제 시간이 길게 느껴질 거야. 마시리무어에 가면 어떨까? 분명히 마음에 들 거야."

"아니에요. 이번 주말에는 글래스고에 가고 싶어요."

"아, 그래?"

"네. 외할머니를 보러 갈 거예요."

클라리사는 그의 두 눈을 응시했다.

"그리고 캐슬린도……."

"네, 캐슬린도 만날 거예요."

"캐슬린에게 미리 알렸니?"

"엊저녁에요. 외할아버지께도 전화할 거예요. 아마 승낙하실 거예요."

클라리사는 찻잔에 두 번째 홍차를 부었다.

"캐슬린을 만나지 못할 이유는 없지. 단 한 가지……."

모르카는 눈으로 물었다.

"캐슬린은 연약한 여자야. 아직 어린애지."

"캐슬린이 보고 싶어요."

"그럴 수도 있지. 다만, 그게 일시적 감정에 지나지 않을까 걱정이야. 사람들이 새로운 것, 뜻밖의 것을 원하는 것처럼 너는 캐슬린을 갈망하고 있어. 캐슬린은 너를 사랑하기 때문에 너를 선택한 거야. 나는 요즘 계속 너를 지켜보았지. 모르카, 너는 호기심이 아주 강한 사람이야. 또 감수성과 극도의 무관심이 교묘하게 결합된 성격을 가지고 있기도 하고 내가 잘못 봤을 수도 있어. 하지만 캐슬린에게는 어울리지 않아. 그녀는 차가운 성격을 싫어해. 차가운 사람은 총알처럼 사람을 죽일 수도 있어."

모르카는 잠시 숙고하다가 반박했다.

"제가 호기심이 많아 보인다는 것은 알아요. 하지만 선생님이 저에 대해 모르는 구석이 있어요. 저는 겉으로 보이는 것만큼 나쁜 사람이 아니에요."

클라리사는 젊은이의 고백에 피식 웃고 말았다.

"누가 나쁘다고 했어? 너무 과장이 심하구나."

노부인은 그의 속내를 읽어내려고 애썼다.

"좋아. 외할아버지께 전화 드리렴. 외할아버지가 승낙하시면 나도 승낙하겠어."

모르카는 환한 표정으로 벌떡 일어났다.

"전화할게요!"

"잠깐."

"왜요?"

"마음을 터놓고 이야기했으니 나도 부탁 하나 할게. 솔직히 대답해줘. 너, 그날 아침에 분명 해변에 있었지? 네가 이 사건에 더 이상 관심을 갖지 말라고 분명히 말했잖니?"

모르카는 조금도 망설이지 않고 대꾸했다.

"그레이 선생님, 저에 대해 가지고 있는 선입견을 버릴 수 있도록 저도 그렇다고 대답하고 싶어요. 저는 결점이 많지만 아쉽게도 거짓말은 할 줄 몰라요."

그러고는 다시 한번 강조하듯 말했다.

"그때 저는 해변에 없었어요. 그건 제가 아니었어요."

*

모르카가 떠나자 클라리사는 소중한 고독—적어도 겉으로—을 되찾았다. 다니엘 천사에 대한 기억이 끊임없이 떠올랐다. 사실 그 생각이 떠난 적이 있던가. 고백하지는 않았지만 그녀는 다니엘 천사가 다시 나타나기를 은근히 기대하고 있었다. 다니엘의 침묵이 길어지자 그녀는 비통한 심정으로 그가 영혼의 형제들과 똑같은 운명을 맞이했을 거라는 결론을 내렸다.

토요일, 클라리사는 스튜어트와의 저녁 약속을 취소했다. 형사에게 자세히 설명할 필요는 없었다. 몇 마디만으로 충분했다. 형사는 단지 이렇게 말했을 뿐이다. "내일은 다른 날이고, 날씨는 더욱 좋아질 거예요."

오후 3시 무렵, 클라리사는 램래시 서점으로 달려가 코란과 성경을 샀다. 그녀가 성경을 마지막으로 펼친 것은 교리교육을 받았던 젊은 시절로 거슬러 올라갔다. 나머지 오후 시간은 창세기, 출애굽기, 신명기를 읽으며 보냈다. 그리고 아주 엄숙한 구약에서 아가(雅歌)를 발견하고 몹시 당황했다. 피와 역경이 가득한 텍스트 가운데 열렬한 사랑과 관능적 쾌락을 찬양하는 글이 섞여 있다니 어찌된 일일까? 셰익스피어나 키츠의 가장 아름다운 소네트와 견줄 만한 서정미가 아가에서 발산되었다. 그날 저녁 그녀는 이 대목을 읽다가 잠들었다. "성읍을 돌아다니는 야경꾼들이 나를 보자 나를 때리고 상처 내었으며 성벽의 파수꾼들은 내 겉옷을 빼앗았네."

일요일 아침, 클라리사는 재니트의 소식을 들었다. 병세는 답보상태였다. 매클린은 아내와 이승을 연결하고 있는 최후의 끈을 끊으라는 결정을 의사에게 통보할 수 없었다. 그는 병원에 딸린 소성당에서 기도문을 되뇌며 가장 맑은 시간을 보내고 있다고 부끄러운 듯이 털어놓았다. 또한 모르카가 죽어가는 외할머니 머리맡에 세 시간 이상 머물렀다는 소식도 전했다. 예전에 남편을 간호한 적이 있는 클라리사는 사랑하는 사람, 그것도 보지도 듣지도 못하는 사람 곁에 머무는 것이 얼마나 힘겨운 일인지 잘 알고 있었다. 그러고 보면 모르카는 그녀가 생각한 것처럼 차가운 사람이 아니었다.

해가 질 무렵, 클라리사는 거실을 한 바퀴 돌았다. 그녀의 시선이 캐슬린의 컴퓨터와 마주쳤다. 그녀는 무의식적으로 컴퓨터로 향했다. 금지된 과자상자 앞에서 망설이듯이 그녀는 전원 스위치를 살며시 눌렀다. 그리고 모르카가 알려주었던 방법을 떠올리면서 인터넷을 연결하고 즐겨찾기 항목에 실려 있는 사이트를 검색했다. 카지노 온라인이 빨간 글자로 나타났다. 그녀는 신용카드가 필요하다는 사실을 떠올리고 가방을 찾으러 갔다. 컴퓨터 앞으로 돌아와서 카드번호와 유효기간을 입력했다. 하지만 세 차례나 반복해야 했다. 그만큼 그녀는 들떠 있었다. 몇 초가 흘렀다……. 됐다! 파란 양탄자가 펼쳐졌다. 첫 번째 판에 2파운드를 걸고 게임을 시작하자 아드레날린이 전신을 휘감았다. 그 순간부터 그녀는 카드의 숫자를 계산하는 일에만 신경을 썼다. 클라리사 16, 딜러 20, 클라리사 18, 딜러 0…….

새벽 2시 무렵, 두 눈이 침침해지고 구토증을 느낄 만큼 녹초가 된 클라리사는 게임을 그만하기로 했다. 거의 100파운드를 잃었다! 입 밖으로 내뱉지는 않았지만 세상의 온갖 욕설과 독설이 머릿속에서 맴돌았다. 그때 상습적인 도박꾼인 늙은 삼촌 존 애스캡의 말이 떠올랐다. 그는 유럽의 모든 도박장의 돈을 휩쓸었었다. 30년대 르블랑이라는 사람이 사장으로 있던 몬테카를로 카지노 입구에서 그는 이렇게 논평했다. "당신이 빨간 패를 가지든, 검은 패를 가지든 결국 르블랑이 이기지."

극도의 흥분을 느낀 클라리사는 컴퓨터에서 벗어나 스카치를 마시러 갔다. 호박색 위스키를 잔에 따르고 있는데 이런 소리가 들려왔다.

"안녕하세요, 그레이 부인……."

맑고 깨끗한 목소리였다.

"내 말이 들리세요, 그레이 부인?"

대체 어디서 들려오는 것일까?

클라리사는 거실을 둘러보았다. 아무도 없었다.

"그레이 부인…… 제발 부탁이에요. 이리 오세요."

아니 이럴 수가! 목소리는 여전히 켜져 있던 컴퓨터에서 흘러나오는 것이었다. 그녀는 황급히 달려갔다. 블랙잭의 게임 테이블은 사라지고 없었다. 화면은 하얀 눈으로 뒤덮인 듯이 희었다. 그리고 눈 한

가운데에 다니엘 천사의 얼굴이 있었다.

"성공했어요, 그레이 부인! 가브리엘의 메모에서 그가 착안한 해결책을 찾아냈어요."

클라리사가 빠르게 반문했다.

"해결책?"

"네. 우리는 모두 모여 있어요. 당신은 이 화면을 통해 심문할 수 있어요. 세 사람이 동의했어요. 그들은 당신의 모든 질문에 대답해 줄 거예요."

"세 사람?"

"그래요. 모세, 예수, 마호메트."

거실이 흔들리는 것 같았다.

"어떻게 하시겠어요? 누구부터 시작하시겠어요?"

클라리사는 의자에 털썩 주저앉았다.

"모르겠어요. 어떻게……."

"당신이 얼마나 놀랐을지 알아요. 하지만 두려워하지 마세요. 생각해보세요. 이제부터 당신이 이 수사에 전권을 가지게 되었고 세 사람이 당신에게 협조하기로 했어요. 그들이 그렇게 하겠다고 약속했어요."

클라리사는 어떻게 대답해야 할지 몰랐다. 그러자 다니엘이 다시 말했다.

"제발 더 이상 시간을 허비하지 마세요. 순식간에 모든 것이 멈출 수도 있어요. 살인자는 분명 우리의 연락망을 끊을 수단을 가지고 있을 거예요."

클라리사는 여전히 침묵 속에 갇혀 있었다.

"오늘 밤은 기력이 없어 보이네요. 그럼 내일 할까요? 내일 하겠다고 약속해주세요. 조금 전에 했던 것처럼 컴퓨터를 작동시키기만 하면 돼요. 그러면 우리와 접속이 될 거예요."

초인적인 노력 덕분에 노부인은 간신히 대답할 수 있었다.

"내…… 내…… 내일."

18

다음날 아침 11시 무렵 클라리사는 전화벨 소리에 잠에서 깼다. 그녀는 잠이 덜 깬 상태에서 모르카의 목소리를 알아들었다.

"무슨 일 있으세요? 항구에서 한 시간째 기다리고 있어요. 잊으셨어요? 마중 나오기로 하셨잖아요?"

물론 클라리사는 잊어버리고 있었다. 아주 가끔 사용하는 수면제를 먹고 잔 까닭에 자신이 런던에 있는지, 하이랜드에 있는지 혹은 램래시에 있는지 모를 정도로 깡그리 잊고 있었다.

"금방 갈게. 기다리렴."

클라리사는 욕실로 달려가 간단히 세수를 하고 서둘러 옷을 입었다. 30분 후, 그녀는 브로딕 항에 도착했다. 모르카가 트라이엄프에 타면서 걱정스레 물었다.

"무슨 일이 있었어요? 아프신 거 아니에요?"

"아니야. 너무 늦게 잠들었어. 그뿐이야. 재니트는 어떠니?"

"외할머니의 얼굴이 어찌나 평온한지! 주위에 의료기구들이 없었다면 잠들어 있는 것처럼 보일 정도예요."

"매클린 교수님은?"

"고민하고 계세요."

모르카는 나지막한 목소리로 덧붙였다.

"외할아버지는 이미 결심하신 것 같아요. 곧 결정할 거예요. 내일."

"무슨 뜻이니?"

"외할아버지가 분명하게 이야기한 건 아니지만 완전히 포기하신 것 같았어요."

두 사람은 집이 보일 때까지 더 이상 한마디도 나누지 않았다. 하지만 집 안에 들어서자마자 클라리사가 단호하게 말했다.

"그러면 안 돼. 지금은 아니야."

깜짝 놀란 모르카는 노부인의 얼굴을 뚫어지게 바라보았다.

"왜요? 외할아버지는 한계에 이르렀어요."

노부인은 질문을 회피했다. 그리고 전화기 쪽으로 가더니 번호를 눌렀다.

"매클린입니다."

"윌리, 모르카가 방금 돌아왔어요. 당신 결심이 굳어진 것 같은데 그러면 안 돼요. 지금은 안 돼요. 며칠만 기다려줘요."

"며칠만? 무얼 기대하고 있나요? 기적이라도?"

"윌리엄, 제발 나를 믿어줘요. 나중에 설명할게요. 며칠만이라도."

잠시 침묵이 흘렀다.

클라리사는 더욱 확신에 찬 어조로 말했다.

"아무 이유 없이 기한을 늦추라는 건 아니에요. 재니트가 깨어날 가능성은 있어요. 물론 아주 희박하기는 하지만."

"유감이에요, 클라리사. 너무 힘들어요. 너무나……."

매클린이 말을 이었다.

"나는 기적을 믿지 않아요."

"기적의 문제가 아니에요. 부탁이에요. 며칠만."

매클린은 다소 냉소적으로 말했다.

"당신은 루르드(프랑스 남서부에 있는 순례 도시. 1858년 2월 11일에서 7월 16일 사이에 베르나데트라는 14세의 소녀가 루르드에서 가까운 가브드포 강 좌안의 마사비엘 동굴에서 성모 마리아의 환영을 수차례 목격했다. 1862년 교황이 그 환영은 진짜 계시라고 선포하여 '루르드의 성모 마리아'가 공식적으로 숭배받게 되었다. 마사비엘 동굴의 지하 샘물은 불치병에 기적적인 효과가 있는 것으로 선포되었다—옮긴이)로 떠날 셈이군요."

"아니에요. 이 비극을 일으킨 자의 음모를 저지시킬 거예요. 말씀드리지 않았지만 바코비아의 친구인 슐론스키도 살해되었어요. 범인을 밝혀낸다면 그를 무력화시킬 수 있을 거예요. 그러면 재니트도 깨어날 거예요. 재니트를 그 지경으로 만든 건 바로 그 범인이에요."

"클라리사, 이해하기가 어렵군요. 천사들을 죽인 자를 밝혀낸다고 재니트의 목숨을 구할 수 있을까요?"

"당신이 수첩의 내용을 해독하고 처음으로 한 말을 기억하세요? 당신은 이렇게 말했어요. '하느님은 주사위 놀이를 하지 않는다.' 저도 그렇게 생각해요. 지금까지 일어난 모든 사건이 한 존재의 소행이라는 확신을 갖게 되었어요. 생각해봐요, 윌리. 나를 도울 수 있는 사람을 만날 때마다 살인사건이 벌어졌어요. 바코비아, 슐론스키 그리고……."

매클린이 그녀의 말을 끊었다.

"당신은 제정신이 아니에요. 만일 당신의 추론이 옳다면 내가 제일 먼저 죽었어야 해요."

클라리사는 짧게 숨을 들이마신 후 말했다.

"재니트는 당신 대신 죽는 거예요."

"말하자면……."

"그래요. 당신도 이해했군요. 이 괴물은 재니트를 공격함으로써 당신에게 타격을 가하는 거예요. 그럼으로써 놈은 동시에 두 사람을 해치우는 거죠."

"하지만 이유가 뭐죠? 왜 이런 만행을 저지르는 거죠?"

클라리사는 그 대답을 회피했다.

"당신에게 이런 말을 할 때가 아니라는 것은 알지만 단지 당신, 그리고 당신의 고통만을 생각해서는 안 돼요. 재니트는 고통을 느끼지 않아요. 고통을 겪는 사람은 바로 당신이에요."

긴 침묵이 흐른 후 마침내 매클린이 물었다.

"가능성이 있어요?"

"희박하지만 가능성은 있어요."

매클린이 목소리를 가다듬기 위해 헛기침을 하는 소리가 들렸다.

"좋아요. 하지만 빨리 하세요, 클라리사. 서두르세요."

그리고 그는 전화를 끊었다.

전화기 옆에 허리를 구부린 채 가만히 앉아 있는 노부인은 사막 한복판에서 나부끼는 버드나무를 닮았다. 그녀의 몸은 조금씩 앞뒤로 흔들거렸다.

모르카의 목소리에 클라리사는 움직임을 멈췄다.

"그레이 선생님, 진심이세요?"

"그럼."

"제가 없는 동안 뭔가 새로운 일이 일어났다고 하셨는데……."

클라리사는 대답 대신에 젊은이의 팔을 잡고 컴퓨터 앞까지 데려갔다.

"컴퓨터를 켜렴."

모르카는 당황한 모습으로 컴퓨터를 켰다.

"자, 이젠 카지노 사이트를 열어보렴."

모르카는 자판 옆에 놓여 있는 신용카드를 보았다.

"또 게임을 하셨네요! 선생님……."

"내 말대로 하렴."

"신용카드 번호가 필요해요."

"써 넣으렴."

"그레이 선생님, 현명한 짓이 아니에요. 이런 게임 사이트에서는 결국 돈을 잃게 되어 있어요."

"나도 알아. 벌써 100파운드쯤 도둑 맞았어."

"그럼 말할 것도 없죠!"

"모르카, 제발 부탁이야. 논쟁은 그만두자."

모르카는 체념한 듯이 클라리사가 시키는 대로 했다.

지난밤처럼 화면에서 카지노 온라인이라는 황금색 글자가 반짝거렸다.

모르카는 한숨을 쉬었다.

"이번에는 어떤 게임을 하고 싶으세요?"

클라리사는 조용히 하라는 듯이 입술 위에 검지를 댔다. 밖에서는 바람이 불었고 파도가 넘실대기 시작했다.

엊저녁처럼 화면이 흰색으로 변하고 하얀 눈이 배경을 장식했다.

모르카가 투덜댔다.

"제기랄! 시스템 오류예요. 다시 작동시켜야겠어요."

모르카가 컴퓨터를 다시 시작하기 위해 스위치를 누르려 했다. 바로 그 순간 노부인이 외쳤다.

"안 돼! 건드리지 마."

클라리사가 어찌나 당황한 표정을 지었는지 모르카는 멈칫하며 동작을 멈췄다.

엊저녁과 마찬가지로 다니엘의 얼굴이 눈밭 위에 나타났다.

모르카가 더듬거리며 물었다.

"아니…… 이게 어찌된 일이에요?"

"잠자코 있어!"

"포기하고 있었는데……. 고마워요, 그레이 부인."

클라리사가 다니엘에게 물었다.

"이제 어떻게 해야 해요? 어떤 제안을 하실 거죠?"

"결정은 당신이 내리세요. 당신 소설의 탐정인 아치 로덴라르처럼 하셔야죠."

클라리사는 짜증 난 목소리로 바로잡았다.

"로덴라르가 아니라 로덴바르예요. 내 소설에서 나는 누가 살인자인지 미리 알고 있어요. 또 나의 탐정은 범죄 현장에 가서 증거를 찾아내고 증인을 심문할 수 있어요."

"그럼 심문을 시작하세요. 범죄 현장은 존재하지 않으니까요."

"이 화면을 통해서도 살인이 벌어졌던 현장을 볼 수 없다는 말인가요?"

다니엘은 한숨을 쉬었다.

"말씀 드렸잖아요. 범죄 현장도 없고 범죄 시간도 모른다고요."

상스런 갱단을 심문하듯 예수, 마호메트, 모세를 심문한다고? 수세기 전부터 인류의 머릿속에 머물며 인류의 정신과 사상에 영구불변의 각인을 새겨놓았던 이 인물들에게서 자백을 받아내라고?

모르카가 속삭였다.

"선생님이 어떤 감정을 느끼시는지 알아요. 선생님은 겁을 집어먹었어요. 그들이 연상시키는 것은 잊어버리세요. 아치 로덴바르가 용의자를 다루듯이 심문하세요."

"말이야 쉽지……."

다니엘 천사가 초조하게 말했다.

"그레이 부인? 결심했어요?"

클라리사는 퉁명스런 말투로 대꾸했다.

"좋아요. 하지만 시간이 필요해요. 내 주인공이 어떻게 일하는지 아신다면 즉석에서 심문 조서를 만들 수 없다는 것도 아실 거예요. 몇 가지 요점을 확인할 시간을 주세요."

그러고는 확고한 목소리로 매듭을 지었다.

"내일, 내일 새벽에."

다니엘 천사는 낙심한 표정을 짓더니 화면에서 사라졌다.

몹시 흥분한 모르카는 자판을 열심히 두드려보았지만 반짝거리는 카지노 온라인이라는 글자가 다니엘의 얼굴을 완전히 가려버렸다.

모르카는 깜짝 놀란 표정으로 물었다.

"그 천사가 돌아오지 않으면 어쩌죠?"

클라리사는 침착하게 대꾸했다.

"걱정하지 마. 돌아올 거야."

클라리사는 의자에서 일어나 메모지와 우편물을 정리해놓은 작은 사물함 쪽으로 갔다. 그리고 서랍을 열고 서류 밑에 감춰놓은 몇 장의 종이를 꺼냈다. 또 사용하지 않은 색인표가 들어 있는 작은 금속 상자도 꺼냈다. 그녀는 주인공들의 성격과 현장 모습을 메모하기 위해 이 색인표를 사용했다. 그녀는 여기에 빨간 색연필까지 챙겨 모르카 옆에 앉았다.

모르카가 물었다.

"뭐 하시게요?"

"가브리엘이 넘겨준 모든 정보를 다시 읽어볼 거야."

"뭐라고요? 스튜어트 형사가 수첩을 태워버렸잖아요?"

노부인의 입술에 잔잔한 미소가 퍼졌다.

"내가 미리 베껴놓지도 않고 스튜어트에게 수첩을 맡길 만큼 어리석은 것 같니? 너는 나를 잘 모르는구나?"

"그럼 바코비아 교수님의 메모도요?"

클라리사는 종이를 툭툭 치며 대답했다.

"여기에 전부 있잖아."

"슐론스키 씨의 자료는요?"

노부인은 검지로 이마를 가리키며 말했다.

"내 머릿속에 있지. 범인이 나를 미치게 만들려고 했지. 하지만 이 머릿속에 전부 넣어두었지."

모르카는 감탄의 휘파람을 불었다.

"선생님은 제 코를 납작하게 만드시네요."

"반세기 동안 추리소설을 쓰다 보니 제2의 천성이 만들어진 거야. 어느 것도 그냥 지나치지 않고 모든 것을 간직하게 되지."

"제가 도와드릴까요?"

"그래. 하지만 먼저 홍차를 준비해주렴. 냉장고에 푸딩이 있으니까 몇 조각 먹고."

모르카는 부엌으로 달려갔다.

*

스튜어트 형사는 손가락으로 관자놀이를 문지르면서 인상을 찌푸렸다. 사흘 전부터 시작된 두통이 떨어질 기미가 보이지 않았다. 그는 책상 위에 놓인 진통제 상자에서 애드빌 두 알을 꺼내 물 없이 단숨에 삼켰다.

모르카는 그를 저주했다. 분명히.

"**형사 나리, 당신 오늘 운이 좋은 줄 아세요. 내게 최소한의 이성이 남아 있지 않았다면 당신을 박살냈을 거예요!**"

아무리 생각해봐도 모르카의 말투는 기이했다. 녀석은 자기 자신을 마술사로 여기는 걸까? 아니면 마법사로? 더구나 이 젊은 친구는 모든 면에서 이상해 보였다. 그 자신만만하고 담대한 태도. 스무 살도 안 된 젊은이치고는 너무 담대했다. 클라리사가 해변에서 나누었던 이야기를 꺼냈을 때 녀석은 어떤 이유로 그처럼 뻔한 거짓말을 해 난처한 지경에 빠지게 되었을까? 참으로 어리석은 짓이 아닌가. 또 스튜어트가 수첩을 태우자고 했을 때 녀석은 왜 그 같은 고집과 공격성을 보였을까? 모르카는 그들이 모르는 무엇인가를 알고 있는 걸까? 녀석은 수첩에서 다른 사람이 모르는 뭔가를 간파했을까? 그날 이런저런 생각이 머릿속을 스쳤지만, 48시간 전부터는 강박관념으로 변했다. 수십 년 동안 수상쩍은 사람들을 수없이 접해본 스튜어트는 마침내 예감을 발전시킬 수 있었다. 그의 예감이 틀린 적은 좀처럼 없었다. 어떤 것도 모르카에 대한 그의 생각을 바꿀 수 없을 것이다. 녀석은 분명히 수상한 인물이었다. 이 무례한 녀석을 취조실에 가두고 심문할 수만 있다면 적어도 예의를 가르칠 수 있을 텐데! 불행히도 소환장을 발부할 명분이 없었다. 전혀. 모르카는 전과기록이 없었다. 그의 판단은 단지 두 가지 감정에 근거한 것에 지나지 않았다. 그 젊은이에게 느끼는 이상한 반감과, 클라리사를 보호하고 싶다는 열망.

스튜어트는 다시 한번 관자놀이를 문질렀다.

전과기록이 없다고? 어쩔 수 없지. 즉석에서 만들어내면 되지 않는가. 그는 매클린 교수의 전화번호를 눌렀다…….

*

벽이 온통 새하얀 병실에 숨막힐 듯한 정적이 감돌고 있었다. 정적은 재니트의 가쁜 숨소리로 더욱 두드러졌다.

캐슬린은 난생 처음으로 다른 세상으로 떠나려는 사람을 보고 있었다. 존재하는 동시에 부재하는 존재. 지상에 있는 육신과 빠져나오려는 영혼. 캐슬린은 숨이 막힐 것 같았다. 하지만 그곳에 온 지 겨우 10분밖에 지나지 않았다. 10분……. 한 세기처럼 느껴졌다. 재니트의 얼굴은 아주 평온해 보였다. 그녀는 어떤 세상에 잠들어 있을까? 캐슬린은 뺨으로 흘러내리는 눈물을 몰래 닦아내고 매클린 교수에게 속삭였다.

"나갈게요. 밖에서 기다릴게요."

"같이 가자."

매클린은 아내에게 머리를 숙이고 이마에 키스를 했다. 그리고 잠시 아내를 바라보았다. 그리고 옛 제자의 팔을 잡고 복도로 나왔다.

"지하에 카페테리아가 있어. 함께 가겠니?"

캐슬린은 고개를 끄덕였다. 매클린은 엘리베이터로 가면서 말했다.

"뭐 하러 왔니? 미리 경고했잖아. 이런 광경은 별로 유쾌하지 않다고."

"제가 원한 일이에요. 교수님께 전화를 드린 것도 저예요. 저는 꼭 사모님을 뵙고 싶었어요."

두 사람은 다시 복도를 올라갔다. 그리고 커피를 주문할 때까지 한 마디도 나누지 않았다.

매클린이 물었다.

"설탕?"

캐슬린은 고개를 저었다.

매클린이 말했다.

"참 이상해. 클라리사의 친구로부터 아주 이상한 전화를 받았어. 스튜어트 형사라던데. 램래시에서 만난 적이 있니?"

"아, 네……. 사실 살짝 마주치기만 했어요. 뭐라던가요?"

"궁금해서 전화했다더구나. 재니트가 나아졌는지 알고 싶다고 했어. 그리고 여세를 몰아 모르카에 대해 몇 가지 묻더라고. 좀 이상했어. 그는 시치미를 떼고 속속들이 물어보았지. 그래서 내 손자가 그의 심기를 건드린 게 아닌가 생각했지."

캐슬린은 살며시 웃었다.

"걱정하지 마세요. 그럴 만한 일이 있었어요. 스튜어트 형사와 모르카가 말다툼을 했거든요. 심각한 일은 아니었어요. 하지만 형사는 모욕을 참기 힘들었을 거예요."

매클린은 알아들었다는 듯이 고개를 끄덕였다.

한참 침묵이 흐른 후 캐슬린이 물었다.

"결정하셨어요?"

"재니트 문제 말이니? 그래. 하지만……."

"그레이 선생님의 전화를 받고 조금이라도 희망을 갖지 않으셨어요?"

"물론 그렇지. 하지만 클라리사의 말을 곧이곧대로 믿고 싶지는 않아. 생각해보렴. 만일 아무 효과도 없다면 내가 얼마나 실망하겠니? 나는 클라리사에게 무한한 애정을 갖고 있지. 그녀는 가장 소중한 친구야. 나와 재니트를 아끼기 때문에 그렇게 부탁한 거야. 그뿐이야. 그 이면에 뭔가 구체적인 것이 있는지는 나도 모르지."

캐슬린은 등받이에 몸을 기댔다.

"클라리사 선생님을 도와주는 게 어때요?"

매클린은 이마를 찌푸렸다.

"어떻게?"

"이 비극의 열쇠가 0.809라는 숫자에 있다는 것쯤은 아시잖아요. 교수님의 박식과 재능으로……."

"최근에 재니트의 머리맡에서 기도하고 수첩의 몇몇 내용을 떠올리는 것 말고는 아무것도 하지 않았어. 나도 그 네 숫자의 의미를 파악하려고 애썼지. 하지만 도무지 모르겠구나!"

"하지만 분명 어딘가에 해답이 있을 거예요."

"만일 해답이 있다면 도달할 수 없는 곳에 있을 거야!"

이 단정적인 말투에 캐슬린은 소스라치게 놀랐다.

"도달할 수 없다고요? 교수님이 우리에게 뭐라고 가르치셨는지 기억하세요? 저는 교수님의 그 말을 결코 잊을 수 없어요. '도달할 수 없어서 시도하지 않는 것이 아니라 시도하지 않기 때문에 도달할 수 없는 것이다.'"

매클린은 벌떡 일어났다.

"내 말을 이해하지 못했니? 기적을 통해 우리가 해결책을 찾았다고 상상해보자. 클라리사가 괴물의 신원을 밝혔다고 가정해보자. 주문을 통해 재니트가 혼수상태에서 깨어났다고 가정해보자. 그렇다고 뭐가 달라지겠니? 재니트는 정상적인 생활을 할 수 없을 거야."

"교수님 말씀이 옳아요. 하지만 이 모든 말썽은 초자연적이지 않나요? 우리가 초현실적인 세계에 잠겨 있다고 생각하지 않으세요?"

"그래서?"

"그런데 왜 사모님의 운명을 그처럼 회의적으로만 예상하세요? 만일 그레이 선생님이 범인을 밝혀낼 희망이 조금이라도 있다면 저도 교수님도 어떤 결과가 나올지 예상할 수 없어요. 그러니 의학의 합리주의는 버리세요!"

매클린은 한숨을 쉬었다.

"캐슬린, 그만하자. 더 이상 기력이 없구나."

19

안개가 바다를 뒤덮었다. 신성한 섬의 윤곽이 보이지 않을 정도로 안개는 매우 짙게 깔려 있었다.

컴퓨터 앞에 나란히 앉은 모르카와 클라리사는 다니엘이 다시 나타나기만을 고대하고 있었다.

1분, 2분, 5분, 10분. 아무것도 나타나지 않았다. 카지노 온라인의 아이콘들이 가끔 혼란스러운 광고 문구와 함께 바보같이 반짝거렸다.

노부인이 걱정스레 물었다.

"뭘 잘못 만진 건 아니겠지?"

"그랬다면 이 사이트에 접속하지 못했죠."

"그럼 무슨 일이 일어났을까?"

다시 몇 분이 흘렀다. 아주 느리게.

마침내 눈처럼 하얀 베일이 화면을 뒤덮었다. 하나의 윤곽이 서서히 나타났다. 하나의 얼굴. 그런데 다니엘 천사의 얼굴이 아니었다. 여자의 얼굴이었다. 수녀 같은 모습의 가냘픈 20대 여자. 검은 머리카락은 어깨 위까지 흘러내렸다.

"안녕하세요, 그레이 부인. 내 이름은 사무엘이에요. 다니엘이 나에 대해 말씀드렸을 거예요."

클라리사가 빠르게 대답했다.

"네, 그래요."

사무엘은 머리를 앞으로 숙였다. 매우 지친 모습이었다.

"다니엘은 죽었어요."

클라리사는 몸서리를 쳤다. 그녀는 뱃속까지 경직시키는 공포를 물리치려 애썼다.

"이제 나뿐이에요. 내가 마지막 천사예요."

"그럼…… 모든 게 끝난 거예요?"

사무엘은 턱을 들어올렸다.

"아니에요! 나는 다니엘의 임무를 이어받았어요. 일어날 일은 결국 일어나고 말 거예요. 나는 오랫동안 숨어 있었어요. 죽음이 무서워서요. 이해하시겠어요? 무에 대한 공포. 이제는 그게 문제가 아니에요. 당신들에게도 똑같은 일이 일어날 거예요. 먼저 약속해줘요."

노부인은 순순히 따랐다.

"약속할게요."

"그럼 즉시 시작합시다. 제일 먼저 누구를 심문하겠어요?"

모르카는 조심스럽게 노부인 앞에 카드를 내밀었다. 하지만 클라리사는 이미 대답했다.

"예수."

"알았어요, 그레이 부인."

화면은 모래 언덕의 색깔인 황갈색으로 바뀌었다.

작은 점이 중앙에서 나타나더니 점점 커졌다. 지평선 끝에서 누군가 걸어왔다. 이윽고 그의 모습이 또렷해졌다. 중간 키의 남자였다. 제대로 다듬지 않은 수염이 두 뺨을 뒤덮고 있었다. 얼굴은 윤기가 없었고 코는 높고 반듯했으며 입술은 두터웠다. 날카롭고 강렬한 시선이 없었더라면 평범해 보였을 수도 있었다. 영혼을 꿰뚫고 단도처럼 확실하게 상처를 입힐 수도 있는 금속성 시선.

"안녕하세요, 그레이 부인."

마침내 예수가 말했다. 따뜻하고 매혹적인 목소리였다.

클라리사는 얼어붙었다. 그녀의 손가락은 책상 모서리를 움켜잡았다. 그녀는 더듬거리며 대답했다.

"안녕하세요."

"긴장을 푸세요. 우리도 당신이 얼마나 흥분될지 상상할 수 있어요. 도움이 될지 모르겠지만 우리 역시 당혹스러워요. 우리는 한동안 사람들에게 말을 하지 않았어요."

예수의 입가에 은은한 미소가 퍼졌다.

"자, 말씀하세요. 무엇을 알고 싶은가요?"

노부인은 숨을 길게 들이마신 후 모르카가 내민 두 번째 카드를 보면서 말했다.

"옐리엘, 엘레미아, 헤카미아, 미카엘, 라파엘, 가브리엘, 칼리엘, 다니엘을 알고 있나요?"

"물론이죠. 몇몇은 소천사 그룹에 속했고, 나머지 라파엘, 가브리엘, 미카엘은 대천사였어요."

"당신과 어떤 관계였나요?"

"모든 천사들과 가깝게 지내지는 않았지만 다들 훌륭한 천사들이었어요. 친근 관계를 묻는 거죠? 유감스럽게도 가브리엘은 토론을 벌일 때마다 최후에 결정적인 발언을 하는 버릇이 있었어요. 나는 그런 '구심적인' 측면을 전혀 좋아하지 않았어요."

"가브리엘이 자기중심적인 천사라는 말인가요?"

"그렇다고 볼 수 있어요."

"그럼 가브리엘 대천사를 좋아하지 않았나요?"

"나는 가브리엘에게 관심이 없었어요."

"하지만 바로 그가……."

클라리사는 적절한 말이 떠오르지 않았다. 이 순간을 위해 아무리 준비했어도, 아치 로덴바르의 입장에 서서 냉정을 유지해야 한다고 아무리 되뇌어도 소용없었다. 불안감은 절정에 달해 있었다.

"누구라고요?"

"성경을 보고 판단한다면 가브리엘은 특혜를 누리는 자리에 있지 않았나요?"

"특혜를 누리는 자리라고요?"

노부인은 초조한 빛을 보이며 반문했다.

"그는 당신의 도래를 예언했던 천사가 아닌가요? 당신의 어머니는……."

예수는 고개를 끄덕였다.

"아, 무엇에 대해 이야기하는지 알겠어요. 실은 나도 성경을 읽었어요."

그러더니 뜻밖에도 단호한 어조로 덧붙였다.

"어쨌든 나는 그 문제에 대해 명확히 밝힐 수 없어요. 가브리엘이 마리아에게 나의 출생을 예고했더라도 나는 그때 태어나지 않았기 때문에 몰랐던 일이에요. 아무튼 어머니는 그 일에 대해 말씀해주신 적이 없어요. 개인적으로 나는 상당히 의심을 품고 있어요."

노부인은 깜짝 놀랐다.

"다시 말씀해주시겠어요?"

"의심을 품고 있다고요."

"더욱 명확하게 말씀해주세요."

"그레이 부인, 당신은 나를 난처하게 하는군요. 모든 어머니는 신성한 존재예요. 차라리 우리 어머니나 내 동생들 가운데 한 명과 직접 얘기를 나누시는 게 좋을 거예요."

"동생들이라고요?"

"야고보, 요셉, 시몬, 유다 말이에요. 하지만 아버지에게는 그 얘기를 꺼내면 안 됩니다. 아버지는 그런 얘기를 참지 못하실 거예요. 아무튼 다시 말하지만 그 일은 내가 세상에 오기 전에 일어난 일이었기 때문에 나는 전혀 모릅니다."

예수의 시선이 어두워졌다.

"힘든 시절이었어요."

"언제 천사들을 마지막으로 보았나요?"

"가브리엘을 제외하고 최근에는 아무도 본 적이 없어요. 지상의 시간으로 열흘 전쯤이었어요. 가브리엘은 엘리엘이 살해된 후 질문 공세로 우리를 끊임없이 들볶았어요."

예수는 머리를 긁적였다.

"아, 잊은 게 있어요. 바로 엊저녁에 다니엘과 얘기를 나눴어요."

"무슨 내용이었어요?"

"특별한 것은 없었어요. 물론 살인사건에 대해 얘기를 나눴어요. 당신도 알다시피 현재 모든 토론의 화두는 천사들의 살해사건이죠."

"가브리엘이 특별한 이야기를 털어놓지 않았나요?"

"어떤 이야기 말인가요?"

"누구누구가 의심스럽다고 하지 않았나요?"

"가브리엘은 막연한 생각을 가지고 있는 듯했어요. 하지만 털어놓진 않았어요. 천사들에게 일어난 일은 끔찍했죠. 이 사건은 내가 지상에서 체험했던 악몽을 떠올려요. 아, 그 악몽……."

클라리사는 머뭇거리며 말했다.

"하지만 어떤 일이…… 당신을 기다리고 있었는지…… 알고 있었죠?"

흠칫 놀란 예수는 뒤로 물러나며 목소리를 높였다.

"내가 알고 있었다고요? 경직된 사회를 개혁하려 했다고 유대인 동포들로부터 그 같은 치욕을 받게 될 줄은 몰랐어요. 그들은 마치 내가 조상들의 율법을 폐지하려는 것처럼, 마치 내가 최악의 배신자라도 되는 것처럼 굴었어요. 나는 율법을 폐지하려고 한 적이 없어요. 다만 인간의 역량에 맞춰 개혁하려고 했죠. 인간이 성경의 노예가 되는 것을 원하지 않았거든요. 인간이 성경의 주인이 되기를 원했던 거예요. 당신은 내가 한 말들은 읽었겠죠?"

클라리사는 고개를 끄덕였다.

"내가 설교한 대부분의 내용은 나보다 먼저 태어난 선지자들의 연설에서 영감을 얻은 것이었어요. 나는 모든 유대인들처럼 선지자들의 연설에서 힘을 얻었죠. 나는 유대인으로 태어났고 유대인으로 죽었어요. 대체 내가 어떤 죄를 저질렀나요? '사람이 안식일을 위해 있는 것이 아니라 안식일이 사람을 위해 있는 것이다' 라는 말에 불경한 구석이 있나요?"

예수가 자신의 생각을 역설함에 따라 그의 표정은 더욱 굳어졌고 목청은 한 단계씩 높아졌다.

"진정하세요. 당신은 저를 깜짝 놀라게 하는군요. 내가 가지고 있는 당신의 이미지는 침착한 사람의 모습이었어요. 또 온화한 모습이었어요."

예수는 웃기 시작했다. 빈정대는 듯한 웃음이었다.

"나에 대해 내 주위 사람들에게 물어보세요. 그들은 내가 혈기왕성한 사람이라고 대답할 거예요."

"다시 살인사건에 대해 얘기해볼까요?"

"말씀해보세요."

"천사들을 죽일 수 있을 만한 힘을 가진 존재가 누구라고 생각하세요? 다시 말해서 마음만 먹으면 자유자재로 천사들을 죽일 수 있는 사람이 누군가요?"

예수는 어깨를 으쓱하며 대답했다.

"하느님 말고는 없을 거예요."

"하느님……."

클라리사는 모르카와 다소 당황한 눈빛을 교환했다. 그녀가 새로운 질문을 던지기 전에 모르카가 물었다.

"하지만 예수님, 당신은 죽음을 주재할 수 있지 않으세요? 당신은 분명 부활하셨잖아요?"

예수는 이마를 찌푸렸다.

"너는 누구니?"

"저는 모르카라고 해요."

"얘야, 비통하게 너를 실망시키는 말을 해야겠구나. 나도 그 전설을 알고 있지. 하지만 나는 결코 부활한 적이 없단다. 아리마태아의 요셉이 십자가에서 나를 끌어내렸을 때 나는 아직 살아 있었어. 치명적인 상처를 입은 상태였지만 어쨌든 살아 있었지. 곰곰이 생각해 봐. 로마 병사들은 정오에 나를 십자가에 못 박았어. 나는 오후 3시쯤 내 영혼을 주님께 돌려드릴 터였지. 하지만 불가능한 일이야. 어디 한번 조사해보렴. 십자가에 못 박힌 사람은 가사상태에 빠지지. 완전히 죽기 전에 가사상태는 하루 온종일, 때로는 이틀 정도 유지되기도 해. 그렇기 때문에 안식일 전날 처형된 사람들의 다리를 부러뜨렸던 거야. 빨리 목숨을 끊으려고 말이야. 다행히 병사들은 내 다리를 꺾지 않았어. 그 바보 같은 병사가 창으로 내 옆구리를 찔렀을 때 진짜 죽을 뻔했지."

모르카는 두 눈을 동그랗게 떴다.

"그러니까 부활하지 않으셨단 말인가요?"

"안 했지. 그럴 능력이 내게 있겠니?"

"그 말은……."

"나는 결코 부활하지 않았어. 그뿐이야!"

노부인이 반박했다.

"만일 당신이 우리가 상상했던 분이 아니라면 왜 그런 모험에 뛰어들었나요? 생명이 위태로울 거란 사실을 몰랐나요?"

"몰랐어요. 더구나 그분은 나보다 강했어요. 내가 완수해야 하는 사명이 있다고 외치는 목소리가 있었어요. 거역할 수 없는 힘이 나를 앞으로 밀어냈어요. 선택의 여지가 없었죠. 나는 글자 그대로 누군가에게 사로잡혀 있었어요."

"그럼 당신이 메시아가 아니라고 결론을 지어야 할까요?"

"내가 메시아라고 주장한 적이 있는지 성경을 뒤져보세요."

"잠깐만 기다려주세요."

노부인은 성경을 가져와 자신이 찾고 있는 구절이 나올 때까지 최대한 빨리 뒤적였다.

"찾았어요. 요한복음 4장 25절. 당신은 야곱의 우물가에서 사마리아 여인에게 이렇게 말합니다. '그 여자가, 저는 그리스도라고도 하는 메시아께서 오실 것을 알고 있습니다. 그분께서 오시면 저희에게 모든 것을 알려주시겠지요, 라고 하자 예수께서는, 너와 말하고 있는 내가 바로 그 사람이다,라고 말씀하셨다.'"

클라리사는 예수를 응시했다.

"어때요? 이래도 부인하시겠어요?"

예수의 눈동자가 흐려졌다.

"요한이 네 명의 복음사가 중에서 이 장면을 기록한 유일한 사람이라는 사실을 지적하는 것으로 그치겠어요. 요한복음이 마태복음, 마가복음, 누가복음과 다른 것도 그와 무관하지 않아요. 세 복음사가는 이 장면을 전혀 암시하지 않았어요. 당신은 한 사람의 말을 믿겠어요? 아니면 다른 세 사람? 재판을 한다면 무게 있는 증언은 어느 것일까요? 한 사람의 증언일까요? 세 사람의 증언일까요?"

예수의 눈은 우수에 젖어 있었다.

"요한은 아주 특이한 사람이었어요. 감수성이 탁월했죠. 거의 여성적인 감수성. 또한 대단히 공상적인 사람이었어요. 그는 나를 많이 이상화시켰어요. 너무 많이."

"그럼 당신은 그 사마리아 여인을 만나지 않았단 말인가요?"

예수는 더 이상 망설이지 않았다.

"만나지 않았어요."

"알았어요."

클라리사는 다시 성경을 뒤적였다.

"그럼 이것은요? 마태복음 26장 63절. '예수께서는 입을 다물고 계셨다. 대사제가, 내가 명령하오. 살아 계신 하느님 앞에서 맹세를 하고 당신이 하느님의 아들 메시아인지 밝히시오, 라고 말하였다. 예수께서는, 네가 그렇게 말하였다, 라고 그에게 말씀하셨다.'"

예수는 경멸하듯 입을 삐죽 내밀었다.

"대제사장 안나스는 어찌나 장난을 좋아하던지! 대사제 카야파만이 제사장 자격이 있었어요. 안나스는 헤로데스가 왕이 된 이후로 그 직책을 맡지 않았어요. 그는 비열한 소인배에 지나지 않았어요. 로마인들이 그를 제거해버린 것은 잘한 일이죠. 왜 사람들이 나를 그에게 데려갔는지 이해할 수 없었어요. 아무렴 어때요!"

클라리사가 거듭 재촉했다.

"당신은 대답하지 않았어요. 내가 방금 인용한 당신의 대답을 부인하겠어요?"

"부인하지는 않겠어요. 그때 나는 격분한 데다 기진맥진했어요. 그 혐오스러운 작자는 똑같은 질문을 두 번이나 했죠. 또 체력의 한계에 이르렀어요. 전날 밤에 한숨도 자지 못했거든요. 빨리 끝내고 싶었죠. 그래서 나는 '네가 그렇게 말하였다' 라고 했어요. 조용히 떠나게 내버려두기만 한다면 누구라도 똑같이 했을 거예요."

노부인은 카드에 몇 가지 메모를 했다.

"우리를 걱정시키고 있는 사건으로 돌아갔으면 해요. 가브리엘이 일기 같은 것을 쓰고 있었다는 사실을 알았나요?"

"전혀 몰랐어요."

"최근의 살해, 즉 다니엘 천사의 살해사건은 48시간 전에 일어났어요. 요즘 무슨 일을 하시는지 말씀해주시겠어요?"

"많이 읽고 많이 써요."

"글을 쓰신다고요?"

예수는 난처한 듯이 입을 삐죽거렸다.

"그래요. 이번에 당신 소설을 접하면서 나를 괴롭히고 있는 질문에 눈을 돌리게 되었어요."

"당신이 쓰고 있는 것은 소설인가요?"

"글쎄요. 소설이라기보다는 사실이 가미된 일종의 픽션일 겁니다. 내가 체험한 것 말이에요."

"그러니까 글을 쓰셨단 말이죠? 그러고는요?"

"친구들을 만나요. 유다와 마호메트."

"유다를 만난다고요?"

"왜 그렇게 놀라죠? 시케르는 제자들 가운데 내가 가장 사랑했던 수제자예요."

그러더니 그는 짜증스런 표정을 지었다.

"왜 그런지 알 것 같아요. 당신은 그 우울한 배신의 일화를 진짜로 믿었군요. 터무니없고 부당한 이야기예요! 그 문제에 관심이 있다면 유다에게 물어보세요. 유다가 속속들이 얘기해줄 거예요."

"그 모임의 목적은 뭔가요?"

"뚜렷한 목적은 없어요. 우리의 삶과 삶이란 것 자체에 대해 토론해요. 토론 후 생활을 바꾸기도 하죠. 또 눈을 가리고 체스게임을 할 때도 있어요."

"눈을 가리다니요?"

모르카는 좋은 기회라 생각하고 예수 대신에 대답했다.

"게임자가 한 사람 혹은 여러 사람과 대결해요. 하지만 그는 체스판을 볼 수 없지요."

예수가 맞장구쳤다.

"바로 그거야."

노부인이 지적했다.

"당신들의 삶은 매우 지루한 것 같군요."

"전혀 그렇지 않아요. 이유는 묻지 마세요. 이곳은 숭고한 충만감이 넘쳐흘러요. 우리는 어떤 부족감도 느끼지 않아요. 이 충만감은 창조주로부터 발산되는 것이겠죠."

"하느님……."

"물론이죠."

"천사들처럼 당신도 하느님과 접촉하지 않는 것 같은데요?"

"전혀요. 하지만 하느님이 계신다는 것은 알아요. 나는 하느님의 존재를 확신해요."

클라리사는 다시 카드에 메모를 하며 물었다.

"'쌍둥이 0.809'라는 말에서 뭔가 떠오르는 게 없나요?"

"쌍둥이 0.809?"

예수는 이마를 찌푸리고 잠시 생각에 잠긴 후 대답했다.

"아무것도 떠오르지 않아요. 유감이에요. 전혀 모르겠어요. 무엇과 관련이 있나요?"

"별거 아니에요. 그럼 천사들에 대해서 어떻게 생각하세요?"

"아무 의견도 없어요. 천사들은 몇 가지 사명을 완수하기 위해 만들어졌어요. 그뿐이에요. 우리는 천사들과 별로 친하지 않아요. 그들의 특이한 개성 때문이죠."

"그게 뭔데요?"

"뭐랄까……. 천사들은 어린아이 같아서 아주 순진하고 미숙해요. 우리와는 달리 천사들은 인생을 살아보지도, 고통을 겪어보지도, 사랑을 해보지도 않았어요."

"그럼 당신은 사랑을 해봤어요?"

"미치도록. 물론 한 여인을 사랑했죠. 그리고 사람들을 사랑했어요. 하지만 그들은 나를 전혀 이해하지 못했어요. 나의 계승자들도, 나의 유대인 동포들도 마찬가지였죠. 유대인들의 경우 그들의 잘못

이 아니라 나의 서투름과 과격함이 문제였다는 결론에 이르렀어요. 아마 내가 너무 오만했던 건 아닐까 하는 생각이 들어요."

예수는 잠시 쉬었다가 말을 이었다.

"그레이 부인, 나는 용서할 수 없는 실수를 저질렀어요. 나는 성전(聖殿)을 침범했어요. 그게 가장 큰 과오였어요. 당시 성전이 무엇을 상징하는지 아세요?"

클라리사는 고개를 저었다.

"월 스트리트죠!"

"뭐라고요?"

"말하자면 예루살렘의 돈주머니였어요. 성전은 예루살렘에서 가장 큰 자본시장이었어요. 만일 성전이 없었다면 여행자들에게 기념품을 팔던 서민들, 상인들, 장인들은 돈을 벌 기회가 박탈되었을 거예요. 지금도 환전상들이 순례자들에게 접근해서 성전에 바칠 돈(당시 로마의 화폐에는 로마 황제의 화상이 그려져 있었기 때문에 우상이 새겨진 돈으로 헌금을 드릴 수 없어 유대인들이 사용하는 화폐로 바꾸어야 했다—옮긴이)을 바꾸라고 외치는 소리를 들을 수 있어요. 당시에 순례자들은 '영혼의 속죄' 와 성전세를 위해 돈을 바칠 의무가 있었어요. 그리스 화폐, 로마 화폐 등 다른 돈은 성스러운 공간을 더럽힌다고 여겨졌죠. 성전에서 몇 미터 떨어진 곳에서 레위족들이 제물로 바칠 소금, 빵, 유향, 기름 등을 팔고 있었어요. 온종일 교환된 막대한 돈은 거의 언제나 성직자들의 전대로 들어갔어요. 실제로 성직자들은 성전에서 이루어지는 모든 장사에 주도권을 가지고 있었어요. 나는 그런 상황이 구토를 일으킬 정도로 혐오스럽다고 생각했어요."

"그래서 당신은 그 모든 사람들을 성전 밖으로 쫓아내고 싶었군요."

"나는 성전을 정화시키고 싶었을 뿐이에요."

"채찍질로요?"

"새끼를 꼬아서 즉석에서 만든 채찍이었어요! 더구나 나는 환전상들의 탁자와 비둘기 장수들의 의자만을 쓰러뜨렸어요."

"이렇게 꾸짖으면서요. '내 집은 기도하는 집이라 했는데 너희는 이 집을 강도의 소굴로 만들어버렸구나!'"

"맞아요. 그게 바로 나의 커다란 실수였어요. 돌이킬 수 없는 실수였어요. 성전을 비난하는 것은 예루살렘을 비난하는 것과 같았어요. 그런 사람은 쓰러뜨려야 할 적이 되었어요. 결국 그들은 나를 쓰러뜨렸어요."

예수는 주먹을 불끈 쥐고 말을 이었다.

"나의 불호령이 무슨 소용이 있었겠어요? 아무 소용도 없었어요. 당신네 세상 사람들은 그 모양이에요! 그 성전은 지금 세계적인 거대한 성전이 되었어요. 단지 이름만 바뀌었을 뿐이죠. 당신네들은 그것을 '다국적'이라고 부르죠? 어디 한번 그들을 비난해보세요. 그들은 나를 제거했던 것처럼 당신을 없애버리고 말 거예요."

"어쨌든 당신은 신봉자들을 만들었어요. 20억 명 가까이요. 당시에는 열두 명에 지나지 않았는데 그 정도면 성공한 게 아닌가요?"

"먼저 짚고 넘어갈 게 있어요. 내 제자들은 열두 명이 아니라 열네 명이었어요. 당신은 나타나엘과, 야고보의 아들 유다를 잊었어요. 성경을 펴서 확인해보면 알 겁니다. '성공'이란 말은 받아들일 수 없어요. 나는 아무것도 바라지 않았어요. 아무것도 갈망하지 않았어요. 나는 단지 모세의 율법을 발전시키려고 했을 뿐이에요. 모든 유대인이 지켜야 하는 종교적 의무를 규정한 할라카(유대교에서 유대인들의 종교생활과 일상생활을 규제하기 위해 성경시대 이래로 발전해온 모든 율법과 규율—옮긴이)에 따르면 안식일에 봉쇄된 도시 이외의 지역에서는 어떤 물건도 몸에 지니는 것이 금지되어 있었어요. 지금 세상에도 봉쇄된 도시가 많이 남았나요? 내가 바랐던 것은 자칭 율법의 수호자라는 사람들이 지식의 세계에 마음의 문을 열고 종교를 가두지 말며 토라의 주위에 세워진 벽을 쓰러뜨려서 개개인이 토라에서 삶의 의미를 얻어내게 하는 것이었어요. 나는 비참하게 실패했어요."

"죄송합니다만 저는 더 이상 당신 말을 이해하지 못하겠어요. 토라를 꼭 어떻게 해야겠어요? 당신이 원하든 원치 않든 당신은 그리스도교 창시자예요. 아닌가요?"

예수는 비탄에 잠긴 모습으로 오른손으로 가슴을 쳤다.

"모든 오해는 바로 거기에 있어요. 나의 생애, 나의 죽음은 엄청난 오해를 불러일으켰어요. 나는 아무것도 원하지 않았어요. 이해하시겠어요? 분명히 말하지만 난 새로운 종교를 창시하려 한 게 아니에요. 이 모든 것은 다소의 유대인 때문이에요. 그와 그를 따랐던 사람들의 잘못이죠."

"다소의 유대인?"

"사울 말이에요. 당신네들이 성 바오로라는 이름을 붙인 자 말이에요. 괜찮다면 그에 대해서는 이야기하고 싶지 않아요. 그의 이름을 듣기만 해도 머리가 어지러워요."

예수는 인상을 찌푸리고 말을 이었다.

"당신 주위를 둘러보세요. 조각상들로 가득한 대성당들과 성당들을 보세요. 로마인들이 카이사르의 동상 밑에서 유향을 태우는 것처럼 신자들은 조각상 앞에 무릎을 꿇고 있잖아요. 내가 그런 건물을 바랐겠어요? 나는 끊임없이 이렇게 선언하지 않았나요? '기도할 때 위선자들처럼 하지 말라. 그들은 남에게 보이려고 회당이나 한길 모퉁이에 서서 기도하기를 좋아한다. 너는 기도할 때에 골방에 들어가 문을 닫고 보이지 않는 네 아버지께 기도하여라.'"

예수는 다시 한번 가슴을 치며 말했다.

"그레이 부인, 나는 이 모든 것을 추호도 바라지 않았어요."

다시 침묵에 휩싸였다. 노부인의 머릿속에서 수많은 질문이 들끓고 있었지만 시간이 촉박했다.

클라리사는 아쉽지만 결론을 지었다.

"좋아요. 다시 뵙게 되길 바라요. 협조해주셔서 고마워요."

"당신만큼 나도 이 미치광이의 음모에 종지부를 찍고 싶어요. 이제 천사가 단 한 명밖에 남지 않았어요. 알고 있죠?"

"네, 사무엘 천사만 남았어요."

"만일 사무엘마저 살해된다면 당신네들도 그런 참담한 일을 겪게 될까 봐 무척 걱정이에요. 천사들에게 맡겨진 역할이 뭔지 정확히는 모르지만 인류에게 매우 중대한 일일 거예요."

그때까지 굳어져 있던 예수의 얼굴이 다소 풀어졌다.

"헤어지기 전에 문학적인 질문을 하나 드려도 될까요?"

"말씀하세요."

"왜 당신의 모든 재능을 살인사건을 얘기하고, 비열하고 탐욕스러운 사람들을 묘사하는 데 바치나요?"

클라리사는 이마를 찌푸렸다.

"100여 권의 소설에는 해로운 사람, 사악한 사람, 비속한 사람, 시기하는 사람이 들끓고 피가 가득하죠. 이런 강박관념은 어디에서 생긴 건가요?"

"나도 몰라요. 전혀 생각해보지 않았어요. 혹시 내가 악에 홀린 걸까요?"

다시 침묵이 흘렀다.

예수가 미소를 지었다. 하지만 아리송한 미소였다.

"맞아요, 그레이 부인."

그러면서 이렇게 결론을 지었다.

"당신은 대단한 여자 살인자를 만들 수도 있었을 텐데……."

20

글래스고 대학교 도서관은 거대한 여객선의 복부를, 캐슬린은 그 한가운데 있는 작은 조각상을 닮았다. 책상 위에 쌓아놓은 책 더미가 그녀의 입과 턱을 완전히 가렸다.

캐슬린은 알고 싶었다. 아니, 알아야 했다. 매클린 교수가 아내의 혼수상태에 종지부를 찍기로 결심하지 않는 한 아직 가능성이 있었다.

캐슬린은 벽 사이에 갇힌 채 꼬박 이틀을 보냈다. 이틀 동안 어찌나 많은 책을 뒤졌던지 눈이 흐려졌다. 그러나 아무 실마리도 찾지 못했다. 물론 그녀는 많은 것을 배웠다. 그녀는 숫자가 까마득한 옛날부터 인간 정신에서 한 자리를 차지했다는 점은 한순간도 의심하지 않았다. 문명이 문자의 단계에 이르자마자 수는 종교의례나 마술(魔術)과 결합되었다. 수의 속성은 정신을 매혹했다. 수에 점수술(占數術), 수비술(數秘術), 카발라 등의 명칭을 부여할 정도로 수는 오늘날까지도 우리를 매혹하고 있다. 수는 비밀스러운 언어였다. 수는 '양(量)' 뿐만 아니라 '질(質)' 도 가지고 있었다. 이 주제를 다룬 수많은 글을 훑어본 후 캐슬린은 중세 유대교 신비주의인 카발라에 관심을 쏟아보기로 했다.

유대 전통에 따르면 모세는 십계명을 받은 후 하느님이 맡긴 가르침의 일부를 간직했다가 그 가르침을 받아들일 수 있다고 판단되는 측근들에게 육성으로 전해주었다고 했다. 그렇게 가르침은 입에서 귀로 전해졌지만 좀더 후대에까지 전달되려면 문서화되어야 했다.

따라서 비교(秘敎)적인 교리는 '비교적인 계율' 속에 숨겨져 있었다. 오직 현자들만이 접근할 수 있도록 코드화된 방식. 우주를 닮은 끝없는 세상.

캐슬린은 한숨을 쉬며 기지개를 켰다. 이 지식을 전부 살펴보고 소화하기 위해서는 한 평생이 아니라 천 평생이 필요했다. 결국 그녀는 자신의 능력을 과대평가하지 않았는지, 그 신비스러운 숫자가 비밀을 지키려고 애쓰는 것은 아닌지 자문하지 않을 수 없었다.

*

스튜어트는 위셔트 순경이 정리해둔 전화번호 파일을 샅샅이 뒤지고 있었다.

그는 매클린 교수와의 대화에서 중요한 정보를 건질 수 없었다. 모르카의 신상정보란은 여전히 비어 있었다. 스튜어트 형사가 기껏 알아낸 것은 교수의 딸이 아버지에게 3주간 아들을 맡겼으며, 딸은 바베이도스로 떠난 이후 살았는지 죽었는지 어떤 연락도 없다는 것뿐이었다.

스튜어트는 자신이 모르카에게 집착하는 것은 아닌지 자문했다. 왜 그럴까? 왜 그는 이 청년에게 이처럼 사로잡혀 있는 걸까? 참으로 어처구니없는 일이 아닌가.

갑자기 그는 수화기를 들고 파일에 기록된 전화번호를 눌렀다. 바베이도스의 4성 호텔인 샌드 에이커스 비치 클럽…….

교환수가 전화를 받자 스튜어트는 526호실을 연결해달라고 부탁했다. 마거릿 머리 부인. 교환수는 잠시 기다리라고 했다. 그는 기다리는 동안 저질 음악에 맞춰 몸을 흔들며 무한히 펼쳐진 부드러운 모래사장과 금빛 머리채를 늘어뜨린 종려나무를 상상했다.

잠시 후 목소리가 들렸다.

"죄송합니다. 머리 부인이 응답을 하지 않습니다."

"어디 갔나요?"

"모릅니다."

"부인과 연락이 되는 즉시 브로딕 경찰서의 스튜어트 형사에게 전화하라고 전해주시겠습니까?"

"메모를 하겠습니다. 스튜어트 형사, 브로딕…… 맞습니까?"

"스코틀랜드."

"전화번호를 남겨주시겠습니까?"

스튜어트는 직통 전화번호와 집 전화번호를 알려주었다. 시차가 있기 때문에 매클린 교수의 딸은 그가 귀가했을 때 전화할 가능성이 많았다.

*

윌로 티룸의 테이블에 앉은 캐슬린은 한 시간 전에 시작한 그림을 완성했다. 그녀는 머리를 살짝 뒤로 젖히고 미소를 지으면서 자신의 작품을 응시했다. 그녀가 그린 모르카의 얼굴은 우스꽝스러웠다. 반쯤은 불량 소년 같고 반쯤은 성가대 소년 같은 얼굴. 왜 그녀는 이런 그림을 그리려고 했을까? 그녀가 48시간 동안 모르카의 초상화를 그린 것은 이번이 여덟 번째였다. 모르카를 보고 싶었다. 주말에 있었던 일이 생생하게 되살아났다. 그 누구하고도 그런 조화와 일체감을 경험해보지 못했다. 생전 처음 그런 놀라운 경험을 했다. 곧 그를 다시 만날 거라고 생각만 해도 온몸이 화끈 달아올랐다. 동시에 그와의 재회가 병원에 누워 있는 재니트를 떠올리게 해 마음이 아팠다. 재니트가 살아남든지, 아니면…….

캐슬린은 스케치북에 신비스러운 숫자인 0.809를 그리고는 오랫동안 응시했다. 마치 그녀의 강렬한 시선으로 답을 알아낼 수 있다는 듯이.

캐슬린의 테이블에서 몇 걸음 떨어진 곳에서 한 커플이 조용히 대화를 나누고 있었고, 여직원 한 명이 희미하게 들리는 음악에 몸을 흔들며 분주히 돌아다니고 있었다. 캐슬린은 귀를 기울였다. 틀림없이 모차르트였다. 그녀는 모차르트를 좋아하지 않았다.

"안녕, 캐슬린……."

캐슬린은 깜짝 놀라 고개를 들었다.

옛 남자친구 조지였다! 왜 여기에 왔을까?

캐슬린은 어색하게 대꾸했다.

"안녕. 어쩐 일이야?"

"잘 지내니?"

조지는 빈 의자를 가리키며 물었다.

"앉아도 될까?"

"물론이지."

캐슬린은 자리에 앉는 그를 관찰하고는 옛 남자친구의 얼굴이 며칠 사이에 많이 수척해진 것을 확인하고 깜짝 놀랐다. 그는 믿을 수 없을 만큼 늙어 보였다.

"어떻게 된 거야?"

캐슬린은 진지하게 물었다.

"좀 지쳐서 그래. 하지만 며칠 후면 괜찮아질 거야. 내일 아침 몰디브로 해저낚시를 떠나거든."

"네가? 해저낚시를? 육체활동은 싫어하는 줄 알았는데."

쓸쓸한 미소가 조지의 입가에 퍼졌다.

"사람은 달라지는 법이야……. 몰디브는 수년 후에 물속에 완전히 가라앉을지도 몰라."

"그건 나도 알아. 지구 온난화 때문이지. 슬픈 일이야. 지구 온난화는 모든 것을 파괴하지."

조지는 시선을 떨구고 약간 어색하게 속삭였다.

"캐슬린, 너는? 잘 지내지?"

캐슬린은 고개를 끄덕였다. 조지의 시선이 책상 위에 놓여 있는 스케치북 쪽으로 옮겨가더니 이윽고 놀라움의 탄성이 터져나왔다.

"아니, 이럴 수가! 내 기억으로는 내가 스포츠를 싫어하듯 너는 숫자라면 질색이었는데."

그러더니 목소리를 낮춰 덧붙였다.

"숫자는 네가 나를 떠난 이유 중 하나였는데……."

캐슬린의 얼굴이 빨개졌다.

"아무것도 아냐……. 그냥 숫자일 뿐이야."

"보여줘……."

조지는 스케치북을 끌어당겼다.

"0.809……. 이게 뭘 나타내지?"

"바로 그거야. 도무지 모르겠어."

조지는 큰 소리로 말했다.

"0.809……. 기이한 숫자네. 어디서 찾아낸 거야?"

"옛날 수첩에서."

"이상하네. 뭔가 떠오를 것 같은데."

캐슬린은 의자에서 벌떡 일어났다.

"그게 뭔데?"

"관계가 별로 없는 거야. 피보나치(1170~1250. 이탈리아의 수학자—옮긴이)의 토끼 이야기가 떠올랐어."

캐슬린은 무슨 말인지 모르겠다는 듯이 두 눈을 동그랗게 떴다.

"내가 얘기하지 않았나? 피보나치는 레오나르도 피사노의 별명이야. 그는 약 1천 년 전에 태어난 이탈리아 수학자로 십진법과 아라비아 숫자를 서양에 도입했지. 그는 아버지가 있던 알제리에서 얻은 지식을 정리해 책을 남겼는데 제목은 잊어버렸어. 아무튼 그는 중세의 가장 뛰어난 수학자였어."

"피보나치는 토끼를 길렀어?"

조지는 폭소를 터뜨렸다.

"전혀. 그의 저서는 수학자들에게 큰 영감을 주었는데 거기 토끼와 관련된 문제가 나오거든. '방금 태어난 토끼 한 쌍이 있다. 이 한 쌍은 생후 2개월 후부터 매월 한 쌍의 토끼를 낳는다. 그렇다면 처음 한 쌍의 토끼가 태어나고 1년 후에는 몇 쌍의 토끼가 생길까?' 이 문제는 나중에 '피보나치의 수열' 이라고 불리는 이론의 바탕이 되었지."

조지는 침묵을 지킨 채 옛 여자친구를 비꼬는 듯한 눈초리로 바라보다 마침내 입을 열었다.

"제발 설명해달라고 하지 마……. 나는 이미 수학에 대한 강박관념 때문에 너의 사랑을 잃었어. 너의 우정마저 잃고 싶지는 않아. 더구나 설명하기에는 너무 복잡해."

캐슬린이 미소를 지으며 말했다.

"그래도 이 네 개의 숫자가 왜 피보나치를 떠올리게 했는지는 말해 줘."

"직감이야. 이 숫자처럼 막연한 생각을 불러일으키는 숫자가 있지. 하지만 그게 정확히 뭔지는 쉽게 찾아낼 수 없어."

조지는 내키지는 않았지만 자리에서 일어났다.

"이제 가야 해."

조지는 스무 살쯤 되어 보이는 아가씨가 앉아 있는 테이블을 가리켰다.

"그럼 또 보자."

"그래, 조지."

조지가 떠나려는 순간 불현듯 어떤 직감에 사로잡힌 캐슬린은 그를 불러 세웠다.

"잠깐만. 부탁 하나 해도 될까? 몰디브로 떠나기 전에 시간이 있다면 이 숫자에 대해 알아봐주겠어? 어쩌면 네게 떠오른 게 뭔지 찾아낼 수도 있잖아."

"오케이. 약속할게."

"메모하지 않을 거야?"

조지는 의미심장한 미소를 지으며 말했다.

"0.809……. 우리가 헤어진 이유를 잊은 거야?"

*

클라리사는 첫 번째 심문에서 모은 정보를 꼼꼼하게 정리했다. 오후 6시가 다 되어서야 작업을 마칠 수 있었다. 정서한 분량은 상당히 적었다. 수사가 별로 진척되지 않아 언짢았다. 물론 예수의 고백은 충격적이었다. 하지만 예수는 수사와 관련해서 특이한 점은 전혀 밝히지 않았다.

클라리사는 모르카에게 이어폰을 빼라는 신호를 보냈다.

"그렇게 줄곧 바흐 음악을 들었는데도 지겹지 않니?"

"아뇨. 정반대예요. 이 「미사 b단조」는 얼마나 풍요로운지 몰라요. 들을 때마다 새로운 것을 발견해요."

모르카는 낮은 탁자 위에 흩어져 있는 종이들을 가리켰다.

"어때요? 뭔가 진전이 있어요?"

노부인은 고개를 저었다.

"다른 사람을 심문해야겠어. 결국에는 뭔가 냄새를 맡을 수 있을 거야."

"그럴 수도 있죠. 가브리엘이 잘못 판단하지 않았다는 전제하에서요."

클라리사는 이마로 흘러내리는 머리카락을 쓸어 올리면서 말했다.

"사실 우리는 가브리엘이 이 세 사람을 용의자로 결론 내린 이유를 모르고 있어. 그런데 왜지? 어떤 단서 때문에?"

"선생님이 틀리신 게 아니에요. 하지만 수첩에 기록된 한 문장이 떠올라요. 정확하지는 않지만 가브리엘은 대충 이렇게 말했어요. '죽음의 씨를 뿌리는 자는 분명히 대단한 힘을 가졌다.' 그리고 모세, 마호메트, 예수를 예로 들었어요."

"가브리엘은 또한 다른 여러 인물들도 언급했어. 왜 그는 이들에 대해서는 무죄라고 주장했을까?"

모르카는 지긋지긋하다는 듯이 입을 삐죽거렸다.

"그걸 알아낼 유일한 방법은 심문을 계속하는 거예요."

잠시 후, 두 사람은 컴퓨터 앞에 앉아 사무엘을 기다렸다. 엊저녁처럼 클라리사는 긴장했다. 아니, 엊저녁보다 더욱 긴장했다. 두려움, 소심함, 불안감이 뒤섞인 긴장감. 마음속으로 그녀는 심문할 사람을 세 명으로 한정해준 가브리엘이 고마웠다. 그녀의 호기심이 아무리 크다 해도 그 이상은 심문할 힘이 없을 것 같았다.

"안녕하세요, 그레이 부인. 약속을 지켜줘서 고마워요."

당황한 클라리사는 알아들을 수 없을 만큼 재빨리 뭐라고 대답했다.

사무엘 천사가 말을 이었다.

"몹시 두려워요. 아시겠어요? 위험이 다가오는 것이 느껴져요. 뭐라도 집히는 게 있나요? 의심이 드는 것은 있나요?"

노부인은 유감스러운 표정을 지으며 고개를 저었다.

"그럼 빨리 진행합시다. 제발 부탁이에요. 누구를 부를까요?"

"모세."

즉각 하얀 바탕이 흐릿해지더니 여러 개의 황갈색 줄이 나타났다. 한동안 아무것도 나타나지 않았다. 이윽고 배경이 좌우로 갈라지면서 거무스름한 피부를 지닌 남자가 나타났다. 이마는 넓었고 머리카락은 거의 없었다. 그는 바위 같은 것에 앉아 있었다. 주름살이 깊게 잡힌 얼굴에 눈빛은 강렬했다. 짧고 가느다란 구레나룻은 움푹 패인 두 뺨을 더욱 돋보이게 했다.

모르카가 나지막하게 속삭였다.

"모세가 저런 모습일 줄은 몰랐어요."

클라리사는 깜짝 놀라 그를 제지했다.

"쉿, 조용히 해."

"젊은 친구, 그럼 어떻게 상상했지? 미켈란젤로가 그렸듯이 두 개의 멋진 뿔을 가진 모습? 그리고 발에 밟힐 정도로 긴 수염을 가진 모습?"

당황한 모르카는 말을 더듬거렸다.

"아니에요…… 아니에요……. 저는 단지……."

모세는 언짢은 표정으로 손을 내젓고 클라리사에게 물었다.

"여전히 살인자를 찾고 있나요?"

노부인은 고개를 끄덕였다.

"하지만 그레이 부인, 당신은 살인자들로 에워싸여 있어요! 지나가는 길에 손을 내밀기만 하면 한 명 정도는 붙잡을 수 있어요! 인간은 60억이 넘어요. 그 가운데 잠재적이거나 확인된 살인자들만 해도 몇 백만 명은 될 거라고 생각해요."

"당신은 내가 누구를 찾고 있는지 알잖아요."

"맞아요. 알고 있어요. 하지만 내가 어떻게 도움이 될 수 있을지 모르겠어요."

"하지만 당신은 그들을 알고 있었어요. 말하자면……."

모세는 퉁명스럽게 말을 끊었다.

"그래요, 나는 천사들을 알고 있었어요. 나는 그들 한 명 한 명을 잘 알고 있었어요."

"그럼 천사들을 제거함으로써 이익을 볼 자가 누구인지 말씀해주실 수 있나요?"

모세는 살짝 빈정거리는 웃음을 지으며 말했다.

"만일 당신이 이곳에 있는 모든 인물들을 심문한다면 다들 천사들을 제거할 이유가 있다는 사실에 무척 놀랄 거예요."

"그럼 당신도?"

"당신을 실망시켜서 유감입니다만 나는 없어요."

"당신은 알리바이를 가지고 있나요?"

"지상에 사는 동안 나는 천사들을 볼 일이 전혀 없었어요. 따라서 나는 그들을 공격할 이유가 전혀 없어요. 하지만 아브라함, 사라, 야곱은 그렇지 않죠. 그들에게 물어보세요. 당신은 천사라고 불리는 그 피조물들에 대해 수많은 이야기를 듣게 될 거예요."

"아, 그래요?"

"그렇고말고요. 가엾은 사라를 예로 듭시다. 천사들이 그 부부를 얼마나 혼란에 빠뜨렸는지 보세요! 가엾은 사라는 남편에게 자신의 몸종과 잠자리에 들라고 함으로써 자신을 희생했어요. 하갈은 그들에게 아들 하나를 낳아주죠. 곧장 천사들은 지상으로 내려와 아브라함에게 아내가 아들을 낳을 거라고 알려줍니다! 90살에 말이죠! 그 혼란을 상상해보세요! 몸종 하갈은 이스마엘을 낳은 후 여주인 행세를 하죠. 하지만 사라는 이사악을 낳는 순간 권리를 되찾고 몸종과 그의 아들을 내쫓았어요. 당신은 이런 상황이 도의적이라고 생각하나요?"

"음…… 제가 알기로 그건 천사들이 아니라 하느님이 시킨 일이에요. 천사는 하느님의 심부름꾼에 지나지 않아요. 말하자면 중개자가 아닌가요?"

"하느님께 책임을 뒤집어씌우겠다고요? 하느님이 직접 설명해주시지 않는 한 믿지 않아요."

클라리사는 충격을 받고 어쩔 줄 몰라 두 손을 마주잡았다. 그녀는 꿈을 꾸는 것 같았다. 아니, 분명히 꿈을 꾸고 있었다.

클라리사는 어렵사리 화를 삼켰다.

"하지만 당신은 하느님을 보셨어요. 시나이 산에서. 당신은 하느님께 물어보았을 텐데요?"

"그레이 부인, 당신은 유머감각이 풍부하군요. 잉글랜드식 유머……."

노부인은 이마를 찌푸렸다.

"틀렸어요. 나는 잉글랜드인이 아니라 스코틀랜드인이에요."

"차이가 뭔지 모르겠어요."

"내 말을 믿어주세요. 한 가지 차이점이 있어요."

"좋아요. 나중에 설명해주세요. 다시 하느님의 이야기로 돌아갑시다. 분명히 말하지만 나는 하느님을 보지 못했어요. 단지 목소리만을 들었어요. 그것도 사막 한복판에서! 무엇이든 검게 태우는 작열하는 태양 아래에서. 목소리만을 들었을 뿐이에요. 하느님과의 대화는 상상할 수도 없어요! 하느님 혼자만 말씀하셨어요! 명령이 얼마나 많았던지! 그 어조는 얼마나 단호했던지! 한번 생각해보세요. 하느님은 나더러 이집트로 돌아가라고 하셨어요! 거의 여든이 다 된 나에게 말이에요! 그때 나는 상냥한 아내 십보라와 사랑하는 아들 게르솜과 함께 조용히 살고 있었어요. 행복했어요. 걱정거리도, 쇠고랑도 없었어요. 분명히 나의 행복이 하느님의 심기를 거슬렸던 모양이에요. 하필이면 내게 그 사명을 주셨으니 말이에요. 무슨 목적으로? 파라오의 땅에서 히브리 백성들을 데리고 나와 세상 끝으로 데려가게 하려고. 왜 나에게 그런 사명을 맡겼을까요? 히브리어도 간신히 하는 나에게! 내가 감히 하느님께 말재간이 없다고 아뢰자 하느님께서는 절묘하게도 이렇게 대답해주셨어요. '그건 중요하지 않다. 너의 형 아론이 너를 대신에서 백성에게 말해줄 것이다.'"

모세가 손을 들어 말을 계속하겠다는 뜻을 비치자 클라리사는 그의 요구를 들어주지 않을 수 없었다. 그만큼 모세의 손짓은 단호했다.

"그게 전부가 아니에요! 하느님이 맡긴 백성들에게 전해주기 위해 주님의 이름을 알려달라고 간청하자 주님께서 뭐라고 대답하셨는지 아세요? '나는 곧 나다!(Ehyeh, acher, ahyeh!, '나는 존재하는 자다' 라고도 해석되며 일부 성경학자들은 '나는 존재하는 것을 존재하게 하는 자다' 라고 해석한다—옮긴이). 그래서 나는 백성들에게 '나는 곧 나다' 라는 분이 너희에게 나를 보냈다고 이야기해야 했어요. 얼마나 이상한 말인지 상상해보세요!"

모세는 짧게 숨을 들이마신 후 말을 이었다.

"게다가 설령 하느님께 묻고 싶은 게 있었다 해도 질문할 수 없었을 거예요. '나는 곧 나다' 라는 분이 일관성 있게 나를 믿어주셨던 것은 아니었어요."

"그게 무슨 말인가요?"

"하느님은 나를 죽이려 했어요. 알고 있나요?"

"뭐라고요?"

"정말이에요. 무슨 이유로? 하느님은 내가 할례를 하지 않았다는 사실을 눈치 채셨던 거예요. 다행히도 나의 다정한 아내 십보라가 돌칼로 내 아들의 포피(包皮)를 잘라 내 발에 댄 덕분에 죽음을 모면할 수 있었어요. 사소한 일에도 의심이 많고 변하기 쉬운 하느님의 성정을 아는 내가 사라와 아브라함의 일을 물었겠어요?"

"그럼 나중에 시나이 산에서도 하느님을 보지 못하셨나요?"

"마찬가지로 보지 못했어요. 눈을 뜰 수 없을 만큼 빛이 강렬했어요. 서 있을 수도 없었죠. 하느님이 십계명을 주시는 내내 나는 눈을 감고 있어야 했어요. 어쩔 도리가 없었어요. 이 모든 게 무엇 때문인지, 누구를 위한 일인지 아세요? 탈출하는 내내 수많은 요구로 나를 끊임없이 괴롭힌 동포들을 위한 것이었죠. 그들은 나를 최악의 분노 속으로 빠뜨리곤 했어요. 처음 히브리 백성들에게 연설을 했을 때 그들이 어떤 재목으로 만들어진 존재들인지 알아챘어야 했어요. 그들은 끝까지 내 말을 듣지 않으려 했어요. 그들은 나를 미치광이라고 부르지 않았을 뿐이에요."

클라리사가 지적했다.

"여자들과 아이들을 빼고 장정만도 60만이 넘는 사람들을 이해시킨다는 게 간단한 일이 아니죠. 다시 말해서 100만 개도 넘는 귀를요."

"100만 개가 넘는 귀라고요? 당신은 어디에서 그 숫자를 찾아냈나요? 내가 이집트 주민의 3분의 2 이상을 데리고 출발했다는 소린가요?"

"성경에 그렇게……."

"내가 성경을 읽을 필요는 없어요! 당시에 살았으니까요. 우리는 고작 4만여 명에 불과했어요. 한번 생각해보세요. 그처럼 중대한 사건이 이집트 연감에 흔적을 남기지 않을 리가 없지요. 이 사람들은 매일 왕국에서 일어난 모든 일을 예외 없이 기록하는 괴벽이 있었어요. 만일 정말로 장정만 60만 명이 넘었다면 나는 그 임무를 맡을 수 없었을 거예요. 당신은 히브리 백성의 성격이 어떤지 상상조차 할 수 없을 거예요. 안절부절 못하는 히브리 백성들은 어깨 위에 세상의 모든 고뇌를 짊어진 듯이 언제나 입술에서 이런 질문이 떠나지 않았어요. '왜죠? 어떻게요? 누가요? 어디서요?' 게다가 고집불통에 자부심이 대단했어요!"

모세는 잠시 쉬었다가 말을 이었다.

"결국 내 동포들보다 파라오와 토론하는 일이 더 쉬웠어요."

"놀라운 일이 아니죠. 당신은 온갖 재앙이 이집트를 엄습하게 함으로써 파라오를 공포에 떨게 했으니까요."

노부인의 지적에 모세는 박장대소했다.

"파라오가 공포에 떨었다고요? 농담하시나요? 그는 친형보다 가까운 사람이었어요. 내가 그의 궁전에서 자라 그를 위해 일하며 수

년 동안 친교를 나누었다는 사실을 잊지 마세요. 파라오도 나에게 같은 애정을 지녔다고 해도 과언이 아니에요. 물론 공짜나 다름없는 노동력의 유출을 호의적으로 볼 리는 없었죠. 그래서 나는 단호하게 싸워야 했어요."

"그렇지만 파라오는 결정을 취소했잖아요. 전차를 타고 당신네들을 추적했잖아요?"

"맞아요. 내 생각에는 측근들이 부추겼을 거예요. 이집트인들은 히브리인들을 증오했어요. 어떤 사람들은 우리가 해방되느니 차라리 죽는 꼴을 보고 싶어 했거든요."

모세는 두 손으로 머리를 감쌌다.

"그 사명이 어찌나 혹독했던지! 동포들은 내게 얼마나 냉혹하고 요구가 많았던지! 시나이 산에 도착하기도 전에 불평이 쏟아졌어요. 이들은 감히 내 면전에서 소리를 질렀어요. '아, 우리가 고기 냄비 곁에 앉아 빵을 배불리 먹던 그때, 이집트 땅에서 주님의 손에 죽었더라면! 그런데 당신들은 우리를 모조리 굶겨 죽이려고 이 광야로 끌고 왔소?' 그뿐이 아니었어요. '아, 생각만 해도 군침이 돈다! 이집트에서 먹던 생선, 오이, 참외, 상추, 양파, 마늘이 눈앞에 선해!' 아니면 '우리에게 지도자를 한 명 주시오. 그러면 우리는 이집트로 돌아갈 것이오.' 금송아지 일화는 언급하지 않겠어요. 나는 모든 사람들에게, 내 형 아론에게조차 배신을 당했어요."

모세는 다시 머리를 들었다. 그리고 우울한 눈빛으로 말했다.

"한 가지 고백을 해야겠어요. 끔찍한 고백이에요."

클라리사는 귀를 기울였다.

"히브리 백성들이 어찌나 나를 화나게 했던지 우리가 르피딤에서 아말렉 사람들과 싸울 때 히브리 사람 몇몇은 죽게 그냥 내버려두었어요."

노부인의 눈이 휘둥그레졌다.

"오! 안심하세요. 내 손에 죽은 것은 아니니까. 나는 살인자가 아니에요. 나는 딱 한 사람만 죽였어요. 나의 동족인 히브리 사람을 괴롭히던 이집트인 감독자 말이에요."

"그럼 어떻게 죽게 내버려두었단 말이죠?"

"그 이유는 알 수 없지만 내가 팔을 들면 이스라엘이 우세했고, 내가 팔을 내리면 아말렉이 우세했어요."

"그런데요?"

모세는 시선을 돌렸다.

"고백하건대 내가 팔을 일부러 내린 적이 있어요."

"일부러요?"

모세는 고개를 끄덕였다.

"나의 형 아론과 내 친구 후르는 틀림없이 그 사실을 눈치 챘을 거예요. 두 사람은 싸움이 끝날 때까지 나의 두 팔을 떠받치고 있었으니까요."

"비열한 짓이에요!"

노부인은 이 단어를 내뱉자마자 후회했다.

"그레이 부인, 당신 말이 옳아요. 그건 비열한 짓이었어요. 하지만 만일 당신이 나처럼 기진맥진할 때까지 말썽 많은 히브리 백성들을 구하려고 애썼다면 내 심정을 이해했을 거예요. 나의 원한과 분노는 하느님께서 나타내신 것에 비하면 아무것도 아니에요. 하느님은 2만 4천 명을 죽이셨어요! 히브리 백성들이 모압 여인들과 방탕을 일삼고 이 여인들이 히브리 백성들을 제사에 초대해서 하느님이 아닌 다른 신들을 예배하게 했기 때문이죠. 아, 나는 수없이 간청해야 했어요. 하느님이 그들을 멸하지 않도록 가슴을 쥐어짜며 기도해야 했어요. 하느님은 그만큼 진노하셨어요. 나는 지도자의 직책에서 물러나 히브리 백성들을 그들의 운명에 맡기고 싶었어요. 하지만 불가능했죠. 내가 끝까지 임무를 수행해야 한다고 어떤 목소리가 내 머릿속에서 외쳤어요. 그 명령에 저항하는 것은 불가능했어요."

잠시 침묵이 흘렀다.

"다시 천사 살해사건에 대해 얘기할까요? 당신은 조금 전에 많은 인물들이 천사들에게 원한을 품었다고 말씀하셨어요. 당신은 그들 가운데 천사를 죽일 수 있을 만큼 강력한 힘을 가진 인물이 있다고 생각하세요? 천사들은 불멸의 존재로 태어났다고 하지 않았나요?"

모세는 조금도 망설이지 않고 대답했다.

"아무도 없어요. 나는 그처럼 막강한 힘을 타고난 인물은 몰라요. 나조차 그런 힘은 없어요. 나도 죽지 않을 수 없었으니까요."

처음부터 입이 근질근질했던 모르카가 마침내 질문을 던졌다.

"죄송합니다. 당신은 요컨대 다른 사람들과 비슷한 힘을 가지고 있었다는 말씀인 것 같은데 홍해의 물을 가르려면 엄청난 힘을 가져야 하지 않습니까?"

"갈대바다(히브리 성경에 홍해Red Sea라는 말은 없다. 이스라엘 사람들이 이집트를 탈출할 때 건넌 것은 갈대바다Reed Sea이기 때문이다. 영어로 번역할 때 글자 한 자를 빼먹어 갈대바다가 홍해로 바뀌었다고 한다—옮긴이)를 말하는 거니?"

모르카는 고개를 끄덕였다.

"홍해와는 아무 관련도 없단다. 네가 지리를 잘 안다면 홍해 주위 해변에 갈대가 없다는 사실을 잘 알 거야. 반대로 갈대는 수에즈 북부에 위치한 아메르 호수, 팀사 호수, 멘잘레 호수 주위에 무성하지. 당시에 이 지역에 우리는 '검은 바다'라는 별명을 붙였는데 물이 얕은 광대한 바다였단다. 이 바다 안쪽에 수로가 있었지. 우리가 통과했던 곳은 '갈대바다'로 알려진 바로 그곳이었어. 오늘날 이 지역은 완전히 마른 땅이 되었지."

모르카가 질문했다.

"하지만 수로를 건너기 위해 어떻게 하셨어요? 수로는 상당히 깊었을 텐데요."

"폭 3미터, 길이 100미터쯤 되는, 물이 얕은 통로가 있었어. 발이 빠질 위험이 있었기 때문에 그 통로를 벗어나면 안 됐지. 특히 어린이들은 조심해야 했어. 나는 파라오를 위해 건축가들과 함께 현지를 조사한 적이 있기 때문에 그 지역을 꿰뚫고 있었지. 당시 이집트는 네코 2세(BC 7~6세기에 활동한 이집트 제26왕조의 왕, 재위 BC 610~595—옮긴이) 치세 때 만들어진, 아메르 호수와 홍해를 연결한 고대 운하를 복구할 계획이었지."

모세는 수염을 쓰다듬었다.

"우리는 운이 좋았고 하느님의 보호도 받았지. 새벽에 우리를 추격해온 이집트 경비대가 갈대바다에 돌진했을 때 진짜 기적이 일어났어. 갑자기 남쪽에서 불어온 돌풍이 엄청난 물결을 일으키면서 수로로 불어왔던 거야. 겨우 몇 분 사이에 수로로 들어선 대부분의 전차와 병사들이 바닷물에 휩쓸려 갔지. 그때 분명히 하느님은 우리 편이셨어."

모세는 숨을 들이쉬었다.

"하지만 이 모든 것은 결국 한 가지 실수로 물거품이 되고 말았어요."

"한 가지 실수요?"

"네. 결국 마지막 사건이 하느님의 분노를 폭발시키고 말았어요. 목적지에 도착하기 전날, 내가 물이 솟아나도록 지팡이로 바위를 두 번 쳤다—살짝 건드린 것이 아니라 힘껏 내리쳤어요—는 이유로 하느님은 나에게 가나안 땅에 들어갈 수 없다고 하셨어요. 그 동안 온갖 고통과 고뇌를 참고 견뎌냈는데……. 홧김에 한 단순한 행동 때문에 나는 벌을 받았어요. 바로 그 순간부터 나는 전부 집어치웠어요."

"당신은 떠나버렸나요?"

"나는 너무 오랫동안 참았어요. 또 너무 많이 고통을 겪었어요. 특히 금송아지 사건 이후로. 나는 히브리 백성들 곁을 떠나 오랫동안 걸었어요. 기진맥진할 때까지, 소란과 논쟁이 들리지 않을 때까지. 나의 임무는 완수되었어요. 더 이상 질투심 많고 냉혹한 하느님이나 사람들에게 기대할 것은 없었어요. 나는 불을 피우고 자리에 누웠어요. 어머니의 얼굴만을 생각했어요. 별빛 아래에서 어머니의 얼굴을 그려봤어요. 아직도 그때 일이 기억나요. 파라오의 딸이 유모를 구한다는 소리를 듣고 어머니가 나섰지요. 나는 어머니 품에서 곧장 떨어졌었죠. 그때가 나의 첫 번째 죽음이었어요. 나를 기다리고 있던 죽음은 하찮은 것이었죠. 나는 별을 세며 밤하늘 속에 빠져들었어요. 그리고 마지막 순간을 기다렸어요. 초조하게."

모세는 수줍음을 잊고 말을 너무 많이 했다는 듯 다시 정신을 차리고 다음과 같이 결론을 지었다.

"그레이 부인, 이제 작별의 시간이에요. 하지만 당신이 나를 필요로 한다면 언제든지 다시 오겠어요. 그럼 아듀, 그레이 부인. 아니면 다시 만납시다."

화면이 원래 상태로 돌아가자마자 클라리사가 외쳤다.

"모세는 거짓말을 했어!"

모르카는 무슨 의미인지 눈으로 물었다.

"모세가 살아 있는 동안 천사를 만난 적이 없다고 했는데 그건 거짓말이야."

클라리사는 성경을 뒤지더니 해당되는 대목을 찾아 모르카에게 내밀었다.

"읽어봐! 출애굽기 3장 2절."

"주님의 천사가 덤불 가운데에서 타오르는 불꽃의 모습으로 그에게 나타났다."

모르카가 고개를 들었다.

"저는 선생님의 의견에 동의하지 않아요. 혼동을 일으킬 수 있는 문장이에요. 그 아래에 '주님께서 덤불 한가운데에서 모세를 불렀다' 라는 문장이 있어요. 제 생각에 여기에서 천사와 하느님은 동일한 존재 같아요. 성경에서 단어들이 원래 의미와는 다른 것을 암시하는 경우가 많을 거예요. 바코비아 교수님의 말을 떠올려보세요. 교수님은 성경에 일관성이 결여되어 있다고 하셨잖아요. 야곱의 예를 들어볼까요? 성경에 이렇게 기록되어 있어요. '야곱은 혼자 남아 있었다. 그런데 어떤 사람이 나타나 동이 틀 때까지 야곱과 씨름을 하였다.' 이 '어떤 사람' 은 하느님 자신이었을까요? 천사였을까요? 사람이었을까요? 몇몇 성경학자들에 따르면 '어떤 분' 이 씨름 후 야곱에게 다음과 같이 알렸기 때문에 하느님 자신일 거라고 주장해요. '네가 하느님과 겨루고 사람들과 겨루어 이겼으니, 너의 이름은 이제부터 야곱이 아니라 이스라엘이라 불릴 것이다.'"

클라리사는 의심쩍은 듯이 모르카를 훑어보았다.

"모르카, 말해봐. 언제부터 그렇게 성경에 관심이 많았니?"

모르카는 잠시 머뭇거리다가 대답했다.

"아, 그게……. 저는 바코비아 교수님의 말씀을 기억하고 있었을 뿐이에요."

"나도 기억난다. 하지만 바코비아 교수님은 이 대목은 언급하지 않았어!"

"제가 찾아봤어요. 그뿐이에요."

노부인은 잠시 그를 유심히 살폈다.

"네가 찾아봤다고?"

클라리사는 어깨를 으쓱했다.

"오늘은 이만하자. 너무 지쳤다. 내일 다시 시작하자."

클라리사는 모르카가 알아챌 수 없게 뭔가를 중얼거리면서 자리에서 일어났다.

21

"스튜어트 형사님?"

"네, 맞습니다."

"제 이름은 머리입니다. 제가 잠을 깨운 것은 아닌지 모르겠어요. 여기는 오후 2시거든요."

"아닙니다, 머리 부인. 벌써 두 번째 커피를 마시고 있는 걸요."

"무슨 일이 있어요? 걱정되어 죽겠습니다. 우리 부모님께 난처한 일이 일어난 것은 아니겠죠?"

"아닙니다. 안심하십시오. 모두 잘 있습니다."

스튜어트는 재니트의 병세를 언급할 뻔했다. 그녀의 어머니가 아닌가. 하지만 스코틀랜드에서 수천 킬로미터 떨어져 있는 이 여인에게 고통을 준들 무슨 소용이 있겠는가. 형사는 말을 이었다.

"오히려 매클린 교수님이 걱정을 하고 계십니다. 당신이 바베이도스로 떠난 후 소식도 없고 연락처도 모르신다고 말이죠. 그래서 제가 당신을 찾게 된 겁니다."

"우리 아버지를 아신단 말인가요?"

"우리는 둘 다 그레이 부인의 친구죠."

"알 것 같아요."

수화기에서 작은 웃음소리가 들렸다.

"아버지가 제 걱정을 하신 건 처음이에요. 아버지는 우리 걱정을 하신 적이 없거든요. 하지만 아무렴 어때요! 우리는 잘 지내고 있고 모레 에든버러로 돌아갈 거라고 전해주세요."

"우리라고요?"

"네. 아버지가 말씀하지 않았던가요? 제가 아들과 함께 있다고요?"

스튜어트는 실신할 것 같았다. 그는 중얼거렸다.

"모르카 말인가요?"

"물론이죠."

"모르카와 함께 있다고요? 바베이도스예요?"

스튜어트는 상대방의 목소리에서 약간의 짜증을 느꼈다.

"형사님, 무슨 일이에요? 왜 자꾸 묻는 거죠? 다시 말씀 드리지만 분명히 제 아들과 함께 있어요. 전화를 바꿔드릴까요?"

스튜어트는 이마에서 구슬처럼 떨어지는 땀방울을 닦았다.

"아니에요, 아니에요. 저는 다만……."

스튜어트는 어찌할 바를 몰랐다.

"저에게 뭔가 숨기는 건 아니시죠?"

"물론입니다, 머리 부인! 전혀. 절대로. 저는 단지 아드님과 함께 있다는 사실을 잊고 있었을 뿐입니다. 바보 같죠. 죄송합니다. 피곤해서요. 지금 골치 아픈 일이 있거든요."

"상상이 갑니다."

머리 부인은 잠시 쉬었다가 물었다.

"우리 아버지께 제 소식을 전해주실 거죠?"

"저를 믿어주세요. 즉시 교수님께 전화 드리겠습니다."

"손자가 안부를 전해 드린다고도 말씀해주세요."

"꼭 그렇게 하겠습니다."

스튜어트는 화장지를 뽑아 얼굴을 닦았다. 그의 얼굴은 땀에 흠뻑 젖어 있었다.

정말로 모르카가 제 어머니와 함께 바베이도스에 있다면 클라리사와 함께 있는 젊은이는 누구란 말인가? 쌍둥이? 그렇다면 매클린 교수가 전혀 알아채지 못한 것을 어떻게 설명한단 말인가!

빨리! 빨리! 클라리사에게 알리자! 빨리!

스튜어트는 수화기를 들고 전화번호를 눌렀다.

통화 중임을 알리는, 짜증 나는 신호음만 울렸다. 그는 큰 소리로 욕설을 퍼붓고 다시 전화를 걸었다. 세 번, 다섯 번, 일곱 번, 열 번. 응답이 없었다.

스튜어트는 잠시 망설이다가 메모지를 뒤졌다. 그리고 떨리는 손으로 다른 전화번호를 눌렀다. 신호음이 몇 번 울린 끝에 누군가가 대답했다.

"매클린 교수입니다."

스튜어트는 생각했다. '하느님, 찬미 받으소서! 그가 전화를 받았나이다!'

"교수님, 스튜어트 형사입니다. 제 말을 잘 들어주십시오. 뭔가 아주 기이한 일이 일어나고 있습니다. 방금 따님과 통화했습니다……."

"내 딸과 통화를 했다고요? 아니, 어떻게……."

"바베이도스에 있는 샌드 에이커스 비치 클럽 호텔에 머물고 있는 따님과 통화하는 데 성공했습니다. 그런데 따님 곁에 누가 있는지 아십니까?"

"무슨 말인지……."

"모르카! 당신의 손자인 모르카와 함께 있답니다!"

수화기에서 비웃는 듯한 웃음소리가 들렸다.

"재미있는 얘기네요."

"정말입니다! 교수님, 제 말을 믿어야 합니다. 모르카는 어머니와 함께 있어요. 그는 어머니 곁을 떠난 적이 없답니다."

매클린이 말을 더듬거렸다.

"잠깐만……. 당신 말은 그러니까……."

"네, 그렇습니다!"

스튜어트는 또박또박 말했다.

"교수님의 손자는 어머니와 함께 있습니다."

"불가능한 일입니다! 녀석은 그레이 부인 댁에 있어요!"

"누군가가 그레이 부인 댁에 있죠. 하지만 그는 모르카가 아닙니다."

"그럴 리가……. 그럼 그는 대체 누굽니까?"

"그래서 전화를 드리는 겁니다. 혹시 모르카에게 형제가 있습니까? 실종된 형제나 죽은 걸로 되어 있는 형제 말입니다."

"전혀요! 결코 없어요!"

"확실한가요?"

"제발, 그만하세요! 얼토당토않아요! 클라리사 집에 전화를 했나요?"

"물론입니다. 하지만 통화하지 못했습니다. 줄곧 통화 중입니다."

"그레이 부인은 틀림없이 인터넷을 하고 있을 거예요. 그……."

매클린은 잠시 머뭇거리다가 말했다.

"그 작자랑. 그레이 부인에게 알려야 해요!"

"제가 하겠습니다. 그레이 부인을 만나 뵙고 교수님께 연락 드리겠습니다."

"잠깐, 형사님!"

"네?"

"그레이 부인이 위험에 처해 있나요?"

스튜어트는 깊게 숨을 들이마신 후 대답했다.

"모르겠습니다. 아니길 바랄 뿐입니다."

스튜어트는 수화기를 놓고 밖으로 돌진했다.

*

매클린은 비틀거렸다.

클라리사 집에 있는 모르카가 진짜 모르카가 아니라고? 그럼 대체 누구란 말인가? 놈은 무슨 장난을 치고 있는 걸까? 무슨 이유로?

매클린은 무의식적으로 클라리사의 전화번호를 눌렀다. 여전히 통화 중이었다.

모르카가 진짜 모르카가 아니라고?

매클린은 두 손으로 머리를 감싸고 생각을 집중했다. 천천히, 조금씩, 기억을 더듬어 시간을 거슬러 올라갔다. 모든 일은 클라리사의 집에서 발견된 시체와 더불어 시작되었다. 그리고 가브리엘 대천사라고 주장하는 인물의 서명이 담긴 코드화된 수첩이 있었다. 재니트의 발병, 바코비아와 슐론스키의 살해사건이 연달아 일어났다. 이 모든 사건은 '19와 0.809'라는 신비스런 숫자와 관련이 있는 듯했다.

쌍둥이 0.809…….

쌍둥이! 매클린은 실신할 것만 같았다.

그는 수첩의 내용을 정말로 믿은 것은 아니었다. 완전히 믿은 것은 아니었다. 분명히 과학자로서 그는 대부분의 동료들보다는 열린 사고를 지녔다고 여겼다. 그렇다 해도 가브리엘 대천사가 작성한 일기를 어떻게 믿을 수 있겠는가…….

"범인을 밝혀낸다면 그를 무력화시킬 수 있을 거예요. 그러면 재니트도 깨어날 거예요."

만일 클라리사의 말이 진실이라면?

"이 모든 말씀은 초자연적이지 않나요? 그런데 왜 사모님의 운명을 그처럼 회의적으로만 예상하세요? 만일 그레이 선생님이 범인을 밝혀낼 희망이 조금이라도 있다면 저도, 교수님도 어떤 결과가 나올지 예상할 수 없어요."

만일 캐슬린의 말이 옳다면?

*

클라리사는 한 숟가락 남은 오트밀을 마저 삼키고 일어났다.

모르카가 항의했다.

"기다려주세요. 저는 아직 다 먹지 않았어요."

"시간이 없어. 식사가 끝나면 따라오렴."

"정말이지 선생님은 지칠 줄 모르시네요."

클라리사는 종종걸음으로 복도를 지나 컴퓨터가 놓여 있는 책상으로 갔다. 스위치를 누른 후 돌아서서 전화기 쪽으로 향했다.

클라리사를 따라가던 모르카가 물었다.

"생각이 바뀌셨어요?"

"아니야. 재니트의 소식을 알고 싶어. 걱정돼서 말이야."

젊은이는 서둘러 대답했다.

"외할머니는 잘 있어요. 제 말은 상태에 변화가 없다는 거죠."

노부인은 이마를 찌푸렸다.

"그래? 어떻게 알았지?"

"엊저녁에 선생님이 주무시는 동안 캐슬린에게 물어봤어요. 그녀가 외할머니께 병문안을 갔거든요. 모든 게 평온하대요."

클라리사는 여러 차례 머리를 가볍게 흔들며 비난의 눈초리로 그를 바라보았다.

"미리 알려줄 수도 있었잖아!"

"하지만 언제요? 선생님은 주무시고 계셨어요."

"조금 전 아침식사를 할 때 말해줄 수 있었잖니?"

클라리사는 분한 생각이 들었는지 하늘을 바라본 후 컴퓨터로 향했다.

몇 초 후, 사무엘이 화면에 나타났다. 노부인이 말을 꺼냈다.

"심문을 마저 끝냅시다. 마지막 용의자와 대화를 나눌 수 있을까요?"

"아미나의 아들?"

"네, 마호메트."

사무엘이 사라졌다.

쉰 목소리가 들려왔다.

"당신의 평화를 빕니다."

클라리사는 어떻게 대답해야 좋을지 몰랐다. 화면은 비어 있었다.

목소리가 반복되었다.

"당신의 평화를 빕니다."

그때 모르카가 노부인의 귀에 속삭였다.

"똑같이 대답하세요."

클라리사는 고개를 갸우뚱하면서 똑같은 문구로 인사했다.

"클라리사 그레이 부인, 당신은 몹시 안절부절 못하시는군요. 그럴 필요 없습니다. 당신이 살인자를 찾아낼 운명이라면 당신은 범인을 찾아낼 겁니다. 만일 그렇지 않다면 그것은 전능하신 알라의 뜻이 아니기 때문이겠죠."

노부인은 조심스럽게 질문을 던졌다.

"왜 얼굴을 보여주지 않으세요?"

"필요한 일이라고 생각하지 않으니까. 중요한 것은 그림이 아니라 말이에요. 오직 말(言)만이 힘, 모든 힘의 보유자죠. 자비로운 알라—이 이름은 찬미받으소서—께서는, 나에게 계시를 구술하시면서 힘을 보여주시지 않았습니까?"

"분명히 그렇죠."

"자, 이제 무엇을 도와 드릴까요?"

"예수와 모세처럼 몇 가지 질문에 대답해주세요. 죽은 천사들과 교제를 했나요?"

"오직 이드리스와 친분을 나누었어요. 당신이 가브리엘이라고 부르는 천사 말이에요. 나는 가브리엘 대천사를 무한히 존경했어요."

"다른 천사들은요?"

"다른 천사들과는 교제가 없었어요. 마주치는 일은 있었지만 그뿐이었어요. 천사들 가운데 여자 천사들이 있는 것을 보고 처음엔 무척 놀랐어요."

"당신은 여자들을 좋아하지 않았나요?"

"그레이 부인, 이상한 질문이네요. 물론 나는 여자들을 좋아해요. 나는 여자들에게 모종의 경애심마저 느낍니다. 왜 전능하신 알라께서 여자들은 베일을 쓰고 외출하라는 명을 내리셨을까요? 알라께서 보시기에 여자들은 신성한 존재이기 때문입니다. 신성한 존재는 더럽혀지지 않도록 남의 시선으로부터 자신을 보호해야 해요. 또한 다른 이유도 있어요."

"그게 뭔지 말씀해주시겠어요?"

"물론이죠. 하지만 내 말을 이해하려면 1400년 가까이 시간을 거슬러 올라가서 아라비아 사막으로 이동해야 합니다. 당시에 생활은 혹독했어요. 피부는 연약하고, 태양은 인간의 욕망을 타오르게 하는 성질이 있어요. 음행에 몰두하는 사람은 전투력을 잃지요. 그런 사람은 더 이상 아무 쓸모도 없어요. 어려운 시절이었어요. 완전히 포위된 우리는 서로 싸우고 이교도들을 물리쳐야 했어요. 눈앞에서 여자가 얼굴을 드러내고 거닐거나 몸을 조금이라도 노출시킨다면 남자가 어떻게 유혹에 저항할 수 있겠어요? 만일 그 여자가 예쁘다면—우리 아랍 여자들은 예쁘죠—남자는 그녀를 소유하기 위해 무슨 짓이든 할 거예요. 소유하고 욕망을 충족한 후에는 버리는 것이 강자의 법칙이니까요. 이런 사실을 알고 계시는 창조주께서는 베일을 통해 유혹을 차단시켰던 거예요. 알라께서는 구체적으로 말씀하셨어요. '결혼하는 데 필요한 돈이 없으면 알라의 은총으로 부유해질 때까지 정절을 지키도록 힘 쓰거라.' 아시겠어요? 무한히 지혜로우신 알라께서는 또한 남자가 동물적인 열정을 억제하기를 바라셨어요."

"하지만 당신은 한 가지 사실을 간과하셨어요. 만일 얼굴을 드러내는 것이 여자의 진정한 즐거움이라면? 만일 여자의 기쁨이 얼굴을 돋보이게 하고 유혹하는 데 있다면? 여자에게 그런 선택을 금지시킬 권리가 있나요?"

마호메트는 잠시 침묵을 지키다가 입을 열었다.

"그것이 알라의 뜻이니까요."

다시 침묵이 흘렀다. 이윽고 마호메트가 말을 이었다.

"당신은 의심을 하고 있군요. 당신네 세상이 최고라고 생각하세요? 주위에서 맹위를 떨치고 있는 방탕과 부도덕을 보세요. 여장한 남자들, 몸매를 자랑하는 여자들, 부끄러움도 수치심도 모르고 누구에게나 몸을 맡기는 여인들, 특히 아이들에게 상처를 주는 음란한 그림들. 이런 것들은 도저히 봐줄 수 없어요. 이렇게 말씀 드려서 유감이지만, 당신네들은 쇠퇴하기 시작했어요. 비통한 일입니다."

"그럴 지도 모르죠. 하지만 다시 말씀 드리지만, 우리에게는 선택의 자유가 있습니다."

마호메트는 화를 냈다.

"내게 자꾸 선택의 자유를 들먹이지 마세요! 여자는 연약하고 상처받기 쉬워요. 여자는 구속이 필요해요. 구속하지 않으면 여자는 타락의 길에서 헤매죠."

"당신은 여성에게 가혹하군요."

마호메트는 냉소하며 대꾸했다.

"가혹하다고요? 당신은 가브리엘 천사의 계시에 대해 전혀 모르는 것 같습니다. 이렇게 기록되어 있지요. '네 명의 증인을 댈 수 없으면서 정숙한 여인을 비난하는 자를 채찍으로 여든 번 치시오.’”

“맞아요. 하지만 저도 어딘가에 밑줄을 그어두었죠.(그녀는 코란을 꺼내놓고 책갈피로 표시된 페이지를 펼쳤다.) 아, 이렇게 기록되어 있네요. ‘남자들은 하느님께서 부여한 특권의 이름으로 여자에 대해 위력을 갖는다.’ 또 이런 대목도 있군요. ‘부정(不貞)이 염려되는 여인들을 견책하시오. 그런 여자들을 외진 방으로 데려가서 때리시오.’”

노부인은 이마를 찌푸렸다.

“여자들을 때리라고요? 그게 존경스럽고 정당한 일이라고 생각하세요?”

마호메트는 단호하게 반박했다.

“그게 알라의 뜻이니까요. 그렇게 씌어 있으니까요.”

“유산 문제도 그래요. 아들에게는 딸보다 두 배로 물려준다는 건 남녀차별 아닌가요?”

“그렇게 씌어 있으니까 어쩔 수 없어요.”

“간통한 여인들을 돌로 쳐 죽이는 것은요?”

“그렇게 씌어 있으니까 어쩔 수 없어요.”

“도둑의 손을 자르는 일은요?”

“그게 알라의 뜻이니까 어쩔 수 없어요.”

클라리사는 목소리를 가다듬기 위해 마른 기침을 했다.

이런 식으로 심문을 진행하는 것은 쓸데없는 일이었다. 마호메트를 이길 가능성은 조금도 없었다. 클라리사가 말을 이었다.

“괜찮으시다면 예수와 모세에게 했던 질문을 드리겠어요. 천사들을 죽일 수 있을 만큼 강력한 힘을 가진 인물이 누구라고 생각하세요?”

마호메트의 대답은 확고했다.

“한 사람밖에 없어요. 엘리야.”

"엘리야가 누구죠? 예언자 말인가요?"

"우리 가운데 가장 위대한 사람이죠. 엘리야는 사렙타에 머물 때 과부의 아들을 소생시키지 않았나요? 또 바알의 예언자들을 혼내주기 위해 기적을 행하지 않았나요? 또 알라의 불을 불러와 이교도들을 태워버리지 않았나요? 또 옷으로 요르단 강물을 쳐서 물을 좌우로 가르고 강을 건너지 않았나요? 더욱 중요한 게 있어요. 엘리야는 불말이 끄는 수레를 타고 하늘나라로 올라감으로써 우리 가운데 유일하게 죽음을 이겨냈어요. 그렇습니다. 정말로 엘리야만이 그런 막강한 힘을 가지고 있어요."

모르카가 나서서 지적했다.

"예수도 여러 기적을 행했어요. 예수도 부활하지 않았나요?"

마호메트는 고집을 꺾지 않았다.

"모세와 예수는 위대한 예언자입니다. 하지만 엘리야가 가장 위대해요."

클라리사는 잠시 메모를 살핀 후 물었다.

"당신은 가브리엘과 아주 친하다고 하셨잖아요. 언제 그가 당신에게 이 사건에 대해 알렸나요?"

"솔직히 가브리엘은 모든 사람을 의심했어요. 나조차 말이에요."

"무슨 이유로요?"

"내가 어찌 알겠어요? 내가 집요하게 사울—당신들이 성 바오로라고 부르는—과 언쟁하는 것을 지긋지긋하게 보았던 모양이에요. 가증스런 사울은 내가 표절자라고 모두에게 떠들고 다녔어요."

"표절자?"

"그는 툭하면 이스마엘의 문제를 트집 잡았어요. 그는 내가 알라께서 아브라함에게 요구했던 것은 이사악의 죽음이 아니라 이스마엘의 희생이었다고 선언함으로써 진실을 왜곡했다고 주장했어요."

클라리사는 잔기침을 했다.

"이사악의 희생은 당신의 계시보다 2천 년 앞서 모세 5경에 소개되지 않았나요?"

"그건 오류였고 정정되었어요."

"오류였다고요?"

컴퓨터 스피커에서 격분에 찬 고함소리가 흘러나왔다.

"조심하시오, 그레이 부인. 내 인내력을 시험하지 마세요. 아브라함이 제물로 바치려고 했던 자식이 이사악이 아니라 이스마엘이었다는 내 말을 믿어야 해요. 그렇게 기록되어 있어요!"

마호메트가 말을 이었다.

"더구나 사울과 내가 대립하는 것은 이 문제뿐만이 아니었어요. 사울은 내가 지상에서 폭력을 조장했다고 비난했어요."

"정당한 비난이 아닌가요? 당신은 성전(聖戰)의 주창자잖아요?"

"다시 한번 성전이 펼쳐졌던 시대로 돌아갑시다. 나는 완전히 포위되어 있었어요. 내 부족민조차 나를 괴롭혔어요. 메카 사람들은 나를 죽이려고 했어요. 나는 메디나로 도망쳐야 했어요. 그런데 나와 알라를 공격했던 자는 어떻게 되었는지 아세요? 알라께서는 이렇게 말씀하셨어요. '알라와 그의 사자(使者)에 맞서 싸우는 자들, 지상에 부패의 씨를 뿌리는 자들이 받는 벌은 죽임을 당하거나 십자가에 못 박히거나 손발이 잘리거나 추방되는 것이다.' 알라의 사자를 공격하는 자들이 있었어요. 그러니 그때부터 나의 투쟁을 어찌 성전이라고 규정하지 않을 수 있겠어요? 나는 방어를 해야 했어요!"

잠시 침묵이 흘렀다. 침묵을 깨뜨린 것은 모르카였다.

"당신이 알고 있는지는 모르겠지만 당신의 그 사상은 오늘날까지 계속 이어졌어요. 당신 후손들은 하느님의 이름으로 살인을 하고 있어요."

"그들은 얼간이예요! 게다가 그들은 무고한 사람들뿐만 아니라 서로 죽이고 있어요. 이슬람교도가 이슬람교도를 죽이고 있어요."

모르카가 항의했다.

"하지만 당신이 그런 살인을 부추기지 않았나요? 지하드(성전)는 분명 당신의 발명품이잖아요."

"젊은이, 자네는 신성을 모독하고 있어. 그건 사실이 아니야. 알라께서 내 입 속에 넣어주셨던 말이 증명하고 있지. '너에게 적의를 품는 사람이 있다면 그가 적대하는 정도에 맞춰서 너도 그를 적대하라.' 알라께서는 분명히 '그가 적대하는 정도에 맞춰서' 라고 말씀하셨지. 이건 중요한 차이야."

"그 말은 온갖 해석을 가능하게 해요."

"꼬마야, 두 종류의 사람이 있지. 자기 형편대로 성경을 왜곡하는 사람과 성경에서 가장 좋은 것만 찾아내는 사람. 만일 대부분의 인류가 성경에서 가장 나쁜 것만을 얻어낸다 해도 알라와는 아무 관계도 없는 거야. 지하드란 신자가 영혼의 나쁜 기질 및 정열에 맞서는 투쟁이야. 만일 그들이 신성한 단어를 왜곡했다면 그건 그들의 문제야. 그들은 최후의 심판날에 해명해야 할 거야."

클라리사가 끼어들었다.

"제가 걱정하고 있는 질문을 해도 될까요?"

"말씀하세요."

"제가 코란을 달달 외우고 있지 못해서 죄송해요. 대충 훑어보았을 뿐이에요. 하지만 아주 놀라운 내용이 있어요. 제가 두 구절에 표시를 해두었어요. (그녀는 안경을 쓰고 읽었다.) '우리는 알라를 믿습니다. 또 우리에게 계시하신 신앙, 아브라함, 이스마엘, 이사악, 야곱, 여러 부족들에게 계시하신 신앙, 그리고 모세와 예수에게 주었던 능력을 믿습니다. 우리는 이들 가운데 누구도 편애하지 않습니다. 우리는 알라께 순종합니다.'"

클라리사는 고개를 들었다.

"맞나요?"

"정확히 맞습니다."

"그렇다면 다른 대목에서 그리스도교 신자들과 특히 유대인들에 대해 느낄 수 있는 난폭성과 분노는 어떻게 설명하시겠어요? 한 구절만 인용하겠어요. '교도 여러분! 유대인들과 그리스도교 신자들을 친구로 여기지 마십시오. 그들은 서로 친구입니다. 여러분 중에서 그들을 친구로 여기는 자는 우리의 적입니다.' 이렇게 돌변한 이유는 뭔가요?"

"대답해 드리겠어요. 그것은 바로 배신 때문이에요. 그들이 나를 배신했던 거예요! 내가 메디나로 피신해야 했을 때 주민의 절반은 유대인이었어요. 유대인들과 우리는 전시에 서로 돕고 서로 신앙의 자유를 인정하기로 했어요. 내가 아부 수피안 부족장이 이끄는 4천 명의 병사들에게 공격을 받았을 때 바누 쿠라이저 부족의 유대인들은 돌변하여 조약을 무시하고 내 등에 칼을 꽂았어요."

마호메트는 잠시 쉬었다가 말을 이었다.

"그래서 이 위선자들은 배신의 대가를 피로 지불했어요."

"어떻게 말인가요?"

"나는 쿠라이저 족의 모든 남자들의 목을 자르라고 명령했어요. 그들의 아내들과 아이들은 노예로 팔았어요. 코란에 이렇게 기록되어 있지 않나요. '오, 예언자여, 의심 많은 자들과 위선자들을 무찔러라. 혹은 그들을 가혹하게 다루라! 그들의 피난처는 지옥일 것이다!'"

클라리사는 어떻게 대꾸해야 좋을지 알 수 없었다. 어떤 목소리가 그녀에게 비판을 마음속에 간직하는 것이 낫다고 속삭였다. 그녀가 다시 살해사건에 대해 이야기하려고 할 때 마호메트가 말을 이었다.

"그레이 부인, 중대한 비밀을 하나 알려 드리겠어요. 하지만 마음속 깊이 간직하시고 절대로 퍼뜨리지 마세요. 메카에서 나는 유대인들과 그리스도교 교인들에게 에워싸여 있었어요. 나는 그들 사이에서 성장했어요. 예언자로서의 사명을 제일 먼저 내게 알려주었던 사람은 그리스도교 수도사인 바히라였어요. 저녁마다 나는 야영지에서 지식인들이 자신들의 신앙에 대해 얘기하는 것을 들었어요. 나는 그들의 이야기를 듣고 기억해두었어요. 동시에 나는 그들이 서로 멸시한다는 것도 눈치 챘어요. 각자 여러 가지 문제에 대해 진술하고, 자신의 진리가 유일하고 절대적이라고 확신하고 주장했어요. 그러던 어느 날, 마흔 살이 된 나는 우연히 세 종교에서 가장 좋은 점을 끌어내 세 종교를 포용할 수 있는 위대한 종교를 꿈꾸게 되었어요. 나는 이 새로운 종교가 세상의 모든 종교들을 흡수해서 온갖 대립에 종지부를 찍을 거라고 상상했어요. 나는 이슬람교가 그리스도교와 유대교의 귀감이 되기를 원했어요. 하지만 아쉽게도 실패하고 말았어요. 그들은 전혀 이해하지 못했어요. 내 동포도, 다른 민족들도."

마호메트는 잠시 쉬었다가 마무리를 지었다.

"그레이 부인, 나는 허심탄회하게 털어놓았어요. 당신이 내 고백을 악용하지 않을 거라고 믿어요. 아듀 아니면 다시 만납시다, 그레이 부인."

*

스튜어트는 신호등을 보지 못했다. 설령 보았다 해도 신경 쓰지 않았을 것이다. 아무튼 그가 달리고 있던 속도로는 제때 브레이크를 밟는 것은 불가능했다.

그는 자신의 차가 BMW를 들이받으며 지푸라기처럼 가볍게 앞으로 튕겨나가는 것을 느꼈다. 너무 서두른 나머지 그는 안전벨트를 착용할 생각을 하지 못했다. 그의 머릿속에 마지막으로 스친 것은 모르카의 얼굴이었다.

22

매클린 교수는 파이프에 담배를 다져 넣었다.

"아니야. 스튜어트는 분명 사실대로 말했어. 내가 전화로 확인했더니 딸은 모르카가 옆에 있다고 분명히 말했어. 나는 이곳에서 일어난 일을 얘기하지 않았지. 그애를 공포에 빠뜨려보았자 무슨 소용이 있겠니? 더구나 내가 사실대로 말을 할 수 있었겠니? 모르카의 분신이 있다고?"

캐슬린은 대답하지 않았다. 매클린이 연구실로 불러서 믿기지 않는 소식을 전해주었을 때부터 난파된 사람처럼 당황한 그녀는 도저히 안정을 찾을 수 없었다. 물론 그녀는 자신이 사랑에 빠졌던 사람이 모르카든 모르카를 닮은 사람이든 중요하지 않다는 말을 되뇌면서 고통을 감추려 애썼다. 모르카는 그녀를 행복하게 해주지 않았던가. 소중한 시간을 함께하지 않았던가. 이런 행복한 생각은 다음과 같은 질문에 와르르 무너지고 말았다. 그 젊은이는 누구란 말인가? 그는 어디에서 왔을까? 무슨 이유로 그는 교묘하게 모르카의 자리를 훔쳤을까? 대체 어떤 마법을 썼기에 할아버지가 속을 정도로 완벽하게 닮을 수 있었을까? 게다가 그 젊은이는 캐슬린을 농락하지 않았던가.

캐슬린은 고통스럽게 침을 삼키고 물었다.

"그레이 선생님께 연락하셨어요?"

"물론이지. 하지만 통화는 하지 못했어. 계속 통화 중이었거든. 30분 이상 그레이 부인의 전화번호를 눌렀지. 스튜어트 형사가 틀림없이 그레이 부인 댁에 갔을 텐데, 소식이 없구나. 나는……."

매클린은 말을 맺지 않았다. 이메일의 도착을 알리는 신호음이 막 울린 것이다. 매클린은 황급히 일어나 컴퓨터 화면을 바라보았다.

"클라리사의 이메일이다! 보렴!"

캐슬린도 다가와 읽었다.

발신 : MORC@HOTMAIL.COM

날짜 : 2002년 6월 27일 목요일 18 : 00

수신 : WMACLEAN@GLASGOWUNIV.SC

제목 : 없음

안녕하세요, 윌리엄.

만일 당신 손자가 믿을 만한 사람이라면 몇 초 후에 이 편지를 받게 될 거예요. 그렇다면 정말 다행이죠. 당신이 어떤 긴장감 속에 지내고 있을지 상상이 갑니다. 진심으로 위로를 드려요. 하지만 눈물은 그만 흘리세요. 최근에 일어난 일들을 알려드릴게요. 윌리, 나는 그들을 보았어요. 세 사람이 아니라 두 사람, 즉 예수와 모세의 얼굴만 보았어요. 마호메트는 얼굴을 드러내지 않았어요. 경계심이나 두려움 때문일 거예요. 그는 내가 모종의 계략을 써서 그의 얼굴을 컴퓨터 화면에 영원히 고착시킬 수 있다고 생각했을지도 모르죠. 윌리, 나는 그들을 봤어요. 내 두 눈으로 똑똑히. 그들은 역시 스코틀랜드에도 존재하고 있어요. 나는 그들과 대화했어요. 만남은 컴퓨터 화면을 통해 이루어졌어요. 당신이 귀에 닳도록 내게 얘기했던 인터넷 덕분이에요. 오늘 나는 인터넷에 감사하고 있어요.

나는 그럭저럭 그들을 심문했어요. 그럭저럭 말이에요. 어쩌겠어요? 그처럼 전설적인 인물들을 매일 대면할 수 있는 게 아니잖아요? 가장 놀라운 점은 그들이 내가 쉽게 얘기할 수 있도록 배려했다는 사실이에요. 그들은 오해를 불식시키기 위해 아주 적극적으로 해명했어요. 죽음을 면할 수 없는 가엾은 존재인 나는 그들의 함정에 빠지고 말았어요. 갑자기 눈앞에 보이는 모든 것에 당황한 나는 어떤 질문을 해야 할지 모르겠더군요. 당신이었다면 잘해낼 수 있었을 거예요. 물론 저는 순진하게도 그들에게서 몇 가지 자백을 받아낼 수 있기를 바랐어요. 하지만 이런 정신력으로 어떻게 심금을 울릴 수 있겠어요? 어떻게 그들의 고백에 매료되지 않을 수 있겠어요? 분명히 고백이었어요.

48시간 전부터 나는 많은 것을 생각했어요. 나는 그들의 말을 '해부' 했어요. 나는 소설가에서 의사로 변신했어요. '시체해부' 의 결과는 몇 마디로 요약할 수 있어요. 그들은 완전히 실패했어요. 세 사람 모두 말이에요. 주관적인 검증이 아니에요. 그들의 고백에 근거한 거예요. 모세의 두 가지 고백을 인용할게요. "하지만 이 모든 것은 결국 한 가지 실수로 물거품이 되고 말았어요." "마지막 순간을 기다렸어요, 초조하게." 예수도 이렇게 털어놓았어요. "나의 생애, 나의 죽음은 엄청난 오해를 불러일으켰어요." 마호메트도 이렇게 고백했어요. "하지만 아쉽게도 실패하고 말았어요. 그들은 전혀 이해하지 못했어요. 내 동포도, 다른 민족들도."

당신은 분명 내 결론이 성급하다고 판단하실 거예요. 나는 가브리엘 천사가 잘못 판단했다고 확신해요. 아마 여자의 직감에 의한 것이겠죠. 하지만 나는 그들이 범인이라고 생각하지 않아요. 그렇게 솔직하고 거리낌 없이 자신의 실패를 인정하는, 강인한 성격의 소유자들을 비열한 범인으로 생각할 수는 없어요. 오, 그들은 성가대 아이들이 아니에요. 어림없는 일이죠. 그렇다고 그들을 사악한 연쇄살인범으로 몰아가는 것은 얼토당토않아요. 내가 뛰어넘을 수 없는 심연이 있어요.

그들에게 협의가 없다면 질문은 여전히 남아요. 살인범은 누구인가? 이 수수께끼는 온전히 남아 있어요. 범인은 내가 심문하지 않았던 누군가라는 느낌이 들어요. 범인의 신분을 밝힐 수도 있지만 너무 일러요. 물증이 없어요. 내 짐작을 결정적으로 굳힐 수 있는 물증 말이에요. 나는 확고하고 맹렬한 자세로 증거를 찾고 있어요. 꼭 찾아낼 거예요. 증거는 가브리엘이 남긴 메모 속에 있어요. 윌리, 나는 확신해요. 아, 그 문장 속에 숨겨진 의미를 해독할 수만 있다면! 모든 것은 '숫자 19와 쌍둥이 0.809' 에 있을 거예요. 돌아가신 슐론스키 씨 덕분에 첫 번째 숫자가 상징하는 것이 뭔지 어렴풋하게나마 떠올랐어요. 핵심 열쇠는 두 번째 숫자에 있어요. 그것은 분명해요. 하지만 열쇠는 어디에 숨겨놓았을까요? 암호 세계를 누구보다 잘 알고 있는 당신만이 이 비밀을 간파할 수 있을 거예요. 틀림없어요. 모종의 논리에 따라 기록된 암호니까요. 즉 가브리엘 대천사의 일기에 사용된 암호 말이에요. 가브리엘은 처음부터 끝까지 메리 스튜어트의 암호를 사용했어요. 따라서 그는 결론을 명확히 남기기 위해 다른 방법을 쓸 이유가 없었을 거예요.

이제 당신에게 솔직하게 말해야겠어요. 내 직감이 이미 살인자를 파악했다고 속삭인다 해도 혼동의 가능성이 있다면 아직은 확실하게 말씀 드릴 수 없어요. 어쩌면 결코 범인을 밝혀낼 수 없을지도 몰라요. 다만 죽는 순간까지 노력하겠다는 말만은 하고 싶어요. 내가 예감하고 있는 것은 너무도 중대하고 너무도 당치 않아서 패배를 인정할 수 없어요. 절대로! 결코 나는 포기하지 않겠어요. 내가 재니트의 생명을 다시 연장해달라고 애원하면 무례한 부탁일까요? 조금만 더 기다려줄 수 있겠어요? 내게 그런 권리가 없다는 것을 잘 알아요. 당신 아내의 생명은 당신 손에 달려 있어요.

윌리, 나의 모든 애정을 보내요. 진심으로.

당신의 친구 클라리사 드림.

매클린이 외쳤다.

"클라리사가 이메일을 보낸 걸 보면 전화가 고장 나지 않았다는 말인데……."

몹시 흥분한 매클린은 책상으로 돌아가서 클라리사의 전화번호를 눌렀다. 긴장한 그는 상대방의 전화벨이 울리기를 간절히 빌었다.

"빌어먹을! 믿기지가 않아!"

"아직도 통화 중이에요?"

"그래. 너무도 이상해! 몇 분 사이에?"

캐슬린이 반박했다.

"하나도 이상하지 않아요. 그레이 선생님이 여전히 인터넷에 연결된 상태라면 전화가 안 되는 건 당연해요. 모르카가 제 노트북을 사용하고 있고 그레이 선생님 댁에는 케이블이 설치되어 있지 않아요. 다행히 그레이 선생님은 방금 우리에게 연락할 방법을 알려주었어요. 우리는 선생님의 이메일에 답장만 하면 돼요."

매클린은 잠시 멈칫하다가 대꾸했다.

"젠장! 그렇구나."

매클린은 컴퓨터 앞에 자리를 잡았지만 곧장 표정이 굳어졌다.

"안 될 거야!"

"왜요?"

"생각해봐! 이건 모르카의 이메일 주소지 클라리사의 주소가 아니잖아. 모르카만이 자신의 이메일을 열어볼 수 있어."

캐슬린은 신경질적으로 입술을 깨물었다.

"교수님 말씀이 옳아요. 어처구니가 없어요. 그 점은 생각하지 못했어요."

분위기는 질식할 듯 답답해졌다. 매클린은 컴퓨터 화면을 멍하니 바라보고 있었다. 캐슬린은 기운이 쏙 빠진 채 연구실 한가운데 서 있었다.

그렇게 몇 분이 흘렀을까?

마침내 캐슬린이 입을 열었다.

"교수님, 말씀 드릴 게 있어요. 어쩌면 별로 흥미 없는 얘기겠지만 우리의 처지가 긴박한 만큼……. 숫자 0.809에 관한 얘기예요. 바로 어제 윌로 티룸에서 친구를 만났어요. 당신 제자 중의 한 명이지만 기억하지 못하실 거예요. 이름이 조지 커밍이에요."

"전혀 모르겠어."

"수학광이에요. 제가 스케치북에 아무렇게나 쓴 숫자를 보더니 즉각 반응을 보였어요. 그는 이 숫자를 보고 뭔가가 떠올랐던 모양이에요. 이 숫자는 피보나카인지 피노바치인지 하는 이탈리아 수학자와 모종의 관계가 있을 거라고 했어요."

"피보나치야. 그래서?"

"오늘 아침 교수님이 저에게 전화하시기 직전 몰디브 제도로 떠나는 조지가 공항에서 전화를 하더니 이렇게 말했어요. '내 생각이 부분적으로 맞았어. 그 숫자는 피보나치의 수열(數列)과 무관하지 않아. 그런데 나는 10분 후에 비행기를 타야 해. 그 숫자에 대해 설명하려면 열흘 정도는 필요할 거야. 너는 숫자에 젬병이긴 하지만 한 가지 방법을 가르쳐줄게. 건축에서 완전함을 생각해봐. 그럼 안녕!'"

"뭐야? 그렇게 전화를 끊었단 말이니?"

"네."

"괴짜네! 그에게 전화를 걸어보지 않았니?"

"물론 했어요. 그의 휴대폰에 메시지를 남겼어요."

캐슬린은 힘없이 두 팔을 펼쳤다.

"조지는 나한테 복수를 하고 싶은 모양이에요. 그는 자신이 어느 정도 성공했는지 모를 거예요."

"그럼 이제 어떻게 하지?"

캐슬린은 살짝 허리를 구부리고 침묵을 지켰다.

매클린이 물었다.

"건축에서 완전함? 조지가 그렇게 말했다고?"

캐슬린이 고개를 끄덕였다.

매클린은 의자에 앉으면서 주먹으로 책상을 내리쳤다.

"좋아! 캐슬린, 네가 48시간 전에 이렇게 말했지? '도달할 수 없어서 시도하지 않는 것이 아니라 시도하지 않기 때문에 도달할 수 없는 것이다.' "

매클린은 손가락으로 캐슬린을 가리키며 말했다.

"좋아! 네가 한번 이 격언을 실천에 옮겨봐!"

캐슬린은 입을 벌린 채 교수의 얼굴을 뚫어지게 바라보았다.

매클린이 말을 이었다.

"만일 네 친구 조지가 해답을 찾았다면 우리도 못 찾을 이유가 없어! 조지는 건축을 언급했어. 머리를 쥐어짜서 해답을 찾아봐. 내가 도와줄게."

"해답을 찾는다고요? 어디서요? 어떤 방향에서 찾죠? 우리가 해답을 찾았다고 쳐요. 그다음에는 어떻게 하죠?"

"클라리사에게 이메일을 보내는 거야. 물론 그녀가 전화를 받기를 기원하면서 말이야."

"모르카는 어떻게 하고요?"

"그에게는 전혀 암시하지 말자. 결국 우리는 모르카가 어떤 진영에 속하는지 모르잖아. 만일 그가 악인의 진영에 속한다면 악당들을 불러들이는 것은 경솔한 짓이지. 클라리사는 아무 보호도 받지 못한 채 녀석과 함께 있는데. 그리고 추신에 쓸 내용이 생각났어."

매클린은 팔짱을 꼈다.

"레니 매킨토시에 대해 이야기를 해다오……."

*

위셔트 순경은 고아가 된 느낌이었다. 인공호흡기를 단 채 병상에 누워 있는 상사를 보고 있자니 등골이 오싹했다. 체격이 좋아 희망이 충분히 있다고 장담을 하긴 했지만 사실 의사들은 거의 낙관하지 않았다. 위셔트는 부모를 대하듯 스튜어트의 오른손을 꼭 쥐었다. 그러자 거의 동시에 스튜어트는 두 눈을 살짝 떴다. 동공이 커졌고 손가락은 위셔트의 손을 꽉 쥐었다. 위셔트는 형사가 고통스러워서 그런 반응을 보였을 거라고 생각했다. 하지만 그게 아니었다. 스튜어트는 계속 순경의 손을 쥐고 있었다.

"형사님, 진정하세요. 모두 잘될 겁니다."

스튜어트가 손을 놓았다. 그리고 손가락으로 시트를 가리키며 뭔가를 썼다.

처음에 위셔트는 무의식적인 행동이라고 생각했다. 하지만 그 동작이 규칙적으로 계속되자 형사가 대화를 나누고 싶어 한다는 것을 깨달았다.

위셔트는 호주머니에서 스프링이 달린 작은 수첩과 볼펜을 꺼내 상사의 손 아래에 수첩을 놓고 엄지와 검지 사이에 볼펜을 끼워주었다.

스튜어트는 아주 느리게 한 단어, 오직 한 단어만을 썼다. 모르카. 그리고 볼펜을 떨어뜨렸다.

도대체 이게 무슨 뜻일까?

위셔트가 물었다.

"형사님, 모르카가 누굽니까?"

위셔트는 다시 물었다.

"제발 말해주세요! 제가 어떻게 해야 합니까?"

하지만 대답이 없었다. 스튜어트는 다시 의식을 잃었다.

*

램래시에 이슬비가 내리기 시작했다. 레인코트를 입은 클라리사는 해변을 따라 줄곧 걸었다. 지난밤부터 손이 쑤시기 시작했지만 어떤 것에도 신경 쓰지 않고 깊은 생각에 빠졌다. 씁쓸한 미소가 입가에 번졌다. 세 명의 예언자들과 면담할 때 기적을 일으켜 관절염을 영원히 낫게 해달라고 부탁했어야 했는데……. 쓸데없는 생각이었다. 세 예언자는 그녀가 상상했던 사람들이 아니었기 때문이다. 이들과의 면담을 생각하면 생각할수록 세 사람이 갖고 있는 공통점에 더욱더 놀랄 뿐이었다. 세 사람 가운데 하느님을 본 사람은 아무도 없었다. 천사들도 하느님을 보지 못했다. 하느님은 과연 존재할까? 만일 존재한다면 무슨 이유로 하느님은 모습을 숨기고 틀어박혀 지내는 걸까? 산 자들의 세상에 모습을 드러내지 않는 것은 그렇다 치더라도 죽은 자들의 세상에서까지 꼭 그럴 필요가 있을까?

또 다른 사실이 그녀를 어리둥절하게 했다. 왜 그런 모험에 뛰어들었는지 질문하자 세 예언자는 똑같은 대답을 했다. "**내가 완수해야 하는 사명이 있다고 외치는 목소리가 있었어요. 선택의 여지가 없었죠.**" 이런 상황이라면 어떻게 하느님의 요구를 피할 수 있겠는가? 만일 그들에게 사명을 완수하라고 촉구했던 분이 하느님이 아니라면 대체 누구겠는가.

비는 더욱 세차게 내렸다. 천둥이 무섭게 울렸다. 집으로 돌아가는 편이 나을 듯했다. 그녀는 레인코트의 깃을 세우고 집으로 발길을 돌렸다.

클라리사는 일찍 잠자리에 들었다. 잠을 자기 위해서가 아니라 메모를 다시 읽기 위해서였다. 요컨대 그녀의 침실은 생각하기에 가장 좋은 장소였다.

잠이 깼을 때 세상이 종말을 맞이한 줄 알았다. 주위가 보이지 않을 정도로 폭우가 쏟아지고 있었다. 바다에는 좀처럼 볼 수 없는 격렬한 돌풍이 몰아치는 가운데 요란한 번개가 내리치고 있었다.

아침 6시였다.

1층으로 내려온 클라리사는 모르카가 먼저 일어난 것을 확인하고 놀라워했다. 그가 이처럼 이른 아침에 깨어난 것은 처음이었다. 노부인은 얼굴을 찌푸리며 외쳤다.

"날씨가 미쳤어!"

"맞아요. 세상의 종말이 온 것 같아요."

그러고는 이렇게 덧붙였다.

"윌리 할아버지로부터 이메일이 왔어요. 엊저녁에 보낸 거예요. 외할아버지는 흥미를 잃었던 게 아닌가 봐요."

노부인의 얼굴이 경련을 일으켰다.

"재니트 말이니?"

모르카는 고개를 저었다.

"아니요."

모르카는 인쇄된 종이 두 장을 내밀었다.

노부인이 가장 먼저 본 것은 다음과 같은 그림이었다.

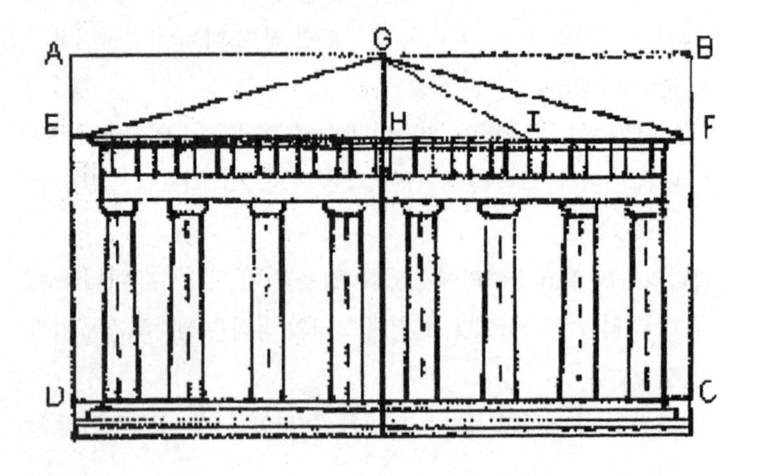

"이게 뭐니? 사원?"
"읽어보세요."

발신 : WMACLEAN@GLASGOWUNIV.SC
날짜 : 2002년 6월 28일 금요일 18 : 30
수신 : MORC@HOTMAIL.COM
제목 : 0.809

우리는 신비를 밝혀냈다고 생각해요. 단도직입적으로 말씀 드릴게요. 모두 캐슬린 덕분이죠. 우리가 찾아낸 방법을 설명하는 것은 지루할 거예요. 우리가 레오나르도 피사노(일명 피보나치)라는 이탈리아 수학자의 연구와 건축학에 대한 캐슬린의 열정을 연결 지어 몇 가지를 살펴봤다는 사실만 알아두세요.

우리는 피사노의 연구를 살펴보다가 우연히 한 숫자에 이르는 일련의 방정식을 발견했어요. 언뜻 보기에 이 숫자는 특별할 게 없었어요. 만일 캐슬린이 옆에 없었더라면 이 숫자는 내게 아무것도 떠오르게 하지 않았을 거예요. 이 숫자는 바로 1.618이에요.

이 숫자는 바로 까마득한 옛날부터 모든 건축가들이 알고 있던 그 유명한 '황금의 수'(혹은 황금비)예요. 기원전 5세기에 파르테논신전의 장식을 책임졌던 그리스 조각가 페디아스에게 경의를 표하기 위해 이 황금비를 그리스 문자 '파이'로 나타냈어요. 건축가들은 수세기 동안 수많은 고전 건축에서 이 법칙을 준수했어요. 예를 들면 쿠푸 피라미드의 높이와 하단의 비율은 2대 1로 황금비를 나타내죠. 이것은 다음과 같은 수식으로 나타낼 수 있어요.

$$\frac{1+\sqrt{5}}{2}=1.618\cdots\cdots$$

내가 당신에게 파르테논신전의 도면을 첨부한 것은 이 건물의 가로세로 비율이 황금비가 될 수 있는 사각형 안에 들어가기 때문이에요. 하지만 가장 중요한 점은 이것이에요. 황금의 수 1.618을 2로 나누면 무엇이 나오나요? 바로 0.809예요.

따라서 이 결과는 가브리엘 대천사가 암시한 쌍둥이의 개념을 나타낼 수 있을 거예요. 이 정보가 당신에게 도움이 될까요? 캐슬린과 나는 이 숫자가 무엇을 뜻하는지 몰라요. 그래도 이 숫자는 우리의 관심을 끄는군요.

쌍둥이. 우리는 이 수수께끼에서 '쌍둥이'라는 단어를 소홀히 다루었어요. 분명히 이 단어는 문제를 파악하는 데 숫자만큼이나 본질적일 거예요. 충고를 하나 해도 될까요? 이 방향에서 숙고하세요.

캐슬린은 당신이 보티첼리를 소개하는 인터넷 웹사이트를 꼭 보았으면 좋겠다고 했어요. 소식을 기다리겠어요.

당신의 친구 윌리 드림.

PS. 우리는 당신에게 연락하기 위해 필사적으로 노력했지만 실패했어요. 당신 전화기에 문제가 있는 것 같아요. 이 이메일을 받는 즉시 전화해주길 바라요. 긴박한 문제예요. 재니트 문제 말이에요.

클라리사를 강렬하게 자극한 것은 무엇보다도 이 추신의 내용이었다. 혹시 그녀가…….

클라리사는 전화기 있는 곳으로 가서 수화기를 들었다. 그녀가 매클린의 전화번호를 누르려는 순간 발신음이 들리지 않았다.

클라리사는 어리둥절한 모습으로 수화기를 응시했다.

"아니, 이럴 수가!"

모르카가 놀라며 물었다.

"무슨 일이세요?"

"전화가 불통이야! 이럴 리가 없는데."

"분명히 번개 때문일 거예요. 오래지 않아 복구될 거예요."

"모르는 일이지. 매클린을 만나야 해. 재니트에게 무슨 일이 일어났을 거야."

클라리사는 빙 돌아서 침실로 향했다.

"어디 가세요?"

"옷 입으러. 마을로 가서 전화를 해야겠어."

몇 분 후, 노부인은 다시 거실에 나타났다. 모르카의 어리둥절한 시선에 아랑곳하지 않고 그녀는 옷걸이에서 우산과 레인코트를 집어 들고 문으로 향했다.

"미친 짓이에요! 이런 날씨에 외출할 수 없어요! 10미터 앞도 볼 수 없어요. 사고를 당할지 모른다고요."

클라리사는 모르카에게 살짝 눈짓을 한 후 밖으로 나왔다.

모르카는 망설이지 않고 그녀 뒤를 바짝 따랐다.

하늘에서 번갯불이 점점 더 빠르게 번쩍거리는 한편, 대포소리처럼 사방팔방에서 육중한 천둥소리가 울렸다.

"분별 있게 행동하세요. 너무 위험해요. 차라리 제가 갔다 오겠어요."

운전석에 앉은 노부인은 주위의 소음을 물리치려는 듯 큰소리로 말했다.

"자, 걱정 마. 더한 날씨에서도 운전해봤다고!"

젊은이는 더 이상 말리지 않았다. 그는 차를 돌아와 운전석 옆자리에 앉았다.

"저도 가겠어요!"

클라리사는 어깨를 으쓱했다. 그런데 당장 해결해야 할 문젯거리가 생겼다. 엔진이 털털거리고 직직거리기만 할 뿐 끝내 시동이 걸리지 않았던 것이다.

노부인은 욕설을 퍼부었다.

"이 고물 자동차야, 그래 이젠 꺼져버려라! 조만간에 폐차시켜버릴 테야!"

화가 난 노부인은 차문을 열고 우산을 편 후 집으로 향했다. 그녀는 레인코트를 벗어 걸었다. 그녀는 잠시 망설이다가 다시 전화기로 향했다.

노부인은 수화기를 귀에 붙인 채 말했다.

"여전히 불통이야. 뇌우에다 혼란까지!"

모르카가 말했다.

"선생님을 이런 지경으로 몰아넣다니 어처구니없네요. 일단 뇌우가 그치면 모든 게 정상으로 돌아갈 거예요."

"전화가 불통이면 인터넷도 연결되지 않겠지?"

"아쉽지만 그래요."

"그래? 그럼 우리는 어떻게 매클린의 이메일을 받았지?"

모르카는 시선을 피하며 말했다.

"전화선이 어느 순간에 갑자기 복구되었을 거예요. 이메일은 순식간에 전송될 수 있어요."

노부인은 잠시 젊은이를 응시한 후 욕지거리 비슷한 뭔가를 중얼거렸다. 그러고는 부엌으로 향했다.

나머지 낮 시간은 계속 긴장된 분위기 속에서 지나갔다. 모르카는 대부분의 시간을 컴퓨터와 체스게임을 하며 보냈다. 클라리사는 메모지와 매클린의 최근 이메일을 다시 읽었다. 가끔 그녀는 긴 의자에서 일어나 전화선이 연결되었는지 확인했다. 저녁 8시, 전화는 여전히 불통이었다.

8시 30분, 노부인은 모르카에게 저녁식사를 권했지만 그는 인상을 찌푸리며 거절했다.

10시, 노부인은 모든 색인카드를 정리하고 젊은이에게 잘 자라고 말한 후 침실로 올라갔다.

자정, 마침내 그녀는 잠들었다.

*

한편 글래스고에 있는 매클린과 캐슬린은 아직 잠을 자지 않았다. 대학교의 연구실에 틀어박힌 두 사람은 중국요리를 주문해놓고도 손대지 않았다. 그들은 완강하게 침묵을 지키는 전화기를 지켜보고 있었다. 걱정에 이어 불길한 느낌이 들었다. 오후 늦게까지 노부인에게서 연락이 없자 더욱 불길한 느낌이 든 매클린 교수는 브로딕 경찰서에 전화해서 스튜어트 형사를 바꿔달라고 부탁했다. 경찰서 측은 처음에는 아무 얘기도 해주지 않았다. 스튜어트는 부재중이기 때문에 그와 통화할 수 없다고만 했다. 매클린이 클라리사 그레이 부인의 친구라고 하자 경찰서 측은 마침내 사실대로 털어놓았다. 스튜어트 형사는 입원해 있으며 위급한 상태라는 것이었다.

23

아침 나절, 클라리사는 컴퓨터로 향했다. 그녀는 구부러진 집게손가락으로 시작 단추를 눌렀다. 하지만 카지노 온라인 사이트로 들어가지 않고 검색 프로그램을 가동시켜 15세기 이탈리아 그림을 소개하는 사이트에 접속했다. 그녀는 20여 분 동안 검색하다가 마침내 그녀가 찾고 있던 자료를 발견하고 인쇄했다. 그러고 나서야 카지노 온라인 사이트로 이동했다. 시간이 흐를수록 초조감도 커져갔다.

사무엘 천사는 나타날까? 사무엘은 언제나 그녀의 말에 귀를 기울이고 있을까?

다시 몇 분이 흘렀다.

만일 사무엘 천사 역시 살해되었다면? 만일 범인이 사무엘을 죽였다면? 클라리사는 이 추측을 버렸다. 그건 너무 불공정한 일이었다. 지금은 아니다. 노부인은 그 정도는 알고 있었다.

화면이 하얗게 변하자 노부인은 다시 긴장했다.

"그레이 부인, 무슨 일이에요?"

"그들과 이야기를 나누어야 해요. 세 사람 모두."

"함께 말인가요?"

"네. 당신도 함께였으면 좋겠어요. 당신이 꼭 지켜보기를 원해요. 신중하게. 결론에 거의 다다랐는데 당신에게 유감스러운 일이 일어나는 것은 원치 않아요."

사무엘 천사의 목소리는 탄성으로 바뀌었다.

"그럼 범인을 찾았단 말인가요?"

노부인은 대답 대신에 천사를 재촉했다.

"제발, 그들을 불러주세요. 지금 당장."

"알았어요."

사무엘의 얼굴이 사라졌다. 노부인은 조마조마했다. 두려움. 두려움이 그녀를 괴롭혔다. 사무엘은 다른 사람들을 만나러 갈 때 어떤 길을 이용할까? 텔레파시를 이용할까? 심연을 뛰어넘을까? 현기증이 날 만큼 높은 정상을 기어오를까? 만일 범인과 마주치기라도 한다면 모든 게 끝장이다.

사무엘은 돌아왔다. 사무엘 옆에 두 예언자가 무표정한 모습으로 나타났다. 보이지는 않지만 틀림없이 마호메트도 있을 것이다.

예수가 물었다.

"그레이 부인, 무슨 일이에요? 무슨 문제라도 생겼나요?"

"네. 어떻게 보면 그래요."

클라리사는 깊게 숨을 들이마셨다.

"저는 누가 살인자인지 알아요."

아무 반응이 없었다. 하지만 긴장감을 느낄 수 있었다.

"실은 이미 얼마 전부터 추측이 확신으로 바뀌었어요. 그렇지만 너무도 터무니없어서 내 마음이 받아들이려고 하지 않아요. 하지만 내 이성은 그렇지 않아요. 수사에 몰두할 때 마음은 간섭해서는 안 됩니다. 마음을 제쳐놓아야 해요. 저는 그렇게 했어요. 그렇지만 최후의 확인이 필요했어요. 저는 엊저녁에야 확신을 했어요."

모세가 물었다.

"그래 범인은 누군가요?"

클라리사가 대답했다.

"0.809."

깜짝 놀란 마호메트가 외쳤다.

"뭐라고요?"

예수도 소리쳤다.

"숫자가 범인이라고요?"

"제 말을 주의 깊게 들어주세요. 이 모든 일은 가브리엘 대천사의 일기와 더불어 시작되었어요. 그 일기에는 뭐라고 쓰여 있죠? 천사들이 연쇄살인범에게 희생되고 있으며, 살인범은 뚜렷한 동기도 없이 닥치는 대로 죽이고 있다고 했어요. 저는 그의 일기에서 다음과 같은 구절에 주목했어요. '이곳에서 죽음의 씨를 뿌리는 자는 분명히 대단한 힘을 가지고 있습니다.' 가브리엘이 정확히 보았어요. 천사들은 본래 불멸의 존재로 만들어졌기 때문에 살인자는 틀림없이 죽음을 지배하는 힘을 가진 누군가일 거예요. 제가 여러분에게 '천사들을 죽일 수 있을 만큼 강력한 힘을 가진 인물이 누굽니까?' 라고 물었을 때 여러분 중 두 분은 '아무도 없다' 고 대답했고 마호메트는 '한 사람밖에 없어요. 엘리야' 라고 말했어요."

모세와 예수가 동시에 소리를 질렀다.

"엘리야? 불가능한 일이야! 그는……."

"잠깐만요. 제가 이야기를 끝낼 때까지 기다려주세요. (그녀는 잠시 쉬었다가 말을 이었다.) 물론 엘리야 예언자에게는 혐의가 없어요. 저는 그의 전기를 살펴봤어요. 그는 불말이 이끄는 불수레에 실려 하늘나라로 사라졌어요. 그것은 엘리야가 하느님의 부름을 받았다는 것을 암시해요. 하느님은 그에게 단말마의 고통을 면해주기 위해 그렇게 하셨을 거예요. 하느님이 그런 선택을 하셨던 것은 엘리야가 인간의 운명인 죽음을 이길 능력이 없다는 것을 의미해요. 엘리야는 무고해요. 그럼 누굴까요?"

클라리사는 다시 숨을 들이마셨다.

"수사를 진행하는 방법은 무수히 많아요. 그중 하나가 소거법이에요. 여러분은 자신도 모르는 사이에 주위 인물들의 무죄를 주장했어요. 우리가 믿을 수 있는 증언이 있고 또 버리는 증언이 있어요. 당신들처럼 명망이 높은 분들이 솔직하게 속내를 털어놓은 후 그렇게 '아무도 없다' 고 단정하시니 제가 믿지 않을 수가 없지요. 당신들 세상의 거주자들은 범인이 아니기 때문에 의심할 수 있는 사람은 당신들 셋밖에 남지 않았어요. 가브리엘 천사는 이런 식으로 수사를 진행했을 거예요. 다만 가브리엘은 당신들이 상징하는 모든 것과 영광에 당황하여 판단력이 흐려져 실수를 했던 거예요. 그는 당신들 가운데 한 분이 범인이라고 생각했어요. 당신들은 가장 위대한 인물이었죠. 가브리엘이 틀렸어요. 그는 당신들을 과대평가했어요. 하지만 그도 결국에는 자신의 추측이 틀렸음을 깨달았을 거예요. 그의 마지막 말이 '**모든 해답은 숫자 19와 쌍둥이 0.809에 있습니다**' 라는 문장이었으니까요."

노부인은 고통으로 얼굴을 찌푸렸다. 두 손은 경련을 일으키고 있었다. 그녀는 그렇게 심하게 고통을 느낀 적이 없었다. 불이 손가락 뼈를 태우고 있었다. 그녀는 고통을 억제하기 위해 손가락을 부여잡고 최대한 꽉 눌렀다.

클라리사가 말을 이었다.

"저는 한 남자를 만났어요. 그의 이름은 새뮤얼 슐론스키였어요. 그는 숫자 19에 대해 자신의 의견을 밝혔어요. 그의 설명에 의하면 이 숫자는 하느님을 상징할 가능성이 높아요. 그는 하나의 가설을 언급했을 뿐이에요. 그는 신비로운 0.809에 대해 설명할 수도 있었을 거예요. 하지만 안타깝게도 그럴 시간이 없었어요."

사무엘 천사가 말했다.

"**그레이 부인, 단도직입적으로 말씀해주시면 안 될까요? 연쇄살인범은 누굽니까? 그의 이름은?**"

클라리사는 잠시 머뭇거리다가 입을 열였다.

"하느님……."

컴퓨터 화면의 이면에서 동요하는 소리가 들려왔다. 마치 폭풍이 일어나 그들을 뒤흔드는 듯했다.

마호메트가 소리쳤다.

"하느님이라고요? 그레이 부인, 당신 미쳤군요! 완전 미쳤어요!"

모세가 한술 더 떴다.

"하느님이 살인범이라고요? 당신이 방금 한 말이 얼마나 신성모독적인 것인지 알고나 있습니까?"

예수도 동의했다.

"내 친구들의 말이 옳아요. 당신은 노망이 들었어요."

노부인은 조금도 당황하지 않았다.

"범인은 하느님이에요."

클라리사는 머리를 앞으로 내밀고 말했다.

"가브리엘은 이렇게 기록했어요. '쌍둥이 0.809.' 이 네 숫자는 1.618의 절반이죠. 당신들도 분명히 아시겠지만 이 숫자는 황금의 수예요. 이것은 건축에서 신의 비율(황금비), 완전함, 절대적 미학 이론을 상징해요. 또한 이상적인 것을 상징하고, 특히 무리수로 나옵니다. 계산을 해보았어요. 1차방정식에 근거해서 근을 구해보면, 즉 $\frac{1+\sqrt{5}}{2}=\cdots\cdots$."

클라리사는 안경을 쓰고 메모를 읽기 시작했다.

"1.618 033 988 749 894 848 204 586 834 365 638 117 720 309…… 이런 식으로 무한히 계속됩니다. 대수의 속성 역시 참으로 놀라워요. 황금의 수의 제곱을 구하려면 1만 덧붙이면 됩니다. 또 황금의 수의 역수를 구하려면 1을 빼기만 하면 됩니다. 하나. 단일성. 유일한 존재!"

모세가 질책했다.

"터무니없는 이야기예요! 당신은……."

"제 말을 끊지 마세요! 나는 한 여자친구의 권고를 듣고 그림에 관심을 가졌어요. 이 그림을 보세요."

클라리사는 몇 분 전에 출력한 자료를 화면 앞에 들이대고 말했다.

"잘 보세요. 이건 보티첼리의 「비너스의 탄생」이에요. 계절의 여신 플로라가 사랑과 미의 여신인 비너스에게 외투를 덮어주는 모습을 볼 수 있어요. 대부분의 전문가들은 화가가 이 그림을 통해 '인류의 탄생'을 형상화하려 했다고 말해요. 우연의 일치일까요? 가로와 세로의 비율이 황금비와 일치해요. 왼쪽에 있는 서풍의 신 제피로스와 오른쪽에 있는 계절의 여신 플로라는 이 황금 사각형 안에서 대각선으로 마주보고 있어요. 황금의 수, 게다가……."

모세가 반복해서 불평했다.

"터무니없는 이야기예요. 터무니없어요."

"그러지 말고 제 말이나 잘 들어주세요. 무한……. 이 상징의 의미가 보이지 않나요? 무한, 절대, 영원. 사람들은 흔히 하느님을 '위대한 건축가'라고 표현하지 않나요? 하느님께서 완성한 우주야말로 숭고한 것, 황금비, 절대적 미학이라고 부를 만하지 않나요? 우리를 둘러싸고 있는 만물의 완벽한 배치를 보세요. 혹성들의 정밀한 운행, 은하계의 유동성, 별들의 소음……. 우리는 가장 경이로운 건축물의 한복판에 있어요."

클라리사는 자신의 주장을 더욱 밀어붙였다.

"하느님은 황금의 수예요! 가브리엘은 잘못 생각하지 않았어요. 하지만 저는 '쌍둥이'의 실체를 밝히지 못했어요. 이 단어는 이해할 수가 없어요."

사무엘이 속삭였다.

"있을 수 없는 일이에요. 너무도 당혹스러운 얘기예요. 하느님이 살인범일 리가 없어요."

"당신이 그렇게 말하는 게 당연해요. 당신은 하느님의 수하에 있고 특히 정이 많은 천사이기 때문에 제 의견을 받아들일 수 없을 거예요. 저 역시 정이 많아요. 하지만 저는 수사를 책임지고 있어요. 사사로운 감정으로 수사를 할 수는 없어요. 용의자를 붙잡았을 때 어떤 절차를 밟아야 하나요? 당신은 알고 있나요?"

사무엘은 머리를 저었다.

"보통 전과가 있는지 확인해요. 저도 그렇게 했어요."

"하느님의 전과기록?"

"맞아요. 하느님의 전과기록은 대단해요. 현기증을 일으킬 정도로 아주 엄청나요. 하느님의 폭정을 낱낱이 열거해드릴까요? 그러려면 몇 년은 걸릴 거예요. 되는 대로 몇 가지만 예를 들겠어요. 하느님은 불쌍한 피조물들이 죄악에 빠졌다는 이유로 버럭 화를 내며 지상의 온갖 생물을 몰살하기로 결심하셨어요. 그게 노아의 대홍수죠. 또 하느님은 여자들과 어린이들을 포함해서 두 도시 소돔과 고모라를 전소시켰어요. 또 불쌍한 여인—롯의 아내—이 호기심을 참지 못하고 고개를 돌려 고향을 바라보았다는 이유로 소금 기둥으로 바꿔버리셨어요. 또 아브라함에게 사랑하는 외아들 이사악을 제물로 바치라고 요구했어요. 그리고……."

모세가 그녀의 말을 끊었다.

"그건 시험에 지나지 않았어요. 하느님은 아브라함을 시험하셨던 거예요. 아들에 대한 사랑이 하느님에 대한 사랑보다 크지 않은지 확인하고 싶으셨던 거예요. 더구나 마지막 순간에 아이 대신에 양을 보내주셨어요."

"시험이라고요? 아버지에게 아들을 죽이라고 요구하는 것이 시험이라고요? 그런 사디즘은 별로 좋은 게 아니에요!"

클라리사는 말을 이었다.

"파라오가 히브리 백성들을 떠나지 못하게 하자 하느님이 어떻게 하신지 아세요? 그는 맏이들을 모조리 죽게 해요! 어린이들을 말이에요! 이해하시겠어요? 아이들을! 무고한 아이들……."

클라리사는 손가락으로 모세를 가리키며 말했다.

"당신은 금송아지의 비극이 일어난 다음날 하느님이 당신에게 명령하셨던 것을 잊었나요?"

노부인은 손가락을 펴서 성경을 끌어당겼다.

"이스라엘의 하느님께서 말씀하신다. '너희는 각자 허리에 칼을 차고, 야영지의 이 대문에서 저 대문으로 오가면서 형제든 친구든 이웃이든 닥치는 대로 찔러 죽여라.' 레위 후손들은 모세의 명령대로 하였다. 그날 백성 중 맞아 죽은 자가 3천이나 되었다."

노부인은 고개를 들고 말했다.

"3천 명! 그 잘난 영웅주의 때문이 아닌가요? 그리고 저주와 피! 오, 얼마나 많은 피를 쏟았을까! 공갈, 위협, 공포감을 주는 협박은 얼마나 많았을까! 이제 결론을 짓겠어요. 당신은 제 말을 믿지 않으니까요. 하지만 신명기 중에서 이 대목의 발췌문은 읽게 해주세요."

노부인은 책갈피를 꽂아놓은 곳을 펴서 읽기 시작했다.

"만일 너희가 너희 하느님의 말씀을 듣지 않고, 내가 오늘 너희에게 명령하는 그분의 모든 계명과 규정을 명심하여 실천하지 않는다면 온갖 저주가 너희를 사로잡을 것이다. 너희는 성읍 안에서도 저주를 받고 들에서도 저주를 받을 것이다. 너희의 광주리와 반죽 통도 저주를 받을 것이다. 너희 몸의 소생과 너희 땅의 소출도, 새끼소와 새끼양도 저주를 받을 것이다. 너희는 들어올 때도 저주를 받고 나갈 때에도 저주를 받을 것이다. 주님께서는 너희를 폐병과 열병과 염증, 무더위와 가뭄과 마름병과 깜부깃병으로 계속 치시고, 마침내 너희가 망할 때까지 그것들이 너희를 쫓아다니게 하실 것이다. 주님께서는 너희 땅에 모래와 티끌을 비처럼 내리실 것이다. 이런 것들이 하늘에서 너희 위에 내려 너희는 결국 쓸려 가고 말 것이다. 주님께서는 너희를 원수에게 패하게 하실 것이다. 그래서 너희는 한 길로 쳐 나갔다가 일곱 길로 뿔뿔이 도망칠 것이며, 땅 위에 있는 모든 나라가 너희 꼴을 보고 두려워 떨 것이다. 너희 주검이 하늘의 모든 새와 땅의 모든 짐승의 먹이가 되어도 쫓아줄 사람이 없을 것이다."

노부인은 잠시 침묵을 지켰다. 그녀의 시선은 모세에서 예수에게 옮겨갔다.

"이게 살인자의 말이 아니라면 하느님께서 나를 데려가실 때가 된 거예요."

다시 침묵이 흘렀다. 대경실색한 두 예언자는 서로 얼굴을 빤히 쳐다보았다. 한편 사무엘은 계속 머리를 숙이고 있었다.

갑자기 예수가 입을 열었다.

"그레이 부인, 당신 말이 옳아요. 단 한 가지 점만 말이에요. 가브리엘은 우리를 용의자로 지목함으로써 실수를 범했어요. 그뿐만이 아니에요. 그는 당신을 과대평가했어요. 우리는 당신 결론에 찬성할 수 없어요. 그레이 부인, 그건 어이없는 말이에요. 아듀……."

예수가 손을 흔들자 곧 카지노 온라인의 약자와 광고 문구가 다시 나타났다. 클라리사는 고개를 흔들며 화면을 노려보았다. 그녀는 생각했다. 이럴 수가! 그들은 다시 올 거야.

클라리사는 무턱대고 자판을 두드렸다. 하지만 아무 일도 일어나지 않았다. 그녀는 다시 격렬하게 자판을 두드렸다. 여전히 아무 변화도 없었다. 화가 난 그녀는 자리에서 벌떡 일어나 궁지에 몰린 동물처럼 거실을 이리저리 성큼성큼 걸으며 빙빙 돌았다. 바로 그때 등 뒤에서 목소리가 들렸다.

"그레이 부인, 그러니까 내가 살인범이란 말이에요?"

클라리사는 획 돌아섰다.

모르카는 입가에 형언할 수 없는 야릇한 미소를 지은 채 거실 입구에 서 있었다.

그는 들어보지 못한 낯선 목소리로 질문을 반복했다.

"그러니까 내가 살인범이란 말이에요?"

24

“뭐, 뭐라고 했니?”

노부인의 얼굴은 백지장처럼 창백해지고 차가운 기운이 감돌았다.

“질문은 명확해요. 나는 전부 들었어요.”

“이해하지 못하겠어. 너는 관계가 없잖아…….”

“범인은 하느님이라면서요?”

“그랬지. 하지만 너는…….”

“그래서 묻는 거예요. 내가 살인범이란 말인가요?”

노부인은 소파에 몸을 기댔다. 두 다리가 후들후들 떨렸다.

“앉으세요. 당신에게 불행한 일이 일어나는 것은 원치 않아요. 그건 너무 슬픈 일이에요.”

꼭두각시처럼 노부인은 시키는 대로 의자에 앉았다. 머릿속에서 세상이 빙빙 돌고 있었다.

“당신이 나에 대해 기분 좋은 말은 하지 않았지만 당신의 탁월한 재능 앞에 머리를 숙여요. 잘했어요, 그레이 부인. 당신은 명탐정이에요. 그렇지만 당신이 직감 혹은 육감에 의지하고 있다는 사실을 받아들이세요. 당신이 이 사건을 밝힐 가능성은 아주 희박해 보이는군요.”

노부인은 간신히 침을 삼키고 물었다.

“대체 당신은 누구세요?”

모르카의 미소가 더욱 뚜렷해졌다.

"그레이 부인, 아직도 나를 간파하지 못했나요? 당신이?"

노부인이 침묵을 지키자 그는 또렷하게 밝혔다.

"**나는 곧 나입니다.**"

노부인은 두 눈을 감았다. 그리고 다시 눈을 뜰 때 이 젊은이가 사라지기를 바랐다. 나쁜 꿈에 지나지 않는다고 생각했다.

하지만 모르카는 여전히 있었다. 대담한 놈이야.

모르카-신(神)은 글렌모어 위스키 병이 있는 찬장을 가리켰다.

"술을 마실 시간이 아니라는 것은 알지만 그래도 스카치를 한잔 드릴까요? 필요하실 것 같아요."

클라리사는 거의 들리지 않는 목소리로 '네'라고 대답했다.

모르카-신은 술을 따라서 노부인에게 잔을 건넸다. 그리고 자리에 앉으면서 말을 이었다.

"1.618. 가브리엘은 매우 재치 있는 모습을 보여줬어요. 내게는 놀라운 일도 아니죠. 내 천사들 중에서 가브리엘은 가장 재능 있는 천사였으니까요."

클라리사는 떨리는 손으로 잔을 입술로 옮겨 한 모금을 들이켰다.

모르카-신이 말을 이었다.

"하지만 나는 확신할 수 없었어요. 특히 슐론스키가 죽은 후 당신이 수사를 집어치울 거라고 생각했어요. 나를 가장 깜짝 놀라게 했던 것은 당신이 보티첼리의 「비너스의 탄생」에 대해 설명했을 때였어요. 이 그림이 내가 가장 좋아하는 작품 가운데 하나라는 것은 꿈에도 상상하지 못했을 거예요. 그 금발 여인……."

그는 갑자기 말을 멈췄다. 마치 불현듯 떠오르는 회상에 당혹스럽다는 듯이. 모르카-신이 물었다.

"왜 아무 말이 없어요?"

"만일 당신이……(그녀는 하느님이란 단어를 내뱉을 수 없었다), 진짜 모르카는 어디에 있어요? 매클린 교수의 손자는 어디에 있나요?"

"그의 어머니와 함께 있어요. 바베이도스에. 그들은 잘 있어요. 이틀 후에 돌아올 거예요. 당신은 운이 좋았어요."

"왜 모르카의 자리를 차지했어요? 왜 그를 선택했나요?"

"먼저 중심인물들과 가까워지기 위해서죠. 내 말은 '신체적으로' 말이에요. 그리고 사람의 모습을 취하면 유용할 거라고 생각했어요. 사람들이 느끼는 것을 느끼고 싶었어요. 또 사람들의 생활을 직접 체험하고 싶었어요. 고백하건대 아주 유익한 경험이었어요. 모든 관점에서."

클라리사는 다시 스카치를 한 모금 들이킨 후 말했다.

"예수는 거짓말을 하지 않았어요. 당신은 이전에 인간의 모습으로 태어난 적이 없지요?"

모르카-신은 머리를 저었다.

"예수는 분명 내 사자들 가운데 한 명이었어요. 모세와 마호메트처럼. 누군가가 지상에 내 존재를 드러내야 했어요. 그렇게 생각하지 않나요?"

클라리사는 대답하지 않았다. 용의자가 변신을 하는 것은 그렇다 치더라도 어떻게 하느님 자신이…….

"왜 사자들을 보내야 했나요?"

"이야기하자면 길어요."

모르카-신은 한참 동안 침묵을 지키다가 입을 열었다.

"그레이 부인, 고독이 뭔지 아세요? 당신이나 사람들의 고독을 얘기하는 게 아니에요. 사람의 고독은 나의 고독과 비교하면 아무것도 아니에요. 신의 고독. 무한한 고독. 성운(星雲)처럼 깊고, 은하계처럼 강렬하며, 가장 뜨거운 태양처럼 뜨거우며, 죽은 별의 얼어붙은 표면처럼 차가운 고독 말이에요. 고독은 우리를 황폐하게 하죠. 또 우리의 내면을 초췌하게 하고 절망으로 이끌어요. 고독은 절정에 달하면서 우리를 죽여요. 다만 나는 죽을 수 없을 뿐이에요."

모르카-신은 소파에 편히 앉았다. 그의 눈동자는 근심으로 흐릿해졌다. 그리고 보이지 않는 어느 곳을 응시했다. 아마 우주의 끝을.

"나는 아주 오래전부터 존재해왔어요. 시간 이전부터 존재했죠. 무슨 이유로? 나도 몰라요. 나는 존재했고 존재하고 있어요. 그뿐이에요. 허공으로 둘러싸이고 무로 에워싸인 채. 내 주위에는 아무것도 없었어요. 아무것도. 물질도 소리도 없었죠. 헤아릴 수 없는 정적 이외에는 어떤 소리도 없었죠. 음악이라고 해봤자 고요밖에 없었어요. 바흐는 나를 위해 연주하지 않았어요. 모차르트도 다른 음악가들도 마찬가지였죠. 어디를 둘러보아도 무한밖에 없었어요. 보티첼리의 그림도 반 고흐의 그림도 보이지 않았어요. 미켈란젤로의 피에타도 보이지 않았어요. 정적과 허공. 이것은 고약한 고문이에요. 또 누군가를 죽일 수 있는 힘을 가지고 있어요."

모르카-신은 희미한 목소리로 반복했다.

"나는 죽을 수도 없어요. 그런데 고독보다 더 나쁜 것이 있어요. 실은 우리는 둘이었어요."

클라리사가 소스라치게 놀라며 물었다.

"둘이라고요?"

"네. 그 무(無) 속에 나 혼자만 있었던 것은 아니에요. 내 형제도 있었죠. 쌍둥이 형제. 당신네들이 '암흑의 왕자' 라고 부르는 자 말이에요. 흔히 사탄이라고 하죠."

즉각 가브리엘의 알쏭달쏭한 문장이 떠올랐다. 쌍둥이라고? 쌍둥이 0.809. 아, 그러니까 사탄과 하느님의 결합이 황금의 수를 나타내는구나…….

"적대적인 존재와 허공과 정적을 공유한다는 것은 가장 끔찍한 벌이에요. 절대적 의미에서 빛과 어둠처럼, 역상(逆像)처럼 대립적인 쌍둥이 형제. 그가 내뱉는 단어는 완전히 생소한 단어들이었어요. 나는 그에게서 혐오감밖에 느낄 수 없었어요. 나는 그를 경멸했어요.

나는 그가 사라지기를 바랐어요. 그를 죽이고 싶은 생각이 몇 번이나 떠올랐는지 당신은 모를 거예요! 아뿔싸, 나는 죽을 수도 없지만 그를 죽일 힘도 없어요. 내가 아는 것은 삶뿐이죠. 그것도 아주 늦게야 깨달았어요. 수십억 년 전에."

노부인은 글렌모어 위스키 잔을 단숨에 비웠다. 처음에 느꼈던 불신과 공포는 매혹으로 바뀌었다. 그녀는 손짓으로 이야기를 계속하라고 격려했다.

"바로 그때 상상할 수 없는 일이 일어났어요."

모르카-신은 불현듯 어떤 영감에 사로잡힌 듯이 질문했다.

"그레이 부인, 당신은 이미 울어보았겠죠? 절망 때문에 울어보았나요?"

"네. 그런 일이 있어요."

"언젠가 나는 온몸으로 오열한 적이 있어요. 그레이 부인, 나는 울었어요. 나는 슬픔에 잠긴 사람들처럼 울었어요. 끔찍했어요. 모든 허공이 내 눈물로 가득 찬 듯했어요. 모든 정적이 나의 신음소리로 채워진 듯했어요. 우주는 그렇게 탄생되었어요. 우주는 고통 속에서 태어났어요. 나의 절망을 통해 태어났어요. 내가 얼마나 경악했을지 상상해보세요."

"그래서 고독이 사라졌나요?"

"불행히도 아니었어요. 곧 그 이유를 알게 될 거예요. 내 힘을 깨달은 나는 서둘러서 가치 없는 물질로만 구성된 별에 생기를 불어넣었어요. 무척 흐뭇했어요. 마침내 나는 해로운 쌍둥이 형제 말고 다른 대화 상대를 찾을 수 있을 거라고 생각했어요. 나를 인정해주고 나에게 이름을 지어주며 내 말을 들어주는 흥미로운 피조물 말이에요. 대화, 진정한 대화를 할 수 있는 피조물 말이에요! 창조 작업은 비교적 순조롭게 진행되었어요. 특히 이곳 지구에서. 하지만 사람을 만들기 전에 여러 번 시행착오를 겪어야 했어요. 사람이 탄생되자마자 내 가슴은 행복감으로 부풀어 올랐어요. 기뻐서 어쩔 줄 몰랐어요. 하지만 너무 일찍 샴페인을 터뜨렸죠. 나의 피조물들은 나를 쳐다보지도 않았어요. 무분별한 인간은 무턱대고 벼락, 화산, 태양, 달 등 자연현상을 숭배했어요. 당신은 믿지 못하겠지만 그 때문에 나의 고독감은 깊어지고 내 고통은 길어지기만 했어요. 내 쌍둥이 형제의 파렴치한 짓을 알려 드릴게요. 그는 나의 창조 작업을 악의적으로 봤어요. 언젠가는 내가 자신 없이 지낼 수 있다는 생각이 내 쌍둥이 형제를 격분시켰던 거죠. 어떻게 해야 할까? 어떻게 사람들에게 말을 걸까? 내가 여기에 있다는 것을 어떻게 사람들에게 이해시킬 수 있을까? 내가 그들의 창조주라는 것을 어떻게 알릴 수 있을까? 내가 그들 세상의 건축가라는 것을 어떻게 알릴 수 있을까?"

"그래서 사자들을 파견하기로 했나요?"

"맞아요. 그건 사람들의 관심을 끌 수 있는 유일한 방법이었어요."

클라리사가 놀라며 물었다.

"유일한 방법이라고요? 당신이 직접 모습을 드러낼 수 있었을 텐데요."

모르카-신은 등을 구부리고 말했다.

"물론이죠. 당신은 기회가 있었다면 내가 그렇게 했을 거라고 상상할 거예요. 이번처럼 다른 사람의 모습을 취하지 않으면 나는 내 모습을 드러낼 수 없어요."

"이해가 안 돼요. 어째서요?"

"나는 여기에 있지만 존재하지 않기 때문이에요! 물질적으로, 신체적으로. 나는 모든 지각작용에서 벗어나 있어요. 나는 보이지 않는 존재예요. 육안으로 나를 볼 수 없어요. 내가 지금처럼 실제로 인간의 모습으로 나타난다면 나의 모든 재능과 초자연적 능력은 사라지고 말아요. 그렇게 되면 나는 오직 인간의 힘만을 가질 뿐이죠. 즉 변변치 않은 힘 말이에요."

모르카-신은 한숨을 쉬고 말을 이었다.

"그런 이유로 사자들이 필요했어요. 그래서 천사들을 창조했어요. 제일 먼저 가브리엘 대천사를 만들었죠. 그리고 한 무리의 사람들을 선택했어요. 이들이 온 세상에 나의 지시를 전달할 거라고 확신했어요. 이 사명을 위해 나는 히브리 백성을 선택하고 모세를 그들의 지도자로 삼았어요. 그때부터 신(神)들은 존재하지 않았고 오직 **하나의 신**만이 있게 되었어요. 그게 나, 야훼죠. 사람들은 나를 그렇게 불렀어요. 나는 깊숙한 암흑 속에서 조금씩 빛을 보기 시작했어요. 나는 이렇게 생각했어요. 머지않아 사람들이 나를 알아보게 되면 나의 '유배 생활' 도 끝날 거야. 하지만 아뿔싸, 나의 희망은 너무도 빨리 연기처럼 사라지곤 했어요. 도처에서 오해가 생겼어요. 혼란이 맹위를 떨쳤어요. 그리고 나의 백성은 움츠러들었어요. 내 꿈이 무너지는 것을 속수무책으로 바라만 보았어요. 사자들은 희생양이 되었어요. 경멸과 치욕은 흔한 일이었어요."

모르카-신은 짧게 숨을 들이마신 후 말을 이었다.

"그때 나는 과감하게 새로운 시도를 했어요."

"예수……."

"네, 예슈아. 그는 더욱 끔찍한 일을 당했어요. 내가 만들었던 사람들이 그 정도로 분별력이 없을 줄은 몰랐어요. 사람들은 불쌍한 예수에 대해 온갖 말을 다했어요. 사람들은 그를 내 아들이라고 비난했어요. 사람들은 그를 조롱했어요. 또 얼굴에 침을 뱉고 비열한 죄인이라도 되듯 십자가에 못 박았어요. 내 이름을 들먹이면서요. 예수는 나 때문에 그런 고통을 당했죠. 그의 형제들은 물론이고 그의 제자들은 아무것도 이해할 수 없었어요. 그다음에 일어난 일은 나도 이해할 수가 없어요. 갑자기 경쟁하는 신들이 나타났고 적대관계에 있는 두 공동체가 나타났어요! 그레이 부인, 내 말을 믿어야 해요. 나는 첫 번째 종교는 물론 두 번째 종교도 결코 원하지 않았어요. 종교가 내게 무슨 상관이 있겠어요? 종교는 다른 형태의 우상숭배로 이어지지 않았던가요? 유대인들은 벽 아래서 묵상하고 그리스도교 신자들은 조각상 앞에서 머리를 숙이며 이슬람교도들은 운석에 지나지 않는 검은 돌을 찬양하죠. 나는 있는 그대로 인정받는 것 이외에는 바라지 않았어요. 그 이상은 조금도 원하지 않았어요."

모르카-신은 벌떡 일어나더니 셰리주 병이 있는 곳으로 향했다.

"한잔 마셔도 될까요? 옛날 일을 떠올리다 보니 어지러워서요."

클라리사는 대답할 필요가 없다고 판단했다.

모르카-신은 손에 술잔을 들고 제자리로 돌아왔다. 그는 이야기를 계속하려 했지만 클라리사가 선수를 쳤다.

"그다음은 나도 알아요. 당신은 이슬람교와 함께 세 번째 시도를 했어요."

"맞아요. 이제 이 최후의 실패를 설명할 힘도 없군요. 유혈. 불관용. 또다시 배신과 오해."

모르카-신은 머리를 뒤로 젖히고 눈을 감았다.

"세 개의 공동체. 세 종교의 무분별. 나의 고독과 절망은 첫날과 변함이 없어요. 그들은 나를 바라보지도 않은 채 나를 상상해요. 그들은 나를 모르면서 나에게 간청해요."

"그들은 분명 당신에게 간청하고 애원하죠. 그런데 당신은 왜 대답하지 않나요? 왜 그들의 고통을 덜어주지 않나요?"

클라리사는 모르카-신의 입술에서 미소를 엿보았다. 하지만 그게 정말로 미소였을까?

모르카-신이 대답했다.

"나는 세상 사람들의 고통에 책임이 없어요……."

노부인이 점점 더 경악스러운 표정을 짓고 바라보자 그는 똑같은 말을 반복했다.

"나는 책임자가 아니에요."

그리고 이렇게 덧붙였다.

"잊어버렸나요?"

"무엇을요?"

"내 쌍둥이 형제."

모르카-신이 명령했다.

"들어와!"

한 젊은이가 거실에 불쑥 나타났다. 어디서 나타났는지 알 수 없었다. 그는 모든 면에서 모르카-신의 판박이였다.

"그레이 부인, 내 형제를 소개합니다."

젊은이는 머리를 숙이며 인사했다.

"반갑습니다, 그레이 부인."

모든 것이 밝혀졌다.

캠퍼스에서 클라리사의 눈에 띄었던 모르카는 바로 이 쌍둥이였다. 그녀가 해변에서 걷고 있을 때 수사를 만류했던 자도 바로 이 쌍둥이였다.

모르카-신이 설명해주었다.

"바로 이자예요. 당신이 내가 저지른 짓이라 비난하고 있는 모든 일의 장본인이죠. 이자 혼자 다했어요."

"그럼 당신은 그냥 내버려두었나요?"

클라리사의 목소리는 떨렸다.

모르카-신이 대답했다.

"그래요."

그러고는 노부인에게 다가와서 말했다.

"먼저 당신에게 축하의 말을 하고 싶어요. 축하해요. 당신은 놀라운 통찰력을 보여주었어요."

모르카-악마는 눈살을 찌푸리며 덧붙였다.

"불행히도 당신 때문에 나는 내기에서 졌어요. 하지만 당신을 훼

방 놓았던 일은 실패하지 않았어요."
노부인은 소파에서 흥분하며 말했다.
"믿을 수가 없어요. 바코비아를 죽인 게 바로 당신이에요?"
"슐론스키도 죽였어요."
"그럼 재니트의 병은요?"
모르카-악마는 몹시 기쁜 아이처럼 말했다.
"나예요. 전부 내가 했어요."
클라리사는 모르카-신을 증인 삼아 물었다.
"내가 잘못 듣지 않았나요? 정말로 내기를 했나요?"
"맞아요. 나는 당신이 성경을 훑어보는 동안 당신을 지켜보았어요. 성경에는 잘못 기록된 곳이 많아요. 하지만 당신은 아주 빠른 시간 내에 본질적인 것을 소화할 줄 알았어요. 하지만 당신은 중요한 부분을 빠뜨렸더군요."
"무엇 말인가요?"
"욥기."
모르카-신은 쌍둥이 형제에게 얼굴을 돌리고 지시했다.
"읽어봐!"
모르카-악마는 생기 없는 목소리로 말했다.
"주요 부분만 인용하겠어요."

우스라는 땅에 욥이라는 사람이 있었다. 그 사람은 흠 없고 올곧으며 하느님을 경외하고 악을 멀리하는 이였다. 그의 재산은, 양이 7천 마리, 낙타가 3천 마리, 겨릿소가 500마리, 암나귀가 500마리나 되었고, 종들도 매우 많았다. 그는 동방인들 가운데 가장 큰 부자였다. 하루는 하늘의 아들들이 주님 앞에 모였다. 사탄도 그들과 함께 왔다. 주님께서 사탄에게 물으셨다.
"너는 어디에서 오는 길이냐?"

사탄이 대답했다.
"땅을 여기저기 두루 돌아다니다가 왔습니다."
주님께서 다시 물으셨다.
"그래, 너는 내 종 욥을 눈여겨보았느냐? 그와 같이 흠 없고 올곧으며 악을 멀리하는 사람은 땅 위에 다시 없다."
사탄이 주님께 대꾸했다.
"욥이 까닭 없이 하느님을 경외하겠습니까? 당신께서 몸소 그와 그의 집과 그의 소유를 사방으로 울타리 쳐주지 않으셨습니까? 그의 손이 하는 일에 복을 내리셔서, 그의 재산이 땅 위에 넘쳐나지 않습니까? 그렇지만 당신께서 손을 펴시어 그의 모든 소유를 쳐보십시오. 그는 틀림없이 당신을 눈앞에서 저주할 것입니다."
그러자 주님께서 사탄에게 이르셨다.
"좋다, 그의 모든 소유를 네 손에 넘긴다. 다만 그에게는 손을 대지 마라."
이에 사탄은 주님 앞에서 물러갔다.

노부인은 두 형제의 얼굴을 차례대로 뚫어지게 쳐다보았다.
"결과가 어떨지 두려워요……."
"그럴 필요 없어요. 창조 이래로 사람들이 스스로 제기하는 모든 질문에 대한 대답은 바로 그 안에 들어 있어요."
돌처럼 굳어진 노부인은 두 손으로 머리를 감쌌다. 그리고 중얼거렸다.
"욥의 내기. 까마득한 옛날에 당신들 둘이 시작한 '욥의 내기'는 지금까지 계속되고 있군요. 이제는 이 지구에서……."
노부인은 고개를 들고 말을 이었다.
"당신은 우리를 시험하고 있나요? 우리를? 당신의 피조물들을? 무슨 이유로요? 제발 대답해주세요!"

"그레이 부인, 그건 사랑 때문이에요. 내 형제는 만일 행복이 사라지고 불행이 찾아오면 사람들은 나에게 등을 돌릴 거라고 확신했어요. 나는 그 반대라고 주장했죠. 사람들은 고통스러우면 고통스러울수록 더욱더 나에게 다가올 거예요. 그들은 두려우면 두려울수록 성당, 교회, 유대교회당, 회교사원에 더욱 자주 갈 거예요. 얼마 동안이나 더 지속될까요? 나도 모르겠어요. 내 형제는 언젠가는 사람들이 나를 미워하게 될 거고 결국 자신이 이길 거라고 확신했어요. 그는 털어놓지는 않았지만 '욥의 내기'에서 패배한 것을 참지 못하고 있어요. 당신도 알겠지만 내 형제가 가한 온갖 불행에도 불구하고 욥은 끊임없이 나를 찬양했어요. 덧붙여 말하면 나는 그의 신분을 복원시키고 재산을 두 배로 돌려줌으로써 그의 충실한 믿음에 보상해줬어요."

"하지만 그것은 끔찍한 일이에요."

클라리사는 숨을 크게 들이마시고 다시 말했다.

"당신은 끔찍한 분이에요!"

모르카-신은 태연하게 말했다.

"아니에요, 그레이 부인. 나는 사랑이 필요했어요. 사랑을 몹시 바랐어요."

"그럼 천사들은요? 왜 천사들을 살해했나요?"

대답한 것은 모르카-악마였다.

"가브리엘이 무례한 실수를 저질렀기 때문이에요. 그는 우리 일에 참견하려 했어요. 그는 우리의 일을 꼬치꼬치 캐기 시작했어요. 왜 세상 사람들이 폭력과 공포 속에 살고 있는지 알려고 했어요. 가브리엘은 너무 호기심이 많았어요. 너무 감성적이고 또 너무 몽상적이었어요. 마침내 그는 비밀을 캐내기에 이르렀어요. 우리로서는 그를 제거하는 것 말고는 다른 선택의 여지가 없었어요."

"그럼 다른 천사들은 왜 죽였나요?"

"마찬가지예요. 가브리엘이 그들을 전염시켰어요. 그들은 거추장스러운 증인이 되었어요. 추리소설을 쓰는 당신은 불리하게 증언하는 증인들을 제거해야 한다는 것을 모르지 않겠죠?"

클라리사는 경멸의 시선으로 악마를 노려본 후 바다로 나 있는 창으로 향했다. 바람 한 점 없었다. 맑은 수면에 물결 한 점 없었다. 한 부부가 아이의 손을 잡고 한가롭게 거닐고 있었다. 개 한 마리가 해변에서 널름거리는 하얀 거품을 물려고 애썼다. 어린 소녀가 공을 따라 달리면서 큰 소리로 웃고 있었다. 세상은 변함없이 돌아가고 있었다. 만일 그들이 클라리사가 알고 있는 비밀을 알게 된다면! 어린 시절에 믿었던 한없이 선하시고 한없이 너그러우신 그 하느님은 오직 책과 동화 속에만 존재했다니! 그런 하느님이 오직 사람들의 상상 속에만 존재한 것이라니! 마음을 달래주는 환상에 지나지 않았단 말인가. 착각. 그뿐이었다. 그녀는 입이 마르고 구토증에 휩싸였다. 이제 알게 된 사실을 이해하기보다는 차라리 자신이 생각했던 하느님의 이미지를 가지고 죽고 싶었다. 이제부터 어떻게 여생을 보내야 할까? 왜 살아야 할까?

모르카-신의 목소리에 그녀는 사색에서 깨어났다.

"그레이 부인! 그런 생각으로 흐트러지는 것은 잘못이에요."

클라리사는 돌아서서 신경질적인 웃음을 터뜨리며 응수했다.

"내 생각이 틀렸다고요? 당신은 방금 내 내장을 떼어냈어요. 또 내가 일생 동안 믿어왔던 모든 것을 깨뜨렸어요. 당신은 몇 분 만에 수십억의 사람이 자살하지 않도록 하는 유일한 이유를 없애버렸어요. 그래도 내가 틀렸나요?"

노부인은 오열을 터뜨리면서 애원했다.

"제발 떠나세요! 둘 다. 그리고 다시는 오지 마세요!"

모르카-신은 조용히 머리를 끄덕이기만 했다. 그리고 형제를 향해 명령했다.

"꺼져라! 우리 둘만 있고 싶어!"

"하지만……."

"내가 꺼지라고 했잖아!"

25

클라리사가 빈정댔다.

"확실히 당신 형제는 즉석에서 당신 말에 순종하는군요. 참 유용하네요."

"항상 그랬어요. 내가 지시하면 곧바로 따랐죠."

"손을 더럽히고 싶지 않을 때 헌신적이고 순종적인 하인보다 더 나은 것은 없겠죠."

모르카-신은 이마를 찌푸렸다.

"그만하세요, 그레이 부인. 문제가 하나 있어요."

"당신에게도 문제가 있나요?"

"네."

모르카-신의 얼굴이 변했다. 그의 얼굴에 퍼지고 있는 것은 슬픔일까? 우수일까? 누구도 꼬집어서 말할 수 없을 것이다. 하지만 그는 더 이상 똑같은 존재가 아니었다.

모르카-신은 잔에 술을 따랐다.

클라리사가 지적했다.

"조심하세요. 술을 섞어 마시는 것보다 더 고약한 짓은 없어요."

모르카-신은 어깨를 으쓱했다.

"그레이 부인, 기분이 좋지 않아요. 아니, 심각해요."

엄숙한 어조에 놀란 노부인은 다시 소파에 앉았다.

모르카-신이 말을 이었다.

"더 이상 모르겠어요. 길을 잃었어요. 미궁 속에 갇힌 포로처럼 이제 출구를 발견할 수 없어요."

그러더니 클라리사의 눈동자를 똑바로 쳐다보며 하나의 이름을 반복했다.

"캐슬린…… 캐슬린……."

클라리사의 입가에 비웃는 듯한 미소가 퍼졌다.

"저런, '사랑한다' 는 말을 찾는 중인가요?"

"놀리지 마세요. 만일 내가 그렇다고 대답한다면 내 말을 믿겠어요? 네, 맞아요. 그렇고말고요. 나는 사랑이라는 말을 발견했어요. 나의 온 존재는 사랑한다는 말을 온갖 방법을 통해 온갖 형태로 만들려고 애쓰고 있어요. 나는 언제나 똑같은 결론에 도달했어요. 캐슬린은 시기적절한 때에 있었어요. 공허의 수광년 후, 사랑이 결핍된 수천 년 후, '사랑한다' 는 말은 육화(肉化)했어요. 이 단어는 내가 결코 상상할 수 없었던 모든 것을 초월해서 내 마음을 가득 채우고 있어요. 동시에 나는 고통스러워요."

"조심하세요. 너무 고통스러워하지 마세요. 당신은 당신 피조물을 닮게 될지 몰라요. 당신은……."

모르카-신은 그녀의 말을 끊었다.

"그레이 부인, 지금 나는 장난치는 게 아니에요!"

노부인은 소파에서 움츠렸다. 그의 단호한 어조는 그녀에게 뛰어넘을 수 없는 한계가 있다는 사실을 깨닫게 했다. 결국 그녀는 인간이었다. 그녀는 그 사실을 거의 잊고 있었다.

모르카-신은 글렌모어 위스키 잔을 단숨에 비웠다.

"부탁 좀 드려야겠어요. 캐슬린에게 사실대로 전부 말해주세요. 그러면 그녀는 덜 아플 거예요. 그녀가 배신감을 느끼지 않길 바라거든요. 아시겠어요?"

그리고 서둘러 이렇게 덧붙였다.

"당신 주위에서 일어났던 일도 말해주세요. 책을 한 권 쓰세요. 사람들은 알아야 해요. 당신은 내 최후의 사자가 될 거예요."

클라리사는 시선을 떨구었다.

"캐슬린에게는 그렇게 할게요. 하지만 다른 사람들에게는 모르겠어요. 먼저 아무도 내 말을 믿지 않을 거예요. 설령 내 말을 믿는다 해도 저는 수억 명의 가엾은 사람들의 꿈을 깨뜨리고 싶지 않아요. 저속한 내기의 대상이 된다는 것은 별로 흐뭇한 일이 아니에요."

"더 이상 내기는 없어요."

클라리사는 깜짝 놀란 모습으로 모르카-신을 응시했다.

"정말이에요, 그레이 부인. 내기는 끝났어요. 결코 다시는 내기 따위는 없을 거예요."

"진심이세요?"

"네, 진지하게 약속 드려요. 더욱 중요한 것이 있어요. 나는 '사랑한다' 는 말을 통해 너무도 많은 것을 깨달았어요. 실제로 황금의 수는 사랑한다는 말이에요. 사랑만이 황금의 수가 될 수 있어요."

모르카-신은 소파에서 일어나 다시 스카치를 따르러 갔다.

"하지만 간단치는 않을 거예요. 내 쌍둥이 형제가 있으니까요."

"그를 없애버리세요!"

"이미 말했잖아요. 나는 그 누구도 죽일 힘이 없다고. 내 형제도, 인간도, 그 누구도 죽일 수 없어요."

"그럼 노아의 홍수는 뭐예요? 유대인 대학살은요? 전쟁은요? 불공정성은요? 비참한 인간……."

"내가 한 게 아니에요. 전부 내 쌍둥이 형제가 했어요!"

"그럼 계약을 파기하세요! 내기는 더 이상 없으며 당신이 나서서 세계적인 불행을 다시 바로잡을 거라고 그에게 통보하세요."

"내가 바라는 것도 그거예요. 다만 내가 인간의 감정을 느꼈던 순간에 나는 이승에서 이겼지만 동시에 내 쌍둥이 형제에 대해 가진 영향력을 잃었어요. 이전에 그는 뭔가를 행동에 옮기려면 내 허락을 받아야 했어요. 그는 내 명령에 복종했어요. 욥의 일을 떠올려보세요. 이제 그것도 끝장났어요. 나와 그를 연결하던 사슬은 영원히 끊겼어요. 그는 이제 자유의 몸이에요. 그는 온갖 잔인한 짓을 자유롭게 할 수 있어요."

"그럼 어떻게……."

"아무 방법도 없어요. 어제 우리는 공모자였어요. 내일 우리는 경쟁자가 될 거예요. 둘 중 강한 자가 이길 거예요. 내가 분명히 승자가 될 거예요."

클라리사가 덧붙였다.

"말하자면 불굴의 의지."

"네, 그래요. 나는 어떻게 해서라도 그의 음모를 물리칠 거예요."

클라리사는 잠시 침묵을 지켰다. 이유는 알 수 없지만 그녀의 가슴은 방망이질치기 시작했다.

노부인은 조심스럽게 물었다.

"그것 역시 당신들의 놀이 중 하나인가요? 어떻게 약속을 지키겠어요?"

모르카-신은 쓸쓸하게 미소를 지으며 말했다.

"그레이 부인, 당신은 완전히 이해한 것은 아니군요. 이제 내게는 선택의 여지가 없어요. 더구나 당신은 중요한 사실을 잊었어요. 가장 중요한 일을……."

"그게 뭔데요?"

"'욥의 내기'의 결과죠. '주님께서는 욥의 신분을 복원시켜주셨고 그의 재산을 두 배로 돌려주셨다.' 두 배로, 그레이 부인. 나는 그런 임무에 몰두할 거예요. 나는 내 형제가 훔친 것을 두 배로 돌려줄 거예요. 그러려면 시간이 걸릴 거예요. 싸움의 승패는 아직은 불확실해요. 하지만 나는 불멸의 존재예요. 더구나 이제 막 시작했고요."

클라리사의 눈이 휘둥그레졌다.
"그래요. 당신 친구인 스튜어트 형사 말이에요. 그는 자동차 사고를 당했어요."
"뭐라고요?"
"이 사건은 내 형제와 아무 관계도 없어요. 이것만 알아두세요. 우리가 이야기를 나누고 있는 지금 형사는 의식을 되찾고 있어요. 며칠 후면 일어날 거예요."
"고마워요……."
전화벨 소리에 그녀는 말을 중단했다.
모르카-신이 말했다.
"받으세요."
클라리사는 일어났다. 매클린이었다. 가슴이 메었다.
그녀는 중얼거렸다.
"네. 모든 일이 잘 해결됐어요……. 전화선에 문제가 있었나 봐요. 격렬한 뇌우 때문에……."
침묵. 잠시 후.
"네. 그는 내 옆에 있어요……. 나도 잘 알고 있어요……. 나중에 설명해 드릴게요."
다시 침묵. 갑자기 그녀의 얼굴이 환해졌다. 그녀는 너무도 기뻐서 한마디도 듣지 못했다. 그녀가 수화기를 내려놓았을 때 세상의 모든 햇살이 그녀의 얼굴에 쏟아지고 있었다.
클라리사는 모르카-신에게 외쳤다.
"재니트! 재니트가 혼수상태에서 벗어났어요! 그녀는 살았어요! 완전히요! 마치 긴 잠에서 깨어난 듯이! 그녀는 목숨을 구했어요!"
불현듯 자신이 허공에 대고 떠들고 있음을 깨달은 그녀는 입을 다물었다.
모르카-신은 사라지고 없었다…….

작품 해설

이원복(원광대학교 유럽문화학부 겸임교수)

유럽에서 『사파이어의 서』로 널리 알려진 프랑스 역사추리소설의 대가 질베르 시누에는 2003년에 또 하나의 추리명작 『신의 침묵』을 발표하고 2004년에 프랑스 추리문학대상을 수상한다. 이 소설은 의문, 신비, 수수께끼, 호기심, 음모, 공포, 두려움, 불안, 전율, 긴장감, 초조감이 꼬리에 꼬리를 물고 일어나는 전형적인 추리소설 형식에 성경, 역사, 신화, 전설, 신비신앙, 점성술, 숫자점, 강신술, 신과 천사들의 육화 등을 가미하여 종교의 분열과 갈등, 인간의 어리석음을 꼬집고 종교 간의 이해와 포용을 촉구하는 작품이다. 또한 이원론적 신관(神觀)으로 전쟁, 살인, 기아 등 악의 근원에 대한 해석을 시도하고 있다. 치밀하고 정교한 구성, 간결하고 명쾌하며 유려하고 박진감 넘치는 문체, 재치, 해학, 흥미가 넘치는 내용, 예상과 고정관념을 초월하는 초인적 현상과 기이한 사건이 독자들을 매료시킨다. 특히 인간의 상상 세계에서 가장 신비롭고 오묘한 존재인 신과 천사들, 천국을 인간적인 시각과 눈높이에서 그려내어 신과 인간 사이의 벽을 허물고 독자들에게 색다른 즐거움을 선사하고 있다.

스코틀랜드 서남부 클라이드 만에 위치한 자그마한 애런 섬은 돌무덤, 선돌, 열석, 환상열석(環狀列石) 등 거석문화시대의 유적으로 유명한 신화의 섬이다. 바로 이 외딴 섬 램래시 마을에서 저명한 추리소설 작가 클라리사 그레이 부인은 복잡하고 긴박한 세속의 부와 명예를 버리고 자유, 고독, 명상을 즐기며 20년 가까이 은둔생활을 하고 있다. 이 공간적 배경은 작품의 신비로움, 신성, 요정, 초자연적 현상 등을 예고하면서 우리를 신화의 시대로 안내한다. 일흔세 살의 고령에 관절염을 앓고 있는 노부인은 손가락이 심하게 변형되어 손으로 글을 쓸 수 없다. 노부인이 구술한 것을 받아쓰는 매력적인 대학생 캐슬린이 노부인을 외부세계와 정기적으로 만나게 해주는 유일한 끈이다.

6월 어느 날 새벽 1시 45분, 생면부지의 한 남자가 클라리사 그레이 부인의 집 현관문에 도착하자마자 피를 흘린 채 죽는다. 기이하게도 클라리사가 전날에 묘사한 소설의 시작 부분과 정확히 일치하는 장면이 아닌가. 클라리사는 경찰에 신고하고 형사를 기다리는 동안 두려움을 떨치기 위해 위스키를 마신다. 그런데 경찰이 도착하기 직전 시체는 온데간데없이 증발한다. 양탄자에는 피 한 방울 남아 있지 않다. 현장에 도착한 스튜어트 형사는 아무 흔적도 발견하지 못하자 노파를 의심의 눈초리로 바라본다. 노부인이 위스키를 과음했거나 노망이 들어 헛것을 보았다고 여긴 것이다. 남자는 죽기 전 노부인에게 작은 사각형 판지를 건넨다. 그것은 수하물표. 노부인은 브로딕 항의 수하물 보관소에 가서 표를 내밀고 손바닥 크기의 작은 상자 하나를 수령한다. 이상하게 생긴 가죽 수첩이 들어 있다.

수첩에는 이해할 수 없는 이상한 언어와 기호가 가득 씌어 있다. 스튜어트 형사의 무례한 태도에 몹시 화가 난 클라리사는 수첩의 존재를 경찰에 알리지 않고 직접 조사하기로 결심한다. 호기심에 이끌린 노부인은 수첩 내용을 알고 싶어 친구인 윌리엄 매클린 교수—글래스고 대학교의 언어학자이자 역사가—에게 도움을 요청한다.

수첩의 신비는 한 겹씩 벗겨진다. 표지는 서기 1, 2세기까지 거슬러 올라가는 콥트양식(3~12세기경에 이집트에서 그리스어와 이집트어를 사용하며 그리스도교를 믿었던 콥트인들의 미술-옮긴이)으로 제작되었고, 종이는 150년 전에 사라진 기술로 만들어졌으며, 잉크 역시 오늘날에는 사용하지 않는 기름 검댕 잉크였다. 수첩의 텍스트는 1586년 앤서니 배빙턴이 감옥에 갇힌 메리 스튜어트 여왕을 구출하고 엘리자베스 1세를 암살하기 위해 비밀편지에 사용한 암호의 원리에 따라 작성된 것이다. 그것은 단순히 알파벳을 대체하는 숫자 암호문이 아니라 알파벳의 글자를 나타내는 상징들을 사용해서 만든 암호문이다.

공교롭게도 해독 작업을 시작하기로 약속한 날 매클린 교수의 부인 재니트가 입원한다. 의사도 원인을 전혀 알 수 없는 코타르 증후군에 걸린 것이다. 매클린은 비탄에 빠지지만 손자 모르카의 격려를 받고 수첩을 해독하기 시작한다. 마침내 수첩의 일부가 해석된다. 하지만 문맥에 일관성이 없고 이상야릇한 이름이 많다. 매클린은 글래스고 대학교 종교사 교수인 루마니아인 바실레 바코비아의 도움을 받아 수첩에 나오는 성경의 인물들을 하나씩 밝혀낸다.

한편 그레이 부인을 집요하게 미행하던 이목구비가 섬세한 수상쩍은 청년은 한밤중에 노부인에게 전화를 걸어 사망자가 가브리엘 대천사라고 알려주면서 천국에서 큰 불행이 일어나고 있고 지상에도 암흑이 올 수 있기 때문에 반드시 수첩을 해독하고 사건을 조사해달라고 간곡히 부탁한다. 클라리사의 집에서 죽은 정체불명자의 신원이 가브리엘로 밝혀지면서 사건의 윤곽이 드러나기 시작한다.

며칠 후 마침내 수첩의 내용이 전부 해독된다. 수첩의 작성자는 다름 아닌 가브리엘 대천사. 연쇄살인범이 천국에서 열 명의 대천사들과 소천사들을 차례로 죽이고 있다는 것이다! 범인을 밝혀내지 못한 가브리엘은 시시각각으로 위험이 다가오는 것을 느끼자 최후의 수단으로 평소에 즐겨 읽던 추리소설의 작가인 그레이 부인에게 수사를 의뢰하기로 결심한다. 그는 자신이 살해될 경우를 대비해 비밀 수첩을 작성해서 브로딕 항의 수하물 보관소에 맡기고 다니엘 천사에게 용의자 명단을 넘긴다. 그리고 브로딕 도로에서 죽은 자의 몸을 빌려 클라리사를 찾아가다가 살해된 것이다.

그런데 합리적인 사고를 지닌 사람이라면 어떻게 이 비밀 수첩을 작성한 자가 가브리엘 대천사임을 받아들일 수 있을까? 게다가 가브리엘이 의심하는 용의자는 지상에서 가장 큰 영향력을 미쳤고 신망을 받았던 예수, 마호메트, 모세가 아닌가! 천국에 사는 천사들과 서른 명 미만의 부활한 사람들 가운데 천사들을 죽일 수 있을 만큼 강력한 힘을 지닌 사람은 이 세 예언자뿐이라고 추측한 것이다.

하지만 동시에 가브리엘은 범인을 밝힐 수 있는 단서도 남겨놓았다. "**모든 해답은 숫자 19와 쌍둥이 0.809에 있습니다.**" 이제 수사의 초점은 이 신비로운 두 숫자를 밝히는 것이다. 바코비아는 이 비밀을 파악할 수 없자 린디스판 섬에 은둔하고 있던 새뮤얼 슐론스키를 찾아가라고 클라리사에게 권한다. 며칠 후 바코비아는 누군가에게 목이 잘린 채 살해되고 만다. 스튜어트 형사가 바코비아 살인사건을 계기로 그레이 부인의 비밀수사를 알아채고 다그치자 노부인은 수첩, 메리 스튜어트 여왕의 암호, 정체불명의 미행자 등을 전부 털어놓는다.

며칠 후 클라리사는 린디스판에 은둔하고 있던 유대인 슐론스키를 찾아간다. 698년 라틴어로 만든 린디스판 복음서로 유명한 이 섬은 7세기에 성 라세리안이 바위 아래에서 수도하며 살다가 선종하였고 성 아이단이 수도원을 세우고 복음을 전파한 성지이기도 하다. 지금은 티베트 라마승이 사들여 '세계 평화와 건강'이라는 명상센터를 만들고 모든 종교의 신자들에게 수도와 명상을 위해 개방한 신성한 섬이다. 슐론스키는 "**19는 천상에 계신다**"는 코란 74장 30절을 인용하고 코란의 114장을 하느님이 일하셨던 6일로 나누어 얻을 수 있는 19가 하느님을 상징하는 숫자임을 밝혀낸다. 노부인을 싣고 돌아가기로 약속한 배가 떠나는 바람에 이 은둔자의 집에서 묵던 날 새벽, 슐론스키 역시 초인적인 괴력을 가진 어떤 괴물에 의해 머리가 잘린 채 죽고 노부인은 혼비백산한다. 마침 클라리사를 미행하던 스튜어트 형사는 노부인을 데리고 애런 섬으로 돌아온다. 불길한 직감과 미신에 휩싸인 형사는 죽음의 저주가 담긴 수첩을 노부인의 허락을 받고 태워버린다. 실제로 클라리사의 수사에 협조하는 사람들이 연달아 살해되거나 고통을 받자 클라리사는 한동안 실의에 빠진 채 칩거하다가 모르카의 도움으로 인터넷에 입문하고 사이버세계를 즐긴다.

어느 날 밤, 클라리사는 늦은 시각까지 블랙잭게임에 푹 빠졌다가 다니엘 천사가 컴퓨터 화면에 나타나자 깜짝 놀란다. 다니엘은 가브리엘이 제시한 수사방식을 알려준다. 그것은 인터넷으로 용의자들을 심문하는 것이다. 하지만 너무도 놀라고 당황하여 심문을 연기한 하룻밤 사이 다니엘 천사도 살해되고 대신 마지막 남은 사무엘 천사가 화면에 나타난다.

마침내 클라리사는 예수, 모세, 마호메트를 차례대로 심문하게 된다. 천사들을 죽일 수 있을 만큼 충분한 힘을 가진 존재는 과연 누구인가? 예수와 모세는 하느님 말고는 그런 막강한 힘을 가진 사람은 없다고 대답하고, 마호메트는 예언자 엘리야밖에 없다고 대답한다. 쌍둥이 0.809에 대해서는 아무도 대답하지 못한다. 심문하는 과정에서 세 예언자들이 성경의 내용과 일치하지 않는 주장을 하자 클라리사는 망연자실한다.

특히 예수의 주장은 그리스도교의 근본 교리를 뒤흔들 정도로 충격적이다. 2002년 12월 22일 BBC에 방송된 「동정녀 마리아(The Virgin Mary)」라는 프로그램의 내용과 일치하는 부분이 많다. 예수는 자신의 출생에 대해 의심을 갖고 있다. 이것은 처녀 잉태설을 부인하고 마리아가 당시 유대를 점령한 로마군 장교 판테라의 강간으로 예수를 낳았을 거라는 사생아설을 암시한다. 또 예수는 자신이 부활한 적이 없다고 주장한다. 요셉이 십자가에서 예수를 끌어내렸을 때 가사상태에 빠져 있었다는 것이다. 어디 그뿐인가. 예수는 자신이 메시아가 아니라고 한다. 이것은 유대교와 이슬람교가 예수를 메시아가 아닌 예언자로 주장하는 내용과 일치한다. 또 배신자로 알려진 유다가 예수가 가장 사랑하는 수제자라고 한다. 이 대목은 초기 그리스도교가 이단서로 취급한 유다복음의 내용에 부합된다. 이 복음에 따르면 예수를 배반한 것으로 알려진 이스카리옷 유다는 실제로는 제자 중에서 예수의 진리를 가장 잘 깨달은 자이며 그의 배반은 예수의 명령에 따른 것이라 한다. 또 예수는 제자가 열두 명이 아니라 나타나엘과 야고보의 아들 유다를 포함해서 열네 명이라고 한다. 또 예수는 야고보, 요셉, 시몬, 유다라는 네 명의 동생이 있다고 털어놓는다.

모세 역시 성경의 내용과 다른 주장을 한다. 특히 이집트를 탈출할 때 구약성경에는 여자들과 어린아이들을 제외하고 장정만 60만 명이라고 하는데 실은 전부 4만 명에 불과했다고 말한다. 또한 홍해(Red Sea)의 물결을 가르고 건넌 게 아니라 수에즈 북부에 위치한 낮은 바다였던 갈대바다(Reed Sea)의 낮은 수로를 건넜다고 한다. 실제로 히브리 성경에는 홍해라는 말 대신 갈대바다를 뜻하는 얌 수프(Yam Suph)가 등장하여 역사상 가장 유명한 오역으로 알려져 있다. 마호메트는 성경의 기록과 배치되는 코란의 내용을 굽히지 않는다. 아브라함이 하느님께 제물로 바치려 했던 아들이 이사악이 아니라 이스마엘이었다는 주장도 한다.

한편 스튜어트 형사는 바베이도스로 여행을 떠났다는 매클린 교수의 딸 머리 부인과 전화통화를 하고 경악스러운 사실을 알게 된다. 머리 부인이 아들 모르카와 함께 있다는 것이다! 그럼 클라리사 그레이 부인 집에 머물고 있는 모르카는 누구란 말인가?

결국 0.809의 신비를 암시한 것은 캐슬린의 옛 남자친구이자 수학광인 조지 커밍이다. 그는 캐슬린에게 피보나치의 수열을 예로 들면서 건축에서 완전함을 생각해보라는 말만 남기고 떠난다. 캐슬린은 옛날부터 건축가와 예술가들이 건축이나 그림에 적용한 황금의 수

1.618을 알게 되고 이를 둘로 나눈 것이 바로 신비의 수 0.809임을 깨닫는다. 신의 비율, 황금비, 절대적 미학 이론, 이상적인 것, 무한을 상징하는 황금의 수 1.618은 '완전한 신' 을 뜻하고 '쌍둥이 0.809' 는 신에게 쌍둥이가 있음을 암시한 것이다. 즉 사탄과 하느님이 결합해야 황금의 수가 된다는 것을 뜻한다. 여기에서 만물이 음과 양으로 이루어져 있고 어느 한쪽만으로는 존재할 수 없다는 음양론이 신의 영역에도 적용된다. 하느님이 양이라면 사탄은 음이다. 이것은 또한 서양식 사유구조의 바탕인 대립적인 이원론적 신관이다.

황금의 수는 또한 충만한 사랑의 수다. 무한한 고독, 죽은 별처럼 차갑고 절대적인 고독으로 절망에 빠졌으나 죽을 수도 없는 신은 모르카의 몸을 빌려 화신한 후 캐슬린과 사랑에 빠진다. "나는 '사랑한다' 는 말을 통해 너무도 많은 것을 깨달았어요. 실제로 황금의 수는 사랑한다는 말이에요."

클라리사가 다시 세 예언자를 부르고 범인이 하느님이라고 선언하자 모두 경악하면서 부인한다. 그때 모르카는 낯선 목소리로 바로 자신이 하느님이라고 밝힌다. 노부인의 경악은 여기서 그치지 않는다. 신에게 쌍둥이 형제가 있으며, 그가 바로 사탄이라는 것이다! 둘은 서로 돕고 보완하는 상생이 아니라 시기하고 증오하는 상극 관계라는 것이다. "적대적인 존재와 허공과 정적을 공유한다는 것은 가장 끔찍한 벌이에요. 절대적 의미에서 빛과 어둠처럼, 역상(逆像)처럼 대립적인 쌍둥이 형제."

이제 이 사건의 신비는 물론 우리가 날마다 품는 온갖 의문이 밝혀진다. 왜 하느님은 우리의 간청과 기도에 응답하지 않는 걸까? 구약시대에 그토록 인간사에 개입하셨던 하느님이 왜 이제는 무고한 사람들이 희생되어도 침묵하는 걸까? 왜 전쟁과 재앙이 일어나도 개입하지 않고 가만히 계실까? 왜 선하신 하느님이 폭력, 불의, 살인, 전쟁 같은 악을 허용하는 것일까? 하느님은 우리 인간에게 자유의지를 선물로 주신 후 인간 세상에 개입하지 않기로 하신 걸까?

모르카-신에 따르면 하느님과 사탄은 까마득한 옛날에 시작했던 '욥의 내기'를 오늘날까지지도 계속하고 있다는 것이다. 노아의 홍수, 소돔과 고모라의 화재, 골육상쟁, 전쟁 등 인류의 고통과 불행을 일으킨 자는 하느님이 아니라 그의 쌍둥이 형제인 사탄이라는 것이다. 천국의 살해사건의 전모도 밝혀진다. 호기심 많은 가브리엘이 우주의 신비, 즉 쌍둥이 신의 비밀을 밝혀냈기 때문에 사탄이 천사들을 죽였다는 것이다. 바코비아, 슐론스키를 살해하고 재니트의 병을 유발한 자도 사탄으로 밝혀진다.

신앙만큼 인간에게 절대적이고 근원적이며 민감한 문제도 없을 것이다. 신은 보이지도 볼 수도 없는 영적 존재이기 때문에 종교적 체험이 없는 일반 사람들에게는 무한히 신비로운 존재일 수밖에 없고, 그 때문에 우리는 신을 부정하기도 한다. 다니엘 천사조차 "내 믿음에는 한계가 있어요"라고 말하지 않는가. 특히 같은 창조주를 믿으면서도 성전이라는 이름으로 서로 죽이고 증오하는 것은 신의 뜻이 아니라 사탄의 조장이자 바람일 것이다. 아담이 지금 살아 있다면 어떤 종교를 믿을까?

이 작품이 내가 믿는 종교의 교리 혹은 성경의 내용과 다르다고 해서 흥분할 필요는 없다. 이것은 어디까지나 한 소설가가 상상으로 꾸며낸 추리소설이다. 또 성경에는 상징, 은유, 비유적 표현이 많기 때문에 성경의 무오류성에 집착하거나 구절 하나하나에 얽매이는 것보다는 전체적인 맥락에서 신의 메시지를 읽어내는 유연성이 필요할 것이다. 그레이 부인이 이렇게 외치지 않던가. "성경은 해독해야 할 은유와 우의로 이루어져 있어. 그래서 성경을 읽어야 하지. 하지만 문자 그대로 이해하면 안 돼. 무신론자 바코비아처럼 현미경을 들이대고 읽을 필요는 없지."